王德领　主编

城市文学地图

[第一辑]

中国社会科学出版社

图书在版编目（CIP）数据

城市文学地图 . 第一辑／王德领主编 . —北京：中国社会科学出版社，
2020.11
ISBN 978 - 7 - 5203 - 6987 - 9

Ⅰ.①城… Ⅱ.①王… Ⅲ.①中国文学—文学研究—文集
Ⅳ.①I206 - 53

中国版本图书馆 CIP 数据核字（2020）第 151086 号

出 版 人	赵剑英	
责任编辑	赵 丽	
责任校对	王佳玉	
责任印制	王 超	

出　　　版	中国社会科学出版社	
社　　　址	北京鼓楼西大街甲 158 号	
邮　　　编	100720	
网　　　址	http://www.csspw.cn	
发 行 部	010 - 84083685	
门 市 部	010 - 84029450	
经　　　销	新华书店及其他书店	

印　　　刷	北京明恒达印务有限公司	
装　　　订	廊坊市广阳区广增装订厂	
版　　　次	2020 年 11 月第 1 版	
印　　　次	2020 年 11 月第 1 次印刷	

开　　　本	710 × 1000　1/16	
印　　　张	20.5	
字　　　数	320 千字	
定　　　价	118.00 元	

目　　录

第一篇

第二篇

第三篇

第一篇

困在城里的人
——徐则臣、甫跃辉、章元的城市书写

艾　翔*

摘要： 通过徐则臣、甫跃辉、章元三位北京、上海、天津的作家各自的城市书写，观察现代化、城市化、国际化浪潮中城市青年不同的生存状态。徐则臣把母体的隐秘统治暴露在阳光之下，呈现出现代城市作为大对体的暴君一面而不是温情脉脉的人类文明聚合地。在甫跃辉的时代，气势磅礴的钢混城市巧妙地把自己的权威隐蔽起来，个体的压抑愤懑无从宣泄，只能内转自伤。现阶段的章元借着营造天津尚无过多危害的城市意识形态向积弊已深的固有城市意识形态发起挑衅，同内部对大对体进行显形的徐则臣、甫跃辉一起形成了里应外合的态势，客观上形成了抵制美国都市神话的统一战线。

关键词： 城市；乡村；青年

　　一座城市之外的人，尤其是从乡村进入一座城市，与这座城市发生关联，或格格不入，或休戚与共，一直是中国现代化进程中，自然也是中国现代文学进程中一个大问题。自从中国步入近代以来，城市的崛起与乡村的破落同步演进，川流不息的人群在城市中出出进进。但是，在不同的时代，"城市"对于外来者的意义、与外来者的关系，似乎又不尽相同。在梁斌那里，城市对严江涛构不成威胁，只不过是一处待改造的空间，是严江涛要主宰而非受制于城市，城市不过是革命的客体，严

---

* 艾翔，天津社会科学院文学研究所副研究员，文学博士，中国现代文学馆特邀研究员。

江涛则是历史主体。在路遥那里，城市及居于其中的权力对孙少平并不构成诱惑，虽然充满向往，但他仍然通过劳动维持着历史主体应有的尊严①，城市不再是客体性的存在，而主体身份依然有坚定的支撑。在劳马那里，城市与乡村森严的等级秩序已经牢不可破地建立起来，但这仅仅是空间的固化而不是身份的固化，吴超然的农村经验被巧妙地改造成城市经验，令其在商场游刃有余，他没能改变城市，而是被城市改造，作为某种交换城市允许他成为这个坚固堡垒的一员并捍卫着这个堡垒。一代又一代的作家用不同的方式和语调讲述他们笔下的小人物各种各样的向城市进发的故事，向世人呈现了一部城市与乡村的变奏曲。只是到了近一二十年，这部变奏曲中的温情与诗意的调子似乎日渐稀薄，城市与乡村的紧张关系逐渐凸显出来。

一

徐则臣笔下那些坚守在北京打拼的漂泊者们大多从事着一些角落里的工作，通过边缘人的视角更能凸显出大都市的巍峨与压迫感。焦虑、惊慌、恐惧、担忧、茫然、紧张，他们活得不自在是肯定的，不但有来自警察这个维持城市等级和身份的暴力机器的追捕，也有警察和假警察对他们的敲诈。他们只有在一个市场化的社会体制下才能生存在大都市中，但市场机制的一般准则又因为他们所事的非法性而无法恩泽到他们，他们同时感受着自由带给他们的福利和压制。这让他们不停地做梦又不停地幻灭，循环往复。神奇的是，他们的人格在如此摧残之下仍然能够保持相对完整而不至于崩溃。透过他们的眼睛，我们能比任何阶层都更加清晰地看到现代城市的本质，它是一种曼海姆意义上从乌托邦蜕变而成的意识形态，或是拉康意义上的"大对体"。作为一个巍峨壮阔的"他者"，每一个生活于此的人都能够比中小城市乃至县镇乡村更加体会到"自我"的存在，更真实地触摸到自己的呼吸，哪怕这只是一

---

① 参见黄平《从"劳动者"到"劳动力"——"励志型"读法、改革文学与〈平凡的世界〉》，程光炜、杨庆祥编《重读路遥》，北京大学出版社 2013 年版，第 80—87 页。

种残喘。让人在充分享受末端"自由自主"的同时，还因为将每个人的行为铭刻在这个大对体上，如同注射吗啡一般忘记剥削压迫而只知道自己的光荣。即使是这些假证制造者，也通过证件的制造让许多中产或高层人士维持着体面的生活，也让城市维持着畸形的运转。这个大对体还经常释放出一些乌托邦式的许诺，或者只是被子午、边红旗这些人误认为许诺的闪烁其词，让他们觉得生活在大都市确实比回到家乡更有希望。《奋斗》以来的影视剧作品大多是在加固城市意识形态的森严统治，徐则臣让我们看到文学的意义，就是把母体的隐秘统治暴露在阳光之下，呈现出现代城市作为大对体的暴君一面而不是温情脉脉的人类文明聚合地。

大对体下顺民如何应对压制是一件有趣的事。徐则臣笔下的人物缓解焦虑的方式大多是努力接近城市居民，这有点类似自我催眠。《天上人间》中"我"和子午拉活时遇到两个女孩，她们为了避免上当采取的也是模仿的手段，但立刻被识破："那口音，我打赌出不了胶东半岛。舌头硬邦邦的，说话时拼命往后拉，普通话说得还没我好。"并且面对小地痞帮派势力，纵然是"老江湖"文哥也迫不得已交了保护费而不愿离开自己的活动地域，固然这是出于生存目的，但也未尝不是一种心理慰藉，好像自己本来就属于这里。弟弟子午以强势的姿态介入城市，认为自己找到了在大都市的生存之道，"我"也暗自佩服，有趣的是小说叙事从此也开始从第一人称限制叙述转变为全知全能视角。不过这种美好的泡沫常被真正的城市居民戳破："我跳下车的时候听见女售票员啐了一口，说：'什么人哪，丫就一傻逼！'"每当这时候主人公很清晰地意识到"北京人"是他们，并不包括自己，虚幻的"主体"破碎，自我沦为城市的客体，本想确立自己在城市中的位置，不成想反被城市作为证明自己独特存在的依据。子午认出了自己曾经的一个客户，一言不发就让这个心虚的经理送上三万元，似乎获得了独立的主体性。多次故技重施，其敲诈勒索受到的惩罚不是来自法律制裁，而是受害者报复，城市的意识形态奴役下的人的精神让边缘的外来者循环于施害者与受害者之间，即虚幻的主体和落败的客体之间。最终子午连换取生存资料的"肉体的主体"都不能保存，即被异化的客体都无法长久实现。

在大对体的统治下，主体不可能得到建构，永远只是飘零的自我。

还有一种突破城市意识形态的方式是征服女人。外地游民想要找一个北京女孩做女友，在谁看来都无异于痴人说梦，但子午准确把握到了资本世界的相对"民主"，意识到只要有钱就可以进行身份置换。一座城市越发达，越应该体现出一些女性属性，包容、体贴、亲切、温婉，地面上高耸入云的突出物无非在强化一种简单的男权崇拜，美国大片高空俯视镜头中钢混玻璃森林无非在灌输国家化的男性侵略性，一旦去好莱坞化，城市的发展应该是向下的，地铁、地下车库、管道乃至生活商业场所。20世纪90年代的城市文学发现了女性/城市的文本同构，女性成为"旧有城市空间的生活方式的延续者"，因而成为城市主体精神的象征①，那么是否存在一种可能使现代都市同女性建立起某种关联？至少在徐则臣笔下的办假证者那里已然发生，他们希望用性别的权力关系克服空间的权力关系，实现自己的身份反转，不过子午最终也没能娶到闻敬而身先死，边红旗虽然跟北京的银行收银员沈丹打得火热，但最后也被逮捕入狱，怀上他孩子的则是同样北漂的沙袖。至于各自的故乡，也不能成为救治城市病的秘方。《风雅颂》中，杨科在事业婚姻、人格自尊等多方面溃败之后确确实实回到了生长过的乡村，当发现乡村在都市构建的文化模式下"被都市化"②后，再次毅然走向失落的诗经古城。在这一过程中，杨科虽然处处碰壁接连不得意，但其始终具有主体的能力，最终完成卡里斯马人物形象的塑造。徐则臣笔下的城市青年们却没有这一能力，虽然多次反问留在北京是否仅仅是一种"朝圣"的"仪式"而缺乏真实意义，但始终不能做出行动，孟一明得知女友沙袖怀孕而逃回香野地，但很快上演了一出"娜拉戏"。主体身份广泛而彻底地丧失，是这一代人的伤痛。多年前"逃离北上广"的口号轰轰烈烈，近年来却被"逃回北上广"的实践所暗淡，可能这一代人只剩下城市生存技能，也暗示着城市化进程滚滚向前不可逆转。边缘上的

---

① 贺桂梅：《人文学的想象力——当代中国思想文化与文学问题》，河南大学出版社2005年版，第191页。

② 蒋磊：《"都市梦"与"反都市"：清末民初留日学人的都市观》，周宪、陶东风主编《文化研究》第17辑，社会科学文献出版社2014年版，第83页。

人们无奈了，只剩下了一条途径，那就是笑。沙袖初到北京，还没学会使用两套发音系统，脱口而出的东北口音造成了书店工作时与顾客的沟通障碍，乡村与都市、小地方与大城市的强烈冲突无法化解，连叙述者都说"北京越来越像上海了，口音不对就欺负你"，然后调侃道："沙袖去菜市场买菜，一张嘴就露馅，买菜的大妈就提价，爱买不买，好像外地人缺了这点菜就会饿死。"苏联学者普罗普认为："笑是一种毁灭的手段，它使那些被嘲笑的人的虚伪声望和虚假的伟大归于毁灭。"①边缘人的笑声会在一定程度上冲击到大对体的威严，然而这里的攻击性只是闪现的，正是伯格勒说的"补偿性的佯攻"，更多的作用恐怕仍是"减轻恐惧的机制"，是"反抗恐惧的自我安慰的外在显现"②。

《西夏》中的形象更像是一个现代城市版的"田螺姑娘"。作者通过环境的设置，凸显曾经的诗意、情感、美好的奉献品质在陌生人世界里频频遭遇出自私利的猜疑目光的审视。作者保存了人性中美好的一面不让大对体征服，撑起了不和谐的和谐角落。带着人性美好的传统记忆的女孩西夏，在进入城市前遭遇了后天性的暗哑，美好的记忆无法自证，只能寄希望于被异化的城市个体的悔悟，自身无力融入城市，更遑论改变城市。最终主人公接纳了这个遗失的美好，但放弃了手术，暗示了城市的不可攻破。

二

上海的"80后"甫跃辉，并未表现出过多对城市意识形态清晰的仰视和因此而来的焦躁，城市通过人的心灵折射而出。在他笔下，城市大对体似乎消失了，同时"自我"也变得捉摸不定了。《丢失者》是一个21世纪的"零余者"，比手机丢失对心理造成更大影响的是恢复跟世界的联系后，世界甚至不知道个体一度"失联"，个体存在的价值只有

① ［苏］普罗普：《滑稽与笑的问题》，杜书瀛、理然译，刘宝瑞校，辽宁教育出版社1998年版，第27、30页。

② ［美］埃德蒙·伯格勒：《笑与幽默感》，马门俊杰译，中国人民大学出版社2011年版，第4（前言）、58页。

在工作的时候才会被大家注意，但这仅仅是对劳动对象的关注，而不是劳动者本身，就像顾零洲反不如他负责的封面设计更能体现自身价值及与城市的关联。小说结尾主人公将自己他者化，面对玻璃上映出自己的轮廓心底生出对自己的极大厌恶，这同样是一个失败的自我，城市根本不屑于让他留下在此处的痕迹。

《动物园》中顾零洲介绍自己总是一句"我和老虎狮子是邻居"，无论对同事还是将发展成女友的异性，乍一看这句很无厘头，再看则充满了无尽哀凉，无法建立有效的交流，无法通过交流确认自己和他者，"动物园"成了对城市和心灵的一个绝妙隐喻。同徐则臣一样，甫跃辉也保存着文学抚慰人心的功用，但他也是警醒的，在他看来城市对人心的改变很难消逝。《晚宴》里顾零洲和前女友徐靓两个失败者互相发泄和抚慰，事过之后却再无相遇的可能。这个资本主宰的城市，一向标榜"冒险家乐园"和金钱面前人人平等的城市，似乎拒绝权力和意识形态落脚，其实城市这个大对体始终如幽灵般存在，《静夜思》这个宁谧温馨的题目覆盖下的一个个狰狞可怖的噩梦或许就是闯入城市的外来者遭受精神酷刑留下的心灵创伤。

李敬泽看了小说不禁感慨："他们在这个城市处于一种粒子般的飘零状态，有时他们忽然发现，除了那个不高不帅的肉身，原来他们并不拥有世界——汉娜·阿伦特意义上的世界，那个在交往中感受意义的空间。"还发现了甫跃辉和郁达夫"中国现代性演进遥遥相对的历史面相"，与早期创造社的零余者浓烈的思乡意识相比，甫跃辉的"意识中没有故乡和异乡，或者说故乡和异乡早已丧失意义。……自己是一个无可解脱的异客"[1]。同样是没有行动能力，徐则臣还有一个缥缈的故乡作为自我安慰的退路，甫跃辉则认为连心理上的退路都没有，只能任其飘荡在城市。如果说郁达夫还能把自身的溃败归结于民族的贫弱，排解内心的压抑愤懑，从主观性走上革命性的道路，建立起自身主体身份[2]，

① 李敬泽：《致理想读者》，中国人民大学出版社 2014 年版，第 175 页。
② ［德］顾彬：《二十世纪中国文学史》，范劲译，华东师范大学出版社 2008 年版，第54、61 页。

那么在甫跃辉的时代，气势磅礴的钢混城市巧妙地把自己的权威隐蔽起来，个体的压抑愤懑无从宣泄，只能内转自伤。如果北京的城市大对体的风格是霸道，那么上海的城市大对体的策略则是狡猾，揭露大对体的存在与所作所为已经无法对其构成挑战。

<h1 style="text-align:center">三</h1>

在天津的现代化历程中，成熟而强大的青年阶层对城市文明的深化和国家民族的历史性发展具有重要促进和监督作用。从20世纪70年代末开始，青年逐步走向解体。近年来年轻人的自我认同更多以网络流行的"高富帅""白富美""屌丝""富/贫二代""土豪"等范畴界定，表明"青年"作为阶层的独立性已经丧失，个体分化在不同阶级之中，逃离了公众的视野。但这并不意味着这一消失了的群体从此无迹可循、对其无计可施，新生代作家章元的《空窗》恰好能为我们提供观察点，并对未来的可能性做出启示。

《空窗》中现代化大都市中五位年轻人都带有鲜明的小资身份标识，有良好的经济状况，强调生活品位，兼具自由独立的波西米亚和享受舒适的布尔乔亚的双重特点。与情节内容一致，作者采用了一种缠绵的叙述语言和缓慢的叙事节奏，很好地配合了这种真实感的营造。小说的章节设置也体现出了作者的巧思：属于古典舞的芭蕾、玛祖卡，属于现代舞的华尔兹、狐步舞、探戈，属于拉丁舞的伦巴、桑巴、斗牛舞、捷舞和恰恰舞——组合成了一套较为完整的西方舞蹈体系，呼应了城市年轻人日益西化的思想和行为特征。

在对全球化生活状态的展示中，作者不但真实呈示出年轻人普遍的思想状态，也表现出面对资本化和同质化的冷静，令《空窗》的一般性获得了饱满的层次感。虽然其中不乏较为奢侈和安逸的环境，但并不被引以为荣。由于"去历史化"，不显著的身份差异并不衍生出心理落差，"富"就丧失了可供"炫"的对比基础，彻底背景化。

有趣的是，无论出现什么情况，都是几位主人公内部解决需求。无论是Colin的礼堂设计，还是银子的项目销售和游戏开发，甚至是感情危机下的备选情侣。一般说来，现代化或者城市化进程伴随着乡土血缘被打破和人员流动的频繁，形成的是一个日益扩展的陌生人社会。另外由于社会分工日趋细致，彼此依赖程度更高。令人感到诧异的是，小说中的年轻人都不特别依赖他人，并且与以往成长小说十分不同的是，几个年轻人并不强烈地感到"孤独"，更不需要引导而成长为卡里斯马人物。从个体意义上来说，这种独立品格至少表面上越来越受到年轻人追捧，而小说塑造的是一群独立的年轻人，意味着作为群体的独立品格被倡导确立，这是城市化进程中必不可少的环节。

作为代表，小说一开始就是庄美娴的一场噩梦，她原本有讲述虚构惨剧赚取眼泪的嗜好，但这次 Colin "没有耐心再去听她讲述那些改编过的梦魇、那些心碎的往事，她的眼泪不再成为他可口的甜点"。二人因情感和艺术上无法交流而心生罅隙。残酷青春和艺术范儿是许多小资写作的两个标志，章元在第一章全篇开始加入了这种心理压抑的表述，但随着情节的开展，关系逐渐恢复，残酷讲述和艺术偏执便不再提及，反映出对以往小资书写方式的有意偏离，从中能够依稀看到另一种书写的可能性。

萨卡和夏天这两个人物值得引起重视。萨卡先后协助 Colin 和银子做礼堂与游戏设计，即先后服膺于知识和资本的压制。很快他挣脱了 Colin 的束缚，转向银子的游戏制作。关于资本，作者的态度较为暧昧，庄美娴试图反抗然而未果，萨卡也感受到了不自在，但还是坚持完成了游戏。当然之前已经有过银子支持萨卡的铺垫，萨卡后来又发现计算机乃是兴趣所在，也就取消了"反抗"的必要。最终回到学校继续学习专业，令人感到本来就没有太强个人主义的萨卡多了些集体性色彩。勇于挣脱知识和资本的束缚，也就意味着试图摒弃小资产阶级的社会界定，从作为附庸的非主体走向"自在自觉"的主体。夏天这个角色的个人主义似乎最强烈，但其珍视的作品《不知所措的泪》关注的是垃圾堆旁的城市新移民后代。新移民意味着对小群体、小空间和传统意识的突破，表明他们愿意关注更阔大的空间和问题；其次也表明夏天和作者本人虽然享受着城市带来的舒适，但也清晰地意识到遵循西方模式的现代化及全球化带来的种种问题。作为在艺术独立性上最坚持的一个人，夏天对新移民的关注其实也成就了自身的反抗性。在这里，小资不是城市化进程的被动享受者，而是试图改造现实、扭转历史的主动参与者。

对《空窗》我正是想从这样两个层面进行理解，一个是现实性，另一个是可能性。历史地看，在改革开放刚刚启动的20世纪80年代、城市化进程开始加速的20世纪90年代以及彻底加入全球化浪潮的21世纪，蕴含小资情调的城市书写一定都因外部环境和内在心态的变化而产生不同的效果。章元的创作出现既继承又偏离的现象，不仅仅是创作个性的美学问题。

城市年轻人中弥漫的小资情调并不是问题的根本所在，关键在于："小资产阶级如果不从自我的迷梦中苏醒，真正激活自我的阶级属性，改变文化想象和文化参与的方式，就不可能开辟新历史和新文化的可能性。"[①] 谋求小资出路的时候，"再造青年"就成为一个可选路径："青年对国家命运必须承担的责任、义务作为一种天职，已由梁启超明确地赋予了意义。……'青年'这一角色类别自确立起，虽然它的意义结构在各个历史时期逐渐发生演变，但从它承担的使命来说，确是始终一贯的。"[②] 青年阶层的兴起，重新承担起应有的社会、历史责任，重新塑造对政治重大议题的关心，重新发挥结构性的社会能量。

"西方"确切地说是"美国标准"高悬，使得从前北派通俗小说及后来津味文学的"反现代"传统[③]逐渐淡化，新生的年轻作家很多进行的是一种同质化的大都市写作，一定意义上甚至是某种窄化的城市写作，美国都市神话的逐渐被接受带来了本土城市意识形态的加速建立，天津也不例外。天津的城市发展不但先天带有北京和上海的特质，同整个城市化进程一样也以这两座城市的现状为目标，当然这种目标定位并没有、或许也无法剔除其中的意识形态化成分。区别在于，天津只是北京、上海的"过去进行时"，一方面是大对体尚未形成霸权统治，城市

---

① 杨庆祥：《死去了的小资时代》，《南方文坛》2013年第1期。
② 陈映芳：《"青年"与中国的社会变迁》，社会科学文献出版社2007年版，第36页。
③ 王之望主编：《三星丽天——天津与京沪文学比较论》，延边大学出版社2003年版，第51—52页。

释放的乌托邦尚未蜕变成为意识形态①；另一方面天津的"本土"意识尚未彻底瓦解，也不具有北京、上海那样的包容性和流动性。章元属于天津最年轻的一批作家，跟一般的天津人一样不愿意走出这座城市，所以其笔下的城市无须向这里的居民释放出过多的乌托邦，也没有空间对比带来的压抑和焦虑，《如此性感》中的气氛诙谐轻松，"城市"不再是一种意识形态甚至不是一个具有政治意味的空间，仅仅是一个背景和场所，人物大都尝试着完成自己的各种可能性。同时，与徐则臣和甫跃辉不同，章元出生就在一座大城市，城市不是外在于"自我"，而是"自我"的有机组成结构，并且与"自我"同步发展，这种写作姿态令其获得了不同的意义。

如果从一地的城市及城市文学发展来看，这种视野未免略显狭窄，但是放在全境内的城市文学生态中，尤其是以近在咫尺的北京城作为参照，章元的写作反倒具有了某种颠覆力量，因为对未完全大都市化的天津的坚守，事实上形成了对北京的城市意识形态的冲击，宣布了后者的无效以及对后者的蔑视。当然，按照天津的发展进程，不远的将来或许也会趋近北京、上海那样彻底的国际大都市，那时天津的城市意识形态也会建立，居民也会退缩回过度敏感的"自我"状态受到大对体的严酷统治，那时的城市文学必然应该做出调整。不过现阶段的章元仍然具有其重要价值，她借着营造天津尚无过多危害的城市意识形态向积弊已深的北京城市意识形态发起挑衅，同从内部对大对体进行抵抗的徐则臣、甫跃辉一起形成了里应外合的态势，客观上形成了抵制美国都市神话的统一战线。并且，章元是个很灵活的书写者，这从她不多的几部小说中可见一斑，闪转腾挪灵活多变，有理由相信她能够应对城市文学应有的发展方向。

中国的城市化正以高铁般的速度向前飞奔，给中国乃至世界带来前

---

① 天津对于"自我"而言比北京、上海更有利于"主体"的确立，北京早已进入"一套房击碎一个中产阶层的迷梦"阶段，但天津的生存成本远低于人们心中"大都市"的预期，比如房山区的房价低于南开区，昌平区、大兴区则能达到和平区、河西区的低线。城市的边缘/中心对个体阶层和社会定位的自我认知的边缘/中心有决定性作用，而后者则关系到主体建构的成效。

所未有的深刻变化。然而，置身"高铁"车厢内的人们，并非都很清楚前方是怎样的景象，并非都对列车的奔驰充满激情，也并非每个人都对列车拥有归属感，许多人实际上是被"困"在车中，他们无法离开这列飞驰的列车，他们或许也从未想过离开列车，因为他们出发的乡村早已被列车无情地抛在了后面。

因为"去历史化""去政治化"的声浪剥去了文学进入公共关怀视野的可能，文学不能发挥其独特的积极作用，社会缺失了文学的"补血"，青年也丧失了有效的引导而走向解体。经过20年的高速发展，对政治漠不关心的年轻人已成为国家发展的阻力，国家迫切需要既深知自身需求又具有参与热情的独立的青年阶层，需要提升和引导人们崇高精神追求的文学，这就需要重提文学的精神引领功用及其对青年的塑造。再造青年，可以在城市书写处建立观察点，小资书写可以冲出一条血路，以期撼动城市意识形态的坚固统治，谋求一条个体的主体建构之路，而不是滑落为大对体下脆弱敏感的"自我"，从而脱离西方话语霸权，建设属于我们自己的城市发展和城市书写模式。徐则臣、章元、甫跃辉这一代作家的意义指向不在过去，也不仅在当下，更在可见的未来。

"进城"问题与当代农民工的三种写法

罗雅琳[*]

摘要： 随着当代中国的城乡问题日益显现，如何摆脱资本主义文化逻辑、客观且正当地讲述"农民工进城"也成为重要的议题。《出梁庄记》以"乡愁"将农民工问题拉进城市知识分子的视野，"新工人"文化实践和"打工诗歌"体现出农民工表达真实经验和诉求的尝试，而《中国太阳》则以科幻的形式破除城乡等级观念，从农民工自身的经验和传统出发，寻找其具有主体性的本质所在。本文通过分析这三种代表性范式，试图探索重新书写当代中国农民工形象的可能。

关键词： 梁鸿；"新工人"；刘慈欣；城乡书写

一 《出梁庄记》：乡愁的限度

2010 年，梁鸿出版了"非虚构"作品《中国在梁庄》。这本书的写作动机，源自她对自己学院内"虚构的生活"产生怀疑，于是带着一种寻找"真正的生活""能够体现人的本质意义的生活"和"最广阔的现实"的愿望返回自己在河南穰县梁庄的故乡，希望以一种整体的眼光探问乡村现状和它在当代社会变迁中的位置①。2013 年，她又出版了一部讲述梁庄"进城农民"的作品《出梁庄记》，这本书与另外两部纪实作品——美籍华人记者张彤禾的《打工女孩》、新疆女诗人丁燕"卧

---

* 罗雅琳，北京大学中文系博士研究生，主要研究方向为中国现当代文学文化。
① 梁鸿：《中国在梁庄》前言，江苏人民出版社 2010 年版，第 1 页。

底"东莞工厂写出的《工厂女孩》，在2013年同年出版，让"进城农民"成为当年的热门话题。梁鸿回到自己的农村家乡，以她的家人和乡亲的故事为主线，创作有关当代农民命运的"返乡日记"，这一行为迅速得到呼应。2015年春节期间，上海大学文化研究系的在读博士生王磊光写作的《一位博士生的返乡笔记》成为微信朋友圈和微博等社交媒体的热门文章；2016年春节前夕，广东金融学院财经传媒系的教师黄灯写作的《一个农村儿媳眼中的乡村图景》再次引发了人们的热烈讨论。这样的写作，与中国人文学科正在经历着的"社会学视野"转型息息相关。这些学院内的作者尝试在传统的散文写作中加入社会学的视角，从他们身边亲友的故事中讨论中国农村在现代化和城市化中的命运，既有真情实感，又有学理分析，因而都在一时成为流行的文本。

《出梁庄记》描绘了一幅乡土秩序与离乡者共同凋敝的图景。梁鸿以一种现实主义的态度勾画出打工者们的生存状态，虽然她写了西安、南阳、内蒙古、北京、郑州、深圳、青岛等不同地区的进城农民生活，但这些人的命运似乎是一致的：一方面他们居住在生活条件恶劣的城中村，遭遇欺骗、工伤、排外、羞辱，始终无法融入城市生活，而另一方面，他们也对致富怀有不切实际的渴望，参与打架、造假和传销，并积极加入城乡对立的话语生产之中——"城里人好骗"。作者从农村走出，却已适应城市生活，这使她陷入一种身份的两难：同为梁庄的进城者，她与这些农民工们有着基于血缘和地缘的亲密性；但城中村、电镀厂等环境，以及农民工为在这些环境中生存所采取的生活习惯和情感态度，也让已经习惯于当"城市人"的作者产生种种不适感。

梁鸿使用"乡愁"来统摄和克服这些矛盾的情感。她在《出梁庄记》的后记中引用帕慕克的"呼愁"，将自己对梁庄的情绪定义为现代化过程中人人都有的忧伤①。对中国人而言，乡土是必须背负的命运，它的别无选择性让《出梁庄记》显得特别动人。事实上，这也是当下类似作品在处理城乡问题时所共同借助的手段。张彤禾在《打工女孩》中将"背井离乡"作为自己与打工妹们的认同基点，而在徐则臣的

① 梁鸿：《出梁庄记》，花城出版社2013年版，第309页。

"北漂小说"系列中，他也通过在异乡的无家可归感，把卖假证的、卖盗版碟的、大学生、诗人等北京的"异乡人"联系在一起。"乡愁"具有沟通不同人群的"公约数"性质，当作者将走出梁庄的打工者生活以一种"现代性乡愁"的形态呈现出来，不同身份读者就都能在《出梁庄记》中找到哀伤而感人的力量。

然而，这又是一种稍显简单的态度，它把城乡在空间上发展不均衡的事实变成了时间上对古老乡村的怀念。《出梁庄记》中的农民工有缺点，但他们代表着故乡，他们的缺点更展现出作为美好理想的乡土风景、人伦秩序已经消逝，从而在使"乡愁"更为浓郁的同时也造成了对农民工现状的潜在批判。乡愁反过来倒确认了怀乡者处于现代进步时间之中，而农民工则成为闯入现代空间的他者。书中屡屡可见作者对梁庄人的"国民性"批判：她认为梁庄人对自己亲人在外的状况漠不关心、逆来顺受，认为城市把那些和善、羞涩、质朴的乡亲改变成不讲规矩的打架者。当她把贤义姊妹们的麻木归结为"这一切或许与农民身份无关，而与人的自我意识和社会意识的狭窄有关"，反而在"算命仙儿"贤义那儿发现了与"遥远的过去和历史的信息"相连的安静、超脱性质和"开放性、光明性"时，她已经快要陷入"东方主义"的危险边缘：乡村必须是宁静、神秘的世外桃源，乡村人必须淳朴、多情，否则就是自甘堕落，不值得人们对其有所关注或同情。在《出梁庄记》的后记中，面对正在开展的新型农村社区建设，梁鸿担忧梁庄的人将离开泥土和原野，被困在高楼，进入"陌生人社会"，因而感到"疼痛慢慢淹没我的整个身心"。[1] 这同样不免让人感到一种"东方主义"：引发其伤感的与其说是农村的现实，不如说是已成都市人的作者所失落的田园梦。

在《中国在梁庄》和《出梁庄记》中，梁鸿对农村在当代市场经济刺激下的道德衰败和情感离析表达了深深的忧虑。同样，在王磊光的返乡笔记中，他也感叹当前农村亲情关系的淡漠和人与人之间的"原子化"状态；在黄灯笔下的乡村图景中，"乡风乡俗的凋零"也是她所批

---

① 梁鸿：《出梁庄记》，花城出版社2013年版，第312页。

判的对象。然而，对于这一问题，另一位学者刘大先在对于顾玉玲《回家》的书评中给出的答案或许更近人情。同为非虚构作品的《回家》写的不是中国农民工，而是从中国台湾返乡的越南移民劳工，但同样涉及了劳工流动中伦理格局和情感模式发生变迁的问题。刘大先对此写道：

> 情感在移动中发生变革，倒未必是被金钱异化，而是对于这些人来说，情感过于奢侈——它原本在艰难人生中也不过是一个组成部分，而不是全部，更因为生活的重压而空间被压缩到最小。[①]

那一幅民风淳朴、道德醇厚的乡村图景原本就出自我们的想象。无论是沈从文的湘西，抑或是汪曾祺的江南，都是作家对城市中的诸种"现代"病症有所不满，从而有意构想出的一个理想国度。人们时常将费孝通的"乡土中国"与当下中国乡村社会进行对照，以此说明传统社会结构的毁坏。然而，费孝通自己也曾声明，"乡土中国"只是他的一个 Ideal Type，一个从"具体事物"中提炼出来，还需要回到"具体事物"中不断核实的"观念中的类型"。[②]乡村的道德状况并非时至今日才遭堕落，真实的乡村生活中从古至今都有着虐待双亲、卖儿鬻女、抛妻弃子……这些情况也并不唯独发生在乡村。若说道德堕落，难道今日中国都市的道德状况会比农村更好？"传统的消逝"是当代中国社会的普遍状况，只不过，人们将乡村视为"传统"的化身，才会对其中"传统的消逝"更为敏感，甚至产生苛责。

只有抛弃这种"乡愁"的视角，才能将中国农村社会的变迁不是看成"伤逝"，而是看成可能的机遇。梁鸿、王磊光和黄灯在谈到农村风俗堕落时，最为忧心的问题之一是农村老人的赡养问题。所谓的"留守老人"，也是当下新闻报道中最容易引发批判的话题。这样的忧心是人

---

① 刘大先：《"裸命"归去来》，《读书》2016 年第 8 期。
② 费孝通：《乡土中国·重刊序言》，费孝通《乡土中国》，上海人民出版社 2007 年版，第 4 页。

道主义的，然而，在有着多年实地农村调研经验的社会学者贺雪峰看来，"留守老人"反而反映了一种新型的"老人农业"模式的兴起。贺雪峰提出了一种"以代际分工为基础的半工半耕"结构，也即在由年轻农民进城务工获得务工收入之外，由年老父母在家种田，保持原有的农业收入。中老年农村人口很难在城市找到工作，但是当前农机、农技、农艺的发展却使他们完全具备在土地上耕作的能力。这样的"老人农业"是半生产半休闲性质的，不仅具有经济效益，更有利于农村老年人保持人生趣味、参与人情往来。这并没有人们想象中那么悲惨，反而提供了一种有意义的生活方式。[1] 也就是说，农村出现的新型伦理形态实际上是与农村生产方式的变迁相配套的。人文学者们因农村风俗的变迁而感叹农村的衰败，却选择性忽视了农村在现代生活之"变"中诞生的诸种活力。他们的"乡愁"是真实感人的，却受缚于一种关于农村的道德化视野，因而削弱了对于农村真实情况的把握能力。

梁鸿其实有着书写农民工新形象的抱负。她的立场是拒绝城市化的普遍性，但"不是直接地否定和放弃，而是努力去开掘新的、但又不脱离自我的生存之道"。她希望农民工"以自己的形象去建构一种生活方式"，[2] 却没有找到适合他们实际处境的、新的本质所在。如果说，写作《中国在梁庄》时的梁鸿怀有对乡土重建的希望，是因为她还能在梁庄找到一些传统乡村伦理秩序的遗留并以此作为依托。那么，在《出梁庄记》中，对于已经被深深卷入资本市场中的农民工而言，传统的乡土秩序已经渺不可追，新的生活根基又尚未形成，梁鸿的失望也就成为必然。而农民工如何形成自己的主体性书写，依然是有待探索的问题。

二 "新工人"的诗与乐

萨义德曾引用马克思的话来讲述西方霸权之下东方的命运："他们

---

[1] 贺雪峰：《老人农业：留守村中的"半耕"模式》，《国家治理》2015 年第 30 期。
[2] 梁鸿：《出梁庄记》，花城出版社 2013 年版，第 313 页。

无法表述自己；他们必须被别人表述。"① 这也是处于资本秩序之中的当代中国农民工所遭遇的困境。想要突破这种被描写的位置，他们必须找到自己的语言。而在北京展开的"新工人"的命名及实践，以及以深圳和东莞为中心的"打工诗歌"写作，便是农民工进行自我表述的两种尝试。

"新工人"是社会学家用以把农民工与"老工人"——诞生于社会主义工业化的国企工人——区分开来而发明的词汇。产生于 20 世纪 80 年代以来的市场化过程中的农民工，虽然与"老工人"从事着同样的职业，却无法享受同样的待遇。在城乡二元体制之下，农民工的劳动力再生产责任（养老、育儿、教育、居住、医疗）被抛给农村，从而在无形中降低工业生产成本并补贴资本家②。工人的"新"和"旧"原本只是类型的划分，但"新工人"这一名称迅速得到进城务工农民及相关社会团体的接纳，并被寄托了赋予"农民工"全新内涵的希望。两个典型的例子便是 2006 年由北京打工者自发成立的公益性民间文化团体"打工青年艺术团"更名为"新工人艺术团"，以及 2013 年社会工作者吕途写作的社会调研报告《中国新工人：迷失与崛起》出版。他们对"新工人"一词的欢迎，源自社会对"农民工"的歧视，一方面希望摆脱农村身份、成为城市的一员，另一方面则是有意借助"工人"一词所负载的社会主义传统为农民进城者找到新的伦理根基。③

"新工人艺术团"创作了许多与进城务工者生活密切相关的歌曲，并自 2012 年起每年举办工友们联欢的"打工春晚"。他们的表述策略建立在"劳动最光荣""劳动与尊严"的基础上，强调"天下打工是一家"和"城市是我们的家"，以此把进城务工者的乡愁转化为团结工友和扎根城市的情感诉求。通过恢复劳动者与劳动产品的联系，强调"老乡们建的立交桥和洋房"（《这矮矮的村庄是我们在这城市的家》），"究竟是谁养活谁"（《彪哥》），从而建立劳动者在世界的主权地位。因此，

---

① ［美］萨义德：《东方学》，王宇根译，生活·读书·新知三联书店 1999 年版，扉页。
② 沈原：《社会转型与工人阶级的再形成》，《社会学研究》2006 年第 2 期。
③ 吕途：《中国新工人：迷失与崛起》，法律出版社 2012 年版，第 2—7 页。

这种话语策略重新恢复了"人"在资本主义生产关系中被异化的地位——"国民经济学由于不考察工人（劳动）同产品的直接关系而掩盖劳动本质的异化"①——因而人得以"在他所创造的世界中直观现身"②。这一转换是关键的，它为进城务工者找到了新的本质，从而有了更新农民工形象的可能。

"新工人"与其说是阶级话语的复兴，不如说是一种朴素的集体主义诉求。它所囊括的范围并不限于产业工人，而是把售货员、家政工、小店主等第三产业从业者也包括在内。为了以经典马克思主义话语寄予厚望的"工人（无产阶级）"之名统一这些人群，它借用了不少革命年代的修辞，比如"雄关漫道真如铁，而今迈步从头越。聚在一起是一团火，散开之后是满天的星星"（《生活就是一场战斗》）；"生活就是一场战斗，你要意志坚定，不怕牺牲"（《生活就是一场战斗》）；"莫要伤悲，我们理想终将实现，为了明天的自由，为了理想而奋斗，为了正义的歌声传遍全球"（《我们理想终将实现》）。但是，正如潘毅、卢晖临甚至写作《中国新工人：迷失与崛起》一书的作者吕途等人所指出的那样，农民工在中国的"（无产）阶级化"遭到国家和资本双方面的结构性压制。而在潘毅的《中国女工》、梁鸿的《出梁庄记》、张彤禾的《打工女孩》所讲述的故事中，农民工们不仅在心理上不认同"城市工人"的身份，甚至需要依赖城乡二元体制进行"自我赋权"，最典型的例子便是进城打工的农村女孩因为获得较高的收入而部分地摆脱父权制约束、成为家庭的主心骨。在"新工人化"立场较为激进的吕途那里，这被视为在社会断裂中人的分裂和"精神'臆化'"③，但这个不可避免的事实却导致"新工人"的表达实践无法真正上升为马克思笔下那种有力量、有生长感和未来感的阶级话语，而是停留于人的情感本能。在他们的音乐中，"只为了求生存走到一起来""大伙来到这里求个发展""我在渴望，何时能不再飘荡"等生存层面的实际要求与"为了正义的

---

① ［德］马克思：《1844 年经济学哲学手稿》，人民出版社 2000 年版，第 54 页。
② 同上书，第 58 页。
③ 吕途：《中国新工人：迷失与崛起》，法律出版社 2012 年版，第 259 页。

歌声传遍全球"的世界革命话语是脱节的，这不是部分农民工群体"缺乏觉悟"的问题，而是他们所借助的阶级话语无法找到在日常生活中的契合点。这一脱节其实显示出中国社会在呼吁变革时的路径依赖、主体依赖，其后果则是"新工人"的尝试无法完成对话语表达的更新，只是更换了"农民工"的名称而已。

事实上，在工人阶级话语最为强势的 20 世纪 50—70 年代或者 50—80 年代，工人的主体地位与其说是来自其劳动本身，倒不如说是由强劲的外在政治力量所塑造。早在《在延安文艺座谈会上的讲话》中，毛泽东就已经说过，在学校时的自己觉得世界上干净的人只有知识分子，而工人农民比较脏。后来参加了革命，才觉得最干净的是工人农民，"尽管他们手是黑的，脚上有牛屎，还是比资产阶级和小资产阶级知识分子都干净"[①]。其中需要一个"情感起了变化"的过程，而这种曾经被 50—70 年代文化政治所"变化"的情感，在今日已经再度"变化"回去。这个"变化回去"的过程正发生于 80—90 年代的国有企业改制中。在股份制所代表的现代管理体制之下，工厂领导干部的管理"劳动"比起工人的实际"劳动"拥有更高的价值；接下来的下岗大潮则塑造出一种优胜劣汰的新逻辑：工人之所以"下岗"，是因为他们知识陈旧、没有跟上"现代"的步伐。大规模的工厂改制和工人下岗，早已使工人作为"劳动者"的光环消失殆尽。宣称高楼大厦是农民工所建，反而使他们的境况更贴近马克思所描述的"异化"："工人生产的财富越多，他的产品的力量和数量越大，他就越贫穷。工人创造的商品越多，他就越变成廉价的商品。物的世界的增值同人的世界的贬值成正比"[②]。如今，以"工人阶级"命名当下进城务工的农民，虽然有助于将他们塑造为一个整体、感知彼此的共同命运，却不仅与当下农民工的实际不甚贴合，更无法为他们找回 50—70 年代工人阶级曾享受的荣光。

---

① 毛泽东：《在延安文艺座谈会上的讲话》，《毛泽东选集》第三卷，人民出版社 1991 年版，第 851 页

② ［德］马克思：《1844 年经济学哲学手稿》，人民出版社 2000 年版，第 51 页。

不同于以建筑业和服务业为主的北京打工者，广东的进城务工者以流水线工人为主，更直接地暴露于资本主义秩序之下。不同的环境生长出了不同的文化形态，北京的"新工人"实践是进行曲式的、力量性的、诉诸集体斗争的，而广东则以流水线工厂最为集中的深圳宝安区和东莞为中心，发展出讲述资本主义异化经验和孤独个人的"打工诗歌"现象。"异化不仅表现在结果上，而且表现在生产行为中，表现在生产活动的本身中，如果工人不是在生产行为本身中使自身异化，那么工人活动的产品怎么会作为相异的东西同工人对立呢？"①"新工人"文化实践所反抗的异化，是结果上的异化，是建筑工人造出高楼大厦却无落脚之地的异化。这种反抗一小半是现代自觉，一大半则是"遍身罗绮者，不是养蚕人"的古老道德义愤。而广东的流水线工人则在人成为机器一部分的单调中、在强度和时长都达到极限的工作中，直接地体会到了生产活动本身的异化——"他在自己的劳动中不是肯定自己，而是否定自己，不是感到幸福，而是感到不幸，不是自由地发挥自己的体力和智力，而是使自己的肉体受折磨、精神遭摧残"②。当潘毅和丁燕进入工厂体验劳动时，她们就迅速地感受到了这种异化，而在长久地处于流水线上的打工诗人们，则将异化体验以血肉模糊的形式呈现出来。

打工诗歌最有影响力的代表者，有2013年曾以《纸上还乡》参加荷兰鹿特丹国际诗歌节、获得国际华文诗歌奖的郭金牛，2007年获得人民文学奖的郑小琼和2014年10月1日跳楼自杀的富士康打工诗人许立志。许立志的诗歌遗作在他身后结集为《新的一天》，以众筹的形式筹款出版，结果三天就已完成目标，到众筹期结束时共筹资13万余元。他们的诗歌中充满了工业的意象，而这些粗粝意象与人的血肉形成对立和毫不留情的摧残。比如"这个夜晚/我坐在波峰焊锡炉的出口处/目睹一块接一块的主板/像送葬队伍一样/死气沉沉地向我走来/我把它们从载具上一一取下/隔着静电手套/阵阵炽烫仍然通过手指直涌胸口/我咬紧牙关忍受着/就像我必须忍受着生活"（许立志：《忍受》），还有"我

---

① ［德］马克思：《1844年经济学哲学手稿》，人民出版社2000年版，第54页。
② 同上。

咽下一枚铁做的月亮/他们把它叫做螺丝/我咽下这工业的废水，失业的订单/那些低于机台的青春早早夭亡"（许立志：《我咽下一枚铁做的月亮》），还有"他缓慢而迟钝的沉闷呼吸间，被塞住的肺/在躯体里移动的电焊尘，像一颗铁钉插进了贫穷而低微的肉体/他带病的肺在工业时代中猛烈喘息"。（郑小琼：《肺》）。在《中国女工》中，潘毅希望提出一种抗争的"次文体"（minor genre），正如德勒兹所定义的，次文学（minor literature）是由一个少数社群在主导语言中建构出来的，它的一切都具有政治性，"它拥挤而狭窄的空间迫使所有个体都试图将自身与政治及其共同构成的社群直接联系在一起"，次文学中的一切都具有集体性价值，个体的声音无法与集体的声音分离开来①。潘毅将女工的尖叫、梦魇、疼痛和昏晕视为"抗争次文体"，认为在这些时刻女工们突破了已经异化的身体，比如昏晕——"身体疼痛的极端体验——被视为女工对规训程序所发起的根本挑战……它揭示出工业时间的暴力及其试图将女性身体改造成为劳动机器的失败"。② 尤其是梦魇，它"可能打破客体性与主体性在（意识与无意识）之间二元对立的经验"③，这种超越性使其可能导向自我解放与自我创造。当然，潘毅也直言这种解读只是一种叙事，是把尖叫、梦魇等个人创痛放置在社会文化背景中解读的结果，但这些打工诗歌，似乎是一种把无法抑制的身体疼痛以文字直接呈现的方式。马克思说，在异化劳动中，"活动是受动；力量是无力；生殖是去势；工人自己的体力和智力，他个人的生命——因为，生命如果不是活动，又是什么呢？——是不依赖于他、不属于他、转过来反对他自身的活动"④。而写诗这一行为，则恢复了被资本和大机器生产所阻断的精神世界，恢复了工人作为人而非生产要素的完整性。吴晓波、吴飞跃、秦晓宇正在筹拍的打工诗人纪录电影《我的诗篇》的预告片，以"我们读诗写诗，是因为我们是人类一分子，而人类是充满激情的"

---

① 潘毅：《中国女工：新兴打工者主体的形成》，任焰译，九州出版社2010年版，第167页。

② 同上书，第180页。

③ 同上书，第188页。

④ ［德］马克思：《1844年经济学哲学手稿》，人民出版社2000年版，第55—56页。

作为开头，正道出其中之义。

正如郭金牛的诗集名"纸上还乡"和他在《我的诗篇》中所说的——诗歌是这个世界上唯一"它不嫌弃我，我也不嫌弃它"的东西，广东的打工诗歌为农民进城者找到了情感慰藉，也更新了打工者的面貌。但且不论打工诗人只是农民进城群体中的少数，他们往往成为人群中的孤独者，这些诗歌本身也多退缩回个体、自然或者美学乌托邦。这体现出这类以反抗资本秩序为出发点的诗歌的限度，农民工的主体地位还需要其他精神伦理根基。

三　《中国太阳》：农民工的崇高主体

"新工人"之名的诞生，基于对已经刻板化、污名化的"农民"形象的拒斥，是一种反"东方学"的态度。然而这却使进城务工群体丢失了自己立足的强大传统，只能从与自身经验颇为隔膜的"工人"那儿移植资源。那么，如何从农民工自身的经验和传统出发，撇清加诸其上的种种污名，正确地讲述农民工在当代社会的贡献与位置，从而为他们书写一个全新的形象？刘慈欣获得 2002 年中国科幻最高奖"银河奖"一等奖的科幻小说《中国太阳》，或许示范了一个成功的例子。

《中国太阳》讲述了一个农民工拯救世界的故事。水娃怀着"喝点不苦的水，挣点钱"的愿望，从极度穷困的乡村先后来到矿区、省会和北京，并当上了一名高空建筑清洁工——"蜘蛛人"。他打工时偶遇的科学家庄宇，后来成了以人造太阳影响地球天气的"中国太阳"工程的主持者，而包括水娃在内的六十名"蜘蛛人"则被庄宇聘请为在太空擦中国太阳的"镜面农夫"。水娃因此获得了荣誉感和较高的经济收入，在北京成家立业。在一次与霍金的交谈中，水娃第一次被宇宙的奥秘和壮丽所震撼，产生出探索遥远宇宙的希望。二十年后，在国家为水娃这些第一批太空产业工人授勋的仪式上，水娃主动请缨驾驶由"中国太阳"改造的行星际飞船飞向太空。故事终结于水娃重新激起了人类社会探索太阳系外宇宙的热情，但依然对家乡怀有深深的眷念——"水娃始终会牢记母亲行星上的一个叫中国的国度，牢记那个国度西部一片干旱土地上的一个小村庄，牢记村前的那条小路，他就是从那里启程的"①。

小说以一种寓言的形式讲述了农民工的贡献。庄宇之所以选择让农民工成为"中国太阳"的清洁队，最大的原因是可以在这个准商业的项目中节省薪水："正规宇航员的年薪都在百万以上，我这些小伙子们每年就可以给你们省几千万"②。这正是林毅夫等经济学家所乐道的中国廉价劳动力的"比较优势"。正是这一批吃苦耐劳的农村打工者，推动了中国经济的高速发展。小说中，"中国太阳"的其他高层领导人反对庄宇让农民工进入这项工程："在城市高等教育已经普及的今天，让一个文盲飞向太空？"，甚至认为"这是对这个伟大工程的亵渎"，却无人理会水娃"我不是文盲"的自白。而庄宇则力证"蜘蛛人"们能完成普通人绝不能完成的任务，让人们承认"蜘蛛人"在工作中所需的体力和技巧与宇航员的太空行走别无二致。通过把农民工变为太空中的"镜面农夫"，刘慈欣笔下的"农民"身份并不意味着土气、无知、没有远见，而是携带了一个社群的特定经验与技艺。小说中的前宇航员感叹道：

> 这使我想起了那个古老的寓言：卖油人把油通过一个铜钱的方孔倒进油壶中，所需的技巧与将军把箭射中靶心同样高超，差异只在于他们的身份。③

"熟能生巧"的故事在这里被改写成了一个与"身份"密切相关的故事。从这个意义上，刘慈欣重述了费孝通和毛泽东先后提出的类似命题。费孝通的《乡土中国》提出，首先，对于乡下人不懂得避让汽车等情况而言，这只是知识问题而不是智力问题；其次，正如城里人去了乡下不认识庄稼，城市和乡村的知识概念也是不同的，不能片面地说乡

---

① 刘慈欣：《中国太阳》，刘慈欣《乡村教师》，长江文艺出版社 2012 年版，第402页。
② 同上书，第386页。
③ 同上。

下人"知识不及人"。费孝通由此批评启蒙主义的乡村话语将乡下人视为愚笨和无知的态度①。而毛泽东时代的实践，则通过破除体力劳动和脑力劳动的等级差别，强调劳动"只有分工不同，没有高低贵贱之分"，完成了与费孝通类似的倒转启蒙话语结构的任务。刘慈欣让"蜘蛛人"的技能得以运用于太空，意在以此证明乡土中的智慧并不亚于城市，甚至在绝对"现代"的科技领域也有可发挥的空间。

而更重要的是，小说中的水娃虽然文化水平低，近乎文盲，却并不"愚昧"和"麻木"。他有着旺盛的求知欲，只要加以教育，就可以被引导向更高的目标。小说由水娃的六个目标结构而成，从第一个目标"喝点不苦的水，挣点钱"到第六个目标"飞向星海，把人类的目光重新引向宇宙深处"。在不同人的点拨下，水娃从小村庄一路走向太空。而在此过程中，他的心智也不断得到提升。北京让他懂得了人在更高处可以看到不一样的东西，科学家陆海让他从自己的"托勒密时代"进入了"航天时代"，而霍金和太空中的生活则使他对于遥远的宇宙产生了难以抗拒的向往。但水娃没有停留于这一被启蒙的位置，而是最终超越了他的启蒙者。在一个人类逐渐丢失了理想和信仰的年代，水娃挺身而出担任星际航行的志愿者，这让他当年的启蒙者陆海感叹水娃"已远远超过我"。水娃为何在一个趋于保守的年代仍然保持着追逐远方的豪情？他坦言：

> 有人满足于老婆孩子热炕头，从不向与己无关的尘世之外扫一眼；有的人则用尽全部生命，只为看一眼人类从未见过的事物。这两种人我都做过，我们有权选择各种生活，包括在十几光年之遥的太空中飘荡的一面镜子上的生活。②

水娃离开家乡，却不断见到了自己"从未见过的事物"。他后来萌

---

① 参见费孝通《文字下乡》《再论文字下乡》，费孝通《乡土中国》，上海人民出版社2007年版，第12—22页。

② 刘慈欣：《中国太阳》，刘慈欣《乡村教师》，长江文艺出版社2012年版，第399页。

生出的离开地球、探索太空的豪情正来自此前离开家乡、追求更好生活的经历。水娃从家乡村庄来到北京、进入太空的过程不仅是空间上的转移，也是他的视野和心智在不断拓宽和提升的过程。

像水娃一样的农村孩子需要离开家乡、在外面的世界获得更多的机遇，但与此同时，他们也并未彻底逃离家乡，而是与之保持着深厚的情感联系。刘慈欣在小说中安插了一些看似"闲笔"的情节。水娃一路从西北小山村走进北京、飞向太空，一往无前，似乎毫无眷恋。但在水娃进入太空后，刘慈欣突然开始写，"水娃与家里通了话"。水娃的爹娘和水娃明明看不到彼此，却依然感知得到对方的存在。水娃和其他的"镜面农夫"们甚至专门买了高倍望远镜，用于在太空遥望家乡。还有人在镜面上写下一首诗：

> 在银色在大地上我遥望家乡
> 村边的妈妈仰望着中国太阳
> 这轮太阳就是儿子的眼睛
> 黄土地将在这目光中披上绿装①

这首诗在天空与土地、远方与家乡之间循环往复。"中国太阳"带来的雨水将改变西北的干旱气候，水娃们既是为"中国太阳"工程工作，也在为自己的家乡服务。小说写到，他们在擦拭"中国太阳"时，总把自己家乡所对应的位置"擦得最勤"。

这些"闲笔"让《中国太阳》呈现出"乡愁"的别样面貌。对乡土的深厚感情与离开乡土并不矛盾，甚至，正是因为希望乡土变得更好，他们才离开自己的家乡。于是，刘慈欣改写了主流的乡土美学。在主流的乡土叙事中，"离乡"总是涕泪飘零的。其背后逻辑则是视乡村为神话般亘古不变的乐园，离开乡村便是失去乐园。这种情感结构导致农业/工业、乡村/城市的对立，为了批判后项的破坏力，前项必须保持不变。这正是雷蒙德·威廉斯曾斥责的对于乡村的保守主义论调："如

---

① 刘慈欣：《中国太阳》，刘慈欣《乡村教师》，长江文艺出版社2012年版，第390页。

果它认为社会的发展进程应当停留在现在这个相对的优势和劣势状态、不再变化，那就是一种欺诈。"① 而在《中国太阳》中，离乡却呈现为不断开拓进取的豪情。离乡是因为个人要追求发展、贫瘠的农村需要改变，同时也是因为全人类共同的伟大事业。在水娃一步步从乡村走向太空的过程中，刘慈欣写出了一种崇高感，这种崇高不仅是康德意义上的、观念的崇高：有限在无限面前先惧后喜，感受到威力而理性又能把握这种威力——比如水娃对于都市灯火和浩渺宇宙而生的震惊体验；更是李泽厚意义上的、实践的崇高："实实在在的人对现实的不屈不挠的生产斗争、阶级斗争和科学实验的革命实践"②。

关于中国农民的"离乡—进城"，如果说，在知识群体中流行的忧伤来自看到农民工在城乡二元体制和资本主义经济压迫下的渺小与卑微，那么，刘慈欣则有意要为他们以其渺小之力所造就的崇高树碑立传。这种崇高不是来自"工人阶级""艺术家"或"诗人"等神圣的外在名号，而是诞生于他们的日常劳动和乡土情怀本身。农民工的劳动创造了中国的经济奇迹，这是一种"崇高"；同时也在改善着他们自己和家人的生活，这更算得上"崇高"。小说中，水娃的爹娘听说水娃要飞向"老远的地方""怕是回不了家了"，却并不觉得特别难受——"娃是在那比月亮还远的地方干大事呢！"③ 比起"疼痛的乡愁"，这样的骄傲感恐怕才是在中国农民的"离乡—进城"中更为普遍的情感。

结 语

要想改变"农民工"在当下语境中被丑化和弱化的地位，真正的道路是恢复人类被资本所分化之前的亲密性，改变讲述农民"进城"时携带的文化等级观念，把乡村与城市、农业与工业放在一个整体中来讨

---

① ［英］雷蒙德·威廉斯：《乡村与城市》，韩子满、刘戈、徐珊珊译，商务印书馆2013年版，第391页。
② 李泽厚：《关于崇高与滑稽》，李泽厚《美学旧作集》，天津社会科学院出版社2002年版，第121—147页。
③ 刘慈欣：《中国太阳》，刘慈欣《乡村教师》，长江文艺出版社2012年版，第400页。

论。只有这样，我们才能分享、反省、融合不同的文化经验、传统和期望，从而破除旧社会形式的壁垒，实现雷蒙德·威廉斯所说的"漫长的革命"——"通过发现新的共同的制度，人能够主导自己的生活"。①梁鸿等学院知识分子以"乡愁"为基点的田野调查是把农民工和知识分子联系起来的一种尝试，"新工人"和"打工诗歌"则在文化生活实践的层面上展开了为农民工群体寻找精神内核的工作。而刘慈欣的《中国太阳》则体现出破除固有等级观念、重新书写农民工形象的一种可能。"农民工"问题既是社会命题更是文化命题，改变现状需要新的理论和实践，更需要新的讲述现实和想象未来的能力。

---

① ［英］雷蒙德·威廉斯：《漫长的革命》，倪伟译，上海人民出版社 2013 年版，第362 页。

雾霾隐喻，或构形城市的方法

——《王城如海》的北京叙述

徐　刚*

摘要：徐则臣的长篇小说《王城如海》成功地将故事笼罩在一片雾霾之中，而且雾霾之于小说，不仅在于自然背景的营造，更在于获取一种隐喻意义上的整体气韵。小说也正是通过雾霾的隐喻来构形城市的意义，从而将北京"制作"成"一部可读的作品"。小说中都市人群与阶级图谱的渐次展开，以及"黑暗记忆"所连带的历史纵深的开掘，分别从现实与历史两个层面展开对于北京叙述的深入阐释。小说借助余松坡这个构形城市的绝妙"中介"，不仅探讨北京城市空间的复杂面貌，更在现实与记忆的纠结缠斗中剖析北京乃至中国城市的现代性本质，显示出独特的艺术贡献。

关键词：徐则臣；《王城如海》；城市书写；北京叙述

在《文学中的城市》里，理查德·利罕（Richard Lehan）将城市视为"都市生活加之于文学形式和文学形式加之于都市生活的持续不断的双重建构"[1]，这为我们打开了城市文学研究的新空间。而沿此思路探索"文学中的城市"，张英进的《中国现代文学与电影中的城市》曾给我们诸多启示。他研究表明，不是城市如何影响了文学，而是文学、电

---

　*　徐刚，文学博士，中国社会科学院文学研究所副研究员。

　①　［美］理查德·利罕：《文学中的城市：知识与文化的历史》，吴子枫译，上海人民出版社2009年版，第3页。

影如何通过对城市的"构形"成为现代中国一个重要的文化生产形式。在这个过程中，作者有意绕开文学中的城市再现的真实性及其与现实城市的关系这一难题，而是强调文学与电影作为一种话语方式如何象征性地构筑"真实的"或"想象性"的城市生活，如何使城市成了一个问题。在他那里，"构形"成为解读文学与电影中的城市的核心词汇，它指文学、艺术对城市叙述的结构方式——不仅包括作品中所呈现的城市形象，更指作者叙述城市时运用的感觉体验和话语修辞"策略"。这毋宁说是一种"以城市为方法"的文学/文化研究方式。在此意义上，探讨文本创作的意义便在于，去追问"城市是如何通过想象性的描写和叙述而被'制作'成为一部可读的作品"①。

在《王城如海》中，徐则臣尝试以小说的方式叙述北京，从而构形城市的现代意义。在此，作者通过雾霾的隐喻，将北京"制作"成"一部可读的作品"。其间，都市人群与阶级图谱的渐次展开，"黑暗记忆"所连带的历史纵深的开掘，分别从现实与历史两个层面展开对于北京叙述的深入阐释。而小说借助余松坡这个构形北京城市叙述的绝妙"中介"，不仅探讨北京城市空间的复杂面貌，更在现实与记忆的纠结缠斗中探索中国城市及其现代性的确切意涵。

一 都市人群与中产者的"雾霾"

徐则臣最早引起文学界关注的，是他独树一帜的"北漂故事"。在他的小说中，外乡人、城市边缘人和底层奋斗者，无论怎么表述，指向的目标都是一致的——那些在我们的城市"看不见的风景"。他们的情感与卑微的梦想、执着的探求，都曾长久遭受漠视。而《啊，北京》《跑步穿过中关村》《我们在北京相遇》等作品，便描绘了奔走于北京街头的各色人群，办假证的、卖光碟的，他们从农村或小城镇来到北京，徘徊在合法与非法的模糊地带，过着正常或非正常的生活，他们在

---

① 张英进：《都市的线条：三十年代中国现代派笔下的上海》，冯洁音译，《中国现代文学研究丛刊》1997年第3期。

故乡与北京之间游荡挣扎，做着无望的抗争。这些小说"对于北京城里'特殊'人群的关注"，也正好"揭示着这个时代社会文化中被我们秘而不宣的那部分特质"，而让那些"隐匿的人群"得以浮现，则正是徐则臣最为突出的艺术贡献之一。这就像评论者所指出的，他让我们看到了一种颇为悲苦的"速度中的北京"："那些卖盗版光盘、卖假发票、伪造各种证件的人群奔跑着，在北京城的街道上、栏杆处和墙壁上，刻下他们的电话号码，给这个城市贴上陌生而又难堪的标志。"① 这些在黑暗中奔跑着的人群，构成了徐则臣城市叙述的题中之义。

让那些长久以来"隐匿的人群"在文学中浮现，正是徐则臣小说的重要特色，也是他城市写作的突出风格。然而，《跑步穿过中关村》里办假证、卖盗版碟的敦煌与夏小容面对的到底是阔大浩瀚的北京城，扑面而来的沙尘暴令人猝不及防，"太阳在砂纸一样的天空里直往下坠，就在这条街的尽头，越来越像一个大磨盘压在北京的后背上"。昏黄的天空，尘土纷纷扬扬，这个城市的粗粝、蛮横，以及劈头盖脸的艰险，都清晰地写在了这里。而那些城市的边缘人不得不"岌岌可危地悬挂在生活边上"②，为着自己卑微的理想徒劳无益地打拼。北京，既是他们自己选择的自由天堂，也是他们被迫居住的宿命场所。

然而在新作《王城如海》里，呼啸的沙尘暴终于演变为挥之不去的雾霾，生活之中那些痛并快乐的艰险，开始让位于一种更加严峻的生存危机。如果说曹禺将话剧《雷雨》置于一种阴沉郁热、低沉潮湿的空气之中，从而获得一种情感表达、情绪爆发的契机，那么《王城如海》则成功地将小说笼罩在一片雾霾之中，这便在隐喻的意义上获得一种整体气韵，"雾霾无处不在，渗透进生活中的角角落落，影响着生活，也同时支配着生活于其中的人们的行为"③。雾霾这个现代性的后果，既是城市工业发展的见证，也意味着严重的环境污染。这就像徐则臣在后记中所说的，"我在借雾霾表达我这一时段的心境：生活的确是尘雾弥

---

① 张莉：《重构"人与城"的文学想象》，《文艺报》2011年10月17日第2版。
② 徐则臣：《跑步穿过中关村》，《收获》2006年第6期。
③ 谢尚发：《撕裂的城市风物观察——评徐则臣〈王城如海〉》，《文学报》2016年8月25日第20版。

漫、十面霾伏"①。饶有意味的地方在于，那些"隐匿的人群"在其"浮现"的过程中，终于奇迹般地蜕变为中产阶级眼中的"雾霾"。而从更深层来看，人性的雾霾也考验着中产阶级外表光鲜的生活，揭示它无限风光背后内在的脆弱，这当然是更为致命也无法逃遁的危险。

《王城如海》的故事线索很清晰，这部以北京为背景的长篇小说，实则围绕余松坡的双重困扰展开。第一个层面的苦恼来自当下，即社会现实层面。这位海归先锋戏剧家的最新作品《城市启示录》因被误解冒犯了蚁族；而第二个层面的苦恼则来自历史，即个人记忆的层面，这便牵扯出他过往岁月的关键节点处暗藏着的不为人知的人性污点。那个让他寝食难安的告密丑闻，随着事件受害者的重新出现而越发有暴露的危险。这双重的困扰，顿时让余松坡风光无限的生活变得岌岌可危。小说也意在通过他的故事提示我们，古老而现代的北京城在其繁华富丽的光鲜之外，存在着"更深广的、沉默地运行着的部分"，即这个城市无法摆脱的"乡土的根基"②。

事实上，《王城如海》依赖不可思议的巧合、戏剧化的情节编织，确实将都市的各色人群归拢一处。除了余松坡这位哥伦比亚大学毕业的先锋戏剧家，还有大学生蚁族、保姆、快递员等，既有吃着拆迁补偿款开大奔的黑车司机，也有土地流转中当不成农民而进城打工的擦车工。他们陆续登场，意在强调城市浮华背后的幽深，探寻"他们的阶级、阶层分布，教育背景，文化差异，他们千差万别的来路和去路"③。进城者幻想体面的城市生活，历史的受害者如幽灵般在城市的边缘游走，而蚁族们则与想象的自我进行着殊死的搏斗……

对余松坡来说，最大的困扰正是来自那些雾霾一般遍布各处的"城市的边缘人"。比如，从投怀送抱的鹿茜身上，我们看到了野心勃勃的奋斗者粗鄙而咄咄逼人的攻势。在这位庸俗的女大学生那里，要想成功就得不择手段，甚至将所谓的潜规则视为理所当然。这不正是这个时代

① 徐则臣：《〈王城如海〉后记》，《东吴学术》2016 年第 5 期。
② 徐则臣：《王城如海》，《收获》2016 年第 4 期。
③ 同上。

的流行趋势吗？由她而引发一系列误会和连锁反应也就不足为奇。而快递员韩山的故事，则是小说的另一条线索。他的同事彭卡卡之死是我们早已熟悉的底层遭际的缩影，那些"被侮辱被损害者"的命运总是如此卑微而令人嗟叹。刘易斯·芒福德在他的《城市发展史》中谈道，"城市总是不断地从农村地区吸收新鲜的、纯粹的生命，这些生命充满了旺盛的肌肉力量、性活力、生育热望和忠实的肉体。这些农村人以他们的血肉之躯，更以他们的希望使城市重新复活"①。城市在给农村人以金钱利益和幸福许诺的同时，也使他们的个人自主性丧失殆尽，甚至剥夺他们的生命。

某种程度上看，韩山关于彭卡卡之死的震惊、哀恸，以及难以释怀的愤怒，都是他面对这座城市时注定需要领受的人性功课。这里似乎暗藏着一种模糊的阶级意识的觉醒。死亡这种存在的极致，一度让韩山处于崩溃的边缘，物伤其类的悲痛左右了他此后的行动。由此而来，他的嫉妒，即对罗冬雨与余松坡之间暧昧的蛛丝马迹的竭力捕捉和放大，则可视为底层的自卑与敏感的生动再现。他不得不时时为自己女友身陷中产阶级生活方式而忧虑不已并深感冒犯，而他的女友，那个已然深陷其中的小保姆，显然并不能感同身受地领会他的悲苦。两位天涯羁旅的恋人，或许都感受到了他们之间的生活裂隙在逐渐加大，这让可怜的韩山万万不能接受。他注定要把一腔怒火发泄到余松坡身上，首先便从粗野地亵渎后者精心收藏的面具开始。而对于余松坡来说，他的无妄之灾从此降临，而他誓死守护的"黑暗记忆"也将宣告裂解。

如果说韩山的嫉妒与愤怒终究让他被报复的欲念所裹挟，那么在罗冬雨的弟弟，大学生罗龙河这里，则是某种意义上的轻信，即那被毁弃的自尊，让他丧失了判断。而报复的意念所裹挟的快意，毫不犹豫地将故事引向了不可收拾的境地。在余松坡这里，底层的良善品质似乎正在丧失，并对中产阶级的生活形成真正的冲击。尽管罗龙河的报复、韩山的愤怒与冒犯都其来有自，但这显然与徐则臣早期小说中这类人群的良

---

① ［美］刘易斯·芒福德：《城市发展史》，倪文彦、宋峻岭译，中国建筑工业出版社1989年版，第42页。

善和内心的明亮大异其趣。这也就像负罪逃亡时，罗冬雨在弟弟的眼神中所看到的，那是"一个成年男人才有的恐惧、坚硬和凶狠"①。而所有这些都是为了汇入他所声称的对于城市复杂面相的开掘之中。

　　小说中，只有罗冬雨作为理想的女性形象，成为雾霾世界里的一抹亮色。这位本分的农村女性，恪守着自己的职业道德和敬业精神，艰难维持着小说伦理世界的平衡。她的本分是小说中其他人物的一面镜子，镜子在，才能让我们看见其他各色人等的表演。然而在罗冬雨的美好与淳朴中，我们又能在阶级论的意义上清晰体会她在个体身份上的摇摆。她在勤恳与妄念之间显现着某种微妙的讽喻意义，这也显示出徐则臣在底层的阶级性与中产阶级立场之间徘徊不定的状态。具体来说，罗冬雨这位受感性分配所困扰的底层女性，已分不清现实与幻象的边界。冥冥之中，她似乎惦念着某种不切实际的东西。为了这种惦念，她对男主人"在敬仰之外也生出了怜惜和悲哀"②，这个足以做她父亲的中年男人既是一种难挡的诱惑，又是绝对的伦理禁忌。也许正是因为这种情感的煎熬，她开始多少有些看不起送快递的男友韩山，她终究"发现自己要嫁的男人竟如此丑陋和陌生"。此时，"不管她是否愿意承认，她的确想到了余松坡"③，那个温文尔雅的文化人，尽管"她只用了百分之一秒就把这个念头从脑子里赶了出去"④，但这种人之常情的犹疑便已足够。而幼儿园老师的误认，更让她产生自居为富贵女主人的短暂欣喜。小说当然也不失时机且颇富意味地呈现了她对所谓"文化"的崇敬：她利用给余松坡电脑录入《实验戏剧：我这二十年》的机会，虔诚学习那些对她来说深奥难懂的"知识"。"这些文字大部分她都看不懂，就像余松坡的一些戏，看完了也经常一头雾水，但她愿意看，每一个费解处都让她有小小的激动，觉得向神秘崇高的东西又近了一两厘米。"⑤ 这额外的工作甚至让她无比开心，"把余松坡那些尚未降落就要起飞的潦

---

① 徐则臣：《王城如海》，《收获》2016 年第 4 期。
② 同上。
③ 同上。
④ 同上。
⑤ 同上。

草文字一个个整齐地排成行、聚成页、积累成一本书，她觉得对文化人的认知更深了一层，跟文化也沾了亲带了故。高深的理论她不明白，但看懂的每一处都让她由衷一笑。这些看懂的地方，在她看来是知识，文化的形象化。这也是她每天一空闲下来，就迫不及待要坐到电脑前录入的原因之一"①。

这些矫揉造作的"神秘崇高"让她心绪难平，而与此相伴的是，她居然饶有意味地看起了迈克尔·翁达杰的小说《英国病人》，她就这样不断混淆着生活与工作角色之间的界限，在卑微的梦想与不切实际的虚妄之间艰难游走。她以幻想的方式与一种体面的城市生活建立稀薄的联系，这固然是审美的民主化所招致的感性分配的后果，却终究奇迹般地成就了底层的光荣与梦想。这不禁让人想起福楼拜笔下那位赫赫有名的艾玛·包法利。就像朗西埃所分析的，一种普遍的生活愿望，"那无数的渴求和欲望，它已经蔓延到社会每个角落"②，而"感性的广泛分配意味着，来自社会各阶层的人们都有可能获得文学享受的机会……他们想要一切的享受，包括精神享受，他们还想'切实得到'这些精神享受"③。在这个流动的社会里，审美的民主化必将惠及每一个体，无论他出身高贵还是身份寒微。然而吊诡的是，这种超出阶层之外的审美需求，却让人付出生命的代价。因而，就像《包法利夫人》中的艾玛必须为她不切实际的浪漫情感付出代价一样，勤勉与淳朴的罗冬雨也终究因她难以泯灭的良善而身陷囹圄，这或许便是作者疏解底层阶级性与中产阶级立场之间矛盾的想象性的解决方案吧。

二 知识者的"梦魇"与"新北京"的虚妄

据徐则臣所言，《王城如海》并没有特定的主人公，北京就是其主角，他甚至一度要以"小城市"为这部小说冠名，这当然显示了作者

---

① 徐则臣：《王城如海》，《收获》2016 年第 4 期。
② 雅克·朗西埃：《为什么一定要杀掉艾玛·包法利》，《批评探索》2008 年冬季刊。
③ 陈晓明：《感性分享与审美的民主化》，《文艺争鸣》2016 年第 12 期。

囊括一切的雄心。在他以往的"北漂"系列小说中，北京被描述为假证制造者、盗版光碟贩卖者等从事非法职业的边缘人不断游走的空间，这种单调与偏狭显然难以令人满意。对于北京的浩大宽阔，徐则臣需要一个新的写作视角。如其所言："这次要写高级知识分子，手里攥着博士学位的；过去小说里的人物多是从事非法职业的边缘人，这回要让他们高大上，出入一下主流的名利场；之前的人物都是在国内流窜，从中国看中国，现在让他们出口转内销，沾点洋鬼子和假洋鬼子气，从世界看中国；过去的北京只是中国的北京，这一次，北京将是全球化的、世界坐标里的北京。"① 如此一来，城市和乡村、历史与现实、全球化与现代感、阶层差异与社会矛盾等宏大命题便有了用武之地，小说也由此巧妙覆盖了诸多值得关注的社会热点，其现实容量也骤然提升。在徐则臣这里，城市是其思考问题的基本方式，"我在这个城市生活了十几年，不管我有多么喜欢和不喜欢，它都是我的日常生活和根本处境，面对和思考这个世界时，北京是我的出发点和根据地"②。如果说他早先的作品（《啊，北京》《伪证制造者》《跑步穿过中关村》《天上人间》《如果大雪封门》等）中，城市是主人公向往和投奔的乌托邦，那么在《王城如海》中，城市成了一种不得不直面的身份处境。

《王城如海》引人注目的地方，在于通过"戏中戏"的嵌套结构，展现主人公余松坡的作品《城市启示录》。借助这种戏剧嵌套，小说在形式方面让我们看到了他在《耶路撒冷》中得心应手的对多文本的美学追求。在那部长篇小说中，"到世界去"的专栏写作使得小说内外的意义相互指涉，进而获得一种难得的文本张力，而《王城如海》与此相映成趣。更为重要的是，后者中的北京城市意义被空前地凸显了出来。正如他所说的："我希望它们能成为润滑剂，让小说运行无碍；我还希望这个新元素的介入，能够和故事主体之间形成全新的对话，生发出更多理解和阐释北京这座城市以及城市与人的关系的空间与可能

---

① 徐则臣：《〈王城如海〉后记》，《东吴学术》2016 年第 5 期。
② 同上。

性。"① 事实上，我们也的确能感受到，"这个小说因此从一个漫长的小说队列里挺身而出，向前走出了一步"②。

《城市启示录》开头便是一幕在森林里种树抑或种草的寓言。当执着的种树每每宣告失败时，无奈之下的种草却意外获得成功，这里的寓意便耐人寻味。在这片"茂密的森林"里，任何成为"参天大树"的欲念都注定是虚妄的，而贴着地面的草原才是生活的意外之喜。它最大限度地表征着城市之"名"与"实"的分裂，既执拗得让人心酸，又处处充满转机，这其实也是主人公余松坡的命运写照。这位乡村青年是个人奋斗的典型，他从乡村到城市求学，戏剧性的命运转折让他得以在纽约生活多年，哥伦比亚大学戏剧学研究生毕业后回到北京做戏剧导演。这位"海归"的先锋戏剧家，原本是要以艺术的方式探索世界的本质与人性真相，"但现在他回到中国，回到一个一直吸引他的复杂现实里，他不仅没能艺术地思考和处理好复杂的现实，他的艺术也被现实弄得无比复杂，难以把握"③。复杂的现实完全包围、影响着人们的日常生活，使得各种现实问题扑面而来，让人难以从现实中跳脱出来。他不得不放弃先锋的"高蹈"，转而在戏里做一个"无条件的现实主义者"④，他必须尝试以现实主义的方式去处理遇到的问题。"在国外，一个平稳的、饱和的、一潭死水一样的中产阶级社会，绝大多数问题都不会影响和改变你的生活，社会的变化你可能都感觉不到切肤之痛。作家可以很容易跳脱出来，自由放松地去处理精神的问题、艺术的问题，你尽可以与现实无涉的空间玩得转。所以，当余松坡发现不能从众多的现实问题脱身而出时，他就要去考虑如何艺术地处理他认识到的一些现实问题。他是一个先锋戏剧导演，他希望把先锋艺术的一些方式带进来，用以处理中国的现实问题。"⑤ 因为他早已认识到，"我关注这个城市，关注这个国家的每一点风吹草动。而他必须在艺术的框架里才能真正有

---

① 徐则臣：《向前一步走》，《文艺报》2017年5月24日第3版。
② 同上。
③ 徐则臣：《王城如海》，《收获》2016年第4期。
④ 同上。
⑤ 黄茜：《徐则臣：智性的作家靠思辨来推进小说》，《南方都市报》2017年1月15日。

效地思辨城市的现实"①。

在余松坡这里，北京成为新兴国际大都市的样板，然而作为大都市的北京，又"实在充满了难以想象的活力与无限之可能性"。就像《城市启示录》里教授太太所说的，"我看见了两个北京。一个藏在另一个里面。一个崭新的、现代的超级大都市包裹着一个古老的帝国"，这个崭新的北京，"开阔，敞亮，那巨大的、速成的奢华假象，充满了人类意志的自豪感"，而它的"浅薄与新变"也是"最有力的武器"②。这里的"两个北京"的叙述，也是《城市启示录》与整个作品形成互文关系的所在。在余松坡身上，先锋戏剧与《二泉映月》，哥伦比亚大学与老干妈女神"陶华碧"，以及《城市启示录》与抗议的"蚁族"，这多重的对位关系恰恰构成了一种微妙的反讽。由此，"海归"戏剧家的水土不服，以及更为深层的，底层中国与国际都市之间的名实分裂，也突出地体现了出来。

《王城如海》中，《城市启示录》的剧中人对于"城中村"的探访所引出的社会现实话题，成为余松坡作品遭受质疑的缘由。年轻人不畏艰险，追逐理想，这本不成问题，毕竟任何时候，执着的理想主义都不该遭受质询。然而，这些处境艰难的年轻人，却成为《城市启示录》里的教授沉痛悲悯的对象，在后者这里，居高临下的中产阶级哀其不幸怒其不争的态度，确实有伤年轻人的尊严。在国际都市的大背景中，"蚁族"的个人奋斗，突然变得像雾霾一样让人无法忍受，以至于他们不得不遭受强烈的质疑："这样的生活有什么意义？"③而这种中产阶级的叙事声音流露出的"轻蔑与不信任"，也注定被整个社会敏锐的阶级意识准确捕捉。"在当下中国，一部现实主义的作品不可能仅仅是一部作品，它还是我们生活本身。"④这种"误会"当然是"海归"的先锋戏剧家"对当下的北京、当下的中国认知出现了致命的盲点"。正如教授所说的，"我对这个国家有各种怀念和不满，我清楚我距离这个国家

---

① 徐则臣：《王城如海》，《收获》2016 年第 4 期。
② 同上。
③ 同上。
④ 同上。

万里迢遥。一旦回到中国，我发现，我所有的愤恨、不满、批评和质疑都源于我身在其中"①。"蚁族"的愤怒所引起的争议，深切体现了当下中国城市阶层状况的复杂性。有意思的地方在于，余松坡这位关注现实的先锋戏剧家，却以极为吊诡的方式被现实所伤。他以戏剧的方式介入现实，却遭逢意外的失效，这在某种程度上也是启蒙者位置的失效。就此，底层的风景像雾霾一样挥之不去，成为知识者的梦魇。

这便涉及徐则臣有关城市想象与北京叙述的复杂性。在这部以北京为主人公的小说里，城市成为思考问题的基本方法。在中国，大概没有任何城市像北京这样高度符号化又高度复杂化，当你对它进行符号概括的时候，会发现所有貌似精确的论断都是无效的，它处在整个全球化、城市化、现代化乃至后现代化的前沿，你无法像看老北京那样可以静态地描述它，它瞬息万变，不仅关乎中国，也关乎世界；不仅关乎北京，也关乎外省；不仅关乎城市，同样关乎乡村。在此，北京叙述之于城市文学的重要性在于，弄清楚了当下的北京，其实你就弄清楚了当下的中国，弄清楚了在全球化背景下的中国。小说中的余松坡认为，诸如巴黎、伦敦等现代国际大城市的城市性是自足的，"其自足体现在，你可以把这些城市从版图中抠出来单独打量，这些城市的特性不会因为脱离周边更广阔的土地而有多大的改变；伦敦依然还是伦敦，巴黎依旧还是巴黎，纽约也照样是纽约。它们没有更多，也没有更少，作为国际化大都市它们超级稳定"②。而与这些大都市相比较，正处于迅猛发展过程中的中国大城市却并非自足，"你无法把它从一个乡土中国的版图中抠出来独立考察，它是个被更广大的乡村和野地包围着的城市……一个真实的中国城市，不管它如何繁华富丽，路有多宽，楼有多高，地铁有多快，交通有多堵，奢侈品名牌店有多密集，有钱人生活有多风光，这些都只是浮华的那一部分，还有一个更深广的、沉默地运行着的部分，那才是这个城市的基座。一个乡土的基座"③。小说中的余松坡，享受着

---

① 徐则臣：《王城如海》，《收获》2016 年第 4 期。
② 同上。
③ 同上。

城市中产阶级成功人士的一切浮华，却依然保留着难以磨灭的乡村记忆，这种身与心的分裂状态，恰是中国城市名实分裂的写照。因而，与其说徐则臣是在讲述一个现代都市的故事，毋宁说是在努力解剖这座城市的肌理与褶皱，以便揭示出它的真实面貌。在此，小说借助余松坡之口说出的对于中国城市的理解与判断，其实也正是徐则臣对于中国城市的基本看法。这个沉默的底层北京，正是小说通过阶级图谱的展示所呈现出的城市的复杂。这种复杂性，也顺理成章地打破了北京作为国际都市形象的虚妄。因为城市本身就是庞杂的，它有各种面相，像雾霾一样挥之不去的乡土与底层才是"新北京"的底色。这里体现出作者想象北京、构形城市的方法的独特性，这种"以北京为方法"的城市叙述，也是对于当下中国城市现代性的重新探索。

三 "黑暗记忆"与城市来路的"构形"

《王城如海》犹如一部计算精密的仪器，将诸如城乡差距、阶级分野等社会议题，与雾霾之中的压抑、人们难以相互理解，以及知识分子的愧疚、罪感与个人救赎等有效拼接，几组丰富的意象便构成了这座城市万花筒般的复杂表情。万人如海的"王城"里的芸芸众生，他们千差万别的来路与去路，共同汇聚了这个雾霾下危机重重的城市，这是城市的幽深所在。而在历史的纵向层面，余松坡的创伤记忆所连带的则是他与乡村息息相关的个体罪孽。在此，告密者祈求内心的宁静，但也无法重新做回那个心无挂碍的善良人，而那些噩梦中的逃亡、忏悔与辩解则注定让他不安。这固然是现在与过去的博弈，是功成名就的浮华背后难以摆脱的尴尬，但其间内心罪与罚的写照，毋宁说是当代人悲哀与忧愁的折射，这也直接考问着每个个体直面现实的孤独与难堪。而遍布小说深入骨髓的雾霾，则让我们有机会扪心自问，审视自我内心的雾霾。

以北京为方法，捕捉雾霾的隐喻意义，不只是在阶级图谱的层面叙述城市的现实维度，更重要的是获得一种历史的纵深，对城市内心进行深描。这便涉及雾霾隐喻的另一层含义，即《王城如海》通过小说人物内心的雾霾引出中产阶级的"黑暗记忆"，以此构形城市的来路，并获得有关北京叙述的清晰形象。这是通过余松坡这个人物生发出来的。小说中，余松坡的世界所面临的危机，一方面来自底层的侵袭，即那些如雾霾般"看不见的人"所造成的诸多困扰；另一方面，更重要的则是自我的罪恶，即围绕某种"黑暗记忆"，从历史层面展开的知识者的不安与焦虑。关于后一点——余松坡愧疚的过往所造成的"内心的雾霾"——正是《王城如海》的重点所在。"我是一个帮凶，曾将一个无辜者送进了监狱"①，这是余松坡多年后灵魂深处的自白。随着小说的展开，他那不可告人的往事也渐次呈现：1989年高考落榜时，他为争取参军名额，在村长的怂恿下告发了从北京带回宣传单的堂哥余佳山，并直接导致后者被判入狱十五年，这让他惨遭折磨，前途尽毁。这件事使余松坡再也无法安宁，无尽的愧疚让他梦魇不断，只能靠二胡曲《二泉映月》来自我疗救。为了寻求内心的宁静，他不断出走、逃离，逃离贮满愧疚记忆的乡村，读大学、保研、出国，以自我奋斗的方式不断向上攀爬，寻求麻痹和忘却。即便时过境迁，他早已飞黄腾达，但内心却仍旧不安，无论何时，"一想到我曾在浩大的历史中对一个人伸出卑劣的告密之手，我就惶惶不可终日"②。

由此看得出来，《王城如海》在这种愧疚与忏悔的结构模式上与前作《耶路撒冷》存在相似之处。《耶路撒冷》里的初平阳、杨杰、易长安和秦福小在花街共同度过童年，长大后不断游走"世界"，无论走到哪里，他们的人生选择始终被童年的可怕事件支配着：他们曾目睹儿时的玩伴景天赐割脉自杀，却无法提供任何救助。混杂着死亡、愧疚与不安的黑暗记忆，随着时间不断发酵，极大地改变了人物命运及生活中一切因素所具有的意义。然而终归有一天，这群有着共同记忆的隐秘同盟重回故乡，他们要为当年的罪孽求得救赎，为了天赐，也为了他们自己。在这个意义上，我们看《王城如海》与《耶路撒冷》中人物"到世界去"的共同理想，就不再是单纯的逃离与生存的法则，而分明能够从中辨认出有关历史、心灵、良知的逃避性和救助性策略等多重情感元素。

---

① 徐则臣：《王城如海》，《收获》2016年第4期。
② 同上。

　　当然，《王城如海》也会不断塑造几乎每个人都有的一闪而过的恶念，鹿茜、罗龙河，甚至罗冬雨都概莫能外。小说最有意思的莫过于韩山的那段并不光彩的记忆：他曾"偷过的唯一一件东西是个掌心大的小闹钟"①，这段偷窃的插曲并不是有意将人物"抹黑"，而是意在表明每个人都有其不可告人的尴尬。这更多是一种汉娜·阿伦特意义上的"平庸的恶"，是人性无法根除的弱点所在。因而在此意义上分析余松坡的所作所为，我们大可认同评论者所分析的，"一生被一桩罪恶追赶的余松坡，他的罪并不比在生活现场的我们中的任何一个人更大"②。不过，相对于底层小人物而言，中产阶级体面人士的"黑暗记忆"终究更加令人惊心。小说中的余松坡情愿承受梦魇的折磨也始终不愿吐露心扉，甚至对他老婆祁好也守口如瓶，只有当戏剧性的"死亡"骤然降临时，他才在"临终忏悔"的虚惊中仓皇开口，中产阶级的虚伪在这不经意间揭示了出来。

　　某种程度上看，余松坡的"黑暗记忆"其实象征着城市的内心。在此，城市不仅有其乡土的底色，更有其雾霾一般挥之不去的罪恶。徐则臣也曾谈到，驱赶内心的雾霾其实更为重要。相对于他过往小说中的小人物，《王城如海》展现的正是余松坡这位正经的、体面人内心的幽暗。这让他赫然发现，过去写的一堆不体面、不正经的人其实做了一堆好事，他们的生活有让人非常感动的地方；而如今的正经之人虽看似风光体面，却蕴藏着深切的罪恶。"我们看这一群违法乱纪者，活在阴影中的人，回到家里面是非常好的儿子、丈夫。他们的喜怒哀乐跟我们一样，活得坦荡。但是我写体面的人的时候，我发现他们内心的阴影可能比小人物大得多，他们心里可能有很多不可告人的东西。小说里面写到了雾霾，它严重影响我们的生活，但是自然环境里面的雾霾，说到底它又不重要，不重要又在于，随着我们对雾霾的认知，随着我们大家的努力，总会治好的。"③ 徐则臣认为，更可怕的其实是内心的雾霾，这个

---

　　① 徐则臣：《王城如海》，《收获》2016 年第 4 期。
　　② 刘琼：《徐则臣的前文本、潜文本以及"进城"文学》，《东吴学术》2016 年第 5 期。
　　③ 沈河西：《徐则臣出新作〈王城如海〉：用减法写，越写越浓缩》，澎湃新闻网，2017 年 4 月 10 日。

如果治不好，会影响你的一生。"写到这帮人发现，他们体面，但是在体面的背后有一些难言之隐，这个东西的伤害，未必不比在路边卖假证的更大。"① 这里可以隐约看到一种"卑贱者更高贵"的朴素逻辑，但也并非全然如此。雾霾就像人性的"平庸的恶"一样肆意蔓延，不体面之人的内心也未必坦荡。这也似乎象征着作为国际都市的"新北京"，需要刻意隐瞒自己并不光彩的过往，通过这样的方式，徐则臣得以窥探城市浮华背后的真相。

小说中，当余松坡与余佳山在天桥上相遇时，余松坡当然明白，大家都是因为北京，为了心里的那个结，才变成如今的模样。小说中反复提到北京作为一种精神吸引的重要作用，即通过"教化"所塑造的向往，以及那根本不存在的"金光闪闪的天安门"的蛊惑，他们都对北京心存执念。余松坡的精神困境来自个人奋斗中的残酷史，对他人不择手段的伤害。在此，城市终究是个牺牲良善品质的场所，那些从乡村来到城市的逐梦者，他们从故乡到城市，从少年到中年，带着各自的过往，奔波在京城的大街上，向着未知的方向前行。而那些寥寥的成功者，却又带着他们永难磨灭的罪孽与愧疚，独自咀嚼自我的恐惧和"梦魇"，"因为怕死，他的焦虑变本加厉。在很多梦里，他在逃亡、忏悔、辩解、嘘寒问暖"。② 而最终的结局在于，无数人奔向梦想，却又悲苦地摔落在地。在万人如海的"王城"这个大舞台，在这个淬火炼金的地方，所有的人都注定孤苦无依，因为这"既是一个充满希望的逃城，也是一座充满迷魅的罪恶之城"③。

就此看来，北京这座建城两千多年、建都八百多年的中国传统城市，在从"乡土北京"向"现代北京"的转变中所呈现出的现代性繁复内涵，其实都极具隐喻性地集中到余松坡这个人物身上。当然，这里所说的传统，不是抽象的能指，或来自遥远乡村的可笑而愚昧的乡下人

---

① 沈河西：《徐则臣出新作〈王城如海〉：用减法写，越写越浓缩》，澎湃新闻网，2017年4月10日。

② 徐则臣：《王城如海》，《收获》2016年第4期。

③ 李丹：《弃乡与逃城——徐则臣"京漂"小说的基本母题》，《文艺争鸣》2011年第11期。

固守的信念，而是渗透于这个城市的空间形态，其居民的日常生活、行为方式和精神构成当中。即是说，北京从城市文化到居民性格，都指涉着一种从中国乡土社会内部产生、发展和逐渐完善的城市类型，而这是与西方城市迥然相异的。或许正是因为这个原因，小说中无论是余松坡，还是《城市启示录》里的教授，都无法与其身处的城市和谐共处。在此，余松坡这个叙事的"中介"，他的"发迹史"其实高度象征着北京城市的惊人发展变迁。这个当年的乡村男孩，他惊心动魄的个人奋斗不禁让人唏嘘，而他从其乡土的本色中拼命逃离，非喝洋墨水不足以平息他在这个世界"向上攀爬的欲望"①，也令人如鲠在喉。他的愧疚，那些绝难掩藏的人性污点始终如影随形。不过好在他最后终于得偿所愿地走向世界，成为声名远播的先锋戏剧家，而这个艰难却不无戏剧性的过程，正好与三十年来中国城市的全球化进程步调一致。历史的机缘让这个被人投注诸多情感的"乡土北京"，终于在某个合适的契机下蜕变为"现代城市"，并积极向着所谓的"世界文明之都"迈进。其中的艰辛自不待言，然而就像小说中的余松坡那样，在剥离了这个看似高贵的"海归"知识分子虚伪的画皮之后，围绕在他身上的光环瞬间消失，小说也在这个层面顺理成章地落实了我们孜孜以求的所谓"新北京"的虚妄。因而在此，小说在洞悉了文明的浮华之后，终于让我们得以看清城市的来路，它的实质，以及那不应忘却的素朴本色。

结　语

　　在中国现当代文学中，"以城市为方法"②而展开的"北京叙述"其实并不新鲜。比如，老舍和萧乾便以老北京人的身份，书写着属于他们那个时代的北京市民文学世界。在研究者看来，如果说老舍是以"穷人"的眼光去观察市民的生存状态，用温厚的态度描写市民社会的世态

---

　　①　徐则臣：《王城如海》，《收获》2016 年第 4 期。
　　②　陈平原：《作为研究方法的北京——"五方杂处"说北京之六》，《北京观察》2004 年第 6 期。

人情；那么萧乾则是本着"乡下人"的审美立场进行创作，伤感的基调使他更贴近和向往沈从文的"乡下人"写作立场①。这种共同的平民化立场，是他们面对北京这座城市时的自觉的文学选择。与老舍同时代的师陀、林语堂、梁实秋等人都有较多关于北京的记忆与描绘，而在这"文学北京"的想象与建构中，张恨水也做出了独特的贡献，他的《春明外史》等小说无疑具有鲜明的北京特色，堪称 20 世纪二三十年代古都北京的风俗长卷。在此，平民立场、乡土与风俗长卷，成为此后"北京叙述"的核心要义。在此基础上，20 世纪 80 年代的"京味文学"在某种程度上向我们展示了一个具体而微的北京，一个生活着的古老而平和的北京。而王朔笔下的北京市民社会则令人印象深刻，这甚至被评论者定位到"王朔奠定了当代市民小说"的高度②，然而现在看来，他在《看上去很美》等小说中对北京"大院文化割据地区"的呈现才是其对北京叙述的独特贡献，除此之外，叶广芩笔下的"京味"旨在从风俗史意义上，重新发现业已失落的北京文化；而荆永鸣则把文学的视角切入了一个特殊的群体——在北京打工的外地人，进而探索作为边缘人的"城市候鸟"之于北京城市的特别意义。这种历史脉络的梳理，有助于我们清晰地发现徐则臣小说作为"京漂"叙事的独特性。而在此基础上，《王城如海》其实重述了"五方杂处"的"帝京"那光怪陆离的文化构成方式，并成功唤起了这座国际都市背后久违的"乡土感"，这也是北京叙述由来已久的文化传统。而它的独特性则在于"以北京为方法"，捕捉雾霾的隐喻意义，这不只是在阶级图谱的层面叙述城市的现实维度，更重要的是获得一种历史的纵深，对城市内心进行"深描"，并以此构形城市的来路，获得有关北京叙述的清晰形象。

　　徐则臣以小说的方式将北京"制作"为"一部可读的作品"③。在他那里，余松坡的故事其实寄予了一种颇为严峻的还原城市的寓言，他于雾霾之中辨认这座城市影影绰绰的乡土本色。人物的烦扰与愧疚都鲜

①　金春平：《老舍与萧乾的北京：市民记忆与乡村想象》，《粤海风》2009 年第 1 期。
②　李劼：《王朔小说和市民文学》，《上海文学》1996 年第 4 期。
③　张英进：《都市的线条：三十年代中国现代派笔下的上海》，冯洁音译，《中国现代文学研究丛刊》1997 年第 3 期。

明指向了某种难以摆脱的"乡土性"，这种"世界文明之都"的瑕疵与隐忧暗示了"新北京"想象的虚妄，这提示我们有关当今城市发展模式的可疑之处。因而小说也在反思的意义上，参与到了当下关于北京城市叙述的讨论之中，并重新思索北京乃至中国城市的现代性本质。这也就像赵园在《北京：城与人》中所说的："城等待着无穷多样的诠释，没有终极的'解'……人与城年复一年地对话，不断有新的陌生的对话者加入。城本身也随时改变、修饰着自己的形象，于是而有无穷丰富不能说尽的城与人。"① 通过讲述"人"的故事，在反思的意义上构形"城"的确切意涵，这是徐则臣的《王城如海》之于北京叙述的意义所在。

---

① 赵园：《北京：城与人》，北京大学出版社 2002 年版，第 12 页。

繁花深处的家世与知青记忆[*]

——《繁花》阅读札记

王德领[**]

摘要：金宇澄的《繁花》对 20 世纪 50—60 年代、90 年代的上海生活进行了细致描绘，具有鲜明的文学地理学特征。《繁花》是一部典型的城市小说，不仅仅在塑造阿宝、沪生等一批上海本土人物，更重要的是将整个上海作为表现对象，在对上海城市景观的变迁、城市空间的拓展上，超出了其他海派小说，具有独特的意义。

关键词：《繁花》；城市景观；城市空间；意识形态；消费时代

知人论世向来是品评文学作品所秉持的基本法则，《繁花》自不例外。《繁花》是对大上海所作的浮世绘，是多声部的混响，其丰富性足可比肩穆旦的诗歌，面对这样一部仪态万方、华彩丰赡的大书，许多批评家感到言说的困难。迄今为止，在中国知网上检索，有关《繁花》的评论文章已近百篇。这些文章的落脚点主要集中在上海地域书写、方言写作、世俗性等方面，但是大都涉及文本的表层内涵。如果阅读了金宇澄的回忆录《回望》以及有关他的访谈录，一下子会有豁然开朗之感。这些如同一道闪电，照亮了这部晦暗不明的复杂文本。《繁花》的

* 基金项目：本文系北京市哲学社会科学规划项目"都市经验的拓展与乡村记忆的重构——新世纪北京文学发展趋向研究"（项目编号：13WYB016）；北京联合大学人才强校计划人才资助项目"新世纪北京与上海文学中的都市想象与文化记忆"的阶段性成果。

** 王德领，文学博士，中国作家协会会员，中国当代文学研究会理事，北京联合大学师范学院中文系主任，教授。

突然绽放绝非偶然，是与作者的家世和知青经历紧密相关的。著名文学史家程光炜先生写过一篇研究文章——《为什么要写〈繁花〉？——从金宇澄的两篇访谈和两本书说起》，不再局限在喧哗的文本表面，而是宕开一笔，从作者的家世与经历考辨对《繁花》创作的影响，给人以醍醐灌顶之感。本文主要沿着程先生的这一思路，从金宇澄的家世、知青经历与《繁花》的互文关系展开论述。在此，我想追问的是，金宇澄的家世和经历，到底给《繁花》的写作带来了什么？

家世、求学与《繁花》

《繁花》是不经意间写就的。金宇澄化名"独上阁楼"，在"弄堂网"上连载，多少带有一种休闲的消遣性质。不可讳言的是，这种写作方式，一般成名的作家不会采用，特别是对于20世纪50年代出生的作家来说，更是如此。也正是这种漫不经心、放松的写作姿态，让金宇澄可以恣意所为，袒露自己的内心。作品交到《收获》杂志发表时，原名《上海阿宝》，后改为《繁花》。可以看出，阿宝是作者最为偏爱的人物。某种程度上，阿宝就是金宇澄的化身，由此，又回到中国现代文学史的自叙传传统里了。

金宇澄在访谈录中说："我出生在一个上海知识分子家庭，父亲地主家庭出身，是潘汉年情报系统的人，解放后的1955年开始不顺，直到'文化大革命'结束平反离休，已经60岁了。我母亲出身是资本家，复旦大学肄业，因为跟了我父亲，也一辈子不顺，那一代知识分子的相似性很大，作为子女，'文化大革命'的经历跟其他阶层不一样，因此《繁花》讲了我自己的生活。"[①] 在《繁花》中，在阿宝幼年的记忆里，"每到夜里，阿宝爸爸像是做账，其实写申诉材料，……爸爸是曾经的革命青年，看不起金钱地位，与祖父决裂。爸爸认为，只有资产阶级出身的人，是真正的革命者，先于上海活动，后去苏北根据地受训，然后

---

① 金宇澄、钱文亮：《"向伟大的城市致敬"——金宇澄访谈录（上）》，《当代文坛》2017年第3期。

回上海，历经沉浮，等上海解放，高兴几年，立刻审查关押，两年后释放，剥夺一切待遇，安排到杂货公司做会计"。① 联系到金宇澄的家世，与小说里阿宝的家世基本上可以画等号的。特别是小说里接下来详细叙述祖父对阿宝诉说阿宝的父亲做革命工作的情形，祖父用的是揶揄的口气，夹带着嘲讽与不屑。也许，革命者成了反革命，命运如此捉弄人，资本家祖父的态度，表达的是真真切切的凄凉与无奈。

阿宝、沪生、小毛是小说中的三个男主人公，他们的故事贯穿始终，由20世纪60年代一直延续到90年代末期。这个时间，也是金宇澄由少年到青年、中年的人生历程。金宇澄1952年出生，1969年去黑龙江农场插队，之前在上海生活了16年多。小说的第一章开篇写道："阿宝十岁，邻居蓓蒂六岁。两个人从假三层爬上屋顶，瓦片温热，眼里是半个卢湾区，眼前香山路，东面复兴公园，东面偏北，看见祖父独幢洋房一角，西面后方，皋兰路尼古拉斯东正教堂，三十年代俄侨建立，据说是纪念苏维埃处决的沙皇，尼古拉二世。""此地，是阿宝父母解放前就租的房子，蓓蒂住底楼，同样是三间，大间摆钢琴。"② 这个开头很温情。1960年的金宇澄8岁，与阿宝年龄相仿。阿宝在屋顶上看到的这一方位，是上海的市中心，也是金宇澄成长的地方。正如他所说："小时候我住在市中心，陕西南路淮海路这一块，算典型的'上只角'"，"这一带的邻里，基本结构是公寓、独立洋房、连排别墅，所谓中产阶级、大小资本家、大公司职员、外国侨民等等住户"。③ 金宇澄的父亲因为1955年牵涉"潘汉年案"，一家人从长乐路的单位住房搬出，搬到了陕西南路外婆家的大房子里。而金宇澄的父亲被软禁在上海市中心的一处房子里，关进去两年多，无休止地写交代材料，这一事件，在金宇澄的回忆录《回望》中有十分详细的叙述。

金宇澄一家在"文化大革命"时期被查抄，又从市中心的陕西南路，被驱赶到郊区曹杨工人新村。那时他还是一个少年。在《繁花》

---

① 金宇澄：《繁花》，上海文艺出版社2013年版，第25页。
② 同上书，第13页。
③ 金宇澄、钱文亮：《"向伟大的城市致敬"——金宇澄访谈录（上）》，《当代文坛》2017年第3期。

中，他借阿宝之口，详细描写了当时搬家的凄凉场景："阿宝朝蓓蒂，阿婆挥手。蝉鸣不止，附近尼古拉斯东正小教堂，洋葱头高高低低，阿宝记得蓓蒂讲过，上海每隔几条马路，就有教堂，上海呢，就是淮海路，复兴路。但卡车一路朝北开，经过无数低矮苍黑民房，经过了苏州河，烟囱高矗入云，路人黑瘦，到中山北路，香料厂气味冲鼻，氧化铁颜料厂红尘滚滚，大片农田，农舍，杨柳，黄瓜棚，番茄田，种芦粟的毛豆田，凌乱掘开的坟墓，这全部算上海。最后，看见一片整齐的房子，曹杨新村到了。"接着，他用揶揄的口气写到曹杨新村："此种房型，上海人称'两万户'，大名鼎鼎，五十年代苏联专家设计，沪东沪西建造约两万间，两层砖木结构，洋瓦，木窗木门，楼上杉木地板，楼下水门汀地坪，内墙泥草打底，罩薄薄一层纸筋灰。每个门牌十户人家，五上五下，五户合用一个灶间，两个马桶座位。对于苏州河旁边泥泞'滚地龙'，'潭子湾'油毛毡棚户的赤贫阶级，'两万户'遮风挡雨，人间天堂。阿宝家新地址为底楼4室，十五平方一小间，与1，2，3，5室共用走廊，窗外野草蔓生，室内灰尘蜘蛛网。"① 这样的居住条件与市中心的洋房相比，真有天壤之别。更让人难以忍受的，是作为反革命家庭所受到的屈辱："一家人搬进箱笼，阿宝爸爸先捡一块砖头，到大门旁边敲钉子，挂一块硬板纸'认罪书'，上面贴了脱帽近照，全文工楷，起头是领袖语录，凡是反动的东西，你不打，他就不倒。下文是，认罪人何年何月脱离上海，混迹解放区，何年何月脱离解放区，混迹上海，心甘情愿做反动报纸编辑记者，破坏革命，解放后死不认账，罪该万死。居委会干部全体到场，其中一个女干部拿出认罪书副本，宣布说，工人阶级生活区，一户反革命搬了进来，对全体居民同志，是重大考验，大家要振作起来，行动起来，行使革命权利，监督认罪人，早夜扫地一次，16号门口扫到18号，认罪人要保持认罪书整洁，每早七点挂，十八点收。阿宝爸爸遵命。"这样的生活细节，虽然不等同于金宇澄亲身经历，但是里面的情绪记忆以及实际场景，应该都是真实的。这样屈辱的记忆，对于一个敏感的少年来说，心灵要承受多大的重量！

---

① 金宇澄：《繁花》，上海文艺出版社2013年版，第136—137页。

在《繁花》提供的 20 世纪 60 年代丰盈的细节与滔滔不绝的话语里，隐含着一个隐忍的少年。他一言不发，注视着这个变形的世界。

在那个唯成分论、血统论主宰一切的年代，金宇澄只能进最为普通的弄堂小学读书。他在访谈中说："小学条件一塌糊涂，教室就是弄堂居民家，甚至只要家庭妇女主动提供，'我家有房子，到我家上学'就可以办学。在老弄堂的厢房上课，隔壁邻居做菜，老师可以抓了一块油煎带鱼，进来边吃边教。"① 在《繁花》中，金宇澄借助沪生之口，详细写到了这种弄堂小学的办学条件之简陋："五十年代就学高峰，上海妇女粗通文墨，会写粉笔字，喜欢唱唱跳跳，弹风琴，即可担任民办教师，少奶奶，老阿姨，张太太，李太太，大阿嫂，小姆妈，积极支援教育，包括让出私房办教育。有一位张老师，一直是花旗袍打扮，前襟掖一条花色手绢，浑身香，这是瑞金路女房东，让出自家客堂间上课，每到阴天，舍不得开电灯，房间暗极，天井内外，有人生煤炉，蒲扇啪嗒啪嗒，楼板滴水，有三个座位，允许撑伞，像张乐平的三毛读书图。沪生不奇怪，以为小学应该如此。通常上到第三节课，灶间飘来饭菜的油镬气，张老师放了粉笔，扭出课堂，跟隔壁的娘姨聊天，经常拈一块油煎带鱼，或是重油五香素鸡，转进来，边吃边教。"② 沪生简陋的就学环境，就是金宇澄的弄堂小学记忆。

困扰金宇澄的，不仅仅是简陋的就学环境，还有刻骨铭心的孤独。他在访谈录里谈到，由于他的原名"金舒舒"上海话发音是"金斯斯"，对于频繁转学的金舒舒来说，老师向新同学介绍时不断被同学取笑，这打击了他的自尊心，因此他的学生时光，基本上是"一个人玩"。③ 很难想象他在漫长的小学和初中的求学生涯里，会没有玩伴，会如此孤独。这是对一个儿童莫大的惩罚。个中缘由，除了名字的谐音，我认为还有其他更为重要的因素，应该是家庭出身拖累了他，反革

---

① 金宇澄、钱文亮：《"向伟大的城市致敬"——金宇澄访谈录（上）》，《当代文坛》2017 年第 3 期。

② 金宇澄：《繁花》，上海文艺出版社 2013 年版，第 16 页。

③ 金宇澄、钱文亮：《"向伟大的城市致敬"——金宇澄访谈录（上）》，《当代文坛》2017 年第 3 期。

命家庭出身的魔咒，极大地限制了金舒舒和其他同学的交往，他被彻底孤立了。对一个孩子来说，没有比长期的孤立更能让心灵受到煎熬了，这种挫败感是如此强烈，以致40多年后，金宇澄借小说里的沪生之口说出自己的感受时，愤愤不平的心情溢于言表：

"宋老师说，班里同学叫沪生'腻先生'，是啥意思。沪生不响。宋老师说，讲呀。沪生说，不晓得。宋老师说，上海人的称呼，老师真搞不懂。沪生说，斗败的蟋蟀，上海人叫'腻先生'。宋老师不响。沪生说，第二次再斗，一般也是输的。宋老师说，这意思就是，沪生同学，不想再奋斗了。沪生说，是的。……宋老师说，沪生同学，也就心甘情愿，做失败胆小的小虫了。沪生说，是的。宋老师说，不觉得难为情。沪生说，是的。宋老师说，我觉得难为情。沪生说，不要紧的。宋老师说，考试开红灯，逃学，心里一点不难过。沪生不响。宋老师说，不要怕失败，要勇敢。沪生不响。宋老师说，答应老师呀。沪生不响。宋老师说，讲呀。沪生说，蟋蟀再勇敢，牙齿再尖，斗到最后，还是输的，要死的，人也是一样。宋老师叹气说，小家伙，小小，年纪，厉害的，想气煞老师，对不对。"①

这一段对话，出自出身空军干部家庭的沪生之口，确实有些不合适。放在阿宝身上就妥帖了。对于那时的金舒舒来说，恐怕"腻先生"是最恰切的称呼了。"蟋蟀再勇敢，牙齿再尖，斗到最后，还是输的。"这是一个饱受歧视的孩子所总结出的宿命论，何其深刻，又何其无奈与心酸！

这样的求学经历，无论如何都是不愉快的。以至于过了50年，金宇澄认为没有一个老师对他产生过影响，他是受社会教育成长起来的："而我的小学老师都是弄堂的家庭妇女（弄堂民办小学），等于中学老师教了一年就结束了。反倒是在东北下乡，有几个劳改犯对我影响很深，相当于我的师傅，教我干活的。"② 这是很绝情的断语，带有很多

---

① 金宇澄：《繁花》，上海文艺出版社2013年版，第17页。
② 金宇澄、钱文亮：《"向伟大的城市致敬"——金宇澄访谈录（下）》，《当代文坛》2017年第4期。

辛酸的滋味。

"生活的失败者"与低姿态叙事

有论者说《繁花》写了一大群"生活的失败者"。诚然，阿宝、沪生、小毛、陶陶、姝华、李李、蓓蒂、梅瑞、汪小姐、银凤一干人等，结局没有一个是美满幸福的。阿宝与雪芝没有结果的恋爱，沪生的妻子新婚不久即出国接近失踪，小毛与有夫之妇银凤的偷情被二楼爷叔告发，陶陶费尽心机与妻子离婚准备和情人小琴结婚，小琴却不慎坠楼身亡，恃才傲物喜爱穆旦诗歌的姝华去吉林插队之后变成了邋遢不堪的农妇，蓓蒂和阿婆"文化大革命"混乱的情形中化作金鱼消失，在澳门沦入风尘而后在上海开饭店的李李最终削发为尼，汪小姐在男人间左右逢源机关算尽却怀上了双头怪胎，梅瑞在姆妈和继父小开之间周旋一败涂地最终沦为瘪三，等等。正如小说的题记："上帝不言，像一切全由我定……"其实已经把这种人生的不确定、不自主的状态揭示了出来。这里有宿命论、存在主义的，语含反讽甚至是对命运的嘲弄与不屑。20世纪90年代的红尘叙事，是由一场接一场的饭局和畸形的婚恋游戏组成。这种表面声色犬马实则归于虚无的凄凉基调，是从哪里来的？

程光炜先生敏锐地指出："小说《繁花》里始终有一种灰暗的格调，仿佛来自作者心灵世界的深处。"[1] 这"灰暗的格调"，来自金宇澄的家世与经历，源于50年代的极左路线、"文化大革命"、上山下乡这些政治运动对个体命运的宰制与碾压。

这"灰暗的格调"，自1955年开始积累，一直持续到1976年从插队的东北回到上海，那时作者已24岁。

在小学与初中阶段，名字还是金舒舒的金宇澄饱受家庭出身不好所带来的伤害，甘于做一个"腻先生"。"文化大革命"开始后，他的学生生涯基本告一段落。

---

① 程光炜：《为什么要写〈繁花〉？——从金宇澄的两篇访谈和两本书说起》，《文艺研究》2017年第12期。

　　60 年代的上海，虽经过了大规模的社会主义改造，但雅致与时尚还可以残存，阿宝、沪生、小毛和伙伴们的精神生活还算丰富与斑斓。弄堂里的资产阶级小姐淑婉，喜欢邀请蓓蒂、阿宝去听音乐、跳舞，听留声机传出《卡门》丝绒一样的歌声，迷恋赫本，向往香港。淑婉说："上海，已经过时了，僵了，结束了，已经不可以再谈了……现在只能偷偷摸摸，拉了厚窗帘，轻手轻脚，跳这种闷舞，可以跳群舞吧，可以高兴大叫，开开心吧，不可能了……"① 沪生、阿宝、小毛、淑婉、蓓蒂经常去看电影。"附近不少'社会青年'，男的模仿劳伦斯·奥立佛，钱拉·菲利浦，也就是芳芳，包括葛里高利·派克，比较难，顶多穿一件灯笼袖白衬衫。女的烫赫本头，修赫本一样眉毛，浅色七分裤，九分裤，船鞋，比较容易。男男女女到淑婉家跳舞，听唱片，到国泰看《王子复仇记》，《百万英镑》，《罗马假日》。"阿宝和蓓蒂疯狂地爱上了集邮，两人时常交流集邮心得。"'伟民'橱窗里摆出的植物邮票，有一套三十八枚，十字花科匈牙利邮票，百姝娇媚，鲜艳逼真。植物种类邮票，发行品种满坑满谷，苏联邮票常有小白桦。德国，椴树小全张。美国有橡树，洋松，花旗松专题。花卉专题，更是夺目缤纷。南洋，菲律宾，泰国常推兰花，颜色印刷一般。朝鲜有几种金达莱，单张，两张一套，样子少，纸质粗，有色差。日本长年'每月一花'，集不胜集。中国 1960 年版菊花全套十八枚，画功赞。"② 快乐的童年、少年时光，因为"文化大革命"的到来，一下子被强行扭断了。

　　小说事无巨细地写到了"文化大革命"期间这种美的毁灭、价值的坍塌。上海从一树繁花凋零成枯枝。"城市的拉链被拉开"，"文化大革命"的浪潮冲击着每一个角落。桀骜不驯的姝华向命运低了头，雪芝因为她的父亲嫌弃阿宝父亲的历史问题，被迫与阿宝分手。不动声色的日常悲剧随处可见，渗透进少年金宇澄的内心深处。在"文化大革命"抄家的风潮里，蓓蒂的钢琴也不见了，她的魂魄也随钢琴而去。蓓蒂和阿婆双双化成金鱼，被野猫叼走了，丢进了黄浦江里。这是《繁花》

① 金宇澄：《繁花》，上海文艺出版社 2013 年版，第 24 页。
② 同上书，第 65 页。

最为精彩的章节。超现实的情节，是对现实最大的否定。钢琴在这里是一个巨大的隐喻，钢琴的丢失象征美的消失。面对钢琴，一贯冷静叙述，以对话推动情节的金宇澄，终于抑制不住情感，写下了如下抒情文字：

> 钢琴有心跳，不算家具，但有四只脚。房间里，镜子虚虚实实，钢琴是灵魂。尤其立式高背琴，低调，偏安一隅，更见涵养，无论靠窗还是近门，黑，栗色，还是白颜色，同样吸引视线。于男人面前，钢琴是女人，女人面前，又变男人。老人弹琴，无论曲目多少欢快跳跃，已是回忆，钢琴变为悬崖，一块碑，分量重，冷漠，有时是一具棺材。对于蓓蒂，钢琴是一匹四脚动物。蓓蒂的钢琴，苍黑颜色，一匹懂事的高头黑马，稳重，沧桑，旧缎子一样的暗光，心里不愿意，还是让蓓蒂摸索，蓓蒂小时，马身特别高，发出陌生的气味，大几岁，马就矮一点，这是常规。待到难得的少女时代，黑马脊背，适合蓓蒂驰骋，也就一两年的状态，刚柔并济，黑琴白裙，如果拍一张照，相当优雅。但这是想象，因为现在，钢琴的位置上，只剩一块空白墙壁，地板留下四条拖痕。阿婆与蓓蒂离开的一刻，钢琴移动僵硬的马蹄，像一匹马一样消失了。地板上四条伤口，深深蹄印，已经无法愈合。①

金宇澄这样叙述道："'文化大革命'和下乡对我是大刺激，家庭和周围邻居都产生变化，市中心是变化的焦点，原先这些马路里弄都很静，'文化大革命'里每天川流不息的人群，从郊区涌到市中心大闹革命，我有不少的描写。1966 年的上海革命和抄家，有组织也有自发的，1967 年大规模武斗在杨浦区上海柴油机厂，非常的状态，人性恶都暴露出来。"② 对于一个少年来说，"文化大革命"的痛苦在于，不仅仅是

---

① 金宇澄：《繁花》，上海文艺出版社 2013 年版，第 165 页。
② 金宇澄、钱文亮：《"向伟大的城市致敬"——金宇澄访谈录（上）》，《当代文坛》2017 年第 3 期。

旁观者，更是一个受害者。金宇澄详细写了香港小姐所受到的侮辱，写到了对所谓带有资产阶级烙印的尖头皮鞋、喇叭裤、波浪鬖发等的清算，更是详细写了工人阶级所主导的野蛮抄家。自己的家被抄，也是少年金宇澄所亲身经历过的。而阿宝去探望正在被查抄的住在独幢别墅的祖父家这一节，是《繁花》写得最有生活体温的著名段落之一，抄家引起的辛酸与沉痛，都隐藏在不露声色的冷静叙述之中：

"阿宝走近，让男工浑身上下摸一遍，然后进花园，眼前看到了电影里的柏林，冬青，瓜子黄杨，包括桂花，全部掘倒，青砖甬道挖开，每块砖敲碎，以防夹藏。小间门口，一堆七歪八倒的陈年绍兴酒瓮，封口黄泥敲碎，酒流遍地，香气扑鼻。大厅里空空荡荡，地毯已卷起竖好，壁炉及部分地板，周围踢脚线，俱已撬开。三只单人沙发，四脚朝天，托底布拆穿，弹簧象肚肠一样拖出。一个工人师傅，手拿榔头铁钎，正从地下室钻出来……"① 接下来详细写了各种金银细软的种类数量和法国，像是账房先生在耐心细致地盘点存货。

这一大段抄家的文字有 2000 多字，如同一架摄像机在不动声色地记录。叙述的零度情感，客观与冷静，琐碎与耐心，很明显有法国新小说的影子。金宇澄非常推崇法国新小说，说法国新小说"几乎篇篇都好，其中的《变》用第二人称书写，永远在开往巴黎和米兰的火车上，描写列车所有细节，包括行李箱的局部细节。不厌其烦"。②《繁花》里的不少章节都受到法国新小说写作方式的影响。

由于家庭出身不好，1969 年，金宇澄 16 岁那年，去了黑龙江国营劳改农场。因为父亲的问题，不能去条件相对好一点的军垦、兵团，那些地方必须"家庭成分好"的才可以去。劳改农场的一切令这个上海少年震惊。在金宇澄的回忆里，农场的地理环境颇似索尔仁琴在《古拉格群岛》所描述的，农场有"大量刑满释放的人"，"大都是北京和广东籍犯人"。他举了一个农场教知青割麦子的例子："城市小青年刚下

---

① 金宇澄：《繁花》，上海文艺出版社 2013 年版，第 118 页。
② 金宇澄、钱文亮：《"向伟大的城市致敬"——金宇澄访谈录（下）》，《当代文坛》2017 年第 4 期。

来，根本不会做，干部调了犯人做给你们看，可以设想，是怎样的状态，看一群被枪口押解的犯人干活是什么感受。犯人非常听话，收割机器一样，稍有不老实，管教都不动手，使个眼色，周围犯人就捆他起来，扔在麦地里，夏天傍晚大家收工，第二天一早回到原地，从麦草里拉出来，已经不像人，一晚被蚊虫叮成粽子一样，眼睛睁不开，全身浮肿，因此没有不服管的。"①

在劳改农场，金宇澄"养过马，各种各样的事都做过"，"房子也盖，农活也干，手工业比如做豆腐、做粉条，反正没有闲的时候。除了没开拖拉机，烧砖窑的整一套流程，我都知道，北方人烧炕，炕怎么做、锅台怎么砌、烟囱怎么砌我都会。北方烤火用的火墙，烟道怎么走，都有犯人师傅教我怎么做。"②

这种强制的高强度的劳动，与劳改犯人、刑满释放人员一起生活的经历，进一步加重了他悲观和灰色的人生基调。从 16 岁到 24 岁，他最好的青春年华，是在这个农场度过的。"我就是在原劳改农场生活啊，就是变相劳改，现在我仍然觉得，下过乡的人的内心等于和出狱的人是一样的，有了这么一段，和正常的人就不一样。"③

经历了劳改农场近 8 年洗礼的金宇澄，在 50 年后回望过去，有一种劫后余生的感觉，"我曾经那么熟悉的生活方式，被一点一点远离、黯淡和改变，最后完全陷入黑暗的感受"。④

金宇澄 1976 年返城之后，不像许多返城知青那样努力向上奋斗，而是选择了随遇而安。"我没参加已经恢复的高考，原因是农场期间交往的朋友，出身成分都不好，输送'工农兵大学生'期间，我们都知道根本轮不上，等真的可以高考了，想法仍然是觉得，我们肯定没机会，这些朋友一直就是这种氛围，一种反正永远没希望的氛围，情绪一直低落，没有前途。如果换一个朋友圈，说不定我会受到朋友的积极鼓

---

① 金宇澄、钱文亮：《"向伟大的城市致敬"——金宇澄访谈录（上）》，《当代文坛》2017 年第 3 期。

② 同上。

③ 同上。

④ 同上。

励，就去考了，我的朋友圈都自暴自弃，所以《繁花》里那些人都不大说话，仿佛不会有什么好事发生。"①"出身"像一道魔咒，一直影响金宇澄，他安于时代给他的定位，做起了"腻先生"，似乎无欲无求，心灰意冷了。他返城后在上海一个弄堂小厂当工人，为附近的上海手表四厂加工钻石牌手表零件。由于发表了几篇小说，1988 年被调到了《上海文学》做编辑。12 年的工人生活，是平淡无奇的。《繁花》的第十五章，借助阿宝、小毛的视角，用 2000 多字洋洋洒洒叙述了冲床、钳工的操作流程，精细、准确、专业，这样对车间工作流程的精描细刻在小说里是很少见的。金宇澄的青春年华，是在车间度过的。他在生活中的站位，似乎从来没有"高大上"过。他谈不上是一个生活的胜利者，特别是他的父亲被冤屈了 20 余年，这一个心灵的"死结"直到"文化大革命"结束以后才解开，也就是说，从童年、少年一直到青年，他一直生活在反革命家庭的阴影中。

经过以上对金宇澄经历的梳理，我们可以看到，由于背负"心灵的伤痕"，金宇澄所经历的磨难，远比那个时代普通知青所经历的要坎坷得多，他由此获得了比王安忆、张承志、史铁生等知青作家更为不同的看待世界与人生的态度。金宇澄的经历，使我想起了一些被打成右派之后复出的作家，如张贤亮，也许，他们二人的内心世界更为类似。不同的是，张贤亮把苦难神圣化，歌颂苦难，金宇澄则把苦难世俗化，面对苦难"不响"。相同的是，一旦接触到正常年代的现实生活，二人无一例外地把它感官化、欲望化了。《繁花》的 90 年代叙事这一部分，欲望化、感官化倾向如此鲜明，这是与金宇澄的 50—70 年代的经历紧密相关的。

"下过乡的人和出狱的人内心是一样的"。金宇澄这一断语可谓苍凉至极。内心价值观的坍塌，这一过程是在 60—70 年代充分被展开，那就是政治对个体的无情的碾压。如此看来，这样的"生活的失败者"，叙事姿态必定是低的。小说里的那个"腻先生"，与金宇澄是合

①　金宇澄、钱文亮：《"向伟大的城市致敬"——金宇澄访谈录（上）》，《当代文坛》2017 年第 3 期。

一的。他一再重申自己是站在很低的位置。"我想做一个位置很低的说书人。"①

而正是这种低姿态的叙事，造成了90年代的叙事动力比较单一，似乎仅剩下"欲望化"了。阿宝、沪生与小毛，已经过了不惑之年，成为老男人，被那些年轻光鲜的红男绿女所取代。小说着力表现的成功男人有徐总、范总、康总、古总，漂亮女人有汪小姐、李李、章小姐、梅瑞、小琴。李李开的东方饭店、至真园是两个主要的聚会地点，饭局轮番在这里上演。而这个时代，似乎更需要陶陶这样喜欢拈花惹草的男人。一个饭局又一个饭局，陪酒、狎妓、夜总会，素段子荤段子无穷无尽，众声喧哗，男人与女人之间的周旋、试探与暗示，有性无爱，偷窥，偷情，性暗示与性挑逗，假戏真做，真戏假做。精神的沉沦，欲望的膨胀乃至泛滥，似乎成了90年代以来的主旋律。这固然隐含着作者对一个时代的批判，但难免也带有较强的幻灭色彩。

结　语

以上主要是从金宇澄的家世与求学、知青经历，论述与《繁花》文本的关联。《繁花》中的60年代与90年代互为镜像，但明显重心在60年代。"《繁花》中有两层叙事，表面是20世纪90年代的男女关系乱象，内里埋藏着以阿宝身世为中心的60年代的严峻世事。"②而90年代叙事这一部分，主要围绕着食与色展开，欲望化主宰了整个叙事，人物成了道具，语言成了漂浮的能指，具有很浓的虚无色彩。如果联系金宇澄的经历，就很容易理解了。男女之间原有的美好的爱情，已经在政治运动中消失殆尽，留下的，只有毁灭后的欲望。文本背后，弥漫的是怀疑意识、虚无意识，价值判断都一一放逐了，留下的都是灰烬。正如穆旦的诗歌所昭示的："所有的故事已经讲完了，只剩下了灰烬的遗留。"

---

① 金宇澄、朱小如：《"我想做一个位置很低的说书人"》，《文学报》2012年11月8日。
② 程光炜：《为什么要写〈繁花〉？——从金宇澄的两篇访谈和两本书说起》，《文艺研究》2017年第12期。

金宇澄冷眼看繁华，在繁华之后，还是虚无。他借小说人物小毛之口说："上流人必是虚假，下流人必是虚空。"这是一个阅尽生活沧桑、内心有着巨大伤痕的作家，对人生的高度概括。这里没有道德评判，甚至善恶的界限也渐渐模糊，有的，只是巨大的虚空。

金宇澄说："我的奢望是，这部书可以为50年乃至500年后的读者，讲一讲我眼里的上海，到那时候，它还是特别的。"① 是的，100年后，《繁花》依然会开放，因为它是金宇澄用自己的一生浇灌而成，花蕊里深藏着一个时代的生与死、爱与痛。

---

① 金宇澄、木叶：《〈繁花〉对谈》，《文景》2013年6月号。

"京味儿"话剧中的北京形象

褚云侠*

摘要："京味儿"话剧不仅是"京味儿"文学的重要组成部分，同时也深深根植于北京庞大而深邃的文化体系中，参与着北京文化的历史建构。它以听觉记忆和视觉记忆的方式诉诸观众的情感，同时也使北京形象在演绎中得以确证。本文旨在阐释六十几年来的"京味儿"话剧对北京形象的塑造和想象，探索北京城及北京人的文化形象是怎样在庄重而又俏皮、极雅而又极俗、悠闲而又繁忙的精神特质中延续和发展的。

关键词："京味儿"话剧；北京形象；城市文学

1951 年，北京人民艺术剧院建院之初，迫切地需要创作出属于自己和时代的戏剧。以作家老舍的"京味儿"剧本为基底，经焦菊隐执导、于是之出演的话剧《龙须沟》，无疑成功奠定了北京人艺的历史起点。自此老舍的一系列话剧，尤其是七年之后三人再度合作的《茶馆》，为北京人艺确立起了艺术风格的基础。之后的几十年，以北京人艺为核心的北京戏剧圈，使这种深谙北京风情与意蕴的戏剧类型成了北京地域文化的一个重要组成部分。由此也就产生了"京味儿""京味儿话剧"的概念以及关于其内涵与外延的诸多阐释。

通常认为，"'京味儿'话剧是由老舍《茶馆》《龙须沟》等话剧奠

---

* 褚云侠，北京师范大学文学博士，现于中国人民大学文学院博士后流动站从事研究工作。发表学术论文及文学评论 20 余篇。

基的，经苏叔阳、李龙云、何冀平、过士行、中杰英、郑天玮、兰荫海、王俭等人继承与发展的，用经过提炼的普通北京话描写北京城和北京人，具有浓郁的北京情调、风味、文化意蕴与精神等'北京味儿'的话剧作品"。① 但在我看来，"京味儿"的概念不能简单地概括为以北京话写北京人与北京事。作为地域文化的一部分，"京味儿"的确应是由人与城之间特有的精神联系中发生的，它必须涉及北京人与北京事中区别于其他地区人与事的独特的精神特质，也即那些能够使北京成为北京的精神特质。而"京味儿"话剧应该是一种用北京话挖掘北京这座八百年古都与北京人的文化联系的综合性舞台艺术。因此，北京城在给"京味儿"话剧提供一个生发性文化结构的同时，剧中独特的北京形象也生动诠释出了一个城市的审美经验。它们作为这个城市的物象载体和隐喻符号，建构着对北京城的文化想象。

按照如上对"京味儿"以及"京味儿话剧"概念的再思考，可以对之前过于宽泛的研究范畴进行适当收缩，在此界定标准之下，在对六十几年来的"京味儿"话剧剧本与舞台演出情况进行梳理之后，不难发现，"京味儿"话剧所演绎出的北京城与北京人的形象可以用几个类似二律背反的命题加以概括：庄重而又俏皮、极雅却又极俗、悠闲中有繁忙。北京形象恰恰是在这样几个相互矛盾又相容共生的精神特质中得以延续和发展的。

庄重与俏皮之间的张力效果

"京味儿"话剧中的北京城是充满着政治气息与传统礼教的，而其中的北京人在保持高度政治敏锐性的同时也追求着一种四平八稳的生活方式。这些都使北京形象呈现出一种庄重性，但是就在如此严肃而庄重的"京味儿"话剧中，常常通过插入一些幽默与俏皮因素与庄重形成一种张力结构。

这种庄重的取得与"京味儿"话剧强烈的政治性有着很大关联。政

---

① 董健、胡星亮主编：《中国当代戏剧史稿》，中国戏剧出版社2008年版，第319页。

治中心的城市地位让北京成为各种社会矛盾的焦点，生活在这个城市里的人们更多地感受着政治的血雨腥风，政治也以一种无孔不入的方式钳制着人们的命运，改变着人们的思想，影响着人们的生活方式和文化的传承与变迁。话剧这种综合艺术最善于表现政治，在战争与改革年代，它是政治宣传的活报剧；在和平年代，它也能以最鲜明和生动的方式满足政治的需要。在北京这样一个政治极度敏感的地方，一些"京味儿"话剧，尤其是大剧场"京味儿"话剧在某种程度上更是经受着政治的影响，并且承载着一定的政治宣传作用。因此，政治化的题材是"京味儿"话剧选材的一个重要方面。尤其当"京味儿"话剧的投资方是国家、地区的文化事业主管单位，或者是人艺、国家话剧院这样的大型制作团体，抑或是前两者的联合时，在保障有了足够资金的同时也不可避免地会受到意识形态的深刻影响。因此，纵观"京味儿"话剧的发展脉络，从老舍的《茶馆》到苏叔阳的《丹心谱》《左邻右舍》，再到李龙云的《小井胡同》《天朝1900》以及刘恒的《窝头会馆》等，都充分关注了时政民生，准确地概括了在政治的深刻影响下北京人的生活变迁。即使到了近些年，政治气息也依然弥漫在"京味儿"话剧的创作与演出中。其中，最鲜明的应是反映南城旧房改造的系列作品《金鱼池》《头条居委会》《旮旯胡同》，以及李龙云的相同题材话剧《万家灯火》。《万家灯火》直接在每一幕之间插播关于"旧城改造"的新闻联播，于舞台呈现中形成了强烈的政治氛围。2003年北京人艺上演了抗击非典题材的"京味儿"话剧《北街南院》，演绎了特定时期与处境下城与人的状态与精神。在其之后被称为都市亲情剧的《全家福》，实际上把中华人民共和国成立前夕至20世纪80年代初重大的政治事件全部囊括其中了。可见，"京味儿"话剧通常沿着历史的大脉络走，在把握历史的同时触及现实的时政民生问题。

政治化对"京味儿"话剧的影响不仅仅体现在选材上，对政治的高度敏感与热情也内化成了北京人的一个基本特征，北京人不论社会阶层，职业分工，大多显得见多识广，格外关心时事政治。社会巨变中北京人的生活变迁，往往与政治直接联系在一起，因此，在"京味儿"话剧中，我们常会看到讨论政治的北京人，这一点在老舍的《茶馆》

中表现得极为典型。《茶馆》中掌柜的可以不差钱，茶客也不谈钱，他们关心的是"国事"，尽管"莫谈国事"的标语屡次出现在茶馆的显要位置。《窝头会馆》一开场，周玉浦与田翠兰对所谓"英勇国军"进行调侃。《全家福》中春秀婶和周大夫对解放军进城以及政治立场问题进行讨论。这些都是北京人具有高度政治敏锐性，格外关心国家大事的具体写照。他们虽然讨论政治但是却不会批判，批判是知识分子的事，他们只会慨叹和顺从，政治的强大与市井小民的渺小常使他们无可奈何，于是安时处顺才是生存之道。他们顺应时势的变化，在人际交往中仁厚善良、一团和气，与其他城市的市民相比，北京市民身上的那种世事洞明、人情练达尤为明显和突出。

"京味儿"话剧中密集的礼仪程式和礼仪性语言，也使北京形象呈现出了庄重性。令老北京人最自豪的，莫过于比别处人更懂得礼仪。北京文化具有多民族融合性，北京人的"重礼"与"讲体面"很大程度上来自满族文化和旗人文化。从传统文化的角度来看，中国人本身就对礼仪极度重视，北京的国都地位，北京人的自尊与自信更塑造了其"重礼"与"讲体面"的文化心理，而旗人文化的熏染进一步让北京的礼仪文明发展到了极致。从某种意义上可以说，旗人的"规矩礼数"使北京的礼仪文化走向了精致化、艺术化甚至极端化。在《正红旗下》中有这样的描述：

> "她的不宽的腰板总挺得很直，亭亭玉立；在请蹲安的时候，直起直落，稳重而潇洒。""他请安请的最好看：先看准了人，而后俯首急行两步，到了人家的身前双手扶膝，前脚实，后腿虚，一曲一停，毕恭毕敬。安到话到，亲切诚挚地叫出来：'二婶儿，您好！'①"

当这些形式大于内容的礼数被最大限度地外化在舞台上，加之委婉、得体又十分注重分寸的北京地方方言，它已经变成一种纯粹审美意

---

① 老舍：《正红旗下》，民族出版社2000年版，第141页。

义上的行为艺术了。甚至让人忘记了它的繁缛、不合理和内容的空洞，而禁不住去欣赏一个端庄守礼的北京文化形象。

但是就在如此严肃而庄重的"京味儿"话剧中，却常常插入一些俏皮因素与庄重形成一种张力结构。"京味儿"话剧的一大特色是字正腔圆的舞台语言，"京味儿"话剧中的北京人，宁可牺牲一些语言的实际效用，也要把话说得幽默与俏皮。他们似乎更多的是在追求语言的审美效果，要靠听者精细而耐心地品味才能发现其中的独特韵味。"京味儿"话剧中"说的艺术"在舞台上表现得格外突出。那种幽默与俏皮带着智慧、带着聪明、带着慷慨、带着调侃，甚至还带着一丝损人的意味，大大加强了舞台语言的丰富性与幽默效果，时常让知味的观众忍俊不禁。而这些幽默俏皮的语言常常出自一个"贫"与"侃"的人物形象之口，如《茶馆》中王利发对小唐铁嘴的调侃：

　　王利发：小唐铁嘴！
　　小唐铁嘴：别再叫唐铁嘴，我现在叫唐天师！
　　小刘麻子：谁封你作了天师？
　　小唐铁嘴：待两天你就知道了。
　　王利发：天师，可别忘了，你爸爸白喝了我一辈子的茶，这可不能世袭！[1]

再如《窝头会馆》一开场时田翠兰与周玉浦的对话：

　　田翠兰：我说大兄弟，你哧哧哧笑什么呢？吃膏药啦？
　　周玉浦：我吃黑枣儿了！您瞧这字儿印得……一粒儿一粒儿像不像黑枣儿？我瞅着它们就想乐。
　　田翠兰：那甜枣儿都告诉你什么了？
　　周玉浦：国军……咱们英勇的国军在东北又打赢了！
　　田翠兰：新鲜！他们什么时候输过？明是脑浆子都给打出来

---

① 老舍：《茶馆》，《收获》1957年第1期。

了，顺着腮帮子直滴答，自要一上报纸，嘿！敢情是搂着脸巴子庆祝胜利，人家扎堆儿舔豆腐脑儿呢！①

除此之外，《北京大爷》中的德文满和《北街南院》中的杨子等也是深入人心的北京"侃爷"形象。在《卤煮》中，每一幕的开头，何记卤煮掌柜和爆肚店掌柜都要逗一阵贫嘴，互相调侃、贬损一阵。表面上嘴上不饶人，其实两位老人却是惺惺相惜，这就是北京人的俏皮。这些人物形象似乎成了"京味儿"话剧的标志性符号，在"神吹海哨"的背后，是他们在这样一个庄重严肃的城市里悠然和满不在乎的生活态度。

"京味儿"话剧中的俏皮与幽默总能在恰到好处的时机消解掉北京形象的庄严与沉重，从而以"轻"的风格与庄重形成一种张力效果。北京形象最终显现为一种特有的轻松愉快，有时这种轻松令人费解甚至极难诉诸笔端，而"京味儿"话剧以最大限度地复归人们听觉记忆的方式，将这种文化的复杂性充分表达出来了。

极俗与极雅的平民气和贵族气

"'雅'以传统伦理道德及渊博知识为基础，为社会上层和知识分子所有，宫廷文化和缙绅文化即属雅文化。与之相对的庶民文化则属于俗文化。'俗'指通俗，为平民大众所喜闻乐见。封建时代下层民众很少有受教育的机会，因而俗文化多有粗俗内容，但不与庸俗等同。②"在北京，贵族与官僚子弟密集，清代的宫廷文化极大地精致了北京文化，形成了一种上层阶级的高雅文化。但是雅文化很多最初也来自民间，上层社会的音乐戏剧、婚丧嫁娶、语言文学等无不受到民间文化的深刻影响。清朝灭亡后，八旗子弟流落民间，更将高雅文化带入庶民阶

---

① 刘恒：《窝头会馆》，吕效平主编《二十一世纪中国文学大系2001—2010戏剧卷》，南京师范大学出版社2014年版，第284页。

② 李淑兰：《京味儿文化的特征》，《首都师范大学学报》1999年第3期。

层，对贵族生活的耳濡目染，民间的俗文化也受到了高雅文化潜移默化的影响。北京文化的精致，其消费性质，北京人的优雅趣味和文化消费心态，都与贵族文化的民间化不无关系。当贵族与民间的雅俗文化得到了最大限度的交融，便形成了一种雅俗共赏的文化格局。

"京味儿"话剧也是雅俗共赏的艺术，这种雅俗共赏让北京形象的贵族气与平民性相得益彰。同样从话剧题材的角度来看，以平民题材作为戏剧创作的主要题材成为几十年来"京味儿"话剧选材上的又一个主要特色。北京是一个市民社会，虽然它有充分发展的贵族文化，但是和其他的大城市相比，在古朴的胡同深处，幽静的四合院里，平民气与乡土味才是这个城市的芯子。因此，抓住了平民的心态和性格，在某种意义上也就抓住了北京城的本质特点。老舍的目光是紧紧抓住底层市民的命运的，老舍的每一部话剧几乎都以底层平民世界为选材对象，同时融入了他自身生活的真切体验。到后来的《左邻右舍》《小井胡同》《天下第一楼》《鱼人》《鸟人》《棋人》《坏话一条街》《厕所》《北京大爷》等经典"京味儿"话剧，再到近年来的《北街南院》《万家灯火》《卤兒胡同》《窝头会馆》等，要么以胡同四合院为背景，要么以北京市民组成的小团体为对象，要么以老字号的兴衰荣辱为主题，无一能离开北京的平民社会。

虽然大多数"京味儿"话剧以平民世俗生活为表现对象，但是却从不忘俗中带雅，在平民气中显现出贵族气，因此，"京味儿"话剧常常采用一种诗化的叙事并在舞台上营造出儒雅的氛围。"京味儿"话剧的戏剧冲突都不是激烈而集中的，而整部戏就像散文一样展开，注重细节的铺开过程，不急于推动情节的发展，甚至是要在细节中才能咂摸出"京味儿"。它们也很少设置悬念，甚至没有情节上的"突转"，而是以平和的笔调、不快不慢的节奏娓娓道来。它们不求以剧烈的矛盾冲突震撼人的心灵，而是用点滴的细节一丝一缕地触动人的心灵。"京味儿"话剧几乎不采用"闭锁式"结构，因为它一切都是在从容不迫的节奏中进行的，让深刻的矛盾冲突、深邃的悲剧内涵与深厚的文化力量都溶解在日常生活的一点一滴之中，溶解在老北京800年悠久而古老的文化之中。例如在话剧《全家福》中，虽然时代风云变幻多端，古建队的命运几起几浮，戏剧冲突层出不穷，但是这些都不是紧张激烈的，王满堂一家和小院里的邻里五十年来的悲欢离合融入日常生活的细枝末节中，围绕着一座精雕细刻的影壁展开故事，让它见证多少年来的风风雨雨和人世沧桑，在生活中呈现矛盾，在生活中化解矛盾。

同时"京味儿"话剧也常常借助其他艺术形式或舞台布景来渲染出一种儒雅的氛围，似乎只有这样才能更为有效地传达出北京的"精气神"。例如老舍的《茶馆》在幕间插入"数宝歌"。

> 有提笼，有架鸟，蛐蛐蝈蝈也都养的好；有的吃，有的喝，没有钱的只好白瞧着。爱下棋，（您）来两盘儿，睹一卖（碟）干炸丸子外洒胡椒盐儿。①

快板书虽是俗文化，但却讲求押韵，内容涵盖了北京人养鸟下棋的闲情、饮食唱戏的追求，可谓俗中带雅。话剧《全家福》一开场，舞台上显现的是一座雕琢精美而考究的影壁。在一片纷杂市声中，梅花大鼓的音韵萦绕在陶壶居茶馆一角。筱粉蝶在一侧演唱着梅花大鼓《王二姐思夫》。在《窝头会馆》中，故事虽然发生在一个破败的小院，房东苑国钟生活在一个摇摇欲坠的楼房里，但是我们还是能从舞台布景中看到：窗台上下廊子内外摆满了花盆和坛坛罐罐，台阶下边儿则是一口胖得离谱儿的大水缸。缸口搭了青石板，比八仙桌还高一块，几个倒扣的菜坛子围着它，做了现成的小板凳。苑国钟喜欢腌制小菜和侍弄花朵。或许正是贵族文化几百年来的熏染，使北京平民性的背后透露着一种贵族气。这种贵族气是凌驾于普通市民日常物质生活之上又弥散于其日常生活之中的儒雅的人文气息。

北京人最善于将世俗生活高度审美化，不仅如此，"京味儿"话剧所倚赖的语言形式——北京方言本身就是一种雅俗共赏的艺术。人们常用"嘣响溜脆""甜亮脆生"来形容北京话，北京话从吐字发音到它的韵味腔调都有其独特的地方。"这发音吐字，讲究底气足，却又不张嘴，

---

① 老舍：《茶馆》，《收获》1957 年第 1 期。

气憋在软腭和喉头之间，于是，字与字之间像是加了符号，长短不一，表面上有点懒洋洋的，实际上更透出一股子经蹬又经拽、经洗又经晒的韧性来。[①]"说起来响亮脆生，绝不缠绵。北京话不仅仅在发音吐字上讲究，要想真正做到字正腔圆，还要充分依赖它的腔调。北京话强调腔调的音乐性，也就是要把话说得有可听性。曲折委婉，讲求押韵，不快不慢，常常加入一些谦辞、敬语、导语、点缀来控制语言的节奏，使其抑扬顿挫，婉转动听。在我看来，北京话是一种非常拿腔拿调的语言，但是经过各种语言元素的融合与艺术化，显得浑然天成、大气生动，并不装腔作势。语言的艺术化不仅表现了北京文化中的怡然自得、高度自信、潇洒大度，这种对语言精致化的追求，也是北京"烂熟"文化的产物。

来自悠闲的繁忙

林语堂在《辉煌的北京》中总结北京文化时说："北京的生活节奏是不紧不慢，生活的基本需求也比较简单。……不必大富大贵，养成好吃懒做的恶习，当然也不能缺衣少食，忍饥挨饿，这是一种传统的中产阶级生活理想。……这种极难诉诸文字的精神正是老北京的精神。这种精神创造了伟大的艺术，而且以一种令人费解的方式解释了北京人的轻松愉快。[②]"在"京味儿"话剧中，北京城的整体调性与北京人的生活节奏都是悠闲的。曹禺在《北京人》中借江泰之口道出了曾文清的"品茶经"：

> 譬如喝茶吧，我的这位内兄最讲究喝茶。他喝起茶来要洗手，漱口，焚香，静坐。他的舌头不但尝得出这茶叶的性情，年龄，出身，做法，他还分得出这杯茶用的是山水，江水，井水，雪水还是自来水，烧的是炭火，煤火，或者柴火。茶对于我们只是解渴生

---

① 赵园：《京味儿小说与北京方言文化》，《北京社会科学》1989 年第 1 期。
② 林语堂：《辉煌的北京》，陕西师范大学出版社 2002 年版，第 230—232 页。

津、利小便，可一到他口里，他有一万八千个雅啦、俗啦的道理。①

在《天下第一楼》中京城食客克五带着修鼎新——一个会吃、懂吃、能挑眼的"傍爷"，整天在外边泡馆子。过士行在"闲人三部曲"中，塑造了提着鸟笼遛早儿的人们、悠然自得的垂钓者、铺开棋盘下棋观棋的闲人形象。

无论是品茶、泡馆子，还是遛鸟、垂钓、下棋，都意味着生活和心态的闲适状态。但是这些人又是极为繁忙的，仍以《天下第一楼》中的对白为例：

> 修鼎新：这"鳗面"是梁武帝的长公子昭明太子从扬州学来的点心。用鲜活大鳗鱼一条，蒸烂去骨和入面中，清鸡汤轻轻揉好，擀成纸一样薄的面片，用小刀划成韭菜叶宽窄的细条，清水煮到八分熟，加鸡汁、火腿汁、蘑菇汁，烧一个滚，宽汤，重青，重浇，带过桥，吃到嘴里，汤是清的，面是滑的。
> 王子西：哟，尽跟你聊了，差点误了我的热萝卜丝饼。
> 罗大头：萝卜，有什么吃头。
> 王子西：这你就外行了，好像牙萝卜绵白糖，揽上青红丝，玫瑰桂花蜜，上等猪板油和的皮子，上炉一烤，说是酥心的吧，它馅是整的，说不是酥心的吧，入嘴就化，去晚了就吃不上热乎的啦！（边说边笑着下）②

修鼎新是名副其实的食客，为一道"鳗面"要讲究如此繁复的工序，而王子西一边忙着谈论精致的食物，一边忙着要赶去吃热萝卜丝饼。这些人的确从早到晚也都很繁忙，但是他们是忙着吃得精致、玩得优雅，忙着将生命沉浮在"讲究"的一汪死水里。这就是"京味儿"话剧中这些北京人特有的繁忙——来自悠闲的繁忙。

---

① 曹禺：《北京人》，人民文学出版社1997年版，第91—92页。
② 何冀平：《天下第一楼》，《十月》1988年第3期。

由于北京人对传统文化的痴迷，高度审美化之后的世俗生活反而变成了一种束缚人的异化力量。生活本是人的一种存在方式，但是这种来自悠闲中的繁忙生活反而使悠闲失去了本来的意味，也使人失去了真正"闲适"的心态。因此，过士行就以《鱼人》《鸟人》《棋人》三部话剧反思了这种讲究到了极致的悠闲生活。而正是当这些悠然闲适的娱乐项目被北京人高度精致化以后，反而成为对人的桎梏，它使人从一个闲人变成了忙人，这是一个文化的悖论。就像话剧《鸟人》的舞台布景：当观众走进剧场时，可以看到几个工人正在捆扎搭置一个巨大的鸟笼子，其规模大到足以把整个中心表演区和四周的观众席都包容进去。这些爱好就像一个巨大的鸟笼一样，让过度沉醉其中的人们反而被它所束缚，忘记并舍弃了一切，将它们等同于生命价值本身。《鱼人》里的"钓神"为了一条不知是否存在的大青鱼等了二十年，失去了儿子和老婆，而他钓到大青鱼的最终目的却是和它玩玩儿。当他以为自己是在和大青鱼最后一搏的时候，筋疲力尽而气绝身亡。《棋人》中围棋高手何云清几十年来因为下棋失去了爱人，也没有组建家庭，最终宣布不再下棋了。而这种文化的沉溺与桎梏不会改变，何云清的下一代少年天才司炎依然因为终身不能下棋而宁愿做个游荡在黑白棋盘中间的鬼魂。我认为，在"京味儿"话剧中，过士行对北京文化的反思力度是最强的。他的话剧里面没有老字号的兴衰、没有四合院的人情等这些北京文化的符号，而是深入到北京文化的内核中去了。他从不强调故事发生的地点在北京，但是鸟市、民谣谚语、人物的悠闲自在以及戏剧语言典型的京腔京韵无不透露着浓厚的"京味儿"。它将"京味儿"的内涵抽象出来，通过象征、怪诞现实主义的方法予以呈现。这些话剧一方面展示出构成北京文化差异性的特定语言、民俗风情和人物群体，一方面又不同于大多数"京味儿"话剧中一种认同和文化挽歌式的回望，它们明显地透出一种试图保持距离的批判意识，以一种荒诞的方式达到最真实的效果。

其实，北京人为他们这种悠闲的繁忙付出了惨重的代价。当这些人物自在惯了、闲适惯了，也就难免走向懒散，"聚精会神于赏玩文化情调、刻意细致于讲究规范礼仪，但却无法掩饰或者填充其内心无事可想、可做的空虚,于是他们又无时无刻不在经受着抑郁苦闷的精神折磨"。① 因此具有懒散性格的人物形象在"京味儿"话剧中较为常见。北京人过于自信的优越感与贵族文化的遗留让他们优雅了几百年,当时代的剧变打破他们平静的生活时,他们既想改变自己的处境,又放不下那份由来已久的骄傲。《天下第一楼》中迷恋唱戏和武功,而弃祖传的基业于不顾的两位少爷;《北京大爷》中大事干不来,小事不愿干,怕苦怕累怕麻烦的德文高与正儿八百吃劳保养大爷的德文满就是具有这种深渊性格的典型人物。在《北京大爷》中,这种懒散性格的形象被刻画和挖掘得淋漓尽致:

> 德文珠:"我绝不护着文高,连我先前的那位先生,也不知道北京这帮大小伙子都得了什么病了。想要在社会上让人瞧得起,想要活的风光自在,你倒是豁出命去干呀,学机灵点呀,嘿,大事干不来,小事不愿干,怕苦怕累怕麻烦。就说文高这人吧,心气儿挺高的,可是连拿原料去抽样化验一下都嫌费事,他能承包那个养大爷的国营工厂吗?不信你看看,如今满大街全是南蛮子的天下,北京人连饼干也不会做了,水也不知道怎么喝了,点心水果饮料罐头一色的外来货,粤菜餐馆、上海百货、四川的肉、温州的时装,全是外地给皇上进贡,哪儿还有北京爷们打喷嚏的份儿!
>
> 德文满:办哪门子手续呀,正儿八百吃劳保,有医生证明,有领导批准,拿百分之六十,你再给我找个养大爷的地儿,不是稳拿双份吗?
>
> 申绍山:本来么,这京城之地自古以来就是享清福的,历朝历代天子脚下的一等公民,挣钱的事用不着操那份心!您瞧我,退休下来多少人来请也绝不下海,落个逍遥自在,玩个小古董小字画,图个小小的个人爱好,有点小快乐小自在。这才叫高雅的人生,美好的享受呢。②

---

① 曹禺:《北京人》,人民文学出版社1997年版,第61页。
② 中英杰:《北京大爷》,《新剧本》1995年第3期。

他们这种懒散渐渐变成了一种矛盾性格，要么想改变自己的处境，又带着一份骄傲，放不下自己的身份；要么一旦行动，又发现什么也不会做，优雅了几百年，会做的似乎只剩下吹拉弹唱、养鱼养鸟；要么决定去干一番大事，又没有十足的坚定信念，吃不了苦，受不了累；要么干脆贪图安逸，把持着祖宗留下的财产，得过且过，到处找找乐子。"二百多年积下的历史尘垢，使一般的旗人既忘了自遣，也忘了自励。"① 长久以来，其实这种生活态度及其所带来的后果早已濡染了北京的城与人，内化成"京味儿"文化的组成部分了。

一方水土可养一方文，北京文化与特殊的地域空间对"京味儿"话剧的出现具有生发性，同时这种独特的艺术形式也以诉诸人们视觉与听觉的方式，更完整而形象地勾勒着对北京城与北京人的想象形态。从"京味儿"话剧中，我们不难窥见出北京这个城市独特的审美经验——贵族文化与民间文化、多民族文化、胡同文化与大院文化相互影响，又相互矛盾和歧视，而最终又相互融合。在 20 世纪 80 年代的"寻根"热潮中，北京人终于发现，我们需要找到自己跟这座城市之间的血肉联系。而"当我们努力用文字、用图像、用文化记忆来表现或阐释这座城市的前世今生时，这座城市的精灵，便得以生生不息地延续下去。"②

---

① 老舍：《正红旗下》，民族出版社 2000 年版，第 25 页。
② 陈平原：《北京记忆与记忆北京》，生活·读书·新知三联书店 2008 年版，第 5 页。

叶广芩与 20 世纪 90 年代后北京书写

李杭媛[*]

摘要：本文对满族作家叶广芩 20 世纪 90 年代以来关于皇城北京的文学想象进行论述，通过对比刘心武 20 世纪 80—90 年代基于都市现代化公共空间的维度对于北京城市现代化的文学叙述，与叶广芩怀旧视野下的贵族雅文化叙述之间的张力，探究 90 年代怀旧热潮中书写异于现代商业都市的北京形态的别样可能及其视域的局限性。

关键词：20 世纪 90 年代北京书写；皇城想象；怀旧与现代

　　将北京作为文学书写对象具有自身的文学史谱系。书写北京的小说可以追溯到 20 世纪二三十年代老舍、张恨水等人关于北京城与人的文学创作。80 年代"寻根热"思潮影响下，一批作家自觉提出"京味儿小说"概念，重新接续北京城市文学书写的谱系。这种"寻根"式的京味儿文学到 90 年代发生转变。随着全球化、都市化进程加剧，都市现代性带来的日常焦虑开始凸显，文学、艺术界又掀起了都市怀旧热，消费怀旧文化。文学对北京的书写转变背后呈现出北京都市现代化带来的一系列问题及其引发的社会焦虑。北京作为中国传统的皇城帝都，在都市全球化、现代化和商业化大潮下经历了传统文化肢解的阵痛，文学界呈现为这种以北京"怀旧"的书写方式，对同质化的城市现代化模式进行某种文化反抗。

---

　　* 李杭媛，毕业于北京大学中文系，研究方向为中国当代文学。现任教于北京大学附属中学。

吊诡的是，这种用怀旧姿态对抗现代化的文化批判和反思，反过来又被现代商业社会的消费逻辑所消化。"怀旧北京"最终成为一种文化资源，成为大众传媒文化产业的生产内容和消费对象。无论是网络当红的穿越剧，全国乃至海外热映的清宫剧，还是北京胡同改造为旅游景区，林林总总的小资商铺里，老北京画册、明信片、京剧脸谱等传统文化符码被作为商品热卖，怀旧城市文化成为消费品。在此种现实观照下，重读叶广芩90年代以来的北京书写，剖析文学如何呈现异于现代化商业都市的别样的城市想象，无疑可以为我们更好地理解当下的都市文化现象提供另一重具有历史纵深感的视角。

一 作为皇城帝都的北京想象

叶广芩的北京怀旧涉及两个层面上不同意义的"北京"：一个是小说极力去建构、重访的记忆中作为中国传统城市形态——皇城帝都的北京城，另一个是作者面对的当下的现代国际大都市北京。作者用深情回眸中的老北京皇城根、沉淀历史厚重感的城墙城楼、充满人情味的胡同"记忆"撞击眼前的无名化的国际大都市，怀旧与批判的意味在强烈的空间对比中无比鲜明。

在叶广芩早期小说《采桑子》中，有一篇谈论北京城市布局和古建历史的小说《不知何事萦怀抱》，假托风水堪舆世家背景的古建专家廖世基之口，讲述了许多关于北京选址、定都和城市规划的旧闻故事。廖老先生先从"给北京定方位"说起，自豪地向金家四格格"科普"廖家祖先如何用古代的指南针"水鸭子"给京城确定了从前门到鼓楼这条中轴线，又如数家珍地道出清代皇帝的先祖孝庄皇后和皇叔多尔衮的墓穴东陵中的风水玄机，他甚至还用神秘玄奥的风水星象学说"算出"了金家祸端戏楼的藻井，救了金家高祖一命。其实，《不知何事萦怀抱》中的廖世基和叶广芩2000年的作品《全家福》里那个古建队中神神道道地分析风水的老萧本就是一个人：都是古建筑专家，都会风水堪舆和各种古代工匠技艺，都对老北京的城墙、王府等古代建筑的物质形态和文化艺术情有独钟。在1958年改造旧城运动中，两部小说的人物都极力反对拆除城墙，想要保护即将被拆的成王府，认为"成王府是北京府第建筑的精华"，"五间琉璃瓦的府门""丹墀的石工""中院正房的五层台阶、城砖摆的山墙、楠木雕花碧纱橱"，东院的"筒瓦卷棚"，后院的"冷梅亭彩画"都是中国传统古代建筑的瑰宝，空前绝后。对于古代建筑形态的留恋和赞叹在《全家福》里更是比比皆是。然而，他们终究挡不住"现代化"滚滚车轮的碾压，北京都市现代化的需求要将这座古老的皇城蜕变为国际化的商业大都市，这意味着必须将这些被时代淘汰的占用太多空间的城楼、城墙和贵族府邸推倒掀去，建立容纳量更大，更加科技化、自动化和现代化的摩天高楼。

所以，在小说《不知何事萦怀抱》的结尾处，叶广芩设计了一个十分悲凉的场景：身患老年痴呆的年迈的廖世基迷路了，恰巧被"我"撞见，在一个风雨交加的傍晚，他一个人伫立在东直门立交桥下，"观看"风雨中已经被拆除的不存在的东直门城楼。小说无不深情地这样写道：

> 广告的背后是无尽的高楼和凄凄的雨，我无法安置廖先生记忆中的那座城楼，不禁有些气馁。廖先生则无限赞叹地说，多壮观的城楼啊！这是明朝建北京的第一个城楼，是样城哪！我随口说道，就是一个普通的城楼罢了，这样的城楼其他城市还有……廖先生说，这城楼跟别的可不一样，北京八座城楼，无可替代，各有时辰，各有堂奥，各有阴阳，各有色气。城门是一城之门户，是通正气之穴，有息库之异。东直门，城门朝正东，震位属木，五季占春，五色为青，五气为风，五化为生，是座最有朝气的城楼，每天太阳一出来，首先就照到了东直门，它是北京最先承受日阳的地方，这就是中国建筑的气运。……廖先生说这话的时候，我看见他的眼里，没有立交桥，没有广告牌，没有夜色也没有雨水，只有一座城楼，一座已经在北京市民眼里消失，却依然在廖先生眼里存在着的城楼，那座城楼在晴丽的和风下，立在朝阳中。廖先生活在他

的记忆里。①

　　不仅是廖世基活在记忆中，作者何尝不是在绝望中缅怀那座已经逝去的皇城。（选文中这段对北京八座城楼风水观象的议论在《全家福》借老萧之口再次原样重复）在 2011 年刊登于《小说月报》（原创版）的中篇自传体抒情小说《凤还巢》中，离开故乡北京四十余年的作家花费巨资在北京买了新房，本是怀着满腔热血，长途火车跋涉来到心心念念的北京后，却发现"一为迁客长安去，北望京师不见家"，原本的东城四合院的"家"已经被火热的房地产事业变成了高楼。叶广芩将最美好的城市想象留给了那座记忆中的曾经属于旗人的皇城，她想象中"梦寐以求的回家"应该是：

　　　　推开房门，父亲在八仙桌旁边坐着，喝着他不变的茉莉双熏，眯着眼睛哼着《逍遥津》；桌后的条案上有粉彩的帽架，墙上是祖父画的西山山水，两边是父亲写的对联"丹霞出明月，和风动溪流"；母亲会从套间赶过来，穿着毛格子的夹旗袍，梳着元宝髻，穿过"松鼠葡萄"的落地罩，伸开臂弯将她的老闺女抱住……②

　　然而现实却是"推开门，一股装修的气息扑面而来，没有父亲，没有母亲，没有莫姜，也没有老七，那都是梦"。所以当"我"面对的现实中陌生的大都市与记忆中的老北京相遇时，当"前年年初回家还在老屋里与老七聚首，喝着从东直门打来的豆汁，吃着羊油炒的麻豆腐，问这家的熟悉气味，想的是手足将来能在这狭小的静谧中地老天荒地厮守下去"的记忆与而今"八月再回去，老宅子便荡然无存了，变作了一片瓦砾场，变作了一片拾掇不起来的荒凉"的现实形成强烈对比时，"我"只能"狗一样在废墟上寻嗅，寻找家的气息，寻找那沉落于砖头瓦块中记忆的*丝丝缕缕*……"

　　① 叶广芩：《采桑子》，北京十月文艺出版社 2001 年版，第 159—160 页。
　　② 叶广芩：《状元媒》，北京十月文艺出版社 2012 年版，第 468 页。

无疑，叶广芩对于城市现代化的态度是十分抗拒和批判的，她这样描写北京的都市变迁："拆砸还在继续，北面二环路上车来车往，现代气息的声浪阵阵逼人。原本这里是条僻静的深巷，房拆了，遮挡没有了，就显得空旷而直接，就有了抬头见汽车的突兀，有了光天化日的惶恐。让人感到历史进程的脚步迅猛、粗犷，甚至有些无情。"① 都市现代化被形容成粗暴的毁灭力量，这种粗暴的力量摧残毁灭了那个原本充满温情的情感依托和诗意栖息的皇城家园，让这座城市变成和所有国际大都市一样的无名的建筑空间，而现代人成为无家可归的流浪汉。

二 怀旧与现代：两种都市空间对观

对于北京城市空间的现代化变迁，刘心武 20 世纪 80 年代后的北京书写恰好可以和 90 年代叶广芩的书写形成一个截然相反的对读。刘心武几部关于北京都市现代化的小说几乎都发表于 80 年代，从小说《四牌楼》《立体交叉桥》《钟鼓楼》到纪实文学《公共汽车咏叹调》等，无不关注北京当代的都市现代化。然而，同样的题材，两位作家的态度却完全不同。

同样是触碰旧城改造、胡同搬迁的现实问题，《全家福》浸没在一种感伤、缅怀的基调中，小说人物住不惯现代化高楼小区，怀念胡同生活的美好时光。而《立体交叉桥》以全然现代化姿态描述侯锐一家盼拆迁的急切愿望，他们希望搬离狭小颓旧的四合院，住上宽敞舒适的小区公寓。作者对于胡同的描写是"灰色，沉闷，压抑"，主人公侯锐家住城中心的大杂院，每天要去京郊中学上班，很不方便。"回城"成为所有老师羡慕和向往的事，因为"城市生活"成为"特有的物质和精神"享受的代名词。小说将"城市"放置于城市周边的乡镇的视野中，在城乡二元对立的格局下更加凸显出城市现代化的意义：政治的中心地位，经济的繁荣先进，文化认同的优越感。而城市中心地段（王府井）

① 叶广芩：《状元媒》，北京十月文艺出版社 2012 年版，第 453 页。

保留传统意味的四合院在这种现代化的眼光下也变得如此让人难以忍受："简陋、肮脏的公厕""三代四口人挤住在一间小平房""灰色的枯燥乏味的胡同"根本比不上有关系有手段的同事、同学们分到的高层单元小区。

《立体交叉桥》中四合院狭窄的室内空间令人难以忍受，对于城市内部空间的争夺成为导致家庭矛盾、兄弟不和的祸根。小说主角侯锐的弟弟侯勇在物欲横流、权钱解决问题的社会风气下变得非常浮躁，相信金钱和权力的力量。为了从山西搬回北京城，住上自己的房子百般巴结高干背景的岳父母，后发现不可靠又寄希望于投机分子葛佑汉，利用人脉关系网和干部亲属的权力进行权钱交易，替人"走后门"安排工作。为了自己的利益不惜想要赶走哥哥、妹妹，但又在剧作家蔡伯都的劝说下感到良知的责备。知识分子化身的蔡伯都则代表正直、良知和清正廉洁的道德底线，令夹在欲望与亲情之间的侯锐心理更加复杂、纠结和矛盾。

和叶广芩一样，刘心武的小说同样涉及都市现代化的诸多社会问题。全面开放市场经济后，社会"拜金主义"风潮盛行，都市现代化过程中，人们观念发生巨大转变，特别是亲情人伦的温情面纱在"利益"面前被撕扯碎裂。但是，刘心武的小说最终将所有问题最直接的现实原因都指向传统北京城市空间——"四合院—胡同—大杂院"。居住空间的狭小和落后不能满足人们对舒适的私人居住空间的需求，日益增长的物质欲望要求城市空间向现代高楼转变。在《立体交叉桥》中，胡同小院的内部空间被描写为"低矮狭窄"的"男女混杂的木板铺"，让人难以忍受，"烦闷压抑"①。侯家三代四口人一间小平房，"那种拥挤和壅塞的感觉，的确比贫穷更令人感到一种莫名可状的窘迫"。而城乡之间差距的日益拉大导致大量人口向中心城市迁移，人口城市化与城乡二元化的问题也成为故事矛盾推进的重要背景。

小说给出解决这一切矛盾和困境的方法是修建交叉立交桥。立交桥

---

① 刘心武：《立体交叉桥》，《胡同串子》，北京燕山出版社1997年版，第142页。

作为联结城市中心和周边郊区的纽带，将"有限空间向宽阔处开拓"，意味着"将拥堵的人流向开阔处疏导，意味着给人们提供更多的空间，在人与人的关系上提供更多必要的回避机会，因此也就意味着抚慰、平息大量因空间壅塞而感到压抑与痛苦的灵魂①"。作者这段长长的抒情式议论很有意思，刘心武给"交叉立交桥"这样一个现代都市的交通设施赋予如此重要的作用，似乎成为解决一切利益冲突和人际矛盾的良药。自然，作者注意到了都市新空间对于传统空间形式的挤压和替代，但在叶广芩小说中现代都市住宅小区那种独门独户、老死不相往来的孤独，人与人关系的疏离和冷漠恰恰成为刘心武小说中向往和追求的"个人空间"。

把《全家福》和《立体交叉桥》放置在一起对读非常有意思，两位作家都有各自的"看见"与"视而不见"：叶广芩恋恋不舍的是传统文化中的人情社会，但由于过分指认贵族与满族身份，徘徊于对父辈昔日辉煌的留恋，对于都市现代化持抗拒姿态。相较于叶广芩笔下的老胡同人不愿意拆迁，刘心武的小说写于市场经济刚恢复，城市现代化正在高歌猛进中迎来发展春天的 80 年代，作者笔下那些"盼拆迁"望眼欲穿的人，表达了更加"真实"的 20 世纪80—90 年代中国社会大多数人急于摆脱"旧传统"奔向"现代化"的心理，急于告别"历史"创造"新都市"的冲力。对于物质的渴望，对于现代化便利生活的憧憬，跃然纸上。有意思的是，小说也探讨现代都市人变得"相互很虚伪、很冷漠、很隔阂"的原因，却完全归因于"缺乏自己的足够空间②"，这种推理恰恰为现代城市向周边不断进行空间扩张提供一套合理性的论证。小说似乎对于现代化的商业逻辑和拜金主义对于人际关系和人们的道德观念的影响"视而不见"。

当然，这种推理反过来看，却也印证了北京城市在中华人民共和国成立以后特别是改革开放之后的几次大规模外来人口涌入造成城市空间紧张的社会现实。胡同从独门独户的宅门大院变为多人混居的大杂院，

① 刘心武：《立体交叉桥》，《胡同串子》，北京燕山出版社 1997 年版，第 149 页。
② 同上书，第 167 页。

再变为底层老北京和外来打工者的蜗居之所。另一方面，随着物质供应的逐步充裕，电视机进入千万家，人们也不再能满足于一个大院共用一盏灯、公共电表的旧状，人们纷纷自装电表，为了一点利益斤斤计较取代了"互谅互让的淳朴民风"。可以说，参照刘心武的北京书写，叶广芩小说怀旧的视野揭示出都市现代化中人的"异化"的一面，但却绕开了对于革命、城市的阶层分隔、城市空间变化背后的现实经济社会因素的讨论。简单把问题归咎于传统文化和人伦道德的沦丧，也缘于作者自己的主体身份和阶层局限，叶广芩的满族贵族自我身份认同又成为一面屏障，遮蔽了更加宏大的现实视线，只能局限于对清朝贵族昔日繁盛的家国想象的怀想。

在刘心武另一部完成于 1991 年的小说《蓝夜叉》中，这种将都市现代化过程中人们日益增长的欲望表现为对私人空间的巨大需求上的描述同样反复出现。小说从"我"偶然经过胡同口，碰到个体户老邻居甘木匠的儿子甘七大修豪宅为开端，继而回忆起 20 年前的胡同生活，带出"我"和甘家大女儿之间的一段青涩却沉重的感情故事。小说中反复出现 50 年代胡同大院拥堵的内部空间记忆与改革开放后宽敞的现代小区空间之间的对比。50—70 年代，人们搬进宿舍大院，为了节省房租申请小面积的房间，共用狭小的空间却心甘情愿、毫不介意。对于邻居甘木匠家 6 个子女，挤在一个大通铺睡觉，作者是这样描述的："他和老婆以外，已生有七个儿女，但他同我父母一样，觉得自己选择的房舍足够一家之用，而且房租上也节约些。我去过他家，回忆起来，也并不怎么拥挤①"。但到了 80 年代，邻里矛盾却因此升级，人们纷纷搬离大杂院寻找更加宽敞舒适的现代化小区或是如暴发户甘七一样，修建自己的独门独院。刘心武用一句话总结说："人的空间感和空间占有欲，确是随着时代变化的。"

小说呈现北京从中华人民共和国成立到 20 世纪 90 年代内部空间变化的"历史"叙事大概可以用这样一个表格进行概述：

---

① 刘心武：《蓝夜叉》，《胡同串子》，北京燕山出版社 1997 年版。

表1

时间	社会形态	胡同性质	获取方式	支付形态	人与空间
20 世纪 50—70 年代	计划经济	职工大院	统一分配	国家供给—薪金制	物资匮乏，为节省房租，自愿申请小面积住房，共用公共空间
改革开放后	市场经济	私宅	自主购买	租房/购买	物资丰富，家居摆设增加，私人空间需求扩大，扩建或移居

　　刘心武隐约勾勒出了北京城市现代化/资本化后，人们对都市私人空间需求增大背后的社会政治经济结构，但将人与都市空间关系的变化归于物质丰富带来人欲望的扩充似乎又流于表面，避开了深刻的现实原因：自由市场的趋利逻辑、阶级分化和资本全球化扩张。所以，小说家在处理都市现代化主题时的态度是十分暧昧的：一方面，小说以热切赞扬和渴望的口吻"期待"城市空间的现代化改造——住宅区更新、公共交通设施的完善、城市道路的拓宽。正如 1948 年以后奥斯曼对巴黎城市的改造，80 年代中后期以来，北京也面临着"新科技启发与新组织形式推动下，城市规模的剧烈变化"和"新社会和空间形式的生产①"。另一方面，小说也揭示了都市现代化过程中城乡对立加剧、社会阶层分化、人与人关系冷漠、人性自私逐利的一面被无限扩大、传统亲情人伦的道德观念的沦丧、情感纽带的破裂等资本对人性的腐蚀"异化"问题。作者将这些城市现代化的"阵痛"一股脑倾泻出来，但似乎也无力分析这种"先进"的都市现代化（城市空间的扩大和生活条件的便利）与人文关怀的缺失（人际关系、道德伦理、价值观）之间的关系和张力，因此呈现出一种暧昧、自我矛盾的笔调。虽然比起叶广芩对于都市现代化完全采取一种"传统"、保守的抗拒和批判态度，刘心武的新北京书写站在与时代潮流同步的立场"歌颂"现代性，但依然是有所保留或是有些迟疑和顾虑的。

　　每个小说家的创作视野和角度的不同，一定也与其人生经历有关。

---

　　① 参见［美］大卫·哈维《巴黎城记——现代性之都的诞生》，黄煜文译，广西师范大学出版社 2010 年版，第 72 页。

刘心武的北京书写中，从小生活在老北京胡同中，改革开放后面对"下海"暴富的诱惑，穷酸却又心有不甘、想要保持尊严但又在现实生活的窘迫中懊恼的知识分子很有些作者自己的影子（在郊区教书的中学老师、出版社编辑等，都是刘心武当年从事的职业）。小说关注的是一些北京胡同大院中下层市民面对都市变革一种穷怕了盼新生的心态，而作为一个知识分子，又掺杂着对"世道人心"变化的感叹。而叶广芩作为一个没落但依然家世显赫的女性贵族后裔，大宅院昔日的上层生活的光辉成为她生命中不能抹除的印痕。所以，老北京的城市形象在她笔下，最绚烂多姿的部分其实是叠印在"前现代"时期的晚清贵族大院里的怀旧记忆中。小说的北京书写，基本呈现出以雅文化谱系中的清朝皇族后裔为主体的家族小说，在此基础上温情脉脉的胡同人伦和"闲适"的精神追求。

三　结语：怀旧视野下的北京书写

叶广芩小说中最生动也是作者饱含深情地大书特写的人物都是一些历经沧桑、经历过半个世纪社会变迁的老人，无论是八旬老工匠王满堂、风水先生廖世基、长寿的五姐夫、舅姨太太，还是作为一切的见证人和叙述者的"我"。这些人物对"当下"的现实持拒绝和批判态度，不仅是为了遥想和"追忆"祖辈的光辉历史，更直接承受着现代工业文明和商业逻辑之下的现代化都市在"精神"文化上的荒凉和颓败。失去美学个性和历史纵深，千篇一律的钢筋水泥大厦在小说人物看来只是冰冷的笼子而非诗意栖居的"家园"；现代社会以独立的个体为主体，金钱和效率至上的商业社会人与人之间的冷淡和距离显得那样残酷而冷漠。

小说人物的感伤和怀旧不仅建构了一个关于晚清皇族钟鸣鼎食之家和乐融融的"乌托邦"想象，表达对当下时代的文化精神的一种反抗与不满，作者也是通过将自我"他者"化，将老北京呈现为一种"奇观"化的"东方主义"风景。无论是叶广芩的家族小说，还是各色各样的清宫剧，人们观看和消费这些关于"老北京"皇宫大宅门生活的奇观景象，正是因为这样的故事提供了异于现实千篇一律的现代化都市景观的独特风景。因而叶广芩建构想象一个完美的满族皇城北京，其实是把对现实的不满投射到一个与现实不同的理想化的"他者"——过去。现实的问题并没有真正解决，"他者"的形象却被理想化。这样理想化的差异性的风景又被今天的旅游业、大众文化作为一种欲望投射的奇观来消费。

因此，叶广芩对于都市现代化批判的视域也是处于"屏障"之中备受遮蔽，遮挡物恰恰就来自作者批判现代性的手段和工具：作者特殊的阶级身份和族群认同。正是这块清朝贵族的屏幕使得城市现代性背后被抹除的传统皇城文化的别样"风景"得以显影，然而这块屏幕也遮蔽了城市现代性过程中很重要的革命、阶级、现代化叙事，作为"共和国""人民政权"首都的"北京"被过滤剔除。

空间地理视域下的新世纪诗歌[*]

冯　雷[**]

摘要： 随着全球化、一体化趋势的加强，平面的地方概念逐渐拓展为立体的空间概念。交通工具、通信手段的变革以及由此造成"时空压缩"深刻地改变了人们的审美感受，也丰富、拓展了文学研究中的地理视角。以这样的问题意识进入新世纪诗歌，除了景物描写、地方差异之外，还会触碰到性别、阶层、族群等问题。探讨这些问题，不但有助于纠正文学研究中过分倚重时间维度的偏颇，也有助于深化和完善对于现代性的认识。

关键词： 地方；空间；新世纪；诗歌

近年来，地理与文学，特别是现当代文学、现当代诗歌之间的关系越来越引起学界的注意，以杨义、曾大兴等为代表的一批学者不断拓展学术边界，尝试建构和完善"文化地理学""文学地理学""人文地理学"以及"新诗地理学"等[①]，尽管各自的焦点、方法、路径不同，但其问题意识却大体相近，即力图清理并阐释诗歌与地理之间的关系。而从近些年的学术成果中也隐约可以看到从"地方"向"空间"，从传统

---

    * 本文系 2016 年北京市社会科学基金项目"新世纪诗歌'日常生活书写'研究"（16WXCD016）的阶段性成果。

    ** 冯雷，男，文学博士，北方工业大学文法学院中文系讲师。

    ① 参见张清华《当代诗歌中的地方美学与地域意识形态》，《文艺研究》2010 年第 10 期；曾大兴《文学地理学研究》，商务印书馆 2012 年版；杨义《文学地理学会通》，中国社会科学出版社 2013 年版；张立群《新诗地理学》，辽宁大学出版社 2015 年版。2017 年 6 月，北京师范大学国际写作中心在北京召开了"百年新诗：历史变迁与空间共生"学术研讨会。

的文学地理学向后现代空间批评的学术转型。

传统的文学地理学主要研究和地理环境有关的人文活动，尤其重点关注"在哪里""什么样"和"意味着什么"。而伴随着全球化、一体化趋势的加强，平面的地理概念逐渐拓展为立体的空间观念，交通工具、通信手段的变革、升级使得人口流动更趋频繁，"时空压缩"正成为一个显在的事实。西方学者逐渐转向认为空间不只是一种客观的物质存在，也是人们对于现实世界的认知和理解，是人类实践和生产的对象与产物，是与人的创造性相关的主观存在。他们主张要对晚期资本主义社会中多元混杂的社会关系权力关系进行讨论，就不得不对多维指涉的空间进行研究。他们认为地方（place）是倾注了人类经验、欲望、记忆的场所（locale），这些情感不但包含着个人化的意向，而且还承载着集体的文化认同，是"在场"（presence）的；空间（space）是文化与社会关系的产物，是"缺场"（absence）的，体现为虚拟、抽象的物物关系①。段义孚从经验、感受的角度出发，认为"地方"是亲切的、熟悉的，"空间"则是陌生的、有距离的②。所以，当代语境乃是"空间、时间和社会存在的三方辩证关系，对历史、地理和现代性彼此之间的关系进行改革性的重新理论化"。③ 因此，空间批评也就应运而生。

对于新世纪中国诗歌来说，尽管许多诗人争相标榜"先锋"，但是美学上的暴动并不像人们所期待的那样轰轰烈烈。传统的寄情山水、"相看两不厌"式的创作模式并未过时。当然，如果把一些作品放在社会关系的网格中来考察的话，那些个人化的表达则可能不仅仅是地域差异的问题，和不均衡的社会—政治—文化关系也密切相关。而且，在新世纪诗歌里，诗人们也普遍更加关注自己的生存境遇与文化身份，许多诗歌问题实际上被社会关系支配，同时又生产出社会关系，从而成了空间问题的有趣注脚。

---

① 参见［英］安东尼·吉登斯《现代性的后果》，田禾译，译林出版社 2011 年版，第16—18 页。

② 参见［美］段义孚《空间与地方——经验的视角》，王志标译，中国人民大学出版社2017 年版，第110—112 页。

③ ［美］爱德华·W. 苏贾：《后现代地理学》，商务印书馆 2004 年版，第18 页。

一　诗歌作为人文地理坐标

"地者，万物之本原，诸生之根菀也，美恶、贤不肖、愚俊之所生也。"① 中国的古人凭借着超群的智慧很早就注意到地表自然形态或微妙或显著的差异，他们适应自然、改造自然也欣赏自然，在自然深邃而绚烂的怀抱里想象世界、感知自我，"在心为志，发言为诗"。与那些知名的或不知名的山川草木的对话已经沉淀为民族的集体记忆。

故乡、居住地往往是人们最熟悉的地理环境，和古人一样，新世纪以来许多诗人都曾描绘过自己身边的风土人情，许多诗人名声大噪或多或少都和他们对地域景观的呈现有关，诸如雷平阳、王单单描写云南，沈苇和南归之前的杨方讲述新疆，又如庞培、潘维、吴少东等在江南吟唱，辰水、轩辕轼轲以及进京之前的邰筐、入海之前的江非在山东临沂抡酒拉呱，慕白反反复复为浙江文成代言，等等。虽然这些诗人们抒写的题材大多都非常广泛，但他们声名鹊起也未见得就和自幼浸淫其中的山山水水没有关系。

而值得注意的是，不少诗人迁居异地之后好像并不再热衷于描写新的地方环境。比如像生长在江苏南通的戴潍娜，她的第一部诗文集就命名为《瘦江南》（2012），后来她进京读书、游学、工作，渐渐地融入北京的文学圈，新近还成为"截句诗丛"的一员，个人创作也从富于地域特色的抒写转向女性气质更为鲜明的自我对话、诘难，"试图在彼此身上创造悬崖"②，早期的江南气息已经难寻踪迹了。相较于戴潍娜，江非在家乡生活的时间要更长些，山东临沂的"平墩湖"几乎成了贴在他早期诗歌上的一个标签。定居海南之后，江非则明确地体认自己"不是一个到了何处就写何处风物的人"③，他的创作，诸如《面对一具意外出土的尸骨》《铁锹传奇》《逃跑的家伙》等，强烈地

---

① 《管子校注》卷十四《水地篇》，中华书局2004年版，第813页。
② 戴潍娜：《灵魂体操》，黄山书社2016年版，第97页。
③ 冯雷、江非：《在通往理解的途中——江非访谈》，《新文学评论》2014年第4期。

呈现出一种面向社会、历史的挖掘意识。为什么当诗人们进入创作的成熟期、完全有能力更加从容地调配词语和想象力的时候，却不再倾心于地方景致了呢？这恐怕是因为新迁入的城市虽然别具一格，但在情感方面毕竟与故乡不能等量齐观，且诗人的创作渐入佳境，写作视野也日渐宽阔，"诗文随世韵，无日不趋新"也是人之常情。再者，诗人们迁入的往往是二线、一线城市，但是在全球化、现代化不断扩张的过程中，这些大城市的地方性却大多显得面目模糊。一百年前的"京味儿""海派"如今看来更像是历史遥远的回声。越是欠发达、欠开放的城镇，其地方色彩反倒越鲜明些，而越是摩登、现代的城市，无论是外在景观还是内在精神都似乎越是趋于同质化。的确，在全球化、一体化的文化视野中，文学的地域风格之间的差异似乎正在变得越来越模糊，"那些东方的小姑娘们［在她们所说的法语中］如此欣然地接受了并且精彩地复制着法兰西的幻象与旋律"①。所以在类似萨义德"想象的地域及其表述"中，许多诗歌作品其实不仅仅是对个人记忆、情绪、想象的标记，更是现代乃至后现代语境中各个民族珍贵的人文地理坐标。

　　和上述这些诗人的兴趣转移到乡土以外的其他领域形成对照，还有一些诗人则对旅途中的人文、自然景观颇为瞩意，有的研究者将其概括为"旅行视野"，认为它已经成为新世纪诗歌的一个基本面②。多多、王家新、蔡天新等都堪称这个方面的代表。颇为活跃的青年诗人中，小布头（王洁）早年以小说创作为主业，进入新世纪重拾诗笔，有将近三分之一的诗是写个人旅行的，体量非常大。被冠以"自然诗人"的李少君行走天下，在"诗学的生态主义"③中深耕，《南渡江》《西湖边》《青海的一朵云》等都记录了漫游的脚步。冯娜有感于进藏的见闻而完成了随笔集《一个季节的西藏》（2014），以首师大驻校诗人的身

① ［美］爱德华·W.萨义德：《东方学》，王宇根译，生活·读书·新知三联书店2007年版，第312页。
② 参见卢桢《新世纪诗歌的想象视野》，《诗刊》（上半月）2016年第4期。
③ 参见吴晓东《生态主义的诗学与政治——李少君诗歌论》，《南方文坛》2011年第3期。

份客居北京期间，天坛、玉渊潭、潭柘寺、戒台寺都曾点燃她内心的诗意。以《天下龙门》《过黄河》等为代表，杨方也有许多作品是拜沿途景物所赐，她在诗集《骆驼羔一样的眼睛》（2014）里还专门以"流水词"为题把这些诗歌收为一辑。

无论是作为归人书写乡土，还是身为过客记录行程，这些紧扣地理的观察和想象无疑值得重视，它们接续了古人游历山水的情怀和遐思，使得山水、建筑、遗迹等景观更富有人文气息而成为地方人文地理坐标。不过让我更感兴趣的是，在戴维·哈维看来，在资本流动、积累加速的过程中，空间阻隔被层层打破了，在电报、火车、飞机、电视、网络等纷至沓来的背后隐现着的是"时空压缩"的现代性事实，其结果则是如我们业已目睹的那样，许多独具特色的本土文化在一点点被蚕食和吞噬。地理区域的概念正逐渐从文化、历史和地理意义中解脱出来，而被重新整合到由形形色色的物象、人文构成的功能网络里，构成了新的文化空间。

二　地方差异的个人化表达

"人们是坐在速度的上面的。"① 西美尔认为现代交通工具改变了大城市的人际关系，他说："在公共汽车、火车、有轨电车还没有出现的19世纪，生活中还没有出现过这样的场景：人与人之间不进行交谈而又必须几分钟，甚至几小时彼此相望。"② 的确，现代性、全球化的到来深刻地改变了人们的日常审美感受。或是借助媒体通信手段，或是直接旅游穿行，无须竹杖芒鞋一日何止千里？地理环境对人的制约和影响已经大为削弱。胡小石先生曾经指出："以地域关系区分文学派别，本来无可非议，不过只适宜于交通不便、政治不统一的时候。"③ 更有学者认为，"在全球一体化的背景之下，再谈文学的地域性已经没有什么

① 刘呐鸥：《风景》，《都市风景线》，水沫书店1930年版，第21页。
② 转引自［德］瓦尔特·本雅明《发达资本主义时代的抒情诗人》，王才勇译，江苏人民出版社2005年版，第34页。
③ 胡小石：《李杜诗之比较》，《胡小石论文集》，上海古籍出版社1982年版，第107页。

意义。"① 这些看法与时空压缩的现代转型是深深契合的。从新世纪的诗歌实践来看，在"诗歌地理专号""区域性诗歌联展"等活动、栏目展示的作品中，总体上因为地域不同而造成的风格差异其实并不明显。当然，自然环境对新世纪诗歌创作的影响依然存在，只是它表现得不再像"胡马依北风，越鸟巢南枝""铁马秋风塞北，杏花春雨江南"那样简单、粗暴、直接，而是常常和个人经历、地方历史、观念习俗、集体意识等多重因素综合在一起，显得更加"个人化"。

张二棍是近年来备受关注的青年诗人，他的家乡"就是山西，就是代县，就是西段景村，就是滹沱河"（《故乡》）。诗人不过是他的业余身份，他赖以生存的工作是大同地质队的钻探工。长期生活在晋南的同乡小说家葛水平形容山西是"高寒、干旱、山大沟深，交通不便"②，张二棍生活、工作的晋北地瘠民贫，自然条件就更为严苛。因为特殊的工作属性，张二棍十六七年来"一直在荒村野店，穷山瘦水中"③ 奔走，跋山涉水如家常便饭，有时候连续近一个月与世隔绝，"哪怕一个人躺在床上/蒙着脸，也有奔波之苦"（《我已经和这个世界格格不入了》），这就是他真实的日常生活。由于长期在野外作业，张二棍特别熟悉那些缄默的植物和微小的生灵，在《大风吹》《旷野》《让我长成一棵草吧》《暮色中的事物》《听，羊群咀嚼的声音》《草民》《蚁》《雀》等作品里，他描写了许多"单薄的草，瘦削的树"（《大风吹》），以及与那些野草为伍的"羊群""蚂蚁""麻雀""灰兔""飞鸟"等。和大部分生活在城市的诗人相比，自然地理环境对张二棍的影响要更大些。他觉得"在乡野、山林待太久了，真的会把草木当亲人。你高兴的时候，会在草地上撒欢，你无聊时，会在一棵大树下坐到天黑。你想哭，就会跑到崖壁下仰起头来"。他还说，"我始终认为，植物有我们

① 李敬敏：《全球一体化中的地域文化与地域文学》，靳明全主编《区域文化与文学》，中国社会科学出版社 2003 年版，第 154 页。
② 葛水平：《浮生》，《守望》，百花文艺出版社 2006 年版，第 366 页。
③ 《用诗歌反对自己唤醒自己——访 2013 年度〈诗歌周刊〉年度诗人张二棍》（http://www.ngcm.cn/articleview/2016 - 5 - 9/article_ view_ 40513. htm）。

永远抵达不了的品质。"① 环境对他的作用不只体现在意象塑造方面，更体现在对他抒情质地的影响上，而这正是足以将他和同时代许多诗人区别开的方面。抒写草木、植物的诗人不在少数，张二棍诗里的草木却沁着一种小人物的自得与自省，"须是北风，才配得/一个大字。也须是在北方/万物沉寂的荒原上/你才能体味，吹的含义/这容不得矫情。它是暴虐的刀子/但你不必心生悲悯"。（《北风》）草民像韭菜一样"用一生的时间，顺从着刀子/来不及流血，来不及愈合"（《草民》），就连神仙在乡下也是朴素的，"坐在穷人的/堂屋里，接受了粗茶淡饭"（《在乡下，神是朴素的》）。可以说，张二棍的诗里，人物和草芥是同构的，借用他《安享》里的一句诗，他们都"散发着的/——微苦，冷清，怏怏的气息"。

冯娜生在云南丽江，后来在温郁的广州求学、工作、写诗，她对植物很有研究，曾经在一份报纸上开了一个关于植物的专栏。比起张二棍笔下那些籍籍无名、略失单调的小草，冯娜诗歌里的植物要丰富、精致得多，也更富于生机，以植物为题的作品诸如《松果》《杏树》《宫粉紫荆》《苔藓》《风吹银杏》《橙子》等。虽然她笔下这些苍翠的精灵并不直接指涉她身处的羊城，不过秀丽的景致倒也可以视为南国草木葳蕤的生动写照。在张二棍的诗歌里，"草"是同诗人对生活的感受、思索紧密相连的。同样，多姿多彩的根须和枝叶也正是冯娜追踪、叩问自己内心的一种个人化的方式。"怎样得到一株黑色的百合？/……如同我手上的皱纹"（《短歌》），"我也想像香椿树，信仰一门叫做春天的宗教"（《香椿树》），"如果树木不只在春天丧失记忆/它将如期获得每一年的初恋"（《春天的树》）。有的研究者用"精神性植物视域"来概括冯娜对植物的书写，认为植物"是跟她整个的生命态度连在一起"②，这是有道理的。而在"生命态度"中，最具有典范意义和辨识度的便是冯娜的"女性意识"。冯娜的诗里，"女性意识"的痕迹非常明显，

---

① 冯雷、张二棍：《"我是个不擅长书写欢快的人"——张二棍诗歌访谈》（未刊稿）。
② 陈培浩：《机械复制时代的灵韵诗人》，《诗探索》（理论卷）第4辑，作家出版社2016年版，第84页。

与翟永明式的"黑夜意识"不同，冯娜的女性意识要显得澄明、温静许多。"每一株杏树体内都点着一盏灯/……/杏花开的时候，我知道自己还拥有一把火柴"（《杏树》）。有意思的是，冯娜谈到"女性"时又常常会提到一种或几种植物，比如在《尖叫》《魔术》和《短歌》里。或许可以说，在冯娜的笔下，植物不是单纯作为一种地方景观出现的，而是承担着诗人和世界对话的中介功能，使得每一种细密的感受都可以找到一株独特的植物去投注灵魂。

张二棍、冯娜笔下的草木的确体现了南北方的地理差异，这是显而易见的。更值得深究的是，通过他们"个人化"的表达，我们还可以窥探到更多的内容，比如拿个体对于集体的承担与想象来说，张二棍所处的晋北和郜筐他们混迹的鲁东南差异何在？就女性诗歌的出场策略而言，80年代的成都和新世纪的广州有什么不同？这些比较无疑是建立在地方的基础上，但显然都不是地域风格能够解释，而是涉及空间视域下的阶层、文化、权力、性别、历史等多重关系。正是在这个意义上，乡村也好，城市也好，都不只是由交错的经纬确定的一个地点，而是各种复合因素集结而成的立体系统。

三 "北漂"诗歌：底层经验的空间差异

地形、水文、气候、物种等，这些对于文学的发生和塑造当然有着不容忽视的影响，但是仅从这些角度入手去讨论分布、风格等问题，恐怕并不能真正触及现代性语境下文学与外在环境之间丰富、多样的关系，因为它忽视了"地理"这一概念的深刻变革。地理大发现以来的自然探险不仅发现了新的大陆，更重要的是把世界连接为一个整体，促进了不同文明之间的交流，改变了世界格局。"空间关系的急遽重组，空间障碍的进一步消除，其最终导致的后现代新地理形势的出现，影响到政治和文化的方方面面"[①]。试想如果没有《海国图志》（1842）、《瀛寰志略》（1849）打开眼界，那我们可能依然沉浸在天朝上国的迷梦之中。所以，

---

① 陆扬：《日常生活审美化批判》，复旦大学出版社2012年版，第356页。

伴随着各种虚拟关系的建立、组合，传统的平面地理研究已经转向立体的、多维的空间研究。列斐伏尔在他的研究中发挥了马克思主义的基本理论，把空间视为一个抽象的社会性—政治性的存在，"政治经济学变成了空间的政治经济学"①。郝景芳的《北京折叠》(2016)所讲述的其实正是一个"空间政治经济学"视角下的北京。从这种视角来看，新世纪甚至现代以来的许多文学现象、文学事件不仅呈现出地域差异，也表现出空间差异，还可以从空间化、层次化的角度进一步加以观察和解读。

新世纪之初的"打工诗歌""底层写作""民生关怀"②，这些命名所指涉的对象既有交叉重叠之处，也有各自独特的部分。人们对于打工诗人和他们的生存境遇报以关注，实际上呈现了社会转型时期，以人口流动为前提的人与城、城与乡之间的复杂矛盾。以郑小琼等为代表的打工仔、打工妹们，他们每天从事着高强度的手工业制造工作，"在炉火中歌唱的铁，充满着回忆的铁"③，他们自己也像一块铁一样被生活所锻打。郑小琼们的作品里积郁着痛楚、悲凉，几乎是站在绝望的边缘。然而，值得注意的是，从地域的角度来看，这种情绪的弥散是以广东为策源地的，而在2000千米之外的北京也聚集着一大批被冠以"北漂"的外来务工人员，他们的作品风貌和南方的工友们却似乎不大一样。而且，虽然是讲述北京，可是其中却既没有八百年帝都的雍容和大气，也没有市井街头的京味儿。

人口统计数据显示，较长一段时期以来，"北京流动人口文化程度居全国之首"④，根据2016年的研究数据，北京的流动人口中大专以上学历占比达30%，要远高于全国其他地区⑤，北漂诗人当中有不少都是

---

① [法]亨利·列斐伏尔：《空间与政治》，李春译，上海人民出版社2015年版，第103页。

② 参见王光明《近年诗歌的民生关怀》，《河南社会科学》2006年第6期。

③ 郑小琼：《歌唱》，张清华主编《2006年诗歌》，春风文艺出版社2007年版，第292页。

④ 国家统计局人口和就业统计司：《2007中国人口》，中国统计出版社2008年版，第103页。

⑤ 马小红、胡梦芸：《京津冀协同发展视域下的北京流动人口发展趋势》，《前线》2016年第2期。

高校毕业的"小白领"。珠三角的"外来妹"们文化程度普遍较低，大多从事低端的手工制造业，如果离开嘈杂的车间和简朴的宿舍，他们恐怕只能折返回乡村去务农。而对于不少"北漂"来说，北京则未见得是一个没有退路的选择。只是，从"逃离北上广"到"逃回北上广"，这个"不是堕落，就是回来"①的预言似乎正说明，北京不只意味着生存，还意味着认同和追寻。"北京诗人们到河北，我在最高级的宾馆宴请他们/我觉得他们都住在皇宫里"（王秀云《从北京到文成和从文成到北京不是一样的距离》）。在许多人眼中，北京是一座被重重魅影笼罩的"梦想之都"，但并不是所有的朝圣者都能如愿以偿——"有些人的梦想坐在车里/有些人的梦想飞在天上/有些人的梦想在地宫里日夜疾驰/而有些人的梦想破碎如尘埃洒落一地"（小海：《梦想之都》）。北漂诗人的作品里同样充斥着劳累、卑微和沉重之感，但总体上似乎没有南方打工仔们的那种尖锐的疼痛。或者，如果说南方的打工诗歌细述了生存的切肤之痛，那么北漂诗歌则道出了梦想如断线的气球一般的"生命不能承受之轻"。"我们搭坐地铁和公交几个小时，来到公司/习惯性地刷卡、微笑/打开电脑，开始一天的工作/不得不承认，这是我们最光鲜的一天"。只有在工作的时候才是"最光鲜的"，下班之后则又要沦为"蚁族"，"日复一日地为生存而奋斗着/我们活过，像从未活过一样"（杨泽西《北京地下室之蚁族》）。又如沈亦然的《书橱：腹中自有江山》，"我身扛江山跨越江河/与你一起/从乡村来到京都/从北三环迁至东六环/又从黑格尔到尼采、从叔本华到萨特/越过了李白、波德莱尔和兰波/遇上王小波、余华、海明威和卡佛/……/转眼间/你已大腹便便身怀六甲徒增负重"。诗人是循着那一串伟大的名字千里迢迢来北京追逐文学梦想的，然而"转眼间"梦想却被庸常的生活所覆盖，真可谓"二十四桥仍在，波心荡、冷月无声"。可尽管如此，谈起在北京扎根的经历，不同年龄段的"北漂"们却又显得无怨无悔、矢志不渝。2015年开始"北漂"的"90后"孤狼说"我不知道它有什么好，我只

---

① 鲁迅：《娜拉走后怎样》，《鲁迅全集》（第一卷），人民文学出版社2005年版，第166页。

知道从我来到北京以后再也离不开了"。2000 年抵京的"80 后"李成恩相信"北京是一个大熔炉，把一块破铜烂铁扔进来都会哧哧冒烟，把你锻造成一把好刀"。1995 年就进京的"70 后"沈浩波谈道"随着年岁渐大，故乡感日渐趋弱，因此漂泊感也日渐趋弱。何处不是家乡？何处不是漂泊？"2008 年来京的"60 后"王秀云感言"北京，你没有理由离开，也没有理由留下"。2012 年进京的"50 后"苑长武认为"漂在北京，也是北京人"。① 北漂诗人们像本雅明在《发达资本主义时代的抒情诗人》中所描述的"浪荡游民"一样混迹于社会各行各业，但却普遍表现出对北京的向往、眷恋与认同。这种感情在南方高温、潮湿的车间、工棚里似乎是体会不到的吧。

自然，"北漂"们的诗歌并不足以代表新世纪人们对于北京的文化想象。北京是名流汇聚、土著繁衍的一线城市，是与"外省"相对的首都，更是日益国际化，与伦敦、纽约比肩的国际大都市。在这重重叠叠的政治经济关系的掩映、交叉之中，事实上也正显现出空间与地方的对峙。在全球化的语境下，这种对峙也可以被拆解为资本与劳动的差异，启蒙与被启蒙的区别。那么，在这样的背景下，又该如何来寻找和看待地方的意义呢？

四 地方性的错位和融合

必须要承认，全球化背景下的空间压缩并不是发生在所有地方，当全世界变得天涯若比邻时，还有不少人迹罕至的地方却是比邻若天涯。当北京的地方特色变得面貌模糊时，在那些封闭、遥远的草原、孤岛上，地方身份就能得到清晰的辨认吗？

中国地域广袤，民族众多，自古以来，少数民族的聚居区就主要集中在天辽地阔的西部和北部，通常谈到"民族文学""民族意识"，人们一般是不大会联想到富庶的内陆核心地区以及"北上广"这些中心

---

① 师力斌、安琪主编：《北漂诗篇》，中国言实出版社 2017 年版，第 21、186、208、93、59 页。

城市的。但是新世纪以来，北京市常住人口中，少数民族人口总量一直呈上升趋势①，许多年轻的少数民族诗人，比如戴琳、刘阳鹤等因为求学而告别民族氛围浓郁的家乡来到北京，恰恰是在北京学习、生活的时期内，他们才清晰地觉察到了自己的民族身份，创作了一批显现着民族意识、宗教色彩的作品。在他们身上，我们似乎可以发现地方性有趣的错位和融合。在少数民族诗歌的地图里，北京反而出人意料地成为一个重镇。

把戴琳和刘阳鹤放在一起考察很有意思，他们年龄相仿、经历相似，呈现出的问题也具有一致性。他们俩在来北京读大学之前一直随父母生活在家乡，对于自己的民族身份可以说是不自觉的。戴琳是鄂温克族，她的家乡在内蒙古呼伦贝尔鄂温克族自治旗。据她说，在当地的日常生活中，她们受到蒙古族文化和汉族文化的双重影响，但她对后者更为偏爱，喜欢读一些汉语文学作品。上大学之前，她不喜欢自己鄂温克族的身份，到北京读书之后，她还一度想要隐藏自己的少数民族身份。回族诗人刘阳鹤生长在甘肃天水，由陇入京、初学写诗的时候，他的诗例如《假如我有一匹马》（2011）是典型的校园励志诗歌，并没有什么特殊的地方。刘阳鹤自己也认为，在民族聚居区他不会感到自己与周围环境的差别，不会清晰地意识到自己是一个有着独特文化背景的穆斯林。

来到北京之后，由于和周围人的差别，他们俩逐渐意识到自己的民族身份，不约而同地在创作中开始文化寻根。戴琳的觉悟始于一次旅行，她从内蒙古的红花尔基一直到根河、莫尔道嘎去。在红花尔基，鄂温克语和鄂温克族文化都保留得非常好。而在莫尔道嘎，传统的驯鹿业虽然很发达，但是在文化观念方面，汉化却比较严重。两个地方的反差以及沿途的见闻、感受促使戴琳思考自己的命运处境"你不会嫁给一个牧民或者猎民吧"，并写下了《嫁》（2014）和《莫尔道嘎》（2014）。刘阳鹤则是在和本族同胞的交流之中逐渐意识到自己的穆斯林身份的，

---

① 参见北京市第六次全国人口普查办公室《迈向小康社会的中国人口（北京卷）》，中国统计出版社 2015 年版，第 238、239 页。

在北京，他和其他人的差别醒目地凸显出来，偶尔他还会和回族朋友一起去清真寺，渐渐地他对穆斯林文化充满了兴趣和热情，以至于他觉得北京的民族氛围比西北还要浓郁。出于内心的冲动，他还曾专程前往有"小麦加"之称的宁夏临夏去致敬，创作了《小麦加游记》（2014）、《同心圆》（2015）等。

他们俩的这些作品都体现出一种"寻找水源"似的"寻根"的姿态。"嫁"意味着女性要离开熟悉的原生家庭"去"到陌生、有时还很遥远的夫家。"红花尔基前往莫尔道嘎的路上"或许就曾是戴琳的祖先成亲远嫁的路途，而她一路上所看到的"牧民""猎民""草原""鹿王""俯冲而来的鹰"或许正是她的祖先所目睹的。那如织锦一般、充满边地民族风情的森林景色对于她"一个来自远方城市的人"来说全都是陌生的。她不由得像崇敬自己的父亲一样崇敬自己的民族历史与民族文化，在她的心目中，父亲是通晓一切的，"闭着眼睛也不会认错路的老司机"，"父亲知道地图之外的事情"。这和刘阳鹤心目中的父亲形象如出一辙，在"向父亲致敬"而作的《为流离于渭河以南而作》（2014）中，刘阳鹤写道"你通晓我所周知的"。在这首诗里，"父亲"是一个被充分历史化了的形象，"灶边的不洁净"和被无业游民绞杀的"观赏鸽"似乎象征了某种因袭的民族偏见与重负，而"父亲"却像"姜太公坐定时"一样，流露着"十三朝古都"博大、肃穆的神情。戴琳的"寻根"之旅首先是一次旅行，所以她一路都在"看"。而刘阳鹤在前往临夏之前已经有所觉悟，所以西行的路上他似乎一路都在面向民族历史思索、参悟。"我们默然/把历史的创伤写进血迹研究"，"我们被逐渐解构了的/生存史，将悲观主义贴附在宿命论的车胎上"。他的表达也常常表现出穆旦一般受难的品质。

虽然心向往之，而且崇敬有加，但戴琳、刘阳鹤"寻根"的收获却可能并不尽如人意。在自己的祖地，戴琳很快意识到自己正是鹿王想要赶走的那个"带着油烟味道的异乡人"，《莫尔道嘎》则更像是一曲挽歌，"一切都预示着通晓万物的萨满不会再降临了"，"森林得不到一具完整的尸身"，"皮革制成的小鸟不能再唱一首有始有终的歌"。不但自己无法融入森林，就连森林织锦一般的美景也逐渐沉沦。而刘阳鹤的

"寻根"更像是"十八岁出门远行"的一次猎奇。他自己也强调"我无可避免地历经了民族意识觉醒前、后两个不同阶段，当然这里所谓的'觉醒'是体现在写作意义之上的。也就是说，当我在写作中萌发了对民族身份的思考时，我的写作在真正意义上才开始生效"。① 换言之，所谓的"生效"其实就是使他的创作迅速度过了学步期，开始夯筑较为坚实的思想质地。随着他到西安去生活，那些带有民族、宗教风情的创作也越来越少了。

因为特殊的身份，戴琳和刘阳鹤的诗歌创作很容易被通常意义上的少数民族文学划约掉，而忽略了"北京"对他们的独特影响。实际上，他们的"寻根"都是以对"异乡"和"远方的城市"、对北京的归属感为前提的，反倒是对本民族的祖地和圣地却显得迟疑甚至是抗拒。而且，在他们俩的诗里都有一个非常情感化的细节，都提到了"观光"。在《嫁》里，戴琳意识到自己就像是"被围栏拦在观光区外"的鹿王。在《时间之墟》（2015）中，刘阳鹤面对着历史感叹，"谁若担心承重墙垮掉，谁便是/不解风情的观光者"。似乎自始至终，他们都是外在于民族想象与认同的。那么，在全球化、一体化的时代，他们民族身份的觉醒是否只是在北京"观光"而得的一重"风景"呢？

五 结语

我想无须再去追述中国古典文学中"诗歌与地理"的渊源了，"人间四月芳菲尽，山寺桃花始盛开""东边日出西边雨，道是无晴却有晴"，等等，这些反映自然地理规律、特点、现象、景观的名句已经成为宝贵的历史遗产，不断地被人传诵。而从"地方"转向"空间"，应当说不仅是认识的必然，更是实践的必然。综合苏贾、哈维等的观点，他们认为在西方从 19 世纪中叶一直到 20 世纪 60 年代，在批判社会的思想中，去空间化的历史决定论都居于主导地位。当资本效益无法再通过扩张领土来实现时必然诉诸效率的提升，而"时空压缩"正是提高

---

① 刘阳鹤：《真诚与写作》，《文艺报》2015 年 6 月 3 日第 6 版。

流通效率的一种思路与方式，"空间上的障碍只有通过创造特殊的空间（铁路、公路、机场、远程运输等）才能被减少"。① 所以，从 20 世纪 60 年代开始，在一系列现代化浪潮的带动下，空间问题重新引起人们的重视②。

回到中国语境来看，晚清以来，无论是改造实践还是历史阐释大体都是在线性时间观念的支配下展开的，"三千年未有之大变局""超英赶美""时间就是生命"，这些判断与口号都共同诠释了追求现代性的紧迫感。而按照哈贝马斯所言，现代性始终是一个未完成的工程。近些年在全球化的影响下，人们又纷纷讨论地缘优势、区位功能、地域文化，这些也都说明人们对现代性的理解还在不断地深化与拓展之中。对于当代诗歌的阐释来说，引入、建立"地理—空间"视角，也有助于丰富全球化背景下人们对于现代性的认识。

---

① 参见［英］戴维·哈维《后现代的状况》，商务印书馆 2013 年版，第 290 页。
② ［美］爱德华·W. 苏贾：《后现代地理学》，商务印书馆 2004 年版，第 5—7 页。

新时期北京城市影像中的居住空间探析

莫常红[*]

摘要：电影是一门艺术，也是一种媒介。有关城市的电影，反映了一个时代一座城市的文化，形塑着人们心目中的城市意象与城市形象。本文通过研究新时期北京城市影像中的筒子楼、大杂院、商品楼和棚户区等居住空间，从其结构、特点入手，分析居住在特定空间中人群的习性和社会关系。中国计划经济向市场经济的转型，国家配置住房到城市居民自主购房的转变，前现代时期传统礼俗社会向现代都市法理社会的嬗变，城市化进程中的城乡对立冲突向和谐共处的发展，都通过城市影像这个"载体"，得以艺术地、拟像地传达。

关键词：北京；城市影像；居住空间；筒子楼；大杂院；商品楼；棚户区

无论是结巢而居还是逐穴而居，早期人类的居所都由个体选择、建造而成，以满足日入而息托庇休憩的需要。随着文明的进步和现代化的发展，集中定居的城市逐渐形成并不断扩展，城市的居民不能亲自营构自己和家庭的居所，其住宅的有无、位置、面积、品质等，和一个社会一座城市的社会经济发展水平相关，也与居民所处的社会经济地位、阶级（阶层）密切相关。反过来说，城市居民为角逐有着稀缺性、差异

---

* 莫常红，文学博士，北京联合大学应用文理学院副教授，主要研究方向：影像传播、纪录片美学。

性的住所资源，展开各种各样的竞争，其中体现着政治与体制的影响、政策与权力的贯彻、市场与货币的作用；而寄身于相对独立而自成一体的封闭社区中的居民，又在与其他居民交往的过程中，产生或密切或疏离的社会关系，涌现出各具特色的社区文化、城市文化。

电影是一门艺术，也是一种媒介。它利用艺术的手段能动地反映生活，能够用一种比人眼更复杂、更先进的"电影眼睛"，捕捉现实生活中人们居住、工作、活动的环境，表现特定时空中的人物人性和社会关系，创造出一种本质的真实和永恒的艺术价值。同时，影像宛若人体器官和肢体的延长，借助这种或虚构的（故事片）或有过选择的（纪录片）的媒介，丰富着人们对于城市的感知与经验，从而深刻地影响着人们心目中的城市意象与城市形象。由之，镜头的介入改写了人与城市的关系。"影像与城市的联姻由来已久，影像的透明性与城市的空间形态一拍即合，城市似乎找到了显示自身的最佳载体。"[1]

新时期以来，以北京作为背景拍摄的影片，在展示公共空间的广场、公园、酒店、饭馆、酒吧、街道、胡同等之外，时常呈现主人公赖以吃饭、睡觉和性爱等活动的居住空间。无论是拍摄时搭设的一堂景，还是借用的一处居民点，导演都力图真实地再现特定历史时期住房的外观、内设，以及活动其中的人物和丰富复杂的人性。而中国由计划经济向市场经济转型，国家配置住房到城市居民自主购房的转变，前现代时期传统礼俗社会向现代都市法理社会的嬗变，城市化进程中的城乡对立冲突向和谐共处的发展，都通过城市影像这个"载体"，都通过不同时期、不同规制、不同特征的居住空间，得以艺术地、拟像地传达。

一　筒子楼：单位权力的延伸

1981 年郑洞天导演的《邻居》和 1995 年何群导演的《混在北京》等影片，都把镜头聚焦于独具中国特色的住房样式筒子楼。作为 20 世

---

① 孙玮：《镜中上海：传播方式与城市》，《苏州大学学报·哲学社会科学版》2014 年第 4 期。

纪七八十年代中国企事业单位住房分配制度紧张的产物，国家通过用人单位配置这种有限的住房资源，提供职工生活起居的场所，奏响着锅碗瓢盆的交响曲。

筒子楼是兵营式建筑，多由同一单位的职员集中居住。在电影《邻居》中，建工学院的同事，包括学院书记和水暖工，最初都挤住在一起；《混在北京》则讲述了一家出版社的青年编辑，包括评论家、诗人、译者和美术编辑等人住在一起的故事。筒子楼一般楼层不高，便于人员集合与疏散，也便于管理和控制；但转为单位住房，如果没有领导同住，下水道堵塞也长时间得不到解决（见《混在北京》）。为了节省私人空间，公共空间私人化现象蔚然成风，各家都在楼道做饭和堆放杂物，楼道拥挤不堪，有时更是污水横流。既为单位集体宿舍楼房，同事转为邻居，在这个办公室连接着职员私人居所的大环境中，公务活动与生活领域彼此相连，工作中的竞合关系与生活中的私人关系纠缠不清。而一道门和一垛墙壁，并不能真正隔开私人的空间与公共的空间，个人或家庭的隐私几乎都敞露于众。公共厨房和公共厕所，更使得大家为了满足基本生理、生活需要，不得不分享资源，同呼吸，共命运；有时又为少尽义务、多获利益发生各种剪不断、理还乱的纠纷。

筒子楼里面公私不分的状况，反映了20世纪七八十年代的城市生活生态，改革开放初期中国社会住房短缺的现实，更反映了单位制度对民众工作与生活产生的决定性影响。因为单位代表国家，对在职职工的住房进行配置，房管科在单位中的重要性也就凸显出来，围绕住房困难和分配不均的矛盾与冲突也在现实和影像中得以上演。在《邻居》中，建工学院的党委书记搬离了筒子楼，腾出的那间房间，是用作公用厨房，还是分配给省宣传部领导的侄子，为了一致的利益，筒子楼原有的住户与房管科发生了激烈的冲突；在《混在北京》中，农村出身的冒守财告发沙新和异地而来的孕妇占用单身宿舍，房产科插手清退，从而引发一场住房风波。

影像中的住房问题，追本溯源，是匮乏时代的遗留，是单位制度的延伸，是官僚意志的体现。权力分配着紧俏的资源，并对不服从分配者实施着严厉的惩罚。《邻居》中，权力的拥有者党委书记最先改换住房条件，搬离了筒子楼。"当带有福利性质的社会资源经过单位进行分配时，极其复杂的控制参数、资源类型与极其模糊的分配标准形成鲜明的对比。……成文规则的缺乏，多重的控制参数，就给评判者留下一个相当大的处置权限或自由空间。"① 这里，评判者多为单位的现任领导，在分配住房空间时，拥有非常弹性的空间，给潜规则和官僚腐败留下了滋生的温床。并且，借住房风波，在《邻居》中，权力用布告的方式对犯上作乱者进行规训；而《混在北京》一片，不肯出版所谓畅销的"文化垃圾"，评论家沙新被出版社"优化组合"下来，他带着身怀六甲的妻子怅然离开了北京。

随着单位集资建房，单元楼房为单位职工编织了一个美好的梦想和奋斗的目标。各种参数，包括科层制度中的职务，供职单位的时间，和社会声望如职称，等等，成为配置或改善住房的条件。《邻居》和《混在北京》两部影片人物构成最大的不同，在于后者中留住在筒子楼里的都是最普通的员工。筒子楼，因其长长的通风走廊连接着相同规格的并排单间的形制与结构，暗示着居住于此的是一个平等、近似、同质的群体。因此，影像中呈现出来的筒子楼，寄居着具有相同职业身份的一个熟人群体。这里几乎没有外来者和陌生人，彼此都知根知底，在这特定的居住空间中，人们发展着同事与邻居的双重关系，公众生活与私人生活互相镶嵌在一起，难分彼此。但筒子楼内部一旦发生变动，对单位内部资源的争夺就会演变为一场没有硝烟的战争。影像中的筒子楼，便见证了社会关系、单位人事的比拼，乃至发生肢体肉身的剧烈碰撞。而最终，单位制度和规训权力发挥着它无所不至、无所不摧的力量。

在《邻居》一片中，学院顾问刘力行是一个老革命，他愿意和筒子楼里的老"邻居"同甘共苦，放弃了分得的一套三居室，将这名额换得筒子楼里的公共厨房。他为大伙儿买菜，打酱油，照看孩子，最后在挫折中醒悟过来，不再赋闲，开始"要权要官"，为民众办实事。影片塑造这种"魅力型的权威"，也寄予了影片创作者对改革事业选贤举

---

① 李猛、周飞舟、李康：《单位：制度化组织的内部机制》，中国社会科学院社会学研究所编《中国社会学》（第二卷），上海人民出版社 2003 年版，第149—150 页。

能、人尽其才的美好愿望。而刘力行背后有市委书记撑腰这一坚强的后台，还有外国记者朋友报道的国际影响，这个人物的设置也就体现了一定时期深具中国特色的人治背景，和改革开放过程中海外传播的国内影响。因此，作为居住空间的筒子楼，成为意蕴丰富的象征，包孕着民众的政治理想，传达着对公平分享社会资源的呼声。其时，改革开放正在热火朝天地进行，落实知识分子的待遇，改善专家人才的处境，揭露官僚体制中权力的腐败，成为一个时代文艺最鲜明的主题。

自然，进入 21 世纪，当计划经济进一步转为市场经济，当定居城市从单位制转向社区制，在职职工在住房改革中失去了排队分房的机会，解决住房问题不再依赖单位的福利，也因此摆脱了单位的控制，开始通过货币自由、自主地选择居住空间；同时，随着城市中的筒子楼在城建改造中逐渐拔除消亡，除非回顾过去的历史，筒子楼再也不会成为当下城市影像中主人公出入居处的环境。它是历史的产物，且随着时代的演变与进步，这个一度容纳万千城市居民的空间，渐渐淡化为民众记忆中的背景，成为胶片上一道逝去的风景。

二 大杂院：礼俗社会的温情

北京城市影像中，表现大杂院的市民生活最具风姿、最含温情。新时期以来，从《夕照街》（1983 年，王好为导演）、《城南旧事》（1983 年，吴贻弓导演）到《剃头匠》（2006 年，哈斯朝鲁导演），影片讲述着生于斯、长于斯，甚至最终将死于斯的北京原住民京味儿十足的生活。从《本命年》（1990 年，谢飞导演）到《有话好好说》（1997 年，张艺谋导演）、《没事偷着乐》（1998 年，杨亚洲导演）到《老炮儿》（2015 年，管虎导演），各色人等都在大杂院里演绎着五彩斑斓的人生。

大杂院一般从原有的四合院、三合院，甚至由没落的王府蜕变而成，在革命与共产主义运动中被瓜分，这些独门独户丧失了原先高贵的血统，降格而成几家或十几家共同居住的最普通的民居。"眼下，一个个的屋脊，大大、小小、高高、矮矮，竖的，横的，有的双脊，有的一个大脊带一个小脊，仿佛灰色的宁静的浪。"（见张辛欣小说《封片连》）在作家笔下，这些房屋比邻成片，屋脊互相连缀，在这样的"海浪"之中，隐现着人头攒动的芸芸众生，律动着一座城市的节奏与生命。走进那封闭性的自成体系的胡同区域，生活气息和市井味道迎面而来，人们能够真切地感知北京城的呼吸与心跳。

和筒子楼清一色的单位职工不同，大杂院最鲜明的特色是"杂"：不同职业、不同身份、不同民族杂居在一起。在影片《夕照街》中，有医生，也有工人，还有待业青年、退休工人、学校教师……有体力劳动者，也有脑力劳动者。这些人土生土长，是真正的北京土著。他们操着京腔京韵，吃穿住行无一不践行着北京独特的风俗习惯，在他们身上，体现着一座城市的韵味和特色。"远亲不如近邻"，胡同和大杂院的民众，彼此照顾帮助，发展着源于中国传统文化的礼仪和睦邻关系，混合着家长里短的世俗生活，从而形成浸透血液与灵魂，且约束规制着这一群落的礼俗社会。

受孔孟思想浸染的中国人民，是众所周知的礼仪之邦，而乡土中国是生长、培育礼俗社会的肥沃土壤。与之相比，城市里大杂院的建筑平面铺展，没有楼层区隔，与大地联系最为紧密，最接地气儿，几乎类同于乡村的村落。虽然并非聚族而居，没有血缘关系，并不呈现差序格局，生活在城市大杂院的人们，却具有浓郁的乡土观念和乡土情怀，发展出一个个温暖而传统的社区。一如《洗澡》一片澡堂门前所挂的对联——"敦厚宜崇礼，善余总致祥"，他们秉持积极乐观的人生态度（见《没事偷着乐》片名）和善良简朴的人生观，践行着前现代社会的传统道德与伦理观念，以这同一地域空间为纽带，在朝夕相处之际形成遵奉同一的传统价值观、以礼俗社会待人处世原则为旨归的社区共同体。

表现胡同与大杂院生活的影片，一般注重再现这一建筑群落和区域空间给主人公日常生活与习性带来的影响，呈现亲切真实、温情脉脉的邻里街坊关系，表现铭刻在民众记忆中的老北京的生活与风味，并由此给影片蒙上一层浪漫的色彩和浓浓的乡愁。回顾青春成长的影片（如《头发乱了》《阳光灿烂的日子》《十七岁的单车》等），片中主人公爬上屋脊与房梁，白天和黑夜在胡同闲逛，借以消解代际的隔膜，和释放青春期性的苦闷。在《夕照街》中，近邻之间互相帮助救急，并齐心协力创办服务社，以恢复京味老豆腐的传统手艺；单纯幼稚的小娜姑娘，也在邻居们的教育下，从歧路上返回到温暖的大家庭之中。《城南旧事》一片，导演吴贻弓回顾说："我们去寻找旧北京的那种'味儿'，我们用'淡淡的哀愁，沉沉的相思'来作为总基调结构全片，北京的冬阳、骆驼队的铃铛、《我们看海去》的课文以及所有那些人物来表达那种溢于言外的感情，那种'旧'事的感觉一下子便出来了。"①

社会学家滕尼斯以自然意志与理性意志来区分礼俗社会与法理社会："我将自然意志占主导地位的所有类型社会称为'礼俗社会'（Gemeinschaft）；而将那些由理性意志为基本条件的社会称为法理社会（Gesellschaft）。"② 在北京城市影像中，在胡同与大杂院的环境中成长，那些虽然烦琐但由老辈传承下来的礼仪和讲究，那些在胡同中摸爬滚打凝结而成的江湖规矩和哥们义气，都是渗入血脉、情动于中的自然意志。也因此，新与旧，传统与现代，情理与法理的对比与碰撞，构成了《头发乱了》《本命年》《老炮儿》等影片主人公精神不能解脱、命运难以扭转的独特环境与氛围。在《头发乱了》中，郑卫东、雷兵和叶彤等几个孩子在狭窄的胡同度过了他们的童年，但长大成人，郑卫东成为片警，雷兵则从监狱里逃出，两人在打斗中两败俱伤。《本命年》中，从监狱释放出来的李慧泉有意重新做人，但方叉子越狱出来找到他寻求庇护，是窝藏还是告发朋友，是摆在李慧泉面前的一道难题。在《老炮儿》中，当年名震京城一方的顽主六爷被时代所抛弃，现在固执地和他几个老哥们恪守着自己的生活方式。六爷教训问路的年轻人要懂礼貌，要为被警察打耳刮子的灯罩儿赢回尊严，到最后子债父还，单刀赴会，演绎一出悲壮而又滑稽的悲喜剧。

正如《夕照街》的片名，也如《老炮儿》被圈养后逃脱的鸵鸟，

---

① 张悦：《〈城南旧事〉三十年——专访著名导演吴贻弓》，《中国艺术报》2012 年 4 月 13 日。

② 费迪南德·滕尼斯：《礼俗社会与法理社会》，汪民安、陈永国、张云鹏编《现代性基本读本（上）》，河南大学出版社 2005 年版，第 61 页。

更如《百花深处》从瓦砾废墟中找到的铃铛，大杂院这一大"家庭"，因其脏乱差不可避免地遭遇拆迁的命运，而此前融洽亲密、平等和谐的街坊关系必然瓦解而终结。在《剃头匠》中，敬大爷还煞有介事地纠正"拆"字的错误；在《洗澡》里，一边厢拆迁大会锣鼓喧天一边厢老人吐露不再饲养蛐蛐儿的心曲；在《没事偷着乐》中，张五民尸骨未凉，开发商的合同就已经将原定的三居缩减成两居；在《夕照街》的末尾，影片描述了大杂院居民对老屋的缅怀与忧伤，镜头上摇，在城市遥远的天际线下，矗立着一座座鳞次栉比的住宅楼群。

三　商品楼：现代都市的品格

如果说有不少导演着力反映胡同里面大杂院的传统社区，捕捉其中热腾腾的世俗生活，那么，很少有创作者会全面聚焦现代都市里高楼林立的现代社区。毕竟，冰冷的水泥砖石构建的现代居住空间，并不会发生纷繁复杂的邻里关系。涉足这一领地，导演的镜头只能偶然关切楼群间的那块空地；只能仰望高耸入云的建筑，模拟看客围观特异的事件；或者，进入一个单元楼房中一间住宅，深描内部的结构及其房屋男女主人的生活世界。因此，像《有话好好说》（1997年，张艺谋导演），《开往春天的地铁》（2002年，张一白导演），《手机》（2003年，冯小刚导演），《搜索》（2012年，陈凯歌导演）和《老炮儿》（2015年，管虎导演），或多或少地讲述了发生在商品楼旁边、里面的故事，并且，这些故事都只构成了整部影片人物活动的一两个场景。

相对于大杂院，商品楼具有相对于地面的垂直高度，每上一层楼，视野更显开阔，居住于此的业主更有无房贷的成就感或有房贷的责任感。开发商为了获得更多的利润，总是力图在单位面积建造更高楼层的住宅楼，以装盛更多的住户与人口。因之，商品楼具有现代化城市一样的品格，人口多，密度大，异质而陌生，自我隐退而具有匿名性。同时，商品楼之为商品，是市场化的产物，人们用货币可以购买居住的空间，金钱关系构成了现代都市最本质的关系。《搜索》中，叶蓝秋与杨守诚之间的关系很长时间都是雇佣关系；《有话好好说》中，赵秋生承认，在赵小帅赔他电脑之前，根本就不在乎对方作为独立人格的存在。"货币经济与理性操控被内在地联结在一起。在对人对事的态度上，它们都显得务实，而且，这种务实态度把一种形式上的公正与冷酷无情相结合。"① 在胡同与大杂院里，居民了解彼此的个性；而在商品楼里，住户并不认识住在隔壁的邻居。和大杂院里的脉脉温情相比，商品楼格栅一样蜂房一般的单元楼房，天然促成人际间的距离与冷漠。

"居住方式、居住环境的改变，终将改变北京人的生活方式，尤其是人际关系，人际交往形式——这胡同文化中最足自傲的部分。"而"胡同生态的变动，胡同、四合院文化的消失，公寓楼取代四合院这一注定要影响深远、最终改铸北京文化性格的重大事实"②，已经明显地昭示出来。在《老炮儿》一片中，在大杂院闯荡一生的六爷坐上"三环十二少"的跑车，他承受不了飞快的速度和强烈的刺激，感受到令人窒息的眩晕，他强撑着爬下跑车，蜷曲着身子反胃呕吐。这一身体的生理反应，可谓其精神与心灵遭遇激荡的写照。面对日新月异的变化，旧有的道德观念和价值体系开始分崩离析。同样在《老炮儿》一片中，六爷筹款出来，途经一座住宅高楼，那里围观着一群凑热闹的看客，观看一桩跳楼事件即将发生。看客不仅兴奋莫名，还唯恐天下不乱，刺激着悬在高空的男子。其后，六爷心脏病发，倒在街头，而此前的那群看客又在说着冷漠而残酷的风凉话。

和步行、三轮车、自行车这种利用人力的交通方式不同，商品楼里的业主开着私家轿车，从地下车库经电梯直达房间，不必和他人发生任何实质性接触；或者乘坐拥挤的地铁，肉体的接近却彰显了心灵的疏远（在《开往春天的地铁》中，多次注目，总算换回一丝淡淡的微笑）。与手摇电话机、广播找人不同，手机与网络更快速地获得信息，搜索出新闻人物的各种隐私性信息，但不能消除人们之间的误会，不能及时发

---

① 格奥尔格·西美尔：《大都会与精神生活》，汪民安、陈永国、马海良主编《城市文化读本》北京大学出版社 2008 年版，第 133 页。
② 赵园：《北京：城与人》，北京大学出版社 2014 年版，第 104 页。

现表象下面的真相（参《手机》与《搜索》）。把镜头对准商品楼中的一间住房，其中承租的情侣或购买此空间的夫妻也彼此防范，满嘴谎言与欺骗，缺少真诚的交流。难以沟通的城市之病侵蚀爱情，破坏家庭，男女双方同床异梦，各自舔着各自的孤独。

在《搜索》一片中，居室之内，赋闲在家的男人杨守诚在用哑铃健身，女友陈若汾则在忙着收拾房间和衣物；餐桌之旁，追逐成功的老总沈流舒自在地享用早餐，而作为妻子的莫小渝则像保姆翠翠一样静候一旁服侍。"在家庭内部，权力没有完全收手。……家庭并不是一个权力销声的场所，人们在办公室隐匿的面孔并非在家庭中能够自由地展开。对于一个家庭来说，住所并非一个绝对自主的空间。"①《手机》中，面对不能"有一说一"的严守一，沈雪的猜疑自有道理；《搜索》中，沈流舒只就拥抱叶蓝秋作出男权主义的解释，妻子莫小渝委曲求全不成，两人最终渐行渐远。

"有钱有什么用，买不到爱；有爱有什么用，买不起房。"《搜索》里面的这句台词，揭示了人们身处城市之中无法避免的尴尬处境：爱情与金钱，不能两全。购买居住空间的高额代价，使亲情变了味，爱情变了色。而获得居住空间的情侣与夫妻，也在货币关系主导的市场之中，在充满机遇与诱惑的城市之中，相互之间逐渐失去了起码的信任。

如今，高楼大厦之所以成为庇护最多城市居民的居住空间，在于它密度大容积率高，并提供一个相对独立而自由的空间，一个可以保护隐私保障安全的区域。《有话好好说》中，赵小帅狂热地追求安红，遭遇拒绝之后不顾小区的宁静，用扩音器高调介入安红的隐私。《搜索》中，死缠烂打的记者闯入沈流舒的居住小区，最后被保安轰了出来。这两场闹剧从反面说明，商品楼房尽管同形同构城市的弊端，尽管生产着冷漠与疏离，却又令人既恨又爱。拥有一套属于自己的住房，结束"北漂"的生活，或者换购一套更舒适、更宽敞的豪宅，始终是很多城市人矢志不渝的梦想。

---

① 汪民安：《身体、空间与后现代性》，江苏人民出版社2005年版，第163页。

四　棚户区：城乡对立的隐痛

北京是一座流动的移民城市，全国各地寻找机会和梦想的人蜂拥入京。从立稳脚跟到安居乐业，往往有着一个漫长而痛苦的蜕变过程。为了节省开支，他们扎入地下室，寄身棚户区，过着不见阳光、远离市区的艰难生活。《上车，走吧》（2000 年，管虎导演）、《十七岁的单车》（2000 年，王小帅导演）、《世界》（2004 年，贾樟柯导演）、《苹果》（2007 年，李玉导演）都聚焦外来北京打工的群体，反映他们卑微而动荡的生活世界。此外，更有一些纪录片人，跟踪拍摄北漂一族，如《流浪北京》（1990 年，吴文光）、《远在北京的家》（1993 年，陈晓卿导演）、《彼岸》（1995 年，蒋樾导演）、《高楼下面》（2001 年，杜海滨导演）、《危巢》（2011 年，季丹导演）等一系列纪录片，真实地记录他们在狭窄而压抑的生存空间里，咬牙坚持着脆弱的希望与梦想。

来到高楼林立、霓虹闪烁的首都，地下室或棚户区却往往是打工一族最早的落脚点。通过逼仄的楼梯与昏暗的甬道，他们在潮湿而拥挤的地下室放下了行囊，开始过着蝼蚁一样的群居生活。或者，辗转好几趟公交汽车，在远离中心的城乡接合部安顿下自己疲惫的身躯，起早贪黑地为生存而来回奔波。这里，叠床架屋，甚至两个女孩合住一张床（见NHK 纪录片《北漂一族》），他们被挤压在狭窄的空间，彼此偎依互相取暖，有时又为争夺机会大打出手（见《十七岁的单车》）。他们没有稳定的工作，免不了缺衣少食，挨饿受冻；因为没有户口，没办暂住证，经常半夜三更被警察敲门接受盘查。他们宛若没有根的浮萍，是"蜗居"北京、"流浪北京"的"北漂一族"。

在《世界》开头，镜头摇移，在世界公园行驶着的单轨观光列车下面，一列扛着纯净水的保安依次走过；随后，一个背着垃圾的拾荒老人踽踽入画出画，画面右后方是几幢现代化的高楼大厦，镜头深处，则矗立缩小版的埃菲尔铁塔。于此，导演有意无意地突出现代与前现代杂然相处的境遇。和鲜亮现代的都市相比，和窗明几净的高楼大厦成对照，地下室和棚户区的居住空间龌龊不堪，"北漂一族"和"农民工"过着没有尊严的生活。反映社会底层、边缘这一群体的城市影像，也就透露出中国现代化、城市化的进程中难以消除的悖论：为城市建设作出巨大贡献的建筑工人，却居住在临时搭建的棚户里面；为首都人民提供各种服务的外乡民工，却不能享受城市保障的各类福利与待遇。这种生产者无缘参与消费的矛盾，以及他们美好梦想与残酷现实之间的冲突，反映了在城乡二元体制之下一时难以更改的处境。

在《世界》一片的开头，"谁有创可贴？"的喊声回荡在杂乱的房间。创可贴可以缓解一时的疼痛，却不能抚慰他们内心的伤痛。影片中间，赵小桃穿着那一袭塑料雨衣入睡。塑料雨衣可以暂时遮挡风雨，但却不能遮挡内心深处的寂寞与孤独。"这么大的一个北京城，怎么没有我的容身之处。""我们注定不属于这层的人。""咱们永远不可能成为城里人。"（见《上车，走吧》）影片中的主人公在遭遇挫折之后，开始清醒地认识到自己的身份和社会地位。在这座光怪陆离的现代都市，为了生计，他们被迫不断地更换工作，变动住处，对这座城市缺乏认同感与归属感。更有一些人，付出了青春与健康，甚至付出了爱情与生命。（见《世界》）

毕竟，《世界》还是虚构的故事，《流浪北京》关注的只是当时的一群艺术精英，《高楼下面》则把镜头对准在物业公司打工、住在地下四层的阿彬和阿毅。他们整日像虫子一样在地下钻来钻去，"楼上的生活方式多多少少对地下的人们有所影响和触动，出于不同的文化程度、家庭、性格和生活阅历等等错综复杂的背景，这种影响在每个人身上又折射出不同的样式"。[①] 不仅如此，现代都市的分层与裂变，如此触目惊心，对拍摄者本人也产生了很大的影响。在郊区垃圾堆旁拍摄真正棚区《危巢》的季丹说："也从未如此的感觉到如临深渊般的不安。……它打破了以往我自以为对'底层'社会能够接近和融合的幻觉与自我赦免，瞥见了真实的黑暗和裂痕——它们不只存在于我所居住的楼群和他们游弋其中的废墟之间，也存在于我自己的内部。……但是这些孩

---

① 梅冰、朱靖江：《中国独立纪录片档案》，陕西师范大学出版社 2004 年版，第 298 页。

子，还有我们和他们同处的黑暗近在咫尺，当你发觉了这一点，当你一开始看，就再不能蒙上自己的眼睛假装安宁了。"①

在《十七岁的单车》最后，小贵扛着被摔打变形的自行车，走在人潮人海之中；在《上车，走吧》末尾，刘承强不再驾驶小巴，他改送纯净水，出入写字楼与住宅楼。面对巨大的生存压力，或许只有执拗的小贵、自信的刘承强才会坚持下来。与之对照，《上车，走吧》里的高明离开了北京，《北漂一族》里的李灿离开了北京，《远在北京的家》里除了谢素平之外的另外三个姑娘也都离开了北京。在雾霾肆虐之前，逃离"北上广"的运动方式已经在进行中。而他们离开过后腾出的机会与空间，又很快被新的一批来到北京寻梦的外乡人所占据，从而演绎新一轮有关生存与命运的故事。

结　语

除了上述几类主要的居住空间，不同阶层、不同身份的人，还占据着城市之中不同地点、不同功能的居住空间：四合院多用以折射逝去的历史；旅馆代表着过客与消费，也代表着诱惑与堕落（见《手机》）；别墅寓示着贵族与身份，它很少作为电影的背景，经常作为电视剧的舞台；而学生宿舍，是一群青年学生的共享空间，是走向社会的过渡地带（见《月落玉长河》）。物以类聚，人以群分。筒子楼、大杂院、商品楼和棚户区，这些城市里不同的居住空间，以其独特的结构、形态、位置和品质，潜移默化地塑造着迥异的习性和人际关系，宿命般地规定了未来的走向和命运。无论如何，"居住空间的差异，最能昭示社会的阶层差异……不同的阶层，一定占据着不同的空间，但是，这种差异的空间本身，反过来又再生产着这种阶层差异"。②

其实，影像亦复如此。作为媒介的电影，一方面反映着客观的世界

① 贫民窟的少女时代：纪录片《危巢》放映交流（导演连线），https：//www.douban.com/event/26713064/。
② 汪民安：《身体、空间与后现代性》，江苏人民出版社2005年版，第161页。

而为城市影像，另一方面又形塑着人们对这座城市的认知与经验。即便是虚构的影像，它也真实地刻写了一座城市特定历史时期的某些特征；于此空间活动着的形形色色的人物，其个性融入了城市的内涵与精神，多数人的命运也昭示着城市的发展与变迁。同时，无论是初来乍到还是土生土长，每个人都不可能用一己的身体去亲身感知一座城市的众多面相，只能借助城市影像这个中介与拟像，站在当下，去触摸它的历史，预估它的未来。

"后青春期"的中国抒情

——对"80后小说"的一种观察

刘芳坤　闫东方*

摘要：2014年以来，"80后小说"进入"后青春期"，依赖生物学意义上划分的文学"世代"开始具有文学"群体"的特征。在"后青春期"突围写作中，"中国抒情"的特质彰显，第一重表现在城市、乡村、城镇三种地域空间的凸显，第二重表现在"情语""景语"辩证中回归传统的意味。

关键词："80后小说"；中国抒情；情语；景语

使用"80后小说"指代20世纪80年代出生的作家所创作的小说或许已经略显过时，这一裹挟着"青春写作"、市场化运作等内涵的标签生成，似乎更依赖于生物学意义上的"世代"划分。不可忽略的是，2014年以来，"80后小说"出现了向严肃文学写作靠拢的倾向，大批新概念作文大赛的青春写手逐渐沉淀下来，拿出了具有厚度的作品，如张悦然的《茧》，张怡微的《细民盛宴》等；又有依赖传统刊物笔耕不辍的"沉默的大多数"继续坚守各自阵地，产生了一批具有辨识度的作品，如孙频、蔡东、曹永、马金莲等；还有一些在出版界以青春话语风格个性留影的作家，如刘汀、于一爽等，也以不俗的成绩向传统文学期刊回归。作家们向严肃文学集体靠拢或许暗示了埃斯卡皮所言的不同创作引发的"周期性更迭"现象到来。同时不得不注意的是，"80后小说"生物学上的"世代"依据逐渐隐去，他们的创作虽然还谈不上

---

* 刘芳坤，文学博士，山西大学文学院副教授；闫东方，天津师范大学文学院。

"去现实物质与自然之樊"，然而仅就"在现实物质与自然之樊"中，能够"就其本有心灵之域"。援引埃斯卡皮对于"群体"的定义，"一个包括所有年龄的（尽管有一个占优势的年龄）作家集团，这个集团在某些事件中采取共同的立场占领者整个文学舞台，有意无意地在一段时期内压制新生力量的成长"①，我们或许可以看到一个新的"群体"正在生成。

一 "景语"：叙事空间的拓展与深入

成长的过程抽丝剥茧，曾经加诸彼身的青春、非主流、市场化、消费性等关键词到了更新的时刻。张怡微是一位有着鲜明青春语言标签的作家，尽管她的语言有一种回望往事的"老成气"，但是《哑然记》之前的作品始终站立在青春时代缅怀青春，《哑然记》后，青春已成往事，"我"滞留于孤独并彻悟，"那是属于我一个人的道场，没有人死去，而为圆然哀眠"。②孟小书的《抓不住的梦》讲述"北京梦"，开宝马跟着小狗的潮女和南五环的奋斗男各有其生活，却共同面临梦的迷宫，迷惘之中，作家成为这一代虚无的守望者。与这些作家极具文艺气息地向青春告别不同，孙频从写作之初仿佛就是"反类型"的青春写作，平凡人生的呼号，失去尊严的扭曲心态，窥视—嫉恨—反抗—陨落，在极端化的叙事中，她以近乎悲壮的姿态追问生命的尊严和爱的意义。伴随着询问人生的深入，"80后小说"主题严肃化，表现内容从自我向社会领域扩展，语言风格多元锤炼，或许可作为"后青春期"到来的表征。

"后青春期"既已到来，在突围现实写作的过程中，伴随有一种"中国抒情"特质的彰显。"中国抒情"之于物质、时间、空间之聚合，出于自我之忧思，达于社会历史之变，作者的笔法愈有"深情冷眼"，

---

① ［法］罗贝尔·埃斯卡皮：《文学社会学》，王美华、于沛译，安徽文艺出版社1987年版，第62页。

② 张怡微：《哑然记》，《收获》2014年第4期。

幽微中以见意义所在。这种"抒情"将"中国故事"融入代际情绪，在"沉默"或曰"独语"的成长叙事后，最终向文学史传统致敬。

"中国抒情"的一个重要表现是叙事空间的凸显。近年来，"80 后"作家的地标意识愈见明确，关于一线大城市的表达，如张怡微的上海、文珍的北京、蔡东的深圳等。在蔡东的《净尘山》里面，深圳作为男女主人公的容身之地，也是难以逃离的心魔之域，一次次减肥失败的张倩女，想靠女人移出下沙村的潘舒墨，女傍男的寻常故事转换为男傍女之后生出的异样之感提示着这正是活生生的人间世。张倩女和潘舒墨之外，追求精神生活的父亲和被世俗生活缠身的母亲构成了这对年轻情侣焦躁内心的另一种显形，深圳与留州、父亲与母亲，始终存在的二元对立结构使得城市的物理空间更显逼仄。作者有意将母亲逃去的净尘山作为精神归处，却以父亲之口泄露其缥缈难寻，末尾，潘舒墨在下沙村埋头洗衬衫，张倩女"突然感到很厌倦……可她不知道，还能去哪里"。①蔡东将故事安置在深圳，这一城中村问题突出的改革窗口，男女主人的两种境遇，或许正是深圳青年的两难现实。

"80 后小说"的另外一支，显示出了对乡土的熟稔，成为"乡土中国"的新一代书写者。在马金莲的回乡，男男女女受着人生的苦差，无人抗辩，她对回族女性的生存问题有着极深的关切，透过对她们成长、学业、婚嫁、生养的讲述，多篇小说串联起来，能够构成回族女性的一生。在《我的姑姑纳兰花》里，以姑姑自杀的死讯开头，回顾了姑姑短暂的一生，嫁入富足家庭的穷女儿成为村里人人羡慕的对象，表面的美满之下，家庭暴力摧毁了姑姑的生命。而"我"为了读书一直寄居于姑姑家，亲眼见过这一切却难解其中缘由。在一场命案之中，我偶然发现姑姑"痴心女子负心汉"的往事，然而姑姑已经走了多年。《暖光》写年轻无房的女性迫于经济压力回到婆家农村坐月子，生养功劳没有让这个年轻的媳妇因此娇贵起来，卫生习惯的不同也没有使得婆媳关系僵化，她只是默默接受着一切，以自己最大的限度理解乡间月子地里的一切。冬日的阳光细薄，温暖，睡梦中的媳妇任由自己在水深处漂

---

① 蔡东：《净尘山》，《当代》2013 年第 6 期。

浮，却"感觉轻飘飘、软绵绵的，像一包正在慢慢散开的新棉花"。①马金莲的小说里，女人总是坚韧又善良的，由于性别偏见造成的男女差异依然存在，却不构成小说的批评内容，第一人称写作使得作者和人物产生很大程度的重叠，由此而生的同理心贯穿在小说之中，将回乡妇女的心理和现状一览无遗。

城乡接合部的城镇，在"80后小说"中亦有呈现。交城，在孙频不断的书写中，由一个地理坐标成为文学"原乡"。《乩身》写了交城县却波街盲女常英的故事，爷爷为了让她能够一个人活下去，训练她成为"佩戴"着雄器的常勇，然而常英的自我不断挣扎着。杨德清看透常英的秘密，于是"想做女人而不得"的常勇和"想做男人而不得"的杨德清，这两个在人群中丢失了性别的生物相互依存。为了"活出头"，杨德清鼓动常英一起去做马裨，钢钎穿过他们的四个腮帮，两个被驱逐于秩序之外的"他者"在众目睽睽之下宣告："我们来了"。此后，常英大病一场，却因之通晓了某种通灵的本领，得以重拾算卦旧业，杨德清成为职业马裨，不停地在自己身体上制造伤疤的过程中，他"把一种暴力正当化"，"正面接受自己耻辱的过程"，因此觉得"自己强大了"。常英以个人之力对抗强拆的无效结局略显悲壮，屈辱和尊严混杂在一起，在这一个极端紧张的时刻，生死尊严却似乎通达起来，生生死死，"不过是殊途同归"，"一切苦难之后所有的人都会再次相见，再次拥抱"。② 在孙频的写作中，她常常将人物处境推向难以扭转的绝境，以痛的方式唤醒爱，对人的尊严有着无止境的追问。

纵观这批特色鲜明的小说地标，我们往往更容易重视到一种存在空间的政治经济学限定性，或者是一种作家创作冲动视域中的"原风景"。颇有意思的是，《你还只是一位年轻人》和《香火》关于一个共同的主题——生育，前一篇的作者是擅长城市书写的文珍，后一篇的作者是擅长乡土书写的曹永，这两篇小说或许正显示出"原风景"对不同作家处理同一主题施加的不同影响。《你还只是一位年轻人》中，苏

---

① 马金莲：《我的姑姑纳兰花》，《民族文学》2018年第8期。
② 孙频：《乩身》，《花城》2014年第2期。

卷云虽然事业成功，但是精神遭遇了危机，在她服用抗抑郁药物的时候，丈夫张为设计使其怀孕，苏卷云和张为后来的事情小说并无交代，却以精神科医生李彤也需服用缓解情绪的赛乐特为终结。《香火》中王得稳、秀米夫妇为了生出一个男孩传承香火拼尽全力，但是秀米一个人住到了山上也未能逃过生育管理者的眼睛，怀胎七月之时，秀米被带到县城引产。乡间的"七活八不活"一语成谶，结尾处活着出生的男婴却未能逃过死的命运。尽管两位作者都极其巧妙地隐藏了对生育的态度，但是两个小说显然出现了两种生育观念的辩驳，前者的题目仿佛正是对生育压力这一问题的回答，"你还只是一位年轻人"，于是还有压力推延的可能，后者的结尾处王得稳"鼓着腮帮，嚼得血淋淋的，满嘴腥味"① 又似重申这一问题的重要性。

二 情语："我辈抒情"的兴与怨

事实上，仅就"中国抒情"的"景语"与"情语"的辩证，这些创作在策略上具有回归传统的一些意味。元人汤采真说："山水之为物，造化之秀，阴阳冥晦，晴晦寒暑，朝昏昼夜，随步改形，有无穷之趣，自非胸中丘壑，汪汪洋洋，如万顷波，未易摹写。""80 后"作家不仅将空间叙事作为故事的楔子和套子，而"造化之秀"的"胸中丘壑"自成为一个值得况味的审美主体。文珍的作品将北京城构图为困守琥珀中的女性形象，而张怡微将"魔都"还原为破碎家庭里的"旧时迷宫"。在《细民盛宴》里，她以世情小说的写法处理了现代家庭的琐碎往事，离异的原生家庭和父母再结合的新家庭以及以此延伸的家族提供了小说的核心关系，在人情薄凉的曲折呈现中沾染了悲凉哀矜的调子。小说的第一个场面就发生在一场等待爷爷死亡的盛宴之中，这一场因将死之人而起的家族聚会并无生命即将逝去的悲伤，出场的人物或直接交际或暗自观看，他们揣度对方，在盛会表面下展开人情的拉锯，少女袁佳桥与即将成为自己继母的女人的第一次见面就发生在这里。小说用

① 曹永：《香火》，《滇池》2016 年第 9 期。

"我"和父亲单独吃饭作为收束，"梅娘"回家介入，这一餐"那么平淡，又那么波澜"，"所有的往事擦肩过去，笑声你来我去"。① 这显然是一个上海故事，以照看父亲"曲线救国"返回上海的大姑、想嫁给隔壁弄堂裁缝儿子的二姑、餐桌上的上海熏鱼、在父亲曾实习的上海饭店、偶然一现的外滩，提示着故事的背景不是别处，又始终不是日益喧嚣的那个"魔都"。《细民盛宴》中的上海，是"细民"日日生活的上海，是一个作为故乡的上海，在王安忆城市/女性的书写之后，她以边缘的"细民"的上海故事再次为海派书写提供新的质素。

寄情不在于找寻，抒发不在于时刻铭镌的定格。由于特殊的成长环境和写作经验，"80后"作家在某种意义上存在于斯宾格勒所谓的"一个点"的聚居没落之中，可贵的是身在此中仍富有兴与怨、景与情的发愤之思。孙频的《相生》写一个有摄影特长的青年的毁灭，其出色之处在于将精神疾患的隐忧透过摄影镜头显影在小县城的夕阳当中。马金莲这样极富有民族抒情诗底色的创作，其声明的"记录场景"的努力在继续着：《1987年的浆水和酸菜》《1988年的风流韵事》《1990年的亲戚》《1992年的春乏》……清冷干燥的西部风景、凝滞清贫的顽强生存、固执而模糊的人像面影，不啻为生命原野中的一曲牧歌。而在曹永的笔下，他反复书写的那个贵州野马冲迎春社村偏远野蛮，但他没有因此陷入"离土型"知识分子写作的圈套，反而显示出一种老辣的现实批评。《关于怪胎的处理办法》写曹毛狗家的母猪生了双头猪仔并以此为展示产品售票获取收入，好景不长，杨凤举家生出的三眼孩子迅速抢走双头猪的风头，愤怒之中，曹毛狗将猪仔宰杀卖掉。冶炼厂导致的乡村生态破坏被一笔带过，一如现实中人们观看怪胎并通过怪胎"营利"的兴趣大于对怪胎成因的探究。小说反复刻画乡人的蒙昧和卑微，他们抓小放大，在翻天覆地的变革中浑然不觉，类似寓言的写法暗示出乡村社会的现实与苦境。《吊唁未亡人》里，五福得知自己将死，认为"横竖都要死球了"，没啥好怕的，他从此不再上地，怀疑老婆在他死后给他戴绿帽子，于是不由分说地打老婆，不计后果地狂吃乱喝，还给自己

---

① 张怡微：《细民盛宴》，《收获》2015年第7期。

办活丧。活丧似乎热闹而风光，村长到场让五福倍感荣光，人群走后，他却开始算计两家未到场的亲戚，心中愤恨不平。丧事后，五福死期未到，他向村里的人们提示他们曾做过的坏事，想要站在制高点上获得尊重，不料此举让他四面树敌不得安生，最后远走他乡。通过对五福的书写，曹永展现出平日里猥琐奴懦的乡民们暴戾的一面，尽管五福没有付出生命的代价，却依然是用以暴制暴的方式完成人类心理和生理的实现之感。值得注意的是，曹永的小说保持了相当质朴的乡村气息，乡民生命的原始形态在他笔下呈现，隐含作者在小说中几无出场，他始终着意的是沉默灵魂的炽热呐喊。

"中国抒情"面向的丰盈不独流淌在"某地哀歌"，更为耀目的是穿越戏剧/史诗的隧道，回归"人间世"的现场，以自我情动于中而发之为声。基于"后青春期"的成长经验和语言实践，"80后"作家的创作不多宏观隐喻，也还不存在由之而生发民族史诗（秘史）。颜歌的《我们家》、张悦然的《茧》、七堇年的《平生欢》、周嘉宁的《密林中》、张怡微的《细民盛宴》等长篇小说主要从自我心灵统摄的家族记忆出发，采用一种自诘的方式触摸"大题材"。"文艺女青年"的视角，是这一类小说给历史书写提供的方式，这种方式看似处在青春亚文化的突围当中，尚属于成熟历史书写的过渡期。但从另一个角度来讲，未尝不可以理解为消解"材料虚构"和"代言命名"的沉冗史诗，而从历史烟云中的"小女子"的心灵寻踪中展现历史巍峨岩层的某部分缝隙。正如《密林中》所揭示的那样，阳阳从一开始就是没有名字的配角，一种在被动中妥协后的女性抗争感呼之欲出。七堇年的《平生欢》同样不掩饰"冥冥之中，身体也有记忆"，成长伤痛四散而溢，而作者追求的与历史/时代的有效和解方式却称得上是一种骤然感性的"一见如平生欢"。①

将"文艺女青年"视角推向极致的还数张悦然，《茧》虽然是面向历史沉疴的"创伤传递"，然而作者却采用了自我辩难的对话体。不论是受害者后代程恭的："灵魂被囚在里面了"，还是施害者后代李佳栖

---

① 七堇年：《平生欢》，《收获》长篇专号 2013 年秋冬卷。

的："一遍又一遍地回忆"，精致而充满距离感的标示性"文艺语言"都指向"自我"在历史想象中的泯灭爱恨，进而让人感觉到的是这种努力的举步维艰。① 颜歌的《我们家》在这一系列文本中显出异数，小说围绕着给奶奶过八十大寿展开，借用中年男性之口讲述了三代人在60年间的家族往事，尤其引人注意的是对方言词的运用，"婆娘""吹壳子""耍朋友"杂烩其中，加之"嘛""嗦"等语气词，使得文本徒生麻辣川味，让人忍俊不禁。此外，小说中的"我"成为"说书人"，作为家庭成员之一却将30年间的家事采用调侃逗乐的方式道出，将家族史演绎得奔放辛辣、新鲜生动。同时，时代变迁中的川西小镇也清晰起来，以我之眼，度我之城，作家以文字为小镇留影，一如颜歌在采访中曾坦言的，"我希望通过这些故事来写川西小镇，写城乡接合部，写八十年代出生的人所看到的当代中国现实"。② 不论是外向的还是内向的，亦不论是批判的还是沉思的，"文艺女青年"作为这个时代的代表性抒情主体，仍体现其本质上成为历史的感觉与感情的系带，不得不承认，个人与社会由此连接，连绵不断的历史意识也许会因此而绵延。

最后一个问题，似乎必须回到"我辈主情"，唯有持续对此问题的关注，才可能真正揭开所谓"中国抒情"的主体性。在情之所至处，情之所归便是一个最大的疑问。一是从情之所至处，无甚异趣。自我抽象抒情固然有一定程度的传统体味，然而也存在昧于时间、耽寂于历史的危险。二是情之所归处，不仅在于生命的一种形式，而且在于青山永驻、无有阻隔的境界。当然在"后青春"的范围内谈这个命题，也只能说是一种愿景。另一方面，"中国抒情"绝非仅仅包含独善其行、吟笑成章，似乎更应该提倡的是兼济之志。不但有"诗言志"并且"志足"风姿，而且有"诗史""有所之"的"直言""文辞"之道。在这一点上，"80后"作家似乎对前者更为擅长，而对后者却比较疏离。

"情之所钟，正在我辈。"前辈足质足量的历史书写也许还将继续

① 张悦然：《茧》，《收获》2016年第2期。
② 陈晓勤：《南方都市报专访颜歌谈〈我们家〉》，《南方都市报》2013年5月5日。

成为一个强大的影响焦虑。不变的是，小说作为"断片"，如何充足地引领抵达历史；小说作为"整体"，又如何细节地内在于心灵。在历史书写的范围内，以"中国抒情"来赋意"后青春期"的历史书写，也许是一种新的视角方兴未艾。

论邱华栋小说中的北京城市空间书写[*]

论邱华栋小说中的北京城市空间书写[*]

论邱华栋小说中的北京城市空间书写 [*]

马鑫宇　　王德领[**]

摘要： 邱华栋创作了大量的有关北京的都市小说，着力书写了北京的城市空间。邱华栋所刻画的城市景观是真实存在的景观，他在空间世界的框架下，将建筑进行延展和伸张，借助语言和想象来展开故事情节，表达复杂的情感。本文将从现代化物质空间、抽象空间以及多维度空间三个纬度，探讨邱华栋小说中的城市空间形式书写特征，并对当代都市小说的创作价值做出深层次的思考。

关键词： 邱华栋；城市空间；物质空间；抽象空间；多维度空间

作为一名典型的城市闯入者，邱华栋只身一人从土生土长的小城市来到了北京。初来乍到，北京所带给他的视觉冲击是巨大的，在一次采访中他曾这样说道："当时我大学毕业刚刚来到北京，面对北京这样一座正在迅速变化的庞然大物，的确是感到惊奇，曾经有位好友对我说，当她第一次来到北京，走出火车站的一瞬间，她整个人都怔住了，脑袋里突然一片空白，她告诉我她头一次看到这么多林立的楼和那么多熙熙攘攘的人。"[①] 可见北京所带给他们的第一印象是震撼的，以至于对邱华栋之后的写作方向产生了深远的影响。

---

[*] 本文系北京联合大学人才强校计划人才资助项目"新世纪北京与上海中的都市想象与文化记忆"；北京市高水平人才培养交叉计划—实培计划毕业设计项目阶段性成果。

[**] 马鑫宇，北京联合大学师范学院中国语言文学系 2015 届本科生。王德领，北京联合大学师范学院中文系教授。

① 卢欢、邱华栋：《和一座城市不断较劲》，《长江文艺》2015 年第 5 期。

邱华栋创作了大量的有关北京的都市小说，着力书写了北京的城市空间。大致说来，主要有现代化物质空间、抽象空间以及多维度空间。对这些空间加以研究，能够窥见邱华栋小说中较为本质的一面。

一 现代化物质空间

所谓的生存物质空间是指客观存在的实际空间，它所呈现的方式是具体的、可体验的。在文学创作中，作者在创造生存物质空间时更加关注文本以外的客观物质世界，追求现实生活中的真实存在。北京的繁荣为邱华栋的创作提供了巨大的书写空间，如他的一系列都市小说，为强调都市空间与景观，表现现代人在都市生活中的情感体验及自身的思考与反思，将物质化的外在社会与人的精神世界相联系，具有浓重的都市小说特色。

（一）欲望化的物质空间

欲望和物质是分不开的两个有机体。在都市这个大的空间下，物质是不可或缺的必需品，在邱华栋的都市小说创作中，更加倾向于 20 世纪末的社会欲望化书写，他以一种直观的罗列形式来表现都市空间的物质景观。在城市这个大的空间下描绘了当下社会与个体内心的困惑和对这种生活的反思。作者将自身的都市生活经验和人物生活场景有机地结合起来，呈现出浓郁的的物质化空间特色。

在《手上的星光中》中，杨哭和乔可站三元桥上，望着远处庞大的北京城，远处林立的高楼把城市点缀成无边的海洋，整个空间是由高楼大厦组成的城市宏观景象，以自己的位置为中心由近及远观望，附近遍布着豪华的大厦、长富宫饭店、赛特购物中心、国际贸易中心、大饭店等建筑，向远望去，依次出现了京广中心、长城饭店、昆仑饭店、京城大厦、渔阳饭店、亮马河大厦、燕莎购物中心、京信大厦、希尔顿大酒店等雄伟壮丽的现代化建筑。夜幕降临，在霓虹灯、路灯、车灯交相辉映下，城市被衬托得更加金碧辉煌，光彩夺目。《哭泣游戏》的开篇，

"我"站在长安街边上的国际饭店顶层的旋转餐厅自东向西凝望，看到了中粮广场、长安光华大厦、交通部大厦、中国妇女活动中心、对外经贸部大厦和新恒基中心，这个时候的北京像是从地平线尽头缓缓升起的城市，朝气蓬勃，生生不息。毫不畏惧的"我"不知从何时起，开始自由出入这座城市的巨型购物中心、大饭店、酒吧、地铁、银行、国家机关、医院、大学校园、快餐店，体验到了作为一个都市人特有的对物质的满足和快意。

邱华栋的小说中极其频繁地进行大面积的铺陈罗列，将城市渲染成金碧辉煌、高耸入云的独立空间，这是金钱、物质的象征，是对城市个体的碾压式征服，也是对欲望迸发和城市生活节奏的表达。在庞大的物质环境的衬托下，能够直观地表现出青年人闯入城市的彷徨和无助。

（二）现代化空间符号

对于北京城市空间景观的书写，恐怕还没有作家会像邱华栋一样在小说中应用大量的城市符号，像奢靡而冷漠的宾馆、写字楼，夜夜笙歌、纸醉金迷的舞厅酒吧，高耸入云的高楼大厦，四通八达的公路、立交桥，巨大的饭店、购物中心，鱼龙混杂的人流，等等，这些现代化场所共同构成了一幅独特的城市空间，为邱华栋的小说披上了一件华丽的外衣。但在小说中他不仅仅是肤浅地对城市空间环境进行细枝末节的描写，而是想通过对北京这座庞然大物的外在景观的描绘来表现人们的内心生活，并为进一步探究其真正的价值取向做铺垫。城市作为"外来人"生活的重要场景以及精神的栖息地，成为构成小说叙事和审美意趣的中心意象。邱华栋毫不吝惜笔墨，挥毫泼墨般地大面积地表达现代都市场所所带给他的直观感受。他在接受采访中这样说道："我到北京工作时，一开始为城市的外在所震动，城市建筑与建设的复杂和广大，城市欲望的贪婪和无休止的拓展，都是我观察的方向。于是，我很关注城市在地理意义上的变化；但后来我发现，无论高楼大厦多么现代，无论一个人怎么修饰自己伪装自己，如果剖开他们生活的外衣，就会发现，每一个家庭都有自己的烦恼事，每一个人甚至都有自己的情感痛点，这个痛点是他们的隐疾与暗伤。"① 因此，不难看出，邱华栋能够透过不同的城市空间建筑景观，发现人们生活和情感中的疼痛和问题，并揭示他们的生活真相和困境，表现市民的真实生活形态。例如在《白昼的躁动》开篇这样写道："在我的周围，昆仑饭店、京城大厦、希尔顿酒店、长城饭店、亮马河大厦，那豪华而又冷漠的躯体在矗立着，可在我的眼睛里，那幢京城第二高的京城大厦，就像一个巨大的马蜂窝。"②作品中的"我"放弃所有的一切来到北京，想要追逐自己的梦想，成为一名伟大的艺术家。然而理想与现实之间产生了巨大的差距，长时间的挨饿、夜生活的混乱、对女人的失望、穷困潦倒的生活，等等，使他长期处于一种消极的不安状态。在他的眼里，高楼大厦是一座冷漠的躯体，城市是会扒光他衣服的后娘，世界是细菌和病毒的狂欢。城市随着他的心情和处境在不断变化着。他以城市建筑作为情绪释放的场所，城市外表既是人物生存生活的平台，又是精神世界的归宿。

1. 消费场所

近年来，随着人们的生活水平日渐提高，都市消费场所林立，如饭店、购物中心、酒吧、商场，等等。邱华栋小说中最常见的消费场所就是酒吧。在北京，分布在城市各个街道、楼群、地下室的单独经营的酒吧有很多个。作为开放性的场所，酒吧是年轻人及夜生活爱好者的首选之地，聚集的人群也是形形色色，像商人、流浪汉、妓女、中产、白领等，在这里，他们不分身份、地位，不分年龄、差别，处在刻意营造出来的虚拟的气氛中尽情释放自我。他们有着自己的故事，并在这小小的空间中不断创造着新的故事。

小说《白昼的躁动》中的主人公朱晖作为新时代的追梦人，面对残酷的现实，时常处于坎坷和无奈之中无法自拔，因此他喜欢与朋友在酒吧肆无忌惮地随着变换的灯光尽情地扭动身体，累了就坐在高脚椅上端着酒杯，以一种上帝视角环视世界，"我坐在由极迪斯科舞厅酒吧边的高脚椅上，喝着一杯汤尼水。在舞池里，那些所有狂舞的人，都像带了

---

① 卢欢、邱华栋：《和一座城市不断较劲》，《长江文艺》2015 年第 5 期。
② 邱华栋：《白昼的躁动》，新世纪出版社 2014 年版，第 2 页。

电的树枝在风中摇摆，动作狂放有力，仿佛这时每一个人都想实现脱离大地的愿望"。① 《夜晚的诺言》中这样写道，"我现在就坐在北京一家五星级饭店——昆仑饭店的迪斯科舞厅里，我躲在一边拼命地喝着听装的贝克啤酒，我还有一个习惯，就是在人多的地方挑上一个漂亮小姐一直盯住她瞧个不停"。②

除去酒吧，餐厅在邱华栋小说中出现的频率也极高。这与邱华栋现实生活中的真实状态分不开，他常和来自天南地北的作家、诗人们相聚于"发条橙"餐厅建立友谊，为的是重新找回20世纪80年代对文学的激情和梦想，加深对文学的热爱。因此，在他的作品中，餐厅对于主人公来说不仅仅是吃饭、消费的场所，更多的是代表追寻梦的起点和梦陨落的终点。《一公里长的餐厅》中的王元朗，带着800万元的全部身家来到这座城市中，他踌躇满志地规划着"一公里长的餐厅"，当然在我们看来，这是一个过于荒唐的规划，不过他真的奇迹般地做到了。做生意就是一场赌博，而他赌输了，从此生意开始一落千丈，北京这座城市就像一座巨大的磨盘，将他的灵魂慢慢碾碎，当这位曾经让人艳羡的暴发户真的一无所有地离开这座城市时，最后也只剩下唏嘘而已。《比萨店里的谈话》中的段刚受朋友委托，在比萨店里与代孕人乌梅进行了一场深入的谈话。乌梅是个刚刚毕业的年轻人，不公平的现实规则像是给她编制了一张无法挣脱的大网，为了尽快还清因读大学而欠下的三万元，她答应帮助赵教授夫妇代孕。但是孕育的过程中，她的母性被激发，这使她长期处于痛苦之中。乌梅生活在社会底层，接受着社会的不公待遇，为了区区三万元葬送了青春。

2. 居住场所

在北京，居住场所是多样的，像别墅、酒店、宾馆、住宅小区，等等。居住场所是城市空间的重要组成部分，是一个被浓缩了的社会，记录着人们的生活百态。中华人民共和国成立以来，随着城市化的发展，老北京四合院在逐步消失，崛起了一些戒备森严、带有神秘色彩的部

---

① 邱华栋：《白昼的躁动》，新世纪出版社2014年版，第48页。
② 邱华栋：《夜晚的诺言》，江苏文艺出版社1997年版，第2页。

队、机关大院，与此同时，北京的人口在急剧增长，四合院也逐步变成了让人又爱又恨的大杂院，脏乱差已然成为人们对大杂院的主流印象。此外，伴随着城市的扩张，北京兴建了大量的住宅小区，如著名的天通苑和回龙观社区，其庞大的体量，一度被列为亚洲之冠。

以中产阶层家庭居住为主的北京住宅小区基础设施相对完善，它是开展社区各项工作、服务的物质基础。邱华栋在小说《毁容》中写道："社区俱乐部中有一个不大的游泳池，有一个很好的美容院，还有健身房、屋顶网球场和形体训练教室，此外还有一个比萨饼店，新近又开业了一家星巴克咖啡馆，这些场所都是社区人，尤其是社区中的女人最长待着的地方。"① 邱华栋在《杀人蜂》中这样写道："社区的物业管理非常好，每天晚上有什么样的车停在这里，都会有全部的车号记录在案，如果有陌生人来访，保安会陪他找到他要去的人家，直到那家人接待了他，而如果你家里的水、电、气系统坏了，只要几分钟修理即时就会赶到。"② 《别墅推销员》中也说道："他非常熟悉这些别墅，它们一定都有独立小型空调，每栋都有两部 IDD 电话，每个房间都设有电话出口线，集中供暖，常年 24 小时提供热水，所有的给水设施是内藏式，用不锈钢和钢管构成，那些私家花园四边都加围，有铺设好的草地，共用卫星接收天线，房间地面全部有高级木制地板铺成，在卫生间还预留了桑拿浴室空间。"③ 可见，相对高档的小区在基础设施和服务方面是非常完善的，像咖啡馆、美容院、健身房、游泳池等，事无巨细，应有尽有，使住户能够在安全、和谐、便利的环境中享受生活。

酒店、宾馆等居住空间是都市现代化的象征。酒店不仅仅有居住功能，还有餐饮、娱乐等功能，是举行大小会议、开办舞会、举行婚礼等活动的重要场地。《教授的黄昏》中，"我"参加的一场由经济学家与人文学者共同举办的研讨会就是在郊区金碧辉煌的度假村举行的，"它似乎就是专门为开各种会议所修建的，无论是会议中心还是宾馆饭店，

---

① 邱华栋：《社区人》，上海文艺出版社 2004 年版，第 54 页。
② 同上书，第 76 页。
③ 同上书，第 104 页。

无论是餐厅食堂还是游乐设施，都是一流的、排场的、奢华的"。①《夜晚的诺言》中，"我"被张晓带到了为感谢与饭店合作愉快的记者和赞助商所举办的答谢宴会，而举办宴会的晶都酒店就是东南亚某个华人巨富在京投资建设的一家五星级酒店，那里有金碧辉煌的走廊和巨型盆栽植物，哪怕是冬天草地都是绿油油的，"张晓对我说，这里要进行为期一个月的土耳其美食街，而且还配合以不同的各类促销和商务活动"。②可见，酒店由内而外尽显当代上层都市人生活的奢侈与豪华，成为城市现代化的重要标志。

二　抽象空间

抽象空间是与现实空间相对应的以梦想、激情为代表的空间，是主体自身理想投射所形成的一个虚拟的空间，与现实生活场景之间具有巨大的差异。它是现实的社会理想被淹没后，人们用来反抗现实的有力武器。抽象空间凝聚着我们城市个体挥之不去的焦虑。福柯在《其他空间》一书中强调：空间在当今成为理论关注的对象，并不是新鲜事件，因为我们时代的焦虑与空间有着根本关系，今天我们的生活依然是被一些根深蒂固的二元对立所统治，我们的制度和实践依然没有摧毁这些空间，例如，私人空间、公共空间、家庭空间、社会空间、文化空间、实用空间、休闲空间、工作空间等，不一而足。③

外界的纷杂和冷漠的关系促使人们想要逃离，但建构乌托邦般美好的情感世界能够短暂地摆脱现实的丑陋与不堪。在《苜蓿花环》中，"我"一直在想象的世界中寻找那个戴苜蓿花环的姑娘，她生活在微风轻轻摇曳的苜蓿花海中，没有被充满混凝土气息的城市所污染，干净而又纯洁。在这个世界里，"我"的情感得到了慰藉，以至于在现实社会中"我"仍然在找寻我的戴着苜蓿花环的姑娘。"我"一直以为广告人

---

① 邱华栋：《教授的黄昏》，漓江出版社2015年版，第56页。
② 邱华栋：《夜晚的诺言》，江苏文艺出版社1997年版，第148页。
③ 福柯：《另类空间》，王喆译，《世界哲学》2006年第3期。

苏玫就是我要找的人，但猛然之间"我"发现一切都是假象，苏玫对我的感情也是建立在"我"帮助她的基础上产生的，其中掺杂了太多的杂质，让我一时无法接受。

在《网上的食人鱼和吐火女怪》小说中，男女主人公的相识是在虚构的网络中开始的。男孩在与女孩的网聊中爱上了女孩，对她抱有无限的幻想：她的性格也许是泼辣的，大胆而又可爱，长得也会比较漂亮。"在现实中，他觉得她是一个十分文静的女孩，而他也很平和，几乎与'食人鱼'和'吐火女怪'毫无关系"。[①]但是当两人在现实中相遇时，他发现她的确长得很漂亮，但是性格却与他想象的截然相反。后来女孩因无法违背对男友的承诺而拒绝了"我"的示爱，在夜深人静中选择了自杀，"我"也因无法接受现实，将脸投入鱼缸，任食人鱼铁叉和钢锯一样的牙齿啃食着。在抽象的网络空间中，男孩和女孩始终保留着最初的纯洁和简单，享受着彼此神秘所带来的快感，然而在现实空间里两人纷纷走向悲剧的命运。

可见，抽象空间往往是不切实际的，它是个体自身内部美化的结果，当过分美化后的想象与差强人意的现实碰撞时，自然会产生巨大的心理落差。抽象空间就其本质来说是对现实空间的逃离，是城市个体现实焦虑的投射所形成的，带有命定的悲剧感。

三　多维度空间

邱华栋在空间的构造方面运用多维度空间书写方法，能够在极力渲染物质空间的同时不自觉地淡化时间，或让时间处于停滞状态。

《有市长参加的家宴》中，作家对"市长家宴"这一空间的描绘时，淡化了时间的顺序和进程，使多个情节共同展开。客厅里的气氛热闹起来，"我"见到了经常出现在电视上的熟悉面孔——著名房地产商人庞天书和他的夫人、爱在报纸上露面的制造业企业董事长、南澳市市长和他的侄女，以及与二十出头的姑娘畅聊的中年男人。市长、政府官

---

① 邱华栋：《社区人》，上海文艺出版社 2004 年版，第 132 页。

员、企业家、民营地产商、经济学家、律师，这些有头有脸的大人物涵盖了政治、经济、学术、文化等多个领域，十分丰富复杂。同时，在雅丽弹奏《马祖卡舞曲》时，曾莉悄悄地跑进了厨房，各个人物也正在为得到巨大的人脉而各自奔走、闲聊，我和杨琳则坐在沙发上，静静地享受着美妙的旋律。各个领域彼此之间组成了一张巨大的关系网，二十多分钟的时间，所有人都在有限的空间里做着自己的事情。《天国芙蓉夜总会》中，"我"一出电梯就遇到一个个妈咪带领穿着性感的小姐前往各个包间任人挑选，接着在炫目的走廊上，"我"透过朦胧的毛玻璃，看着不同包间中男男女女在娱乐，有的在唱卡拉 OK，有的在跳舞，有的在喝酒打牌，还有的在吸毒嗑药。来到大厅，红色的沙发上坐着许多面目不清的男男女女，之后"我"又被韩樱子带到了一间带有一定保密设施的包间里。作者用较小的篇幅表现出多个空间的相互转换，人物像走马灯一般，场景切换令人眼花缭乱。类似的作品还有《环境戏剧人》，里面的胡克为寻找龙天米而在五个不同的空间活动，故事在多元、交叠的地理空间上相互交替的上演，空间的不断变换使故事的时间发展顺序被淡化，其中复杂的人际关系和利益冲突传达出了人生如戏的观感。

总之，对城市空间的描绘是邱华栋都市小说中较为突出的特色。邱华栋都市小说中的人物在北京这个国际化大都市的空间中来来回回游走，演出了一幕幕悲喜剧。邱华栋所刻画的城市景观是真实存在的景观，他在空间世界的框架下，将建筑进行延展和伸张，借助语言和想象来展开故事情节，表达复杂的情感。为表现人强烈的欲望和商业化色彩，他不惜笔墨大篇幅地描写城市空间景观以及在这种复杂的空间环境下人物生存的境遇，拓展了文学想象和创作的空间。

第二篇

以北京想象中国

——论林语堂的北京书写*

沈庆利**

摘要： 林语堂在横跨中西的跨文化处境中，精心塑造了一个艺术化、唯美化和梦幻化的"老北京"形象，这既是"跨文化翻译"的典型产物，也是作家本人"文化中国"情怀的集中呈现。他将"老北京"视为古典中国的肉身原型，传统华夏文明的辉煌象征，和现代中华民族的首要认同标志。林氏对"（北京）城"与"（中）国"之间同构关系的渲染，及其以"北京叙事"讲述"中国故事"的"方法论"自觉，都为后来的众多海内外华人作家所借鉴和传承，"北京"则为他们提供了"想象中国"的广阔空间。而林语堂对北京、上海这两座城市的不同态度，还折射出东西方文化夹缝中的现代中国知识分子，在文化心理认同中的某种纠结。

关键词： 林语堂；北京书写；文化中国；"跨文化翻译"

"两脚踏中西文化，一心谈宇宙文章"的林语堂，一生足迹可谓踏遍世界各地，但他最钟情的地方除了家乡福建漳州外，恐怕就是北京了。林氏不仅以北京为主要叙事背景先后创作了《京华烟云》《风声鹤唳》等长篇小说，还在大量的散文杂记中反复表达了对老北京的温情记

* 本文系教育部人文社科一般项目"20世纪离散华人作家的北京想象研究"（项目编号：17YJA751025）、北京市人文社科重点项目"文化历史中的北京国际形象研究"（项目编号：14JDZH012）的阶段性成果。

** 沈庆利，北京师范大学文学院教授，博士生导师。

忆和浪漫想象，晚年特意撰写了一部地方志式的著作《辉煌的北京》①，以北京为想象主体尽情宣泄了那浓得化不开的"故国情思"。这对流散到中国台港暨世界各地的广大华人作家而言，无疑颇具"标杆"性意义。笔者试图对此加以初步探讨。

一 作为"跨文化翻译"的北京书写

早在 1909 年，从香港进入中国的法国作家谢阁兰，途经上海、苏州、南京等城市抵达北京，才第一次感觉抵达所谓"真正的中国"："北京才是中国，整个中华大地都凝聚在这里。"② 谢阁兰心里的"真正的中国"，其实更像是西方人苦苦追寻的东方异国情调，既原始古朴又能激发浪漫想象。无独有偶，半个世纪后（1959 年）的林语堂在其自传中也坦承：他大学毕业后从上海来到北京，才开始真正接触到中国本土的历史与文化，"住在北京就等于和真正的中国社会接触，可以看到古代中国的真相"。③ 在他眼中，"北京，连同它的黄色屋顶的宫殿，褐赤色的庙墙，蒙古的骆驼以及衔近长城、明冢，这就是中国，真正的中国"。④ 林氏观察北京的视角几乎跟当年的谢阁兰如出一辙，难怪华人学者宋伟杰认为，林语堂通过文字和想象建构的北京形象，完全可视为"他本人文化普遍主义或普遍主义式'文化翻译'的具体产物"⑤。与他在汉文英译过程中始终坚持"读者至上"的翻译策略相同，林语堂在对老北京城市形象进行"跨文化翻译"时，心中念及的也是那些对中国文化了解甚少却充满好奇，且不无浪漫憧憬的西方读者。不过作为一

---

① 该书出版于 1961 年，中译本有《大城北京》《辉煌的北京》等不同版本，本书采用陕西师范大学出版社 2003 年版的《辉煌的北京》一书，赵沛林、张钧译。
② 参见吕超《东方帝都——西方文化视野中的北京形象》，山东画报出版社 2008 年版，第 3 页。
③ 林语堂：《从异教徒到基督徒》，张振玉等译，陕西师范大学出版社 2007 年版，第 21 页。
④ 同上书，第 21 页。
⑤ 宋伟杰：《既"远"且"近"的目光》，陈平原、王德威编《北京：都市想像与文化记忆》，北京大学出版社 2005 年版，第 506、510 页。

名"土生土长"的现代中国知识分子，林语堂离开中国飘零于西方世界，在面临着如何"向西方人讲中国文化"的现实境遇之时，老北京那梦幻般的空间诗学及文化艺术氛围，无疑最大限度地契合了他去国怀乡的文化心理。因此林语堂在尽可能迎合西方民众对北京这座"东方帝都"奇观化期待的同时，还夹杂了不少带有民族自豪感的炫示和"夸耀"，尽其所能地将这座古老的都市美化、雅化和艺术化。

20世纪三四十年代的林语堂将老北京比喻为一个"国王的梦境"，它"有的是皇宫，贝子花园，百尺的大道，美术馆，中学，大学，医院，庙宇，宝塔，以及艺术品商店和旧书店的街道"。① 后来在《辉煌的北京》一书中，他更如数家珍地对老北京城的一个个建筑和园林美景详加描述，将记忆与虚拟融为一体，从一名艺术鉴赏家的视角回忆并"建构"了一个唯美北京形象。他笔下的这座古老都市集空间与建筑之美、田园与园林之美、山水自然之美和日常生活的诗意之美于一体，美得富丽堂皇，美得惊艳无比，怎奈一个"美"字了得："是艺术使北京成为一座宝石一样的城市，一座金碧辉煌的城市，是艺术安排了长长街道、高高门楼，为生活增添了魅力。不仅仅是建筑艺术，还有故宫博物院和琉璃厂的绘画艺术、雕塑艺术、陶瓷艺术、古董艺术、木版印刷的古书——所有这些使北京成为一座重要城市。"②

艺术化北京首先体现于她"独有"的宫廷林苑与皇家园林。"在艺术爱好者眼里，北京指的就是故宫博物院——正如人们所期望的那样，这里是中国艺术特别是绘画作品最大的汇集场所之一。"③ 林语堂特别注意到了皇室与中国艺术传统的深厚渊源："故宫藏有这么丰富的实物资料，还要归因于与中国皇室有关的另一个伟大的中国传统——皇帝对艺术的庇护。纵观历史，在统治者对艺术和工艺的鼓励和支持方面，没

---

① 林语堂：《动人的北京》，《林语堂文集·爱与讽刺》，群言出版社2011年版，第55—57页。

② 林语堂：《辉煌的北京》，赵沛林、张钧译，陕西师范大学出版社2003年版，第87页。

③ 同上书，第200页。

有几个国家能够与中国相比。"① 不过需要指出的是，正是那原本属于"帝王禁地"的紫禁城不再为皇帝私有，它才能变得如此辉煌壮丽和安宁祥和，并摇身变为"中华民族的珍贵文化遗产"，成为广大普通中国人心中的骄傲。经过了一系列"去禁忌"和"去政治化"的举措之后，紫禁城和其他皇家园林向平民开放，成为"国家公共机构"，和全体国民共有、共享的游览休闲场所，它们所蕴含的文化历史和艺术魅力才真正得以绽放四射；而当年的皇帝和王公贵族从各地搜罗来的那些书画名篇、珍宝奇玩，也重新回到民间，也成为名副其实的"国宝"。整个北京在这一系列的"现代化转型"中，摇身变为传统"唯美中国"的典型化身。

林语堂眼中的老北京简直就是一座"珠宝城"，既富丽堂皇又五光十色。他注意到众多宫殿和皇家园林不仅富含精妙的"着色"艺术，连那"紫色"的西山、玉泉的碧流、被烟熏黑了的老字号招牌，都充满着色彩和线条的美感，共同汇成绚丽多姿的色彩海洋；再加上白天"那样蔚蓝的天色"，夜晚"那样美丽的月亮"②，老北京几乎变成了一个具有童话色彩的梦幻王国。而分散在不同公园和寺院中的一座座宝塔，则像是镶嵌于城市各个角落的宝石一样，散发着璀璨夺目的艺术光芒。林氏认为，如同西方的教堂在西方建筑艺术中的崇高地位一样，宝塔不仅对于传统中国的寺庙建筑至关重要，也是中国风景不可或缺的重要标志，"它就像一个花瓶，孤零零矗立在那里，完全依赖线条与形态的安排来体现其造型之美"③。在《辉煌的北京》一书中，林语堂对散布于老北京各个角落的宝塔都记忆犹新，一一道来，难掩对它们的赞叹和留恋：玉泉山的汉白玉塔"挺拔俊秀，俯视大地"，"在阳光下绚丽夺目"；另一座同样耸立于玉泉山的"一座绿色琉璃瓦镶面的古塔"，则像一颗"冠状宝石"那样辉煌灿烂；而天宁寺的宝塔是整个京城最古老的建筑之一；此外还有老北京"北城墙外的黄塔"，北海公园的白

① 林语堂：《辉煌的北京》，赵沛林、张钧译，第200页。
② 林语堂：《动人的北京》，《林语堂文集·爱与讽刺》，第57页。
③ 林语堂：《辉煌的北京》，赵沛林、张钧译，第125页。

塔，碧云寺的佛塔等，它们在色彩、线条和气氛诸方面，都体现了老中国的文化艺术精粹。①

老北京的艺术魅力当然不仅局限于她的宫廷园林、名胜古迹之中。在林语堂看来，老北京的几乎每一座建筑、每一个空间都蕴含着丰富的文化艺术情趣。田园乡村的安逸宁静和城市生活的舒适便利，在这座城市中近乎完美地结合在了一起；这里的每一个人"都有呼吸的空间"，甚至每一户人家都有一块空地用来做果园或花圃，"早晨起来摘菜时可以见到西山的景色——可是距离不远却是一家大的百货商店"。② 生活是如此便利和惬意，那些长期浸染于这一文化氛围和艺术情趣的老北京人，自然而然地形成了一种祥和知足、恬静安适的生活态度，以及幽默风趣、宽厚大度的道德品性。这种生活态度和道德品性为广大市民百姓代代相传，跨越了千秋万代却历久弥新，如今已上升为"人类灵魂的独特创造"，表现出"不可名状的魅力"，代表了一种理想化的生活方式③。在林语堂看来，老北京人的生活无时无处不充满丰富的情趣，他甚至从老北京胡同里不时传出的小贩们那"轻柔而低沉，远远地拖着长腔"的叫卖声中，体会到一种特殊的艺术韵味，他认为这些叫卖声已经成为很多老北京人"休息和睡眠时不可或缺的声音"④。

在长篇小说《京华烟云》中，林语堂将这一"历久弥新"的生活理念演绎得更加传神生动。他通过大量细节表现了以姚木兰为代表的那群"北京儿女"日常生活的诗意和惬意，展示了其中层出不穷的精微和美妙处。这些"北京儿女"就像一群雍容洒脱、半隐半居、安享富贵荣华的"仙人"，在老北京这座"仙城"之中怡然自得，乐天知命，尽情享受着充满诗意情趣的世俗人生。我们发现作为世居京城的"老字号"富商的姚家，其实与一种悠久深厚的文化历史传统不可分割。身为一家之主的姚思安虽然是整个家族产业的"掌门人"，却基本上是一个"甩手掌柜"。他将生意场上的大小事务交给其所信赖的冯舅爷打理，

① 林语堂：《辉煌的北京》，赵沛林、张钧译，第133—137页。
② 林语堂：《动人的北京》，《林语堂文集·爱与讽刺》，第58页。
③ 林语堂：《辉煌的北京》，赵沛林、张钧译，第11页。
④ 同上书，第17页。

自己则除了"书籍、古玩、儿女之外"，"对一切事情都漠不关心"。①林语堂笔下的姚思安与其说是一个生意人，不如说是一位游手好闲却追求生活享受、富有文化情趣的高级文人；姚思安的女儿姚木兰则深得其父生活态度的"真传"，她不仅随时观察并享受着每一寸美好的时光，还有意识地根据不同的季节调整自己享受生活的方式。夏天的黄昏她会躺在低长的藤椅上闲看小说；深秋季节当她看到远处一片"丹红的柿树林"和近处的一群雪白的鸭子游荡在水上，则会不自觉地感动落泪②。小说第十三章，作者详细叙述了姚家老小在初春时节偕亲朋好友，与姚家"至交"傅增湘先生等人一起到北京西郊"乐郊游"的情景。他们穿过"有四五十尺长"的西直门那厚大的城门，沿着"又宽又平用石头铺的通往颐和园的官家大道"一路前行③。木兰家的别墅就"藏"在这充满诗情画意的京城西郊乡间。当夜幕降临，姚家一行在西山别墅中对酒当歌，一边高谈阔论，畅谈人生和理想，一边远眺"从颐和园上空升起来"的月亮，想来该是何等的情趣盎然且令人神往！

不过这样一个美到极致，简直可以跟"地上天堂"相媲美的老北京形象，与其说是历史上曾经存在过的一种客观真实，不如说是林氏精心创造的一个至善至美的艺术幻境。同样的，令林语堂如醉如痴的老北京人那悠然自得、宽厚知足的生活方式，也与其说是一种"自然状态下的现实存在"，不如说是"一种人们头脑中幻化出的生活"④。对此林语堂颇有自知之明，但他同时又认为人生是少不了幻象的，幻象不仅可以使艰难困苦的人生变得可以忍受，也使现实平添不少难得的情趣、快乐乃至希望。在他看来，一个真正睿智聪明的东方哲学家恰是"睁着一只眼做梦的人"，"是一个用爱和讥评心理来观察人生的人，是一个自私主义和仁爱的宽容心混合起来的人……他把一只眼睁着，一只眼闭着，看透了他四周所发生的事物和他自己的徒劳，而不过仅仅保留着充分的现

---

① 林语堂：《京华烟云》，张振玉译，江苏文艺出版社 2009 年版，第 21 页。
② 同上书，第 263 页。
③ 同上书，第 137 页。
④ 林语堂：《辉煌的北京》，赵沛林、张钧译，第 22 页。

实感去走完人生应走的道路"。① 正是这种"半睡半醒"的人生状态，可以使人专注于享受人生固有的乐趣。我们发现从20世纪三四十年代的经典作家老舍，到80年代以后众多当代"京味作家"笔下的老北京人形象，莫不具有林语堂所说的融"玩世"与"温和的宽恕心"于一体的类似人格特征。相对而言，身居美欧的林语堂还因时空距离而使其笔下的老北京及老北京人的生活方式，平添了不少"本土"京味作家所没有的梦幻色彩。

二 作为"文化中国"原型的北京书写

赵园曾指出，现代中国作家如郁达夫、周作人等人的北京体验和北京观感，简直"统一到令人吃惊"的程度，与他们那"芜杂""破碎"且不无矛盾的上海体验形成了鲜明反差。他们不约而同地放大了北京作为"乡土中国"的美好一面。② 赵园显然未充分考虑二三十年代的沈从文初到北京时的"乡下人"痛感，也未预见到90年代以来刘震云、刘庆邦、邱华栋等当代作家对北京的"不适"经验。但她洞察到北京特有的"乡土感"正是吸引现代中国文人的力量源泉，却很有启发意义。林语堂对北京的观察、体验和书写，同样与传统的"乡土中国"难以切割，但由于他交错杂糅了东西方文化的多重视角，从而更自觉地萌生一种"我族文明"意识，他笔下的北京形象不仅是传统"乡土中国"的集中体现，更是融汇了"乡土"与"城市"、"南方"与"北方"、"农耕文明"与"游牧文明"于一体的整个中华文化母体的"肉身"原型，成为整个华夏文明也即"文化中国"的浓缩。林语堂对此有着清醒的"方法论"自觉："对于北京的一般参观者来说，北京代表了中国的一切——泱泱大国的行政中心，能够追溯到四五千年前的伟大文化的精髓，世界上最源远流长、完整无缺的历史传统的顶峰，是东方辉煌文

---

① 林语堂：《生活的艺术》，张振玉译，台北：德华出版社1980年版，第1—2页。
② 赵园：《北京：城与人》，北京大学出版社2014年版，第34页。

明栩栩如生的象征。"①

将《辉煌的北京》一书与长篇小说《京华烟云》，以及林语堂的代表作《生活的艺术》等稍加对照，会有很多有趣的发现。如果说《生活的艺术》是以老北京普通市民的日常生活方式为原型，向西方世界大力鼓吹中国式"生活的艺术"，那么《京华烟云》和《辉煌的北京》则是此种生活理想的具体呈现和模范"样板"。两部作品都反映了作者"以北京想象中国"的叙述策略。《辉煌的北京》英文原题为 Imperial Peking：Seven Centuries of China，汉语可直译为"北京帝国：七个世纪以来的中国"。作家以北京的地理风貌、风土人情、四季轮回、名胜古迹为中心，结合历史掌故、时代沿革，深入浅出地对宋元以来的中国历史风貌给予了整体性的勾画，同时把传统中国的文化艺术精髓颇为传神地呈现于西方读者面前。笔者注意到出现于该书最多的三个关键词，分别是"北京""中国"与"中国人"。作者在行文中总是把"北京"与"中国"连为一体加以描述，例如："在北京和在中国许多别的城市一样，单看门脸儿，你无法断定一户人家的规模，因为门脸儿是故意修得让人上当的。"② 类似的话语在书中比比皆是，折射出林氏心中唯有北京才能"代表"中国的"文化无意识"。

同样的，正如宋伟杰所说："《京华烟云》以家族史讲述北京城及现代中国的历史变迁，而现代中国的纷纭变幻，却又在某种意义上，被空间化、凝固到巍然屹立的北京城，一个超级的大写'能指'。"③ 这一分析颇有见地，这部长篇小说以居住在老北京的姚、曾、牛等大家族三十多年的兴衰变迁与悲欢离合为情节主线，将整个中国社会的风云变幻和沧桑历史贯穿其中。小说呈现的 20 世纪初期的三十多年，恰是中国社会由传统向现代艰难转型的特殊历史时期，也是近现代中国最为动荡不安、剧烈变动的"乱世"年代。这些变迁动荡又与作为"首善之区"的北京息息相关。那一个个发生在北京并迅速波及全国各地的政治事

---

① 林语堂：《辉煌的北京》，赵沛林、张钧译，第 197 页。
② 同上书，第 162 页。
③ 宋伟杰：《既"远"且"近"的目光——林语堂、德龄公主、谢阁兰的北京叙事》，陈平原、王德威编《北京：都市想像与文化记忆》，第 508 页。

件，先后导致中国社会发生重大变革并重新"洗牌"，北京及生活在这座城市中的人们则始终处在时代旋涡的中心，被疾驶而来的时代列车裹挟着"滚滚向前"。作家将时代变迁与人物之间的悲欢离合、情感纠葛交织在一起，从广阔的历史背景之下描述着人们的"儿女情长"，使其笔下的人物命运多了些历史的沧桑感。

然而林语堂真正关心的却并非时代的沧桑剧变，也不是人物在历史裂变中的命运起伏，他着意表现的乃是急剧变迁中恒久"不变"的人生形态，是一次次"破旧立新""改朝换代"所难以触及、无法更改的沉淀于中国人心中的持久人生理念。在林语堂笔下，普通人民的吃喝玩乐、婚嫁丧娶、生老病死以及不时地回首把玩，才构成了社会人生的真正底蕴。至于那一个个"翻天覆地"的家国动荡却不过是"过眼烟云"。不仅如此，林语堂笔下那个老北京人的生活世界，还是一个老爷和仆人彼此信赖、相依为命，少爷和丫鬟相亲相爱、互相挂念、难以割舍的温情世界，一个穷人与富人、上等人物与下层贫民、北京当地人与外地人之间，甚至东方人和西方人互相帮助与扶持的和谐社会。这样一幅"乱世中国"及"故都北京"中其乐融融的人生安乐图，与巴金等新文学作家对封建大家庭的"血泪控诉"，可谓形成了鲜明对照。

事实的确如此，作为千年古都和"首善之区"的老北京，集中体现了中华民族文化心理上代代相传的稳定性和连续性，满足了海内外华人对文化归属感的心理需求。正如当代文化学者杨东平所说："北京满足了中国人文化心理中稳定、连续、凝聚和向心的强烈要求。"[1] 北京在近现代历史中的沧桑剧变，不仅最能折射出中国社会的急剧变动和日新月异，也最为鲜明地凸显出那些急剧变动中恒常不变的稳定因素。林语堂在谈到北京城的辉煌壮丽和"变与不变"时也一再强调："多少代人通过自己的生活方式和创造成就给这个城市留下宝贵遗产，并把自己的性格融于整个城市。朝代兴替，江山易主，可北京老百姓的生活依然如故。"[2] 他认为老北京的自然环境、艺术氛围与普通人的生活理念近乎

---

① 杨东平：《城市季风：北京和上海的文化精神》，新星出版社 2006 年版，第 41 页。
② 林语堂：《辉煌的北京》，赵沛林、张钧译，第 4 页。

完美地协调一起，共同凝聚成一种稳定持久、醇厚仁慈、宽厚包容的文化艺术精神："天空澄澈，令人心旷神怡。殿阁错落，飞檐宇脊纵横。宽厚作为北京的品格，溶于其建筑风格及北京人的性情之中。"① 那些深受传统习俗影响的老北京人总是那么知足常乐、幽默风趣、彬彬有礼，宽厚而有耐性。

林氏常常以"慈母""老祖母""老妇人"等人格化的意象形容北京。老北京在他眼中宛如一位伟大的母亲："北京就如同一位老妇人，教会人们如何去创造一种舒适、平和的生活"②；"北京像一个伟大的老人，具有一个伟大的古老的性格"。③ 这位老人抑或老母亲对居住在自己怀抱中的广大儿女总是那么"温和而仁厚"，对儿女们的愿望"无不有求必应"，对儿女的任性则"无不宽容包含"④。而"老人""（老）母亲"等词语，不仅容易使人想起"故乡""家国""祖国"一类意象，更形象化地概括了老北京文化精神的包容与宽厚。在这里达官贵人和富豪们可以在高档场所纵情享乐，平民百姓也能够有条不紊地过着自己的简朴生活。即使是依靠出卖苦力勉强度日的人力车夫，也可"花两个铜子，买到盐油酱醋，来做烹调的作料，而且还有几片香喷喷的菜蔬呢"。⑤ 在林语堂眼中，连那些处于城市最底层的人力车夫都那么温厚有礼，既吃苦耐劳又知天顺命，他们衣衫褴褛，常常向眷顾自己的客户"感激涕零"并敞开心扉，诉说着自己"贫穷潦倒的命运"，然而却说得"幽默"而"优妙"，"显出安贫乐道的样子"。⑥ 若将他们与老舍等人笔下的"骆驼祥子"们稍加比较，想必会产生一种"天壤之别"的喟叹吧？

而那些历经沧桑却"变动不居"的老北京文化传统，又何尝不是国民劣根性与文化独特性的复杂交织？赵园认为老舍的作品将现代文人在

---

① 林语堂：《辉煌的北京》，赵沛林、张钧译，第5页。
② 同上书，第4页。
③ 林语堂：《动人的北京》，《林语堂文集·爱与讽刺》，第55页。
④ 林语堂：《京华烟云》，张振玉译，第129页。
⑤ 林语堂：《动人的北京》，《林语堂文集·爱与讽刺》，第60页。
⑥ 同上书，第62页。

面对北京（文化）这个"同一文化现象"时"理性与情感判断的错位"表现得淋漓尽致："你的确无法在浑然一体的北京文化感受中将其优长与缺陷离析开来，比如在倾心于这大城魅力所在的雍容与优雅时，摈弃其优雅雍容赖以维持的闲散慵懒。"① 他们一方面对老北京那独特的文化艺术魅力表达了无比热爱和留恋的情感，深情满怀且诗意满怀地刻画着老北京的风土人情；另一方面又从中西文化比较的启蒙视角出发，冷峻观照且尖锐批判了老北京人的因循守旧、故步自封和麻木不仁。林语堂在全面探讨中国国民性的《吾国吾民》（又译为《中国人》）一书中，列举的传统中国人之"老成温厚""遇事忍耐""消极避世""超脱老猾""和平主义""知足常乐""因循守旧"等性格面向，② 在老北京人这里显然也有着最为典型的生动体现。但林氏更乐意以一种更加客观抑或"达观"的视角，观察并描述这些老北京人身上折射出的"国民性"，及至赴美定居以后，则更加倒向了纯粹艺术化的审美观照。

　　林语堂甚至认为，与西方人相比，中国人在政治上是"荒谬"的，在社会上是"幼稚"的，唯有他们在闲暇时才是"最聪明最理智"的，因为他们创造了那么多的"闲暇和悠闲的乐趣"。③ 他从那些悠闲地坐在老北京中央公园（今中山公园）的露天茶园里，背靠着古城墙和皇城门，一边品茶一边懒洋洋地闲看着周围的世界，或者花两毛钱买一碗面条而怡然自乐的老北京市民身上，强烈感受到一种闲适宁静和悠然自得的生活态度。他认为悠闲既是一种对过去的认识，也是人们面对现实而在头脑中升华出的一种对生活的超然看法，它使生活蒙上了一层梦幻般的理想性质，而"中国文学、艺术的精华可能就是这样产生的"。④ 而我们也有足够的理由相信，林语堂在那部自认为针对西方现代文明"对症下药"的《生活的艺术》一书中，向西方人大力鼓吹的中国人"如何品茗、如何行酒令、如何观山玩水、如何养花蓄鸟、如何吟风弄

① 赵园：《北京：城与人》，第89页。
② 林语堂：《中国人》，郝志东、沈益洪译，学林出版社1994年版，第3页。
③ 同上书，第313页。
④ 林语堂：《辉煌的北京》，赵沛林、张钧译，第22页。

月"等等"艺术法子"①，其主要原型正是老北京普通市民的日常生活图景及生活方式。

以闲暇为理想的"生活艺术化"，其高级形式乃是社会上层的文人雅士们寻求心理平衡并能自得其乐、知足常乐的"雅趣"和"雅乐"；其末流则是处于社会底层和边缘的阿Q一类"无赖"们自欺欺人、得过且过的"精神胜利法"。鲁迅当年曾对此有过尖锐抨击和深刻的揭露；秉承鲁迅传统的老舍等现代作家也通过创作对那样一群躺在自我麻醉、自我欺蒙的假想中不能自拔，不敢面对时代变革的老北京人给予了生动而辛辣的嘲讽。林氏的"反其道而行之"与其特殊的人生经历和体验，以及特殊的中西杂糅的文化心态息息相关。但他绝非故意"别出心裁"，林语堂或许放大和强化了传统中国人生活中美好欢乐的一面，有意淡化或回避了令人痛苦和悲哀的另一面，但谁又能否认这也是近现代中国社会的另一种"本真"面目呢？而当时代的列车驶过剧变动荡的"乱世"，进入另一个重新"发现传统"的"新时代"时，林语堂当年对渐行渐远的"老北京"及其背后的"老中国"身影的特殊观照和留恋，也就由当初的不合时宜转换成令人瞩目的"历史先行者"，并具有了多重复杂的文化心理参照意义。对于当年老北京城的观察和描述，林语堂当然掺杂了不少"有闲阶级"的浪漫诗意，但不可否认的是，他与北京底层市民出身的老舍等人一起，从老北京普通市民的生活方式和"生活的艺术"中，共同探寻到了古老中国文化的独特魅力和生生不息的原始活力。

此外还需要指出，林氏回味无穷且无限留恋的那个"老北京城"，与其说是真正"古老"的北京城，不如说是经过近代历史裂变和转型之后，在西方背景参照下的亦新亦旧、既"中"且"西"、半"中"半"西"的北京城，一个被近现代历史所定格的"老"北京城。近现代中国没有哪座城市像北京这样，集中见证了我们这个古老东方大国的艰难蜕变和转型，也没有其他城市能比北京更为鲜明地折射出中华民族在传统与现代、中心与边缘、西化与本土之间的复杂纠结。正是在经受了耻

---

① 林太乙：《林语堂传》，台北：联经出版社2014年版，第171页。

辱与动荡的洗礼和"现代化"转型之后，古老的北京在20世纪初期一度展现其难得的乡村与城市、田园与都市的有机结合。那时的北京既有着传统贵族式的雍容典雅和东方"帝都"的堂皇大气，更是平民化、世俗化的宜居之城。辛亥革命、"五四"新文化运动等带来的锐意创新、自由民主之时代空气，也在那个"乱世"年代与老北京城悠久深厚的文化历史底蕴，"机缘巧合"地融为了一体。林语堂笔下的老北京，就是以这一时期的北京城为基础加以塑造、虚构而成的。

继林语堂之后，众多海内外华人作家先后以"北京叙事"为切入点，以"北京传奇"讲述了一个个最具典型意义的"中国故事"。这其中既有与林语堂同时期的旅欧作家熊式一的英文小说《天桥》，更有20世纪五六十年代以来涌现的梁羽生武侠小说《龙虎斗京华》，高阳的《慈禧全传》《八大胡同》《小凤仙》等历史系列小说，李敖的《北京法源寺》，李碧华的《霸王别姬》等作品，金庸的《书剑恩仇录》《射雕英雄传》《鹿鼎记》一类作品也有不少篇幅涉及历史上的北京形象。这些华人作家往往将京城秘闻甚至宫闱秘史，与乱世离情穿插在一起，通过对"北京形象"的描摹刻画，共同塑造了一个充满梦幻色彩的"（古老）中国形象"。时至今日，海内外华人作家不约而同地借由北京所凝聚的文化心理体验、记忆和想象，已然成为"文化中国"建构的关键一环。从文学史和文化史的角度客观而言，林语堂的"开创"性贡献是不应被忽略的。

三 作为民族主义象征的北京书写

北京不仅是古老中国的文化历史象征，同时也是现代视野下"中华民族"的认同标志之一。笔者曾有一个颇为"有趣"的发现：即使是在一度卸下国都功能、更名为北平的20世纪三四十年代，北京城依然在现代中国的民族话语体系中，占据了不可替代的中心位置。不要忘记日本军国主义对当时的北京（北平）及华北的觊觎野心，才将中国政府和人民逼迫到了无可退让的"最后关头"。1937年7月7日，北京郊外卢沟桥畔骤然响起的枪炮声，击碎了国民党政府对日本侵略当局的幻想，使他们醒悟到如果再放弃"尺寸土地与主权"，便会成为"中华民族的千古罪人"，①中国社会朝野各派政治力量同仇敌忾、一致对外的坚强决心迅速得以凝聚。此后古老的北京被迫进入特殊状态下的"故都沦陷"时期，无数撤离并流落到大后方乃至海外的文人作家们频频回望故都，与中国历史上屡屡出现的"江山北望"遥相呼应。现代中国文人在十四年抗日战争时期对"故都北平"的怀念和记述，甚至已大大超过了对当时的国都南京惨烈沦陷的缅怀。曹靖华的《故都在烽烟里》、李辉英的《故都沦陷前后杂记》和王统照的《卢沟晓月》等文章，都将"故都"北平当成了民族受难的具体"肉身"；杨刚的《北平啊，我的母亲》更直接将"北平"视为祖国母亲的象征。

在小说领域，最有代表性的作品莫过于林语堂的《京华烟云》和老舍的《四世同堂》这两部长篇巨著。老舍笔下那一群生活在北京小羊圈胡同的或隐忍偷生或卖身投靠或暗暗积聚着抗争意志的老北京人，俨然就是整个中华民族面对异族侵略的苦难化身；而在《京华烟云》中，日军对北京的侵略同样改变了姚、曾等各大家族子女的命运。小说中的众多人物，除了沦为卖国求荣的汉奸并遭到亲友唾弃的怀瑜这类形象之外，其他大部分人物都在国恨家仇中投入到了反抗日本侵略的时代洪流中。即使是依靠贩卖鸦片大发横财的素云，最后也弃暗投明，利用自己的特殊身份为抗日游击队输送了大量宝贵的情报并以身殉国。更有阿瑄、陈三、黛云、环儿等热血青年投奔到"西北"从事抗日游击斗争。作者满怀深情地称赞道："他们的精神奋发旺盛，他们的斗争勇气，坚强不摧，不屈不挠。"②战争既给人以苦难，也迫使他们发生脱胎换骨般的转变，其中女主人公姚木兰的人格转化最有典型意义。她从小过着锦衣玉食的生活，却在离散和战火的锤炼中迅速走向了成熟和新生。木兰从那些在乡野和山峦间跋涉前行的逃难者身上，强烈地感受到广大底层人民不屈不挠的生存勇气和重建家园的美好愿望。他们朝着祖国内地的方向进发，"公路宽广笔直，难民的行列在广阔的平原上伸展到好远

---

① 《蒋介石传》，华文出版社2005年版，第406页。
② 林语堂：《京华烟云》，张振玉译，第538页。

好远，仿佛一条由人类构成的活动的长城，似乎长得无头无尾，随着公路越过山坡，消失在远处的地平线上"。① 每当有满载着中国士兵奔赴抗日前线的军车驶过，难民们便自觉地从大道中间让开，并发出"洪波巨浪起伏相续的欢呼声"。车上的军人们则高唱着铿锵有力的军歌回应民众的欢呼："上战场/为家为国去打仗/山河不重光/誓不回家乡"。② 置身于这声势浩大的逃亡潮中，木兰深深地被这些底层民众的从容淡定和坚定不屈所感染，并在内心深处感觉到一种"非语言可以表达"的"突然的解脱"。③

根据小说描写，三十年前的姚木兰曾有过类似的"解脱"体验，那是在初恋的喜悦中，从懵懂未知的状态开始发现"自我"的人生经验；这一次的"解脱"却是从"小我"到"大我"抑或是将个人"小我"融入民族"大我"的灵魂升华："因为由于这次新的解脱，在这次的逃难的路途中，她开始表现出前未曾有的作为。"④ 她开始尽其所能地帮助那些孤苦无助、挣扎在社会底层的贫苦之人；她开始意识到自己与那些受苦受难的底层人民，以及自己的伟大祖国如此贴近，并由此感到了发自内心的愉悦和光荣，"她的激动为从前所未有。……她感觉到一个民族，其耐心，其力量，其深厚的耐心，其雄伟的力量，就如同万里长城一样，也像万里长城之经历千年万载而不朽"。⑤ 木兰的新生和由此生发的喜悦，在某种程度上正象征了我们这个民族历经屈辱和战争的烽火而走向新生的裂变转型。她和千千万万个历经苦难、动荡和逃亡而获得新生的普通人民一起，共同见证了一个古老民族的浴火重生。

林语堂意识到，正是这一全国范围的全民抗日救亡运动，为现代中华民族的建构和完整统一，提供了前所未有的历史契机。正如他所言，中国在过去与其说是一个"民族"，不如说是一种文明。现代西方的强行"介入"彻底改变了这一传统观念，迫使中国开始艰难地蜕变为一

---

① 林语堂：《京华烟云》，张振玉译，第570页。
② 同上。
③ 同上书，第571页。
④ 同上。
⑤ 同上书，第575页。

个现代民族。① 近现代中国社会发生的一系列重大事变，都在有力地将中国推向现代民族国家的轨道，日本对中国的武装侵略则使全国人民第一次团结一致地行动起来，"像一个现代民族那样同仇敌忾，奋起抵抗"。② 林语堂乐观地预言一个以西方现代民族主义理念武装起来的现代中国，必将经由这一战争而重获新生，并走向独立、完整和富强的宽广之路。证之以后历史的发展轨迹，林语堂在抗战初期的这一判断，不能不说显示出可贵的先见之明。

那些所谓的古老文化传统之"劣根性"，在林语堂看来则为中华民族经受战争的考验起到了某种"保驾护航"的作用。他反复强调的老北京市民的某些性格特征，正是老舍在《四世同堂》等作品里刻意表现的文化"劣根性"。但林语堂却将其化身为老北京人历经长期的时局变动而形成的处变不惊、节制耐性却坚忍顽强的文化心理传统。他认为这些北京市民虽然厌恶暴力和战争，拒绝恐怖和暴乱，然而却在"雍容大度"中显示出对侵略者、征服者们的蔑视和惊人的文化抵抗力；从那些貌似"麻木""冷漠"之类的社会现象背后，林语堂看到了一个古老文化传统生生不息的伟大力量，看到了一个民族虽饱经苦难和屈辱却依然顽强生存的隐忍抗争精神。与老舍等人的愤激尖锐相比，林语堂无疑显得更加乐观和自信："老北京遭受异族的征服很多次了，但被征服者却将入侵者征服，将敌人变通修改，使之顺乎自己的生活方式。"③ 他从老北京人"逆来顺受"的传统积习中，强烈地感受到的是一种女性化的，或者说是道家式持久而深厚的抗争精神和文化同化力。林语堂相信在这场关乎中华民族危亡的抗日战争中，此种深厚博大的文化传统也一定会起到某种关键性的作用。而无论日本侵略当局怎样殖民高压，都不可能将中国人民及其固有的文明传统彻底征服与同化，使之成为所谓"大和民族"的一部分。——从"大历史"的宏阔视野出发，谁能否认林语堂一眼便"望穿"了"日本必败"的宿命？

---

① 林语堂:《中国人》，郝志东、沈益洪译，第 341 页。
② 同上书，第 343 页。
③ 林语堂:《京华烟云》，张振玉译，第 526 页。

值得注意的是以沦陷中的北京作为民族受难的"肉身"原型，和坚决抵抗异族侵略之象征的写作传统，不仅在当代中国大陆作家这里被加以传承，也在中国台港作家笔下得到了广泛持久的共鸣。中国台湾著名诗人余光中在其诗作《老战士》（1972）中，就以一名抗战老兵的回忆，将个人的伤痛与国家民族的耻辱和不屈不挠的反抗融合在了一起。通过"卢沟桥"这一极具国家民族象征意义的意象之凸显，抒发了一种深沉强烈的爱国主义情绪。卢沟桥和当年的"七七事变"，就像时隔三十年仍然时时咬住这位抗战老兵的旧伤口一样，早已变成一种无法忘怀、难以排遣的国耻与国难之象征。而作为老中国文化历史象征的"老北京"，在此也成为象征现代中华民族的重要符码。

《京华烟云》出版两年后，林语堂又创作了堪称其续篇的长篇小说《风声鹤唳》（1941），对中国人民同仇敌忾的抗日斗争进行了更加全面和直接的表现。只是由于该作品的艺术成就与社会影响远不如《京华烟云》，使得《风声鹤唳》在今天似乎已被众多文学史家"忽略"。小说以女主人公梅玲与恋人博雅、老彭之间悲欢离合的情爱故事为主要线索，通过梅玲的人生遭际和所见所闻，展现了中国人民抗日斗争的全貌，以及抗战初期（1937—1938年）的社会百态。作者以相当篇幅描述了京郊农村在抗日游击武装的领导下一派"生机勃勃"的景象，与日寇占领下萧条破败的北京城市形象构成了鲜明对照。女主人公梅玲在游击队的帮助下逃亡到北京西郊，一路所见皆给人以"振奋人心"的感觉，连"天空中一大片闪烁的星星和西山绵延的棱线"，都像是"黑夜中他们所发出的笑声"。① 耐人寻味的是作家还特意塑造了一位"年轻的毛军官"和唱着《游击队之歌》的英姿勃发的"李小姐"，他们向底层民众生动活泼地宣讲着"敌进我退""敌退我进"的游击战术，含蓄地表达了林氏对中国共产党领导的敌后抗日游击战的一定程度的赞扬和期许。但林语堂对国共两党在抗战时团结互助、"精诚团结"的想象显然太过浪漫；对于革命"左"派更是隔膜大于理解。他在小说中描述的那场游击队战士"奇袭日本兵"的战斗，更像是一群

---

① 林语堂：《风声鹤唳》，张振玉译，陕西师范大学出版社2008年版，第102页。

绿林好汉"英雄救美"的传奇故事。"道听途说"和夸大离奇的程度
简直与当今某些"抗日神剧"难分彼此。而林语堂对蒋介石这位"国
家领袖"的信任和崇拜之情，在小说中却常常溢于言表。或许正因为
与蒋介石政权"靠得太近"的政治姿态，使得林语堂难免招致郭沫若
等左翼人士的不满和抨击，他与那些昔日的"左派仁兄"们渐行渐远
并分道扬镳也就势所必然了。

　　在整个抗战期间，林语堂利用自己"中美文化使者"的身份向西方
世界宣传中国人民的抗日斗争，为争取更多的国际人道援助发挥了不可
替代的历史作用，但他毕竟与坚守抗战一线的国内广大军民保持了一定
距离。而当他在保持"审美距离"的视角下刻意发掘民族灾难中的
"美感"时，又直接影响了《京华烟云》《风声鹤唳》一类作品的审美
视野和艺术格局。不过林语堂将"老北京"与"老中国"、"京华烟云"
与"现代中国裂变"融为一体加以想象和叙述的策略，却始终以其难
以自抑的民族意识和爱国情怀不可分割，同样也是不容忽视的事实。如
果再从"华人离散"和"离散文化"这一视角，反观林语堂等海外华
人作家的北京情怀和书写，其深厚复杂的文化心理内涵或许更加得以凸
显。近代以来无数华夏儿女在时局动荡中的流离失所，尤其是经由中国
台港流散到北美、东南亚等全球各地的历史过程，与希伯来民族绵延不
绝的四海飘零和离散不无相似之处。散居在世界各地的犹太人直到今
天，依然以各种方式表达着他们对心灵故乡耶路撒冷的向往。我们华夏
民族没有希伯来人那样深厚悠久的宗教情怀，当然也就没有像耶路撒
冷那样的"圣城"情结。笔者更无意将历史的或现实的北京打造成所谓
全民族心中的"圣城"，这与我们的历史传统和文化心理严重不符。但
无可否认由无数台港暨海外文人作家反复书写并想象的那个"北京"
形象，对于华夏儿女乃至全球华人而言，某种程度上正起到了类似"耶
路撒冷"在犹太人心中的作用。虽然这样的"耶路撒冷"只存在于人
们的心中，存在于人们的想象中，但它一定与某个特定的历史时空，甚
至地域景观不可分割。如同天安门城楼被"嵌入"中华人民共和国的
国徽，如同"我爱北京天安门，天安门上太阳升"一类熟悉的旋律，
曾让我们很多人心驰神往于首都北京。近现代离散到台港暨全球各地的

华人华侨对北京的频频回望和怀想，绝不仅是一种单纯的怀旧，而是身处东/西方文化双重文化经验下求证自我文化身份的具体方式。林语堂在北京书写中折射出的"家与国""城与邦"之间的同构关系，无疑是将（中华）文化民族主义和政治民族主义进行复杂融会，将历史与未来、想象与现实加以融合的可贵尝试。

四　余论："京""海"映衬与
　　林语堂的认同纠结

林语堂一生在北京居住的时间不足六年：1916 年林氏从上海圣约翰大学毕业后到清华大学教书，1919 年获得赴美留学的机会而离开北京；1923 年林语堂回国被聘为北京大学教授；三年后也即 1926 年因"三一八"惨案遭北洋政府通缉而被迫离京南下，此后辗转漂泊于厦门、武汉等地，于 1927 年 9 月定居上海，直到 1936 年举家迁往美国，他再也没有回到过北京。纵观林语堂的人生之路，上海这座当时中国最为开放与西化的摩登都市显然比北京对他更有意义。但十里洋场的上海对林语堂而言，更像是不可多得的人生"跳板"或"阶梯"，古老的北京则像是萦绕于林语堂心头的永久的"心灵港湾"。随着时光的流逝，林语堂对这一"心灵港湾"的怀念和想望更加深重。这也可以解释上海何以在林语堂这里常常象征世俗化乃至肉体"沉沦"的一面，北京却体现着"灵魂"抑或梦幻"理想"的另一面向。

上海与北京在近代中国分别代表了两种截然不同的城市形态，并形成了不同特色且相映成趣的"京""海"文化传统：上海在从一个名不见经传的小渔村发展为现代化大都市的同时，又夹杂着殖民地和半殖民地的"洋化"与西化，乃至市场经济下的物欲横流；北京则在集中体现中国传统权力美学的同时，又作为"田园都市"折射出乡土中国的空间诗学理想。发生在这座城市的宫闱密斗和王朝兴替等沧桑变迁，直观生动地折射出中华民族的光荣与梦想、屈辱与梦魇、动荡骚乱与繁荣安宁。当历史的硝烟逐渐散去，这一切又幻化为一个个关于新老中国的审美传奇。正是在这一意义上，"北京"为无数海内外华人作家提供了

"想象中国"的广阔空间。作为其中一个典型代表的林语堂，对北京与上海这两座城市的截然相反的认知态度，则颇为有趣地折射出处于东西方文化夹缝中的现代中国知识分子在传统与现代、西化与本土、世俗需要与艺术审美之间的困惑，乃至文化心理认同的复杂纠结。

"五四"新文化人对北京民间文化的
认知与想象

季剑青*

摘要："五四"新文化运动中，伴随着民俗学运动的兴起，北京民众的文化和风俗开始进入文化人和学者的视野之中。"五四"一代民俗学家从其对"民间"的想象出发，一方面试图从北京的民间文艺形式中寻找资源，为新文学提供借鉴；另一方面则通过搜集整理各种文献资料，试图建立"民众的历史"。这两方面的努力为后人留下了丰富的成果，其成败得失亦值得深入探讨。

关键词："五四"新文化人；北京民间文化；民俗学；歌谣运动；顾颉刚

中国现代民俗学和民间文学研究肇始于"五四"新文化运动，这已成为学术史上的常识。然而，相关的学术史叙述很少注意到，以"五四"新文化人为主体的中国第一代民俗学家，最早是以北京的民间文化为研究对象的。他们对北京民间文化的调查与整理，不仅具有学术史的意义，还从一个侧面揭示出民国北京兼具都市性与乡土性的双重特性。与此同时，新文化人对北京民间文化的研究中所显示出的复杂心态，也在某种程度上体现了新文化运动和现代民俗学运动在处理城与乡、知识分子与民众之间关系方面的内在矛盾。

---

* 季剑青，北京市社会科学院文化研究所研究员，主要从事民国北京都市文化和中国近现代文学与思想研究。

一　从民歌到"通俗文艺"

　　北京普通民众的风俗人情，进入新文化人的视野中，可以追溯到1918年开始的北京大学征集歌谣的运动。1918年2月1日，《北京大学日刊》上刊登了刘半农拟定的《北京大学征集全国近世歌谣简章》，这是征集歌谣运动的起始，同时也是中国现代民俗学运动的发端。1920年12月，北京大学正式成立了歌谣研究会，由沈兼士和周作人主持。1922年1月，国学门成立后，歌谣研究会并入国学门，同年12月17日，研究会创办了《歌谣》周刊，作为刊载歌谣及相关研究著作的阵地。自创办起至1925年6月29日，《歌谣》周刊共出版了97期，随后并入《北京大学研究所国学门周刊》。①

　　在《歌谣》周刊的《发刊词》②中，歌谣研究会"搜集歌谣的目的"被概括为两个方面："一是学术的，二是文艺的"，前者是指歌谣可以为民俗学的研究提供重要的资料，后者则意在强调歌谣对于新诗建设的意义，特别引用了意大利人威达雷（Guido Amedeo Vitale）在其编辑的《北京歌谣》（Pekinese Rhymes）的序言中的一段话："根据在这些歌谣之上，根据在人民的真感情之上，一种新的'民族的诗'也许能产生出来。"③这段话非常有名，在当时引起了胡适、周作人等人的深刻共鸣。1922年9月，胡适写了一篇专门介绍《北京歌谣》（他译为《北京歌唱》）一书的文章，题为《北京的平民文学》，他也引用了这段话，把书中的歌谣称为"真诗"，认为其"自然流利的民歌风格"很值

---

　　① 参见陈以爱《中国现代学术研究机构的兴起——中国现代学术研究机构的兴起》，江西教育出版社2002年版，第97—101页；王文宝《中国民俗学史》，巴蜀书社1995年版，第196页。

　　② 《发刊词》未署名，学界普遍认为其作者为周作人，但施爱东通过细致地考证发现，周作人为作者的说法并没有直接有力的文献证据，他推测《发刊词》应该是由常惠起草，经过了周作人等教授们的修改，体现了歌谣研究会作为一个团体的集体观点，所以才没有以个人的名义发表。参见施爱东《〈歌谣〉周刊发刊词作者辨》，《民间文化论坛》2005年第2期。

　　③ 《发刊词》，《歌谣》1922年第1号。

得新诗人效法。① 大约同时，周作人在其《歌谣》一文中，也表示威达雷关于歌谣中可产生"新的国民的诗"的意见"极有见解"，在周作人看来，"民歌的最强烈最有价值的特色是它的真挚与诚信，这是艺术品的共通的精魂"②，足供新诗的汲取。

威达雷是意大利驻华的外交官，1893—1899 年曾担任意大利驻华使馆的汉语翻译，他搜集整理北京地区的歌谣共 170 首，汇编为《北京歌谣》一书，1896 年由北京天主教北堂印书馆出版。③ 根据威达雷在前言中的说明，他是在北京郊区采集到这些歌谣的，他对这些"情真意切的民歌"给予了很高的评价，预言新的诗歌将从中产生出来④，对于刚刚开始意识到歌谣价值的新文化人来说，这当然是一个很大的鼓舞。

新文化人把歌谣看作民众纯粹和真诚的心声的表达，体现了对"民间"的一种浪漫的想象。洪长泰（Chang-tai Hung）深入剖析了新文化人的民间文学运动的浪漫主义趋向，他认为新文化人视野中的"民间"基本上等同于乡村，所谓"民众"主要即指农民，知识分子呼吁青年学生"到民间去"，就是要避开邪恶和污秽的城市（特别是作为首都的北京），走向宁静而光明的乡村。⑤ 乡村保留着淳朴和自然的生活方式，同时也是孕育真挚的民间文学的土壤。然而，似乎连洪长泰自己也没意识到，如果新文化人对于城市/乡村之间的对立抱有如此截然不同的看法，那么又如何解释产生于北京这座城市的歌谣所具有的吸引力呢？

歌谣研究会同人征集到的歌谣中，北京的歌谣占到了相当大的分量。顾颉刚回忆说，"五六年前，我们在北京大学歌谣研究会里工作，

① 胡适：《北京的平民文学》，《胡适文集》第 3 册，北京大学出版社 1998 年版，第 637 页。
② 周作人：《歌谣》，周作人《自己的园地》，北新书局 1929 年版，第 43—44 页。
③ 关于《北京歌谣》（又译《北京儿歌》）一书的简单介绍，参见赵晓阳编译《北京研究外文文献题录》，北京图书馆出版社 2007 年版，第 54 页。
④ 参见［美］洪长泰《到民间去：1918—1937 年的中国知识分子与民间文学运动》，董晓萍译，上海文艺出版社 1993 年版，第 33—34 页。
⑤ ［美］洪长泰：《到民间去：1918—1937 年的中国知识分子与民间文学运动》，董晓萍译，上海文艺出版社 1993 年版，第 17—20 页。

征集到的材料以北平为最多，单是常维钧（惠）一个人就有了一千首"①。这并不是因为新文化人对北京的歌谣有特别的兴趣，主要原因还在于就近比较方便。常维钧（名常惠，字维钧）虽然当时还是北京大学的学生，却是歌谣研究会的骨干，《歌谣》周刊的编辑校对均由其担任，他本人又是北京人②，特别热心于歌谣的搜集，"自己跑到亲戚家里升堂入室，见着老太太就谈家常，见着小孩就同他们游戏，引逗他们唱歌儿"③。在此基础上，常惠编成了《北京歌谣》《北京谜语》《北京歌后语》等书④，但因为他想把歌谣中的方言和故事加以考订后再出版，这几本书最终未能印行。⑤

投身于歌谣运动的新文化人大多是城市知识分子，从搜集的便利方面考虑，范围也多局限于城市，顾颉刚是另外一个例子。1919 年 2 月至 9 月，因身体关系休学在家的顾颉刚，搜集了大量苏州地区的歌谣，后来汇编为《吴歌甲集》一书，1926 年由歌谣研究会刊行。⑥ 全书分上下两卷，上卷为儿歌，下卷是成人唱的歌，包括乡村妇女的歌、闺阁妇女的歌、农工流氓的歌和杂歌四类。胡适在给这本书写的序言中，承认上卷是"最纯粹的吴语文学"，然而下卷中闺阁妇女的歌占了绝大多数，乡村妇女和农工流氓唱的真正的民歌太少，"这也难怪。颉刚生长苏州城里，那几位帮他搜集的朋友也都是城里人，他们都不大接近乡村的妇女和农工流氓，所以这一集里就不免有偏重闺阁歌词的缺点"，这些歌词往往显出弹词唱本的恶劣影响，缺少民歌的朴素风味，文学价值

① 顾颉刚：《北平歌谣集序》，雪如女士编《北平歌谣续集》，北平明社 1930 年版，"序"第 1 页。实际上常惠搜集到的北京歌谣的数量当不止此数，李素《北平的歌谣》中称，常惠搜集的北京歌谣有两千余首，梁国健《故都北京社会相》，重庆出版社 1989 年版，第44 页。

② 参见台静农《忆常维钧与北大歌谣研究会》，台静农《龙坡杂文》，生活·读书·新知三联书店 2002 年版，第 226 页。

③ 常惠：《回忆〈歌谣〉周刊》，《民间文学》1962 年第 6 期。

④ 容肇祖：《北大歌谣研究会及风俗调查会的经过》，苑利主编《二十世纪中国民俗学经典·学术史卷》，社会科学文献出版社 2002 年版，第 290 页。

⑤ 顾颉刚：《北平歌谣集序》，雪如女士编《北平歌谣续集》，北平明社 1930 年版，"序"第 1 页。

⑥ 顾颉刚：《自序》，顾颉刚《吴歌甲集》，上海文艺出版社 1990 年版，"序"第 3 页。

是不高的。①

　　胡适注重的是歌谣的文学价值，他已经敏锐地意识到，城市的环境对于歌谣的文学品质是有损害的。除了不容易受到污染的儿歌之外，城市中流行的往往已经不是纯粹的民歌，而是受到下层文人加工过的歌曲形式，如弹词唱本之类。不独苏州如此，北京亦然。实际上常惠早就注意到，威达雷编辑的《北京歌谣》中，有的歌谣明显受到了唱本的影响，已经不是"自然的歌谣"了。② 常惠在搜集北京歌谣的同时，也搜集北京的各种俗曲唱本，后者数量更多，后来被刘半农收入《中国俗曲总目稿》中。③

　　和胡适一样，刘半农搜集和研究歌谣，"始终是偏重在歌谣的文艺方面的"④，欣赏的是歌谣的自然美。他后来转入对俗曲的研究，更多是出于学术研究的兴趣。正如陈泳超所指出的，刘半农对于俗曲在文艺上的价值是很不满意的。⑤ 所谓俗曲，泛指明清以来流行于城镇市民阶层的民间歌曲，北京流行的俗曲包括鼓书、子弟书、岔曲等。1930 年 12 月，刘半农为重新刊行的《霓裳续谱》作序，该书初刻本刊行于乾隆六十年（1795），是一部记录清中叶以前北京地区各类俗曲曲词的总集。编辑者王廷绍在《序》中称："京华为四方辐辏之区，凡玩意适观者，皆于是乎聚，曲部其一也。……其曲词或从诸传奇拆出，或撰自名公巨卿，逮诸骚客，下至衢巷之语，市井之谣，靡不毕具。"⑥ 可见俗曲本是应市民娱乐而生，曲词与传奇等文人创作也有密切的联系。从刘半农的序言来看，他对《霓裳续谱》的性质有着清醒的认识："其中本

---

　　① 胡适：《〈吴歌甲集〉序》，《胡适文集》第 4 册，北京大学出版社 1998 年版，第 576—577 页。

　　② 常惠：《谈北京的歌谣》，《胡适文集》第 3 册，北京大学出版社 1998 年版，第 645—646 页。

　　③ 常惠：《回忆〈歌谣〉周刊》，《民间文学》1962 年第 6 期。

　　④ 刘半农：《国外民歌译自序》，刘半农《半农杂文二集》，上海书店出版社 1983 年版，第 10 页。

　　⑤ 参见陈泳超《"学术的"与"文艺的"——刘半农读民歌俗曲的借鉴和研究》，陈泳超《中国民间文学研究的现代轨辙》，北京大学出版社 2005 年版，第 34—35 页。

　　⑥ 王廷绍：《序》，王廷绍编《霓裳续谱》第 1 册，中华书局 1959 年版，"序"第 1 页。

有文人学士的作品存在。至于卷首所载乾隆五十四年万寿典的歌曲十八页，那是道地的庙堂文艺，与民间文艺更不相干。"①

周作人对《霓裳续谱》的评价也不高，这本书甚至使他对民歌的态度也产生动摇了。周作人得知《霓裳续谱》"所集的大都是北京像姑们所唱的小调"，从思想上来说，并非民众心情的真实表达，而是因袭着士大夫阶级的人生观；从文学上来说，也不过是"小令套数的支流之通俗化"，即文人创作的末流。② 周作人早年对歌谣和民间的浪漫想象至此宣告终结，此后他将鼓书、小曲等俗曲形式划入"通俗文学"之列，价值判断上基本持否定态度。③

尽管俗曲的文学品质不能满足新文化人对于民间文学的热烈期待，但是搜集整理的学术事业仍在进行，这方面贡献最大的是刘半农。1928年成立的中央研究院历史语言研究所设有民间文艺组，刘半农为主任，他计划将北大歌谣研究会征集到的一万多首歌谣进行分类整理，同时着手北平各处所收藏的俗曲的编目工作。④ 这其中包括孔德学校1925年购买的蒙古车王府曲本、北平图书馆藏本、故宫博物院藏本、史语所藏本以及刘半农个人收藏（应该也包括常惠搜集的唱本），总数有六千多种，其中北平的最多，达到四千一百余种，约占总数的三分之二。编目工作从1928年冬开始，至1932年年初完成，成果为《中国俗曲总目稿》一书。参与者除常惠外，1928年进入史语所民间文艺组的李家瑞（1895—1975）出力甚多。⑤ 李家瑞还利用这批资料，完成了《北平俗曲略》一书，1933年1月由史语所出版。这本书列入北平的俗曲62

① 刘半农：《重刊〈霓裳续谱〉序》，陈子善编《刘半农书话》，浙江人民出版社1998年版，第73页。
② 周作人：《重刊霓裳续谱序》，周作人《看云集》，开明书店1933年版，第178—184页。
③ 参见周作人《中国新文学的源流》，华东师范大学出版社1995年版，第5页；周作人《关于通俗文学》，陈子善、张铁荣编《周作人集外文》下册，海南国际新闻出版中心1995年版，第382—383页。
④ 段宝林：《北大〈歌谣〉周刊与中国俗文学》，吴同瑞等编《中国俗文学七十年》，北京大学出版社1994年版，第3页。
⑤ 刘半农：《中国俗曲总目稿序》，刘半农《半农杂文二集》，上海书店出版社1983年版，第294—298页。

类，每一类下简要考述其源流和特点，并附以曲词和工尺谱作为实例。刘半农在为其所作的序言中，称之为"中国人研究民间文艺以来第一部比较有系统的叙述"。① 不过从李家瑞《序目》中的自述来看，他更看重俗曲中所保存的北京风俗史料，而非其文学和音乐方面的价值。②

刘半农还有一项研究计划，即从音韵学的角度，以一百种北平俗曲为材料，寻绎和归纳北平俗曲韵脚的规律，他原来打算让李家瑞完成这项工作。1934 年 7 月刘半农去世后，李家瑞的学术兴趣转移到北京风俗上来，这批俗曲材料便转到语言学家罗常培手中。③ 罗常培想利用这一百种俗曲，整理出一部实用的韵书。抗战爆发后，罗常培带着书稿连同俗曲底本来到后方，在老舍等朋友的催促下，经过一番修订，终于在1942 年由重庆国民图书出版社出版了《北平俗曲百种摘韵》一书。老舍在序言中称赞这本书总结出了民间文艺用韵的活的法则，"可以直接应用到通俗文艺的写作上去"。④

在抗战的大背景下，文学价值一度被看轻的北京俗曲似乎又焕发了新的活力，重新成为文艺创作的源泉。然而，值得注意的是，老舍所说的"通俗文艺"，与早年新文化人心目中"民间文学"性质上有很大的差别，前者看重的不是文学内在的品质，而是战争环境下的社会动员功能。在市民阶层中拥有众多读者和听众的俗曲，自然足以为新的通俗文艺创作提供现成的形式。回过头来看新文化人早期的民俗学运动，不难发现他们对生长于城市环境中的市民通俗文艺，怀着某种未经明言的抵触心理，至少在文学价值的评判上是如此。刘禾注意到，"作为市民通俗文化的代表，鸳鸯蝴蝶派一开始就成为五四新文学的批评靶子。五四的民间文学研究，显然是把鸳鸯蝴蝶派一类的市民通俗文学，排除在

---

① 刘半农：《序》，李家瑞《北平俗曲略》，中央研究院历史语言研究所 1934 年版，"序"第 1 页。

② 李家瑞：《北平俗曲略序目》，李家瑞《北平俗曲略》，中央研究院历史语言研究所1934 年版，"序目"第 6 页。

③ 罗常培：《北京俗曲百种摘韵》，《罗常培文集》第 3 卷，山东教育出版社 2008 年版，第 92—94 页。

④ 老舍：《序一》，罗常培《北京俗曲百种摘韵》，《罗常培文集》第 3 卷，山东教育出版社 2008 年版，第 79 页。

'民间'的概念之外的。这里的民间，主要指民歌，地方戏曲，鼓词，评书，少数民族口头文学等，它与杂志上，报纸副刊上看到的那种通俗的、商业化的市民文学之间存在一条看不见的分野"。[①] 其实，"民间"的概念之下，"民歌"与"地方戏曲，鼓词"等之间，也有"一条看不见的分野"，虽然程度上没有民间文学与鸳鸯蝴蝶派之间的分野那么深。新文化人对北京的俗曲的看法就是一个很好的例子。从另外一个角度来看，由于早期新文化人的民俗学运动主要局限于城市及其周边，他们所接触到的民间文学形式大多不同程度地受到城市环境的熏染，或者就生长于市民生活的土壤中，其文学价值很早就在他们的眼中跌落了。民俗学运动后来更倾向于"学术"层面，也许这是一个内在的动因。

二 建立"民众的历史"

胡适对顾颉刚《吴歌甲集》的批评，是从文学方面着眼，然而顾颉刚本人对歌谣的兴趣，却与胡适大相径庭。顾颉刚搜集和整理歌谣，是为其古史研究服务的："老实说，我对于歌谣的本身并没有多大的兴趣，我的研究歌谣是有所为而为的：我想借此窥见民歌和儿童的真相，知道历史上所谓童谣的性质究竟是怎样的，《诗经》上所载的诗篇是否有一部分确为民间流行的徒歌。"[②] 顾颉刚借助歌谣来考察《诗经》，和他从戏曲、传说中故事的流变，获得一种"故事的眼光"，并借以重新观照上古史，体现出"会通古今、会通雅俗的学术思路"[③]，同为以民俗学材料研究历史的典范。在这个意义上，歌谣与戏曲、传说等其他民间文艺形式，并无轩轾之分。

顾颉刚一方面从学术的角度看待歌谣，另一方面也把歌谣看作认识

---

① 刘禾：《一场难断的"山歌案"：民俗学与现代通俗文艺》，刘禾《语际书写——现代思想史写作批评纲要》，上海三联书店1999年版，第146页。

② 顾颉刚：《古史辨自序》（第一册），顾颉刚《走在历史的路上——顾颉刚自述》，江苏教育出版社2005年版，第82页。

③ 参见陈泳超《"历史演进法"——顾颉刚围绕古史的民间文学研究》，陈泳超《中国民间文学研究的现代轨辙》，北京大学出版社2005年版，第137页。

和了解民众生活的途径。他不能认同歌谣与唱本有高下之分的观点，认为它们都是民众生活的真实记载。他在苏州搜集歌谣的同时，也在同时搜集唱本，并嘱咐其表弟吴立模加以记录和整理，本来打算在《歌谣》周刊上发表，"不幸北大同人只要歌谣，不要唱本，以为歌谣是天籁而唱本乃下等文人所造作，其价值高下不同"①，可见当时以文学眼光看待歌谣实为歌谣研究会中的主流。顾颉刚反对这种态度，以为"歌谣是民众抒写的心声；唱本也是民众抒写的心声"，"歌谣，唱本，及民间戏曲，都不是士大夫阶级的作品。中国向来缺乏民众生活的记载；而这些东西却是民众生活的最亲切的写真，我们应当努力地把它们收集起来才是"。②与胡适、周作人不同，顾颉刚所谓"心声"不是从文学品质（真诚、自然）上着眼，而是意指作为认识对象的民众的情感和生活。胡适《吴歌甲集序》一文中，对书中一些民歌受到弹词唱本的恶劣影响的指责，显然是顾颉刚所不能接受的。

作为一位历史学家，顾颉刚的学术理路和社会关怀并行不悖，且有相通之处。顾颉刚意识到，传统士大夫的历史记载中既没有民众的位置，其本身又常常受到藻饰，不尽可信，甚至以传说为历史，亟待辨别与澄清。因而，搜集和研究民俗学材料，考察民众的生活，既有助于"辨"士大夫的"伪"史，也是建立真正的民众的历史的必由之路。他在《孟姜女故事研究集》第一册的自序中，便指出民间故事向不受学者重视，等到学者注意到的时候，"早已不当它是传说而错认为史实了"，"我们立志打倒这种学者的假史实，表彰民众的真传说；我们深信在这个目的之下一定可以开出一个新局面，把古人解决不了的历史事实和社会制度解决了，把各地民众的生活方法和意欲要求都认清了"③，前者是学术工作，后者是现实任务，这项任务的最终目的，是要建立民众的历史，仍旧归结到历史学上来。1928年，在中山大学《民俗》周

---

① 顾颉刚、吴立模：《苏州唱本叙录》，中国民俗学会编《民俗学集镌》，上海文艺出版社1989年版，第1页。

② 同上书，第1、2页。

③ 顾颉刚：《〈孟姜女故事研究集〉第一册自序》，钱小柏编《顾颉刚民俗学论集》，上海文艺出版社1998年版，第163页。

刊的《发刊辞》中，顾颉刚呼吁："我们要站在民众的立场上来认识民众！……我们要打破以圣贤为中心的历史，建设全民众的历史！"① 大约同时发表的《圣贤文化与民众文化》也强调，"我们要打破以贵族为中心的历史，打破以圣贤文化为固定的生活方式的历史，而要揭发全民众的历史"②，凡此均可见顾颉刚作为一位历史学家的本色。

要建立民众的历史，除了从歌谣、传说等民间文艺形式中挖掘素材之外，实地调查也是非常重要的途径。1923 年 5 月 24 日，北京大学研究所国学门成立了风俗调查会，在先期发出的征求会员的启事中提出，"先自北京一隅试行调查"。③ 这自然是就近方便。1925 年 4 月底至 5 月初，顾颉刚与容庚、容肇祖、庄严、孙伏园五人，对北京西郊的妙峰山进香风俗进行了调查，调查报告陆续刊载于孙伏园主编的《京报副刊》上，后来结集为《妙峰山》一书，作为中山大学民俗学会的丛书之一，于 1928 年 9 月出版。读其中顾颉刚《妙峰山的香会》一篇不难发现，他用了近一半的篇幅了考述了历史上香会的来源，明清两代北京香会（特别是清代的妙峰山香会）的盛况，这其中有研究古史的用意，即借助妙峰山香会的调查来"得到一些古代的社祀的暗示"④，同时也可见顾颉刚试图从历史角度把握民众生活的努力。

整体上看，顾颉刚心目中的"民众"，主要是对应于士大夫阶层（所谓"圣贤""贵族"）而存在，并无城乡畛域之分，然而，无论是搜集整理歌谣和传说，还是实地调查，顾颉刚都受到了城市环境的制约。顾颉刚在调查妙峰山香会时发现，各香会中有会启的只有北京城内外和天津的会众，其他各县和大兴宛平两县稍偏僻的地方完全没有会启⑤，显然，这些没有会启的会众主要是文化程度不高的农民。这让顾颉刚非

---

① 顾颉刚：《〈民俗〉发刊辞》，《民俗周刊》第 1 期，1928 年 3 月 21 日。
② 顾颉刚：《圣贤文化与民众文化》，《民俗周刊》1928 年第 5 期。
③ 容肇祖：《北大歌谣研究会及风俗调查会的经过》，苑利主编《二十世纪中国民俗学经典·学术史卷》，社会科学文献出版社 2002 年版，第 281 页。
④ 顾颉刚：《古史辨自序》（第一册），顾颉刚《走在历史的路上——顾颉刚自述》，江苏教育出版社 2005 年版，第 80 页。
⑤ 顾颉刚：《妙峰山的香会》，顾颉刚编《妙峰山》，上海文艺出版社 1988 年版，第 19 页。

常失望，因为他的调查很大程度上依赖于会启中所包含的香会名目等方面的信息，还有便是妙峰山庙宇中的碑碣，以及历史上的文献。总而言之，调查所依据的材料仍以文字材料为主，距离真正严格的田野考察还很远。①

从另外一个角度来看，正是因为北京是一座文化底蕴丰厚的都城，顾颉刚才得以搜集到妙峰山香火的大量材料，为其研究奠定了坚实的基础。联想起顾颉刚在《古史辨自序》中，回忆他到了"戏剧渊海的北京"之后，才有机会大量接触戏剧，从中了解民众的思想，领悟到"故事的眼光"对于研究古史的意义②，可以说北京对于顾颉刚的民俗学研究贡献甚巨。顾颉刚并不是一个孤立的例子，李家瑞能够较为系统地整理和研究北平的俗曲，依赖于百本张钞本、车王府曲本及故宫所藏升平署钞本等前代所遗留的大量文献，恐怕只有北京才有这样丰富的收藏，而"在外省俗曲里是很难得的"。在这样的条件下，才有可能撰成《北平俗曲略》一书。③

虽然顾颉刚意欲揭发"全民众的历史"，但是他所能接触到的民俗学材料，多数仍汇聚于文化中心的城市，其中呈现的民众思想、感情和生活，多大程度上属于"全民众"，抑或只属于市民阶层，是很可疑的。美国历史学家施耐德指出，"如果民众是他关怀的根本所在，而他们和他（笔者按：指顾颉刚）的关系却很疏远。顾颉刚所倾力关注的并非老百姓，而是老百姓的文化——那是与关怀老百姓极不相同的另一回事"。④ 这是一个大胆而极有见地的论断。但这也许并非顾颉刚的本意，而是环境制约所致。

即便北京拥有丰富的民俗学材料，要书写北京民众的历史也绝非一

---

① 关于顾颉刚田野考察的局限性，参见施爱东《中国现代民俗学检讨》，社会科学文献出版社 2010 年版，第 61—64 页。

② 顾颉刚：《古史辨自序》（第一册），顾颉刚《走在历史的路上——顾颉刚自述》，江苏教育出版社 2005 年版，第 20—21、72 页。

③ 李家瑞：《北平俗曲略序目》，李家瑞《北平俗曲略》，中央研究院历史语言研究所 1934 年版，"序目"第 1 页。

④ ［美］施耐德：《顾颉刚与中国新史学》，梅寅生译，台北：华世出版社 1984 年版，第 161—162 页。

件容易的事，而是面临着诸多的挑战。1930 年，顾颉刚在给雪如女士所编的《北平歌谣续集》所写的序言中写道：

> 北平是旧日的国都，这地方的人民和政治的关系比较密切，感触稍多，所以常用时事编入歌谣，不似他处的不知有国。这集中，如曹吴段张的打仗，如执政府的接活佛，都已编入歌里。又如北海的溜冰，电车的开驶，都是近几年的事，而歌中亦已屡见，可见北平的人民常在创造歌谣，不似他处的尽唱着几支老歌。倘若历来都有像雪如女士的人随时衰录，我们当然可以看见所谓童谣的真相，不受史家藻饰的欺骗。然而即此数首，已可反映出以前失掉的歌谣之多，我们应当追悼这一个不能补偿的损失了！①

这段不太为研究者所注意的话包含着丰富的信息，值得细加讨论。顾颉刚从北京作为首都和政治中心的地位说起，指出北京的歌谣中常有时事的内容，需要注意的是，此处的"时事"并不限于政治，也包括与市民生活有关的城市发展和建设，例如"北海的溜冰"和"电车的开驶"。北海公园正式开放于 1925 年 8 月②，北京的第一条有轨电车线路则于 1924 年 12 月正式开通运营③，北京现代化进程中的重要事件，也被记录在歌谣中。顾颉刚因而感慨，"北平的人民常在创造歌谣，不似他处的尽唱着几支老歌"，此处的"他处"未必即指乡村，但北京新的歌谣层出不穷，却与都市生活的流动性紧密相关，这是显而易见的。这种流动性伴随着现代化的进程而更加显著，与北京形成对比的则是相对静止和停滞的"他处"，反映于歌谣便是缺少变化的"几支老歌"。"变"与"不变"的对比隐含着北京与"他处"的对比，这对我们理解北京的风俗及其在文本中的再现是很有启示意义的。

---

① 顾颉刚：《北平歌谣集序》，雪如女士编《北平歌谣续集》，北平明社 1930 年版，"序"第 6 页。
② 参见王炜、闫虹编著《老北京公园开放记》，学苑出版社 2008 年版，第 126 页。
③ 参见王亚男《1900—1949 年北京的城市规划与建设研究》，东南大学出版社 2008 年版，第 93 页。

北京既随时产生记录城市生活的歌谣，如能及时加以辑录，就能看出北京人民生活的真实情景，"不受史家藻饰的欺骗"，这正是顾颉刚理想中的"民众的历史"。然而，都市生活的流动性同时也对歌谣的搜集者和研究者提出了挑战，歌谣在随时产生，也在随时消灭，因为历来文人学者并不重视，已经遗失的歌谣之数量，自然远远多于雪如女士当时搜集和发表的歌谣的数量（《北平歌谣集》和《北平歌谣续集》两本书加起来，收入的歌谣不过四百首）。在顾颉刚看来，这是无法挽回的损失。

顾颉刚的感叹体现了一位现代民俗学家的责任感。尽管北京已有的民俗学材料之丰富足以傲视全国，但由于素来不受文人士大夫的重视，还是有大量的历史文献未能保存下来。现有的材料如果不及时加以汇录和整理，也有遗失的危险。1937年，李家瑞编纂的《北平风俗类征》出版，是一部分类摘录和汇编有关北京风俗的文献资料的著作，他在序言中说："记载民俗细故的书，在以前是不大有人注意的，所以康熙年间人还可以看见的《岁华记》、《游览志》一类的书，在现在也不容易得到了，但这种书以后是很重要的，为保存它们起见，编一种记载风俗的文字的总集，也是应当做的"①，即是有见于此。

接受了现代民俗学观点的新文化人，自然了解各种民俗学材料的价值，然而颇为吊诡的是，现代性本身又对这些民俗学材料构成了威胁。伴随着现代教育制度的建立和启蒙事业的推进，记录和承载着民众生活的歌谣、传说及宗教活动，都有消失的危险。正如洪长泰所指出的，"中国知识分子对民间文学兴趣的增长，是以一种紧迫的心理压力为标志的。像在西方发生过的情形一样，中国民间文学家也普遍感到民间文学正在消失"②，这种紧迫感在城市更为强烈，顾颉刚在搜集苏州的歌谣时，就对现代教育的冲击表示忧虑："自从设立学校以来，都市中的小孩子大都唱着学校中的歌词了。教育日渐普及，乡间也都要这样。所

---

① 李家瑞：《序》，李家瑞编《北平风俗类征》，北京出版社2010年版，"序"第2页。

② ［美］洪长泰：《到民间去：1918—1937年的中国知识分子与民间文学运动》，董晓萍译，上海文艺出版社1993年版，第87页。

以在现在二三十年中不去搜集，这些可爱的东西便有失传的危险。关于这一方面，我们真是十分担忧"①，而随着"民智的开通"，妙峰山进香的习俗也有消灭之虞。② 在这样的压力下，搜集和保存现有的民俗学材料就变成一项刻不容缓的任务。否则，揭发和建立"民众的历史"便无从谈起。

都市生活的流动不居，现代性的冲击力，凸显的是北京"变"的一面。作为文化中心，北京拥有丰富的民俗学材料，为整理和研究提供了一定的基础，然而作为一座处于现代化进程中的城市，北京不断变动的一面，又使得这些材料时刻在更新和代谢之中，甚至有逐渐消失的危险。就以曾让顾颉刚获益良多的北京繁盛的戏曲文化而言，清代中叶盛极一时的昆曲和乱弹，"不数十年，流风余韵浸就渐灭，今日所见已迥然殊途"，如果不及时搜集著录相关史料，"不将如雅乐、燕声、法曲、庙舞与时俱尽，徒令后人追慕承明，兴杞宋无徵之慨耶?"③ 顾颉刚正是在这个意义上，表彰张次溪编纂《清代燕都梨园史料集》一书的功绩。戏曲且如此，其他如歌谣、传说等更不必论。现代性所带来的快速和巨大的变迁，本身就对历史书写提出了巨大的挑战，这是"民众的历史"难以建立起来的重要原因。

结　语

在北京作为帝京的漫长历史中，历代士人对北京的关注，多局限于皇室贵族或文人士绅的世界，较少将目光投向普通市民的生活。清末以降，伴随着新史学观点的广泛接受，特别是民俗学运动的兴起，北京民众的文化和风俗开始进入文化人和学者的视野之中。"五四"一代民俗

---

① 顾颉刚：《苏州的歌谣》，钱小柏编《顾颉刚民俗学论集》，上海文艺出版社 1998 年版，第 365 页。

② 顾颉刚：《〈妙峰山琐记〉序》，奉宽《妙峰山琐记》，国立中山大学民俗学会 1929 年版，"序"第 8 页。

③ 顾颉刚：《清代燕都梨园史料集序》，钱小柏编《顾颉刚民俗学论集》，上海文艺出版社 1998 年版，第 398 页。

学家从其对"民间"的想象出发，一方面试图从北京的民间文艺形式中寻找资源，为新文学提供借鉴；另一方面则通过搜集整理各种文献资料，试图建立"民众的历史"。这两方面的努力均体现出新文化人从"眼光向下"的姿态出发，对民间文化之价值的肯定与体认。

然而意味深长的是，新文化人这两方面的努力最后都以失败告终。这表明新文化人并未真正摆脱其精英立场。他们对"民间"的浪漫想象，因为对民间文艺中所表现的落后的人生观而被打破；而他们建立"民众的历史"的尝试，也因为只依赖文献资料而缺少真正深入民间的田野调查而难以为继。尽管如此，他们开创性的工作仍留下了不少的成果，其意义和功绩值得后人铭记。

从北京作为一个城市的地方性角度来看，新文化人对民间文化的某种不无矛盾的态度，恰恰揭示出北京既有乡土性又有都市性的双重特征。新文化人对前者感觉亲切，对后者则不无抵拒，这也体现了新文化人自身对城乡关系和都市现代性的复杂认识。

"一个人本身就是一座城市"
——论威廉斯抒情史诗《帕特森》中城与人的隐喻*

黄宗英**

摘要： 本文围绕"一个人本身就是一座城市"这一主题，解读威廉斯《帕特森》中代表性的奇思妙喻，挖掘帕特森其人与其城之间的隐喻性关联，揭示现当代美国抒情史诗创作中戏剧性地让人与城相互捆绑和相互认同的一个艺术特征。

关键词： 威廉·卡勒斯·威廉斯；《帕特森》；奇思妙喻；抒情史诗

威廉·卡勒斯·威廉斯（William Carlos Williams，1883—1963）可谓生活在美国诗歌史上一个辉煌的时代。20世纪初期，当T. S. 艾略特、埃兹拉·庞德、华莱士·斯蒂文斯、玛丽安·穆尔、E. E. 卡明斯等诗人纷纷背离英国诗歌传统，开始努力打造20世纪美国诗歌特点的时候，威廉斯似乎独自一人也在悄悄地往美国诗歌这个强壮的肌体内注射一种全新的元素，并且顽强地使现代美国诗歌朝着一个全新的方向奋力前进。虽然威廉斯、艾略特和庞德是同时代的美国诗人，但是庞德和艾略特选择借助欧洲传统走国际化诗歌创作道路，而威廉斯则选择"接

---

* 本文系国家社科基金项目"比较视野下的赵萝蕤汉译《荒原》研究"（项目编号15BWW013）和北京市教委社科计划重点项目《爱默生与美国诗歌传统研究》（项目编号22213991508101/003）的阶段性成果。

** 黄宗英，北京大学文学博士，现为北京联合大学应用文理学院教授，主要研究方向为19世纪、20世纪美国诗歌。

续惠特曼的传统，写美国本土的题材"①。他"一生留守美国本土，坚定不移地挖掘美国诗歌的本土艺术魅力，因为他坚信'唯有地方性的东西才能成为普遍性的东西'"②。因此，当现代派诗歌的艺术取向和学术地位逐渐巩固下来，其先锋性已不再继续挑战新一代富有创新意识的青年诗人之后，威廉斯诗歌中这种独特的元素开始被逐渐地发现和挖掘出来，而威廉斯诗歌中所塑造的许多人物形象，在美国现代主义诗歌的发展过程中，似乎也逐渐成为继艾略特笔下那位"用咖啡勺量尽人生"③的普鲁弗洛克和那位"具有两性人属性"④的贴瑞西士（Tiresias）之后最为耀眼的一颗明星。威廉斯长诗《帕特森》⑤中的帕特森就是现当代美国长篇诗歌中一个典型的人物形象。威廉斯通过一系列奇思妙喻式的隐喻手法，戏剧性地让长诗中的城与人相互捆绑、相互认同，诠释了"一个人本身就是一座城市"⑥这一现当代美国长篇诗歌创作中抒情性与史诗性兼容并蓄的特点。

一

威廉斯曾说："我把我的主人公叫做帕特森先生（Mr. Paterson）。当我在整首长诗［《帕特森》］中说起帕特森的时候，我既指［帕特森］其人，也指［帕特森］其城"⑦。因此，在威廉斯的《帕特森》中，不论其城"帕特森市"（City of Paterson）还是其人"帕特森先生"（Mr. Paterson），帕特森都可以被看成是一个隐喻性很强的"奇思妙喻"

① 傅浩：《窃火传薪：英语诗歌与翻译教学实录》，上海外语教育出版社 2011 年版，第345 页。

② 黄宗英：《"我想写一首诗"：威廉·卡洛斯·威廉斯的抒情史诗〈帕特森〉》，《北京联合大学学报》（人文社会科学版）2016 年第 3 期。

③ Eliot, T. S. , *The Complete Poems and Plays 1909 – 1950*, New York：Harcourt, Brace & World, 1971, p. 5.

④ 黄宗英：《"灵芝"与"奇葩"：赵萝蕤〈荒原〉译本艺术管窥》，《北京联合大学学报》（人文社会科学版）2014 年第 3 期。

⑤ Williams, William Carlos, *Paterson*, New York：New Directions, Vol. 5, 1946 – 1958.

⑥ Ibid. , p. i.

⑦ Heal, Edith Ed. , *I Wanted to Write a Poem*, Beacon Hill：Beacon Press, 1958, p. 74.

（conceit），读者能够凭借直觉去理解和领会其中的关联，却很难具体描写其城其人的成长和发展。尽管诗人在诗中认为帕特森"其城/其人"是一种相互渗透的、双向的"身份"，而且"它不可能/以别的方式［出现］"①，但是这并不意味着威廉斯要在长诗《帕特森》中让帕特森"其城"与"其人"的方方面面戏剧性地完全吻合起来。笔者认为，威廉斯实际上还是想让帕特森其人扮演惠特曼《草叶集》中那个"沃尔特·惠特曼"，既代表诗人自己，同时又是"一个美国人，一个粗人"和"一个宇宙"②。他希望能够把帕特森塑造成为一个能够扮演多种角色的人物，让他在帕特森市的景观中自由随意地飘游，并且"以各种方式开始、求索、成就、结束他的一生"③。然而，随着诗境的展开，诗中原本奇思妙喻式的隐喻逐渐变成了明喻，帕特森其城被刻画成一个"巨人"，而帕特森其人被描写为"像一座城市"。诗人把帕特森其城与帕特森其人相互捆绑，让长诗的主人公与帕特森城的方方面面及其居民相互认同；结果，一方面，诗人让帕特森其城的各种特殊元素形成一个整体，塑造了一座城市的形象，而另一方面，诗人通过让帕特森其人不仅改变姓名和角色，而且还改变性别，就像艾略特《荒原》中的两性人贴瑞西士那样，成为"联络全诗"的"极重要的一个角色"④。因此，借助帕特森其人的眼睛，读者同样可以窥见帕特森其城的过去、现在和未来。由于帕特森其城其人均是诗人笔下具有代表性的具体的自然事物，而"具体的自然事物是具体的精神事物的象征"⑤。可见，威廉斯是要通过挖掘帕特森其城的地方元素，综合帕特森其人的基本特征，来揭示美国乃至整个世界的现代社会意义，因为在他看来，"只有地方的

---

① Williams, William Carlos, *Paterson*, New York：New Directions, 1958, p. 3.

② Whitman, Walt, *Leaves of Grass and Other Writings*, Ed. Michael Moon, New York：A Norton Critical Edition, 2002, p. 45.

③ Williams, William Carlos, *Paterson*, New York：New Directions, 1958, p. i.

④ 黄宗英：《"灵芝"与"奇葩"：赵萝蕤〈荒原〉译本艺术管窥》，《北京联合大学学报》（人文社会科学版）2014年第3期。

⑤ Emerson, Ralph Waldo, *The Collected Works of Ralph Waldo Emerson*, Vol. I. Ed. Alfred R. Ferguson. Cambridge：Harvard UP, 1971, p. 17.

才是普遍的"①。威廉斯的《帕特森》也因此有了抒情性与史诗性兼容并蓄的艺术特征。

《帕特森》第一卷《巨人的描绘》的开篇给读者留下的是一位永恒昏睡的巨人形象：

> 帕特森躺在帕塞伊克瀑布下的山谷里，
> 瀑布飞溅的水花勾勒出他背脊的轮廓。
> 他向右侧身躺着，头紧挨着那雷鸣般
> 且充满着梦想的瀑布！永远地睡着了，
> 他的梦想走遍了全城，可他自己坚持
> 隐姓埋名。蝴蝶停在他的石头耳朵上。
> 他一动不动，流芳百世，不被人唤醒，
> 也不为人知；他活着，他的足智多谋
> 来自那一江滔滔不绝的河水，并且赋
> 予自然万物以新的生命。绝大多数人，
> 不懂生命的起源，不知道沮丧的原因，
> 有如行尸走肉，毫无目的地四处漂泊，
> 被封锁和遗忘在欲望中——未被唤醒。②

表面上看，通过拟人手法，威廉斯在此把帕特森描写成一位"躺在帕塞伊克瀑布下的山谷里/……/永远地睡着了"的巨人，"他一动不动……不被人唤醒……也不为人知"，"蝴蝶停在他的石头耳朵上"，而且生活在帕特森这一现代城市里的"绝大多数人"似乎既"不懂生命的起源"，又"不知道沮丧的原因"，他们"有如行尸走肉，毫无目的地四处漂泊，/被封锁和遗忘在欲望中——未被唤醒"。这一情境酷似艾略特《荒原》第一章《死者葬礼》的开篇："四月天最是残忍，它在/荒地上生丁香，掺合着/回忆和欲望，让春雨/挑拨呆钝的树根。/冬天

---

① Williams, William Carlos, *Paterson*, New York：New Directions, 1958, p. iii.
② Ibid. , p. 6.

保我们温暖,大地/给健忘的雪盖着,又叫/干了的老根得一点生命"①。艾略特笔下的《荒原》描写"第一次世界大战后,整个西方世界呈现出一派大地苦旱、人心枯竭的现代'荒原'景象",因此乔叟笔下《坎特伯雷故事集》开篇中那个原本应该是大地复苏、鸟语花香的春天时节,在艾略特的现代荒原上变成了"四月天最是残忍";虽然"丁香"还是顽强地从"荒地上生[出]",但是"春雨[只能]/挑拨呆钝的树根";虽然大地能够"叫干了的老根得一点生命",但是它被"健忘的雪[覆]盖着"。那是一段掺杂着个人思想感情和社会悲剧的历史,人们精神生活的特点常常表现为"空虚、失望、迷惘、浮华、烦乱和焦躁"②,因此不愿意生活在现实中,似乎不喜欢从那虽生犹死的梦幻中"被惊醒"。可见,威廉斯笔下"行尸走肉"的帕特森人与艾略特笔下那些虽生犹死的现代荒原人不是"被封锁和遗忘在欲望中"就是"给健忘的雪盖着";表面上看,他们似乎生活在相同的生命光景之中。然而,在威廉斯的《帕特森》中,帕塞伊克河那"雷鸣般[的瀑布]"及其"飞溅的水花"不仅让帕特森这位巨人"充满梦想",而且让"他的梦想走遍了全城";他虽然"坚持/隐姓埋名",但仍然能够"流芳百世",因为那"一江滔滔不绝的河水"不仅给了他生命,"让他活着",而且赋予了他取之不尽的"足智多谋"。正是因为帕特森拥有这取之不尽的"足智多谋",他又"赋/予了自然万物以新的生命",让那些既"不懂生命的起源",又"不知道沮丧原因"的现代人,不再"被封锁和被遗忘在欲望之中",不再是"行尸走肉,毫无目的地四处漂泊",不再继续"未被唤醒"。

显然,威廉斯在《帕特森》的开篇将帕特森这位巨人的沉睡与现代人的迷惘联系了起来,并通过强调帕特森地区物产丰富、天人和谐的自然景象以及城市、河流、山谷三个主要地理拟人的写法,为诗人试图通过唤醒巨人的沉睡来呼唤现代人的梦想而打下伏笔。虽然巨人帕特森永

---

① 黄宗英编:《赵萝蕤汉译〈荒原〉手稿》,高等教育出版社 2013 年版,第 26 页。
② 黄宗英:《"灵芝"与"奇葩":赵萝蕤〈荒原〉译本艺术管窥》,《北京联合大学学报》(人文社会科学版)2014 年第 3 期。

恒不变，但是他的梦想似乎化成地方生活的意义而进入人们欲望的王国，而帕塞伊克河及其瀑布滋润着帕特森的河谷大地，使诗中人的梦想有了生命的源泉，也使诗中人的思想更加"足智多谋"，而这些"足智多谋"的思想又反过来赋予了巨人帕特森身边无数具体事物以无限的生机。这种循环机制或许就是威廉斯想证明的具体与普遍、自然事物与精神事物之间的相互关系，是帕特森这个地方的奥妙。它简单深邃，就连居住在帕特森地区的人也未必能够发现，因此帕特森人实际上已经融入了诗中所说的"自然万物"（automatons），因为他们的生命来自这位巨人，也因为他们尚未"被唤醒"，并不知道是谁赋予了他们生命的意义，也不知道他们的绝望和沮丧从何而来。由此可见，与艾略特描写"大地苦旱、人心枯竭"的《荒原》开篇相比，威廉斯《帕特森》的这个开篇真可谓别开生面了。

二

在把这位"永恒昏睡的巨人"帕特森描写成现代帕特森人生命的源泉之后，威廉斯具体地描述了帕塞伊克河的源头：

> 从那一座座高远的尖塔之上，甚至
> 比一座座办公大楼更高的地方，从
> 泥泞的地里奔向一片片干枯的草地、
> 黑色的漆树、枯萎凋败的花柄草梗、
> 塞满了枯枝烂叶的泥浆和灌木丛中——
> 这条河从上游奔流而下，进入城市
> 并且从峡谷的边缘哗啦啦飞泻万丈，
> 水花飞溅，雾虹蒙蒙，五彩缤纷——①

帕塞伊克瀑布原本是可以与尼亚加拉瀑布相媲美的自然奇观，但如

---

① Williams, William Carlos, *Paterson*, New York: New Directions, 1958, pp. 6 – 7.

今，"除了丰富的水力资源以外，它已经被遗弃在一个荒废杂乱的周边环境之中，比一个世纪以前更加难以进入，成为人们没完没了地唾骂这座城市及其州政府的一个原因"①。威廉斯曾经在《自传》中对帕塞伊克瀑布做过这样的解释："当帕塞伊克河突然间河身降落，河水飞下万丈峡谷，砸在谷底石头上的时候，整个飞瀑发出了一声巨大怒吼。在人们的想象中，这巨大的怒吼声就是一种言语或者一个嗓音，一种特殊的言语；这首诗歌本身才是它的答案"②。显然，这种特殊的言语或者嗓音在呼唤着诗人正在寻求的一种答案："（阐明什么样的普通语言？/……把它梳理成一条条直线/从一块巨石舌尖上伐流而下的/那根橡木）"③。看来，诗人的本事和挑战都在于要像用一把梳子一样，把眼前从"一块巨石舌尖上"飞落千丈的飞瀑梳理成一道道笔直的诗行。这意味着诗人有能力也有责任将眼前这幅杂乱无章的景象还原成一个有序而又充满生机的自然奇观。

那么，威廉斯迎接这一挑战的手法真可谓别出心裁了："一个男人像一座城市而一个女人像一朵花/——他们在相爱。两个女人。三个女人。/无数个女人，每一个都像一朵花/但是/只有一个男人——像一座城市"④。就地理位置而言，帕特森其城坐落在一个充满千变万化的大自然之中，好比一个足智多谋和想象力丰富的男人必须理解、关心、面对象征着大千世界具体事物的一个或者多个女人。无论它是何等包罗万象，但是帕特森其城始终是一个有机的整体。诗人的责任就是通过发现一种合适的语言将自己所经历过的单一、零散、无序的人生经历梳理成一个有序、完整、统一的整体。于是，威廉斯采用了一个爱情故事，一个一夫多妻制的隐喻，让帕特森先生以一个丈夫或者一位主婚人的身份，去让出现在这首诗歌中的所有女人"成婚"；而诗歌中出现的"两个女人""三个女人"和"无数个女人"似乎恰好映衬了威廉斯多元多

① Sankey, Benjamin, *A Companion to William Carlos Williams's Paterson*, Berkeley: University of California Press, 1971, p. 33.

② William Carlos Williams, *Autobiography*, New York: New Directions, 1951, p. 392.

③ Williams, William Carlos, *Paterson*, New York: New Directions, 1958, p. 7.

④ Ibid. .

变的诗歌主题呈现。威廉斯之所以采用这种多元多变的诗歌主题，是为了把眼前这个杂乱无章的现代社会重新改造成一个美丽有序的原生态景观，让地方的和实时的元素与古老的和原生态的元素完美地"成婚"。

　　在描述完帕塞伊克河的源头之后，诗人又通过奇思妙喻的手法，将帕特森其人的思想比作那一江滔滔不绝的河水，让作为主人公的帕特森其人从帕塞伊克河的背景中脱离出来："河水后浪推着前浪，奔向/河岸，他的思绪/错综交织，相互排斥，暗中抵触，/河水冲向磐石，分道而行/但始终勇往直前——时而卷起/一个旋涡，时而刮起一阵旋风，留下一片/树叶，或是一堆凝乳状的泡沫，似乎/不再被人们记忆……"①。帕特森其人的灵魂在此似乎被诗人写活了。根据扎布里斯基的评论，在帕特森其城其人的整个构思中，诗人威廉斯不仅让帕塞伊克瀑布汹涌的河水驱动着帕特森城里许许多多工厂的发电机，而且曾一度驱动着那里所有的下射式水车，因此那一江滔滔的河水同样可以不停地驱动这位昏睡着的巨人——帕特森先生②：

> 接着，重新向前奔流，前浪
> 不停地被滔滔的后浪所冲刷
> 不停地向前——此刻，虽然
> 水流急促，但河面平稳如镜，
> 宁静之中，河水涌至了瀑布，
> 跃身而起，冲向结局，并且
> 飞落，飞落在空气中！仿佛
> 不停地飘落，减轻自身重量，
> 相互脱离，条条彩带；茫然，
> 不知所措，飘向灾难的终结，
> 无依无靠，不停地四处飘落，

---

① Williams, William Carlos, *Paterson*, New York: New Directions, 1958, p. 7.

② Zabriskie, George, "The Geography of Paterson", *Perspective*, Ⅵ. Autumn, 1953, p. 208.

> 最终落在巨石上：一声雷鸣
> 仿佛被雷电击打①

　　不难看出，帕塞伊克瀑布及其河水虽然千姿百态，令人眼花缭乱，但是汹涌澎湃，勇往直前；它不仅构成了帕特森其城一幅绚丽多彩的风景画卷，而且衬托出了帕特森其人一个坚定不移的思想意识。虽然帕塞伊克瀑布的河水顿时间可能显得"相互脱离""无依无靠"，化作"不停地四处飘落"的水花，"茫然，/不知所措，飘向灾难的终结"，但是帕塞伊克河始终"勇往直前"，永不停止，那"四处飘落"的水花最终落在一块坚如磐石的巨石上，并且砸响了一声象征着融合和汇聚的"雷鸣"。显然，威廉斯是要将帕特森其城、帕塞伊克河及其瀑布等自然地理景观与这位昏睡不醒而又隐姓埋名的"巨人"捆绑起来。

　　紧接着，威廉斯插入了一段惠特曼罗列式的自由诗行，描写巨人帕特森所面对的一行行"低低的山脉"：

> 公园是她的头部，山被切成几段，瀑布之上，宁静的
> 河边；色彩斑斓的水晶，那些磐石的奥秘；
> 农场和池塘，月桂树以及那温文尔雅却充满野性的仙人掌，
> 被黄花覆盖的大地……面对着他，他的
> 臂膀托抱着她，在《石谷》边，沉睡着。
> 她的脚踝戴着珍珠踝链，她那庞大夸张的头发，
> 缀满了一棵棵苹果树上的花朵，花香四处飘逸，
> 飘向山村，唤醒人们的梦想——山鹿在那里奔跑，
> 树林里的鸳鸯在筑巢，保护着全身华丽的羽毛。②

　　显然，帕特森其城地区风景秀丽、物产丰富。鸟瞰这拟人化的帕特森其城全景，眼前这片"低低的山脉"似乎成了帕特森其人的妻子：

---

① Williams, William Carlos, *Paterson*, New York：New Directions, 1958, p. 8.
② Ibid. .

"他的/臂膀托抱着她，在《石谷》边，沉睡着"；她不仅是威廉斯对女性天资的生动写照，而且也是长诗中出现多位女人的"源泉"之所在。威廉斯在此同样是通过奇思妙喻的手法，把"一片低低的山脉"描写成一位用大自然华丽衣裳装扮起来的女性："农场和池塘，月桂树以及那温文尔雅却充满野性的仙人掌，/被黄花覆盖的大地"。除了她身穿的整套服装以外，诗人还让"她的脚踝戴着珍珠踝链"，而且"她那庞大夸张的头发，/缀满了一棵棵苹果树上的花朵，花香四处飘逸，/飘向山村，唤醒人们的梦想"。这是一个何等的人间天堂："山鹿在那里奔跑，/树林里的鸳鸯在筑巢，保护着全身华丽的羽毛"。

　　然而，由于现代人莽撞无知的商业开发心理，地方性"人间天堂"的自然环境和自然资源常常遭受无端的破坏。诗人紧接着用两个自然段的散文，翔实地记录了与前面诗文中命运截然不同的"珍珠"。首先是一颗"珍珠皇后"的故事："1857 年 2 月间，大卫·豪尔（David Hower），一位贫穷的鞋匠，养着一大家子人；既没有工作，也没钱，他在帕特森城附近的诺茨河（Notch Brook）里拾到了许多河蚌。在煮食这些河蚌时，他发现这些河蚌的介壳之间长着许多坚硬的颗粒。起初，他把这些坚硬的颗粒都扔掉了，但后来他把它们收集起来，卖给一个珠宝商，每次都能够卖个 25—30 美金。接着，他又发现了其他珠蚌。他把一颗璀璨夺目的珍珠以 900 美金的售价卖给了蒂弗尼，后来又以 2000 美金的售价，将一颗堪称当今世界上最为璀璨夺目的'珍珠皇后'卖给了尤金妮亚女皇（Empress Eugenie）"①。紧接着，诗人说："这个珍珠买卖的消息一旦传开，立刻在全国范围内引起了一场寻找珍珠的热潮。成千上万的人跑到诺茨河以及其他河里去拾珠蚌，其结果是大量珠蚌被毁坏了，珍珠却没有找到多少。然而，有一颗体重达 400 格令，堪称现代史上最为璀璨的硕大的圆形珍珠，却硬是因为被活活地煮开了蚌壳，而毁于一旦"②。

---

① Williams, William Carlos, *Paterson*, New York：New Directions, 1958, p. 8.
② Ibid., pp. 8 – 9.

三

散文书写当下的真实故事，可以弥补诗歌想象之不足。威廉斯或许就是想用一种虚实相间的叙事手法来抒发其内心的情感。诗境至此，如果说威廉斯通过对长诗《帕特森》中的城市、河流、瀑布、山脉等意象的隐喻性拟人描写，已经把帕特森其城与帕特森其人完美地捆绑了起来，那么诗人似乎也已经开始让这位昏睡不醒而又隐姓埋名的"巨人"逐渐地演变成为长诗中一个具体的人物形象。首先，他似乎是一位诗人和教育家："帕特森每月两次收到/蒲柏和雅克·巴曾寄来的书信"①。蒲柏（Alezander Pope）是一位善用英雄偶句创作讽刺诗的 18 世纪英国伟大诗人，而雅克·巴曾（Jacques Barzun）是一位曾获得美国哥伦比亚大学博士学位并担任过该校副校长的法裔美籍教育家、史学家和作家。那么，关于诗中的这位"帕特森先生"，我们只知道他"已经离开/去休息和写作了"②。然而，从长诗的字里行间看，这位"帕特森先生"已经从一位"巨人"变成了一位"先生"；从地理地貌的视角看，他似乎已经从帕特森其城的高处来到了帕特森城里，而原先被比喻成那即将溢出河岸的河水，此刻在诗人的笔下变成了帕特森先生丰富的"思想"，并且与帕特森其城的居民等同了起来。威廉斯曾说："没有观念，尽在物中"③，意思就是"诗人是不允许自己去超越他当下所要发现的思想"。他认为诗人的职责"并非茫然地去罗列事物，而是应该具体地去描写事物，就像一位内科医生给一位病人看病一样，面对他眼前的事物，从具体的事物当中去发现普遍的东西"④。这里的关键词是"发现"，诗人应该去发现真实的事物及其所面临的思想之间的关系，去发现一种能够反过来使这种发现变得更加"真实"和更加具有可传达性的语言。

---

① Williams, William Carlos, *Paterson*, New York: New Directions, 1958, p. 9.
② Ibid. .
③ William Carlos Williams, *Autobiography*, New York: New Directions, 1951, p. 390.
④ Ibid. , p. 391.

多数与威廉斯同时代的诗人都致力于改造旧的诗歌形式，即便是不随波逐流的弗罗斯特也在尝试"用旧形式表达新内容"①，但是威廉斯似乎完全放弃了传统的诗歌形态，而始终坚持不懈地去重新发现诗歌最本真的元素。他从来就不用所谓的五音步抑扬格进行诗歌创作，而且也从来不试写格律最为严谨的十四行诗。然而，他对解决现代诗歌形式问题的不断追求和探索是执着和令人感动的。威廉斯的艺术追求远远不是通过挖掘某个地方主题或者所谓的"美国"主题来塑造自己，他选择了一条更加困难而且是看不到回报的窄小的诗歌创作道路。正如他时常站在自己办公室的窗前，琢磨窗外的景色一样，他凭借自己天生的直觉悟性和丰富的想象力，每每从一个具体的事物中窥见普遍的人性和自然规律，并将它重新描绘得生动真实。威廉斯既不好古，也不标新立异，但是他自觉地抵制美国传统文学的诱惑，自觉地拒绝先锋派诗人盲目追求激进风格的倾向，并且始终坚持挖掘美国稻田里或者公共汽车上的特殊节奏，坚持在有限的时空中寻找无限的普遍和永恒：

> 说出来呀！没有观念，尽在物中。帕特森
> 先生已经离开
> 去休息和写作了。在公共汽车上，有人看见
> 他的思想，时而坐着，时而站着。他的
> 思想漫天飞舞，零零落落——②

从这几行诗歌中可以看出，"帕特森/先生"已经与帕特森城里的居民融为一体，相互认同，他们一同乘坐"在公共汽车上"，而且帕特森城的居民们也已经不再是那位永恒昏睡且不知名姓的神秘巨人的附庸。他们甚至变成瀑布的水花，融入了帕特森先生的"思想"，并与其一同"漫天飞舞，零零落落"。好一个奇思妙喻！威廉斯没有效仿惠特曼用

① Huang, Zongying, *A Road Less Traveled By: On the Deceptive Simplicity in the Poetry of Robert Frost*, Beijing: Peking UP, 2000, p. 2.
② Williams, William Carlos, *Paterson*, New York: New Directions, 1958, p. 9.

第一人称"我"抒发诗人个人的感情——"我赞美我自己，歌唱我自己"①，也没有像惠特曼那样"如此重视过自己的读者"② ——"我承担的你也将承担，/因为属于我的每一个原子也同样属于你"③。惠特曼笔下的"我"与"你"往往达到了水乳交融的地步（黄宗英，《惠特曼〈我自己的歌〉》143），但威廉斯笔下的这位"帕特森先生"似乎不仅具备了一种清晰地肯定自我存在的身份，而且还具备了一种独特的能力——"帕特森/先生已经离开/去休息和写作了"。他能够凭借自己的写作能力，赋予帕特森城及其所有的帕特森人以新的生命内涵：

> 这些人究竟是谁？（如此复杂的
> 算法）在他们当中我看到了我自己
> 隐约闪烁，在他的思想里那块摆放有序的
> 平板玻璃上，在鞋子和自行车前。
> 他们各自行走，不得与他人沟通，这种
> 平衡状态永远找不到解决问题的办法，然而
> 其中的意思却十分清楚——他们能够生存下去
> 他的思想已经被人列入电话
> 号码大全——④

　　在这一小节诗歌中，我们首先看到叙事者通过一种"如此复杂的/算法"，把"我""我自己"和"他们"相互捆绑，互相认同："在他们当中我看到了我自己"，然而叙事者"我"又是"在他的思想里""隐约闪烁"。虽然"他们能够生存下去""的意思却十分清楚"，但是由于"他们各自行走，不得与他人沟通"，因此"这种平衡状态永远找不到解决问题的办法"。即便人们把"他的思想""列入电话/号码大全"，那也将无济于事："花儿将色彩斑斓的花瓣撒向/明媚的阳光/但

① 惠特曼：《草叶集》，赵萝蕤译，译文出版社1991年版，第59页。
② 黄宗英：《抒情史诗论》，北京大学出版社2003年版，第52页。
③ 惠特曼：《草叶集》，赵萝蕤译，译文出版社1991年版，第59页。
④ Williams, William Carlos, *Paterson*, New York：New Directions, 1958, p.9.

是蜜蜂采花酿蜜的触角/却找不到它们/它们飘回到那黯然失色的土地上/哭喊道：/……/婚姻已酿出一种令人震颤的含义"①。可见，虽然这里充满了"色彩斑斓的花瓣"，但是蜜蜂的触角"却找不到它们"；虽然这里充满了"明媚的阳光"，但是那漫天的花瓣也只能"飘回到那黯然失色的土地上"。如此"婚姻"当然只能"酿出一种令人震颤的含义"。威廉斯在此先把帕塞伊克瀑布上远近闻名的水花飘落的"彩虹"奇观比喻成一朵"花儿"，然后又将这朵美丽的"花儿"比作帕特森先生的妻子（之一），而诗人自己似乎成了一只在百花丛中不停地搬运花粉的蜜蜂，或者是一位不断地给他的教民主婚的牧师。然而，那些美丽的"花瓣"却因为蜜蜂的"触角"找不到它们，而无法受粉，最终凋谢。人们眼睁睁地看着那些"色彩斑斓的花瓣"，"飘回到那黯然失色的土地上"，因此这位诗人牧师想要促成的"婚姻"，也只能"酿出一种令人震颤的含义"：

> 语言没有找到他们
> 他们死也
> 不得与他人沟通。
>
> 那语言，那语言
> 忘记了他们
> 他们不认识那些词语
> 或者没有
> 勇气去使用它们②
> ……
> 生活是甜美的
> 他们说：那语言！
> ——那语言

---

① Williams, William Carlos, *Paterson*, New York：New Directions, 1958, p. 11.
② Ibid. .

与他们的心灵相脱节，

那语言……那语言！①

　　为什么"语言没有找到他们"呢？为什么"他们死也/不得与他人沟通"呢？既然"生活是甜美的"，那么为什么"那语言/与他们的心灵相脱节"呢？显然，威廉斯是在寻求一种诗歌形式，来表达现代人由于语言与心灵相互脱节而导致人与人之间难以相互"沟通"的现代孤独主题。在艾略特笔下的现代"荒原"上，我们不仅在一片"死去的土地上"看到了一位"头脑塞满了稻草"的"空心人"②，而且在那间"女人们来回穿梭"的"屋子"里，我们看到了那位"被钉在墙上挣扎"的普鲁弗洛克③。对于"荒原"上的现代人而言，他们虽生犹死，甚至生不如死；人们看不到生命中存在任何生的气息、活力和希望。然而，在威廉斯的笔下，现代人的这种孤独情感往往与貌似简单的自然景象融为一体，显得更加深邃，而且其表现形式也更加丰富多彩。在此，威廉斯就嵌入了一整页篇幅的散文："假如没有美，那就有一种奇怪的感觉，一种大胆的联想，让一种野蛮的和一种文明的生活在拉马波斯（Ramapos）共存共生"。它包括"两个方面"：一方面，威廉斯给灵伍德（Ringwood）提供了一个秀美动人的背景：在那一片片丝绒般的草坪上，环绕着一排排森林大树，"灰胡桃树、榆树、白橡树、栗树、山毛榉树、白桦树、紫树、枫香树、野樱桃和熟透了心的红草莓"④；另一方面，在这个秀美动人的灵伍德地区不仅"群集着许多铁匠们的小木屋、烧炭工人、烧石灰的窑工"，而且读者还能看见"华盛顿将军[在]润色一首诗歌"，能够看见发生在田纳西州的"印第安人大屠杀事件"，能够看见许多独立战争时英国从德国招募去美作战而战后又被遗弃的黑森雇佣兵（其中一些是患了白化病的病人），还能够看见许多

---

①　Williams, William Carlos, *Paterson*, New York：New Directions, 1958, p. 12.

②　Eliot, T. S., *The Complete Poems and Plays 1909 - 1950*, New York：Harcourt, Brace & World, 1971, pp. 56, 57.

③　Ibid., pp. 4, 5.

④　Williams, William Carlos, *Paterson*, New York：New Directions, 1958, p. 12.

逃亡的黑人奴隶以及许多被遗弃在纽约城里的妇女和儿童，尤其是那些可怜的妇女："他们用一个围栏把她们围在那里——是一个名叫杰克巡（Jackson）的人把她们从英国的利物浦等地贩卖而来；此人与英国政府之间有合同，专门为在美国作战的士兵提供女人"①。不难看出，威廉斯对拉马波斯生活的描写似乎给美国地方文化蒙上了一层无序多元而又难以言喻的阴影。我们在这里看到的已经不仅仅是大自然赐予人类的美丽草坪和树林，也不仅仅是惠特曼笔下那"包罗万象"和相对简单的罗列，比如"铁匠""烧炭工人""窑工"等，我们还看到了"大屠杀""逃亡的黑奴""被遗弃的妇女和儿童"……实际上，威廉斯是要在这种多元无序而又难以言喻的地方文化中寻找一种语言，一种诗歌形式，一种文化认同，能够将一种传统有序的文化和语言移植到现代美国这种无序的地方文化和语言之中。

总之，威廉斯《帕特森》中的帕特森，"其城/其人"，是"一种身份"，"相互渗透，双向的"，酷似惠特曼《草叶集》中的"沃尔特·惠特曼，一个美国人，一个粗人，一个宇宙"。爱默生曾说："这个世界主要的辉煌壮举就是造就了一个人……因为一个人包含着所有人的性格特征"。可见，爱默生心目中这个"包含着所有人的性格特征"的"一个人"在惠特曼笔下不仅是"一个美国人"，而且包罗"一个宇宙"，而在威廉斯笔下，这"一个人"又进一步与一座"城市"相互认同。

---

① Williams, William Carlos, *Paterson*, New York：New Directions, 1958, pp. 12 – 13.

历乱之都：近百年北京书香阶层的居住变迁

——援引朱家溍先生为例

侯　磊*

摘要：近百年以来，北京老城区人民的居住生活起了巨大变化。为了将这种变化梳理清晰，本文以朱家溍先生一生的居住生活为例，以他的经历为代表，勾勒了北京人的居住场所经历了由四合院到大杂院，由平房到楼房的历程，家庭成员也由四世同堂变为三口之家，梳理了北京百年来书香阶层居住生活的变迁，进而揭示出在"后士大夫"时代，以朱家溍先生为代表的旧知识分子，即便"蜗居"，也活得高贵、有尊严。最后思考当下，如何在北京活得快乐而自由；在北京，如何诗意地安居。

关键词：北京；居住；朱家溍；书香阶层；四合院

城与人一样是有生命的。每座城市都有它的生命年轮，都有它的生死寿数，或许几十年，或许几千年。也各有它的生死缘由，庞贝夭折于一次火山喷发，而楼兰死亡于干渴。历史上那么多伟大的城市都先我们随风而去，如玛雅的古城、意大利的庞贝、柬埔寨的吴哥、中国的楼兰。也有很多历过蜕变存活至今，如北京、伊斯坦布尔、雅典、大马士革、巴黎等。北京现在是青年中年还是老年，这都不好说。

---

* 侯磊，北京人，青年作家，文学硕士，中国文物学会会员，北京史地民俗学会会员。著有长篇小说《还阳》，中短篇小说集《冰下的人》《觉岸》等。

我们把北京当作一个人，来看看它年轻时的样子，进而推测它未来的样子。在六十年前我们诊断北京病入膏肓，像治疗癌症病人一样对它化疗与切割，器官移植，将它治疗成现在的样子。不知是治好了，还是当初就误诊了。北京作为一个换过器官的人，我们希望他不要和移植的器官产生排异反应。

"京师米贵，居之不易。"为了回顾百年以来北京居住的变化，我援引一位在专业领域被奉为祖师，而在公众领域并不知名的学者朱家溍先生，想以他的家族百年来的居住生活，来探讨整个北京书香阶层的变化。

一 胡同与地缘政治

我深爱北京。回忆从前的印象，无论是居住的，都令人神往。[1]

——朱家溍

之所以想援引朱家溍先生，是因为他的生卒年代和社会变迁最有代表性。他笔下的北京城，是"绿槐荫里、深深庭院"，"城门矗立、甲第连云"。我们不多见到这样的词。北京的首选印象是庭院、城门与甲第，强调了京城的秩序感。为此我们先来谈北京的布局与阶层属性的划分。

北京现存的城市格局是明清以来的北京城，二环是城墙，城里是二环以内。城墙是"凸"字形。把"凸"字横着用长安街一分为二，"凸"字上半拉叫内城或北城，是永乐年间造；下半拉叫外城或南城，是嘉靖年间造。原计划是造一大圈，但只完成了下半部。本着先来后到的原则，内城多居住达官贵人，多是大四合院；外城居住平民百姓，多是大杂院和小破院，甚至连院子都算不上。在20世纪60年代，胡同名称雅化以前，北京的地名叫起来很直白，做什么，住的是谁，就叫什么。需要什么，就叫什么。如武定胡同住的是明代的武定侯，红星胡同

① 朱家溍：《〈北京文物胜迹大全·东城区卷〉序》，《故宫退食录》（上），紫禁城出版社2009年版，第254页。

原名吴良大人胡同，住的是明代大臣吴良，在清代叫"无量大人"胡同，中华人民共和国成立后改名"红星胡同"，现在红星胡同拆了大半以上，开辟成"金宝街"。北京有菜市口、蒜市口、羊市口、梅（煤）市口、珠（猪）市口、吉（鸡）市口、闹市口、灯市口，礼士路（驴市）、骡马市大街、花市、缸瓦市……除了灯市口和缸瓦市是明代的地名，在北城，剩下的都在南城。我们听名字就知道那里卖什么，而这些名字源于古代，数百年未改。

再来看以下几条北京的"名言"：

> 东富西贵，南贫北贱。
> 南城狼，北城恶。
> 安定门，三道坎儿，粪场窑坑儿乱坟岗儿。
> 德胜门，穷人多，破屋烂棚赛狗窝。
> 穷德胜门，烂果子市儿，不开眼的绦儿胡同儿。
> ………

这些顺口溜说出了北京强烈的地缘政治。您说您住的地名胡同名，大约就能猜出你的身份和贫富；根据您的口音，能知道您的阶层。南北城之间的贫富分化、政治分化，至今也没打破。直至南城拆迁，部分外来的有钱人才在那里买房。

北京是照"越往外越穷"的真理造的。人穷了就搬到更穷的地方，南城或远离市中心的城墙根儿。在这座古城中，既有王府四合院又有贫民窟，各个阶层在一起错落有致，相安无事。这是一片仿佛被上苍划分出富人区和贫民窟的土地。贫富人群有不同的口音和生活风俗，他们做着各自分内的事，过着本分的生活。

二 四合院中的蜗居：北京的贫富差距与居住变迁——以朱家溍先生为例

"古器物有聚有散，有散有聚。'聚'是一乐，'散'而能得其所，亦是一乐。"①

——朱家溍

朱家溍（1914—2003），字季黄，浙江萧山人，朱熹的第 25 代世孙，生于北京。曾祖朱凤标出身翰林，历官至太子少保、体仁阁大学士，人称"萧山相国"。父亲朱翼庵（1882—1937），名文钧，于 1902 年第一批公费留学英国牛津大学经济系，毕业归国后出任财政部盐务署署长等，是著名的古籍碑帖研究家。而其子朱家溍先生博古通今，淹通史书，是一位功勋卓著的历史学者和文物鉴定家。

少年时代，朱家溍也痴迷于溜冰、吃馆子、唱戏、赏古，但并没有玩物丧志，反而促进了他的治学。他发现并考证出宋徽宗《听琴图》、马麟《层叠冰绡图》等多幅古画真迹，1959 年，他在堆满残破家居的库房找到了太和殿最重要的陈设——皇帝的原装宝座：髹金雕龙大椅。"文化大革命"以后，他恢复并传播了多年不见于舞台的许多传统戏，如《麒麟阁》《青石山》《宁武关》《湘江会》等。他并不写鸿篇巨制，虽著有《故宫退食录》《清代内廷演剧始末考》等，整理有梅兰芳的《舞台生活四十年（第三册）》，主编有《国宝》《中国美术全集·工艺卷》《两朝御览图书》等，但他只写前人尚未涉及的领域，笔下每一篇谈古文物的小文章，都相当于这方面的一部简史。《清代画珐琅器制造考》《漫谈椅凳及其陈列格式》《漫谈叠石》《昇平署时代昆腔弋腔乱弹的盛衰考》等，都相当于专门史，只有他能写得出。而他留给我们的不仅是解释古人的著作，更有遵从古人的精神。

朱家世代收藏，世代书香，他们对文物有数代人的积累。八国联军的战争和义和团的内乱，使这些文物屡集屡毁，屡聚屡散。而直至朱家溍的父亲朱翼庵先生学成归国时，他们还没有买房，朱家溍就出生在临时租住的堂子胡同的四合院内。

---

① 朱家溍：《我对家具的最初认识》，《名家谈鉴定》，紫禁城出版社 1995 年版，第 323 页。

（一）前清改民国

住房：僧王府 51 间。

事业：1941 年毕业于辅仁大学国文系，1946 年进入故宫工作。

收藏：四代人的积累。

政权易手，是北京居住者的一次大换血。朱家溍先生出生时清朝刚亡而民国将兴，北京城在政权交替时没有被夷为平地，实属历史的万幸。当时很多人并不是一下子就能买到好房，会多选租房。在他九岁时，全家迁居帽儿胡同的可园。可园是清代满族大学士文煜（1820—1884）的故居，有"凉亭、水榭、暖阁、假山、走廊、拱桥、清池、怪石、花木、翠竹"[①]，朱家溍留有一张童年的照片，是在园中的池塘内划船的情景。此时的房租并不算高。

发家了就买房子住富地方，败家了就卖房子搬到穷地方，这是天经地义的事。1930 年，朱家从前清科尔沁旗博多勒噶台亲王僧格林沁的曾孙阿穆尔灵圭手中，以拍卖的形式，花 10500 大洋买下炒豆胡同僧王的部分府邸共 51 间，他居住于此直至终老，当时墙上挂的弓，都是僧王本人用过的。

僧王的曾孙叫阿穆尔灵圭（1886—1930），是他这一代卖给朱家的。此时北京贫富更迭，北洋政府乃至国民党的军政要人买了前清败家的大臣的宅子，此类事件不胜枚举。如府学胡同 36 号，在明代是明思宗田贵妃之父的宅子，据说被刘宗敏占据后陈圆圆曾在这里住过，在清朝分别是靖逆侯张勇、兵部尚书志和的宅院。民国时东院归了天主教神学院，西院是北洋政府海军上将刘冠雄。黄米胡同的半亩园，清代是完颜氏居住，主人完颜麟庆著有《鸿雪姻缘图记》，在 20 世纪二三十年代卖给北洋政府秘书长瞿兑之家。瞿兑之又名瞿宣颖、瞿蜕园，是博古通今的文史学者，也是清末军机大臣瞿鸿禨之子。黑芝麻胡同 13 号是清代四川总督奎俊的府邸，后来为民国外交总长顾孟余所居。美术馆东街

[①]《北京文物百科全书》编辑部：《可园》条目，《北京文物百科全书》，京华出版社 2007 年版，第 269 页。

25 号据说为慈禧太后侄女的私宅，民初卖给了一个德国商人，抗战后被买办吴信才购得，不久作为敌产没收后给了国民党将军杜聿明。恭王府的马号卖给了辅仁大学，中华人民共和国成立后成为郭沫若故居。东四六条的高墙崇家，后来为张之洞之子，伪新民会会长张燕卿所购。王府井大街 27 号是两广总督瑞麟宅院，后来归了荣禄，被荣禄后人卖给袁世凯，又被袁世凯送给了黎元洪，至今是中科院的考古所。宅子是永久的，清代住清代的名人，民国住民国的名人。

此种变化是八旗阶层的衰落。八旗阶层都占据很好的地理位置，富贵阶层身为前朝的旧臣，无法在新朝廷谋职，更无法到大街上谋生。而中下层的旗人有点文化的去教书，没文化的去当巡警和拉洋车。他们没有手艺，迫使女人也外出劳作贴补家用。旗人的言行做派不一样，女人也不裹脚，他们在社会饱受歧视。八旗制度是一种全民皆兵的军队编制，叫"在旗的"和"不在旗"的，旗内与旗外不通婚。并非所有的八旗都是贵族，也并非都是满族。八旗兵的级别很严格，级别高的自然住房就大，级别低的就一般，但早年都相对富裕。旗人不能从商只能从军，不打仗时就操练或闲着。北京城外各处都是八旗营房，如朝阳门外北小营，海淀周边火器营、厢黄旗等，香山前一站叫红旗村，全名叫正红旗村。八旗营房只有正房没有东西厢房，建筑精良，但破败时也极为凄惨。至今京郊的八旗营房几乎拆迁殆尽，那一代的往事也无人再提。

清朝的败落不始于清末是始于乾隆。乾隆年间中国经历了千年未有之变局：人口从一亿膨胀到四亿，严重的通货膨胀开始爆发。北京的胡同是元明以来就有的大胡同，此时因住房短缺加盖房屋形成了小胡同。官员、八旗兵的职位空缺十分稀少。读书人千辛万苦科举考中了却等不到职位，官员与八旗因没有涨工资而生计艰难，使得吏治恶化；旗兵职位往往是家中一个人补了缺，其他人补不上就游手好闲，战斗力进一步退化。乾隆征大小金川，一个重要的目的是向江南的盐商征税贴补国库。清中期的社会问题直至清末也没解决。八旗兵腐化堕落的能耐越来越大，银库库兵能够利用人体往出带银子，为了顶库兵的缺要花上千两的银子，这其中的猫腻儿多得不可言说。

清末，八旗子弟终于迎来了寅吃卯粮的生活，买一切东西都赊账，等下个月关饷时像现在用信用卡一样还账，很多人家靠典当变卖家产过活。典当会改变落魄者的思路，他们会以家中还有哪些东西能卖而窃喜，想不到家产始终只减不增，总有一天会败光。老舍先生的故居在地理非常好的西四缸瓦市，但他的父亲每月三两银子，阵亡后体恤家属一两五，几乎无法生存。北京城一座富有的城市，却渐渐在市中心出现了城市贫民。

正如卖给朱家的旧王孙阿穆尔灵圭（1886—1930）一样，他在25岁以前的职业是当王爷，改元民国"下岗"后自然不会外出工作，而他44岁早逝后，家人能做的唯一的事就是卖房。如此大量的败家故事与民国新生活的蓬勃，构成了北京民国时社会新闻和通俗小说的素材，也构成了当时真实的居住状况。

朱家溍先生的形象则与我们想的不同。在中学期间，父亲命他用课余时间点读了全部《资治通鉴》，看不懂的地方先跳过去，往后再读一遍。不管新式学校里教什么，回到家都有好几位家庭教师讲经学、小学（文字、音韵、训诂）、史学和诗词。朱家不是守旧的家庭。而作为教会学校辅仁大学的学生，他跟随陈垣、沈兼士、余嘉锡、顾随等先生读书。他本属于"穿苏格兰花格子绒布衬衣，骑凤头、汉牌自行车，抽英国三B烟斗，会吃西餐，能说一口流利英文"[1] 的阶层，却在1937年赴宋哲元29军学习刺杀、射击，要上前线抗战。"八·一三"上海抗战时他和同学赴南京请愿，在铁道上卧轨向政府死谏，直至1941年毕业后去重庆的大后方工作。很快他因家学渊源进入了故宫，从此开始他的学者生涯。这种旧时家庭出身人并非不革命，他们只是没有靠革命来为自己"刷色"[2]。

（二）中华人民共和国成立

住房：1954年大部分房屋被劝说卖给煤炭部，剩16.5间。

---

[1] 赵珩：《我所了解的季黄先生》，《彀外谭屑：近五十年闻见摭忆》，生活·读书·新知三联书店2006年版，第225页。
[2] 刷色：北京话念 shǎi。刷色指靠革命来赚取资历。

事业：恢复故宫大殿陈设和文物鉴定，从 1952 年到 1954 年 4 月 1 日审查，后下放江苏宝应劳动锻炼。

收藏：一次捐献：1953 年捐献故宫碑帖 700 余种、1000 多件。

北京真正变穷是抗战后期国民党经济政策的失败，及平津战役的爆发。围了城，很多行业无法展开，公园都关门了，大众无法娱乐消费，使得北京百业俱废。中华人民共和国成立，北京经历了公私合营和房屋的公有化——公租房运动，这使得北京的许多四合院再次易手。

很多大型四合院是国民党机构或有钱人逃跑时扔下的，我们将其作为敌产接收后，分给了各个机关单位，作为办公地点或宿舍。接收形式为"对口接收"，中华人民共和国成立前是医院的还归医院，归公安的还归公安，也有部分成了领导人的住房。而作为仍旧住有众多房屋的北京市民，15 间房子以上转为公租房，房主或把房子卖（捐献、上交）给国家，或者由国家为了控制租金而代替你出租房屋。正如后来公私合营的方式中，先前个人的私营企业里，国家是官方经理，自己是私方经理，合营后私方吃利息。而再小的买卖就直接归国家，国家按照你原先的行业分配工作，有了生存保障。当时以私营私房为耻，国营公房为荣。至今很多平房的门楣上还有个小圆铁片，上面写了"私"或"公"，即很多四合院的所有权由原先的个人转为国家，改叫公房，居民由向个人租房转为向政府租房子。公房只进不出，只能私转公，不能公转私。"据内务部 1954 年 8 月 14 日提交的《城市私人房屋情况及今后意见》，在北京，私人房地产占全部房地产的 54%，私人房产主当中不少人拥有大量房产，64% 的房主拥有房屋百间以上。"①

北京的房价，20 世纪 50 年代是一百多块至几百块一间，1960 年，东四北头条的大北房要到了一千块。当时人都挣几十块钱，最低生活标准 7 块钱，学徒工 28，大学生 56，八级工 102.8。房子不论是哪个朝代，都不是普通人随意能买的。老舍 1950 年从美国归来，用五百美金

---

① 苏岭：《中国高房价调查》，南方日报出版社 2010 年版，第 4 页。

折合成一百匹布，买下现在的老舍故居——丰富胡同四百多平方米的"丹柿小院"。而买房子最划算的是刘绍棠，从1953年至1957年，从他18岁至22岁，共出版了《青枝绿叶》《山楂村的歌声》《运河的桨声》《夏天》《瓜棚记》五本小说或小说集，稿费近两万元，他斥资2000多元在光明胡同买了个四合院。

朱家的住房情况，是1954年将大部分房屋被劝卖给煤炭部，自己家仅剩十六间半的房产。在此前的1953年，他们已经向故宫博物院捐献了碑帖700余种、1000多件。而朱翼庵先生早已逝世，朱家溍先生不幸受到了"三反"运动的影响。故宫的工作人员和学者们在神武门的广场上集合，政府事先已经准备好大卡车，由公安人员点名押送上车，分为两队送往两处公安学校，一队开往白云观附近，另一队开往东岳庙。他从1952年起被审查交代，身陷囹圄，到1954年4月1日才被释放回家。

朱家溍这一次捐献文物并非迫于时局，而是父亲在世时的许诺。民国时马衡任故宫博物院院长，准备申请专款10万元收购朱家的碑帖，但被朱翼庵先生婉拒。他的理由是："将来身后捐赠博物馆。"

（三）"文化大革命"前后
住房：房屋被占。
事业：1969年10月，朱家溍先生先后被下放到湖北咸宁和丹江的"五七"干校。
收藏：二次捐献：1976年，将20000多册古籍善本捐献给社科院，全部的家藏明清黄花梨、紫檀家具和文房四宝捐献给承德避暑山庄。

"文化大革命"中北京的人口因"知青"上山下乡、单位职工"干校"下放而减少，等"文化大革命"结束后"知青"返城，居住问题立刻凸显。正如电视剧《孽债》的主题歌唱的那样："爸爸一个家，妈妈一个家，剩下我自己，好像是多余的。"很多人回来没地方住，一大家子哥哥嫂子的，只能在屋里搭个铺板。个别"知青"干脆回去了，又留在插队的地方至今还没回来。这时候我们才发现，中华人民共和国成立以来，住在胡同中的人，竟然一直没有买房子，都等着单位分房子。可有一天发现需要买的时候，则已错过了好时机。

"文化大革命"中被占了的房子已分给各个单位做宿舍住进了人。"文化大革命"后要退赔，但单位无法解决，职工住着不走，两下里过了过招，僵持许久，只好折价给钱。

20 世纪 80 年代的发展比我们想象和预计得都要快，平静的胡同被嘈杂所打断。很多小型四合院原为独门独院，六七间房，为一户人家居住而设计，但每一户人家都要分家。分家以后，会有人将自己分家分得的那一两间卖掉或置换出去，自己住到别的地方。这个院子搬走一家，搬进来一家，很快独门独院成为多户人家的大小杂院。每家再生孩子，住不下，只好加盖小厨房，几乎每家都会因为盖小厨房与街坊结下梁子。北京的四合院大量沦为大杂院了，宽敞整洁的胡同沦为了棚户区和贫民窟。曾经满院子是花，有鱼缸石榴树，房檐下挂着鸟笼子养着猫狗的生活结束了。再也见不到一群男孩背着女孩在院子里玩骑马打仗，或外面的孩子跑进来撅尾巴管儿（弯下身子跟公共自来水龙头嘴对嘴喝水）的情景。街坊邻里从亲如一家，到因窗台下的一尺空地而反目成仇。

原先朱家溍先生家的地方已经搭满了小厨房，而自己家的前后也被挤得逼仄、狭窄而堆满了杂物。朱家的收藏中，有多达 20000 册的古籍，朱翼庵先生因收藏有宋蜀本《唐六人集》而自号"唐六人斋"，直至 1967 年还保持着"万卷琳琅，致多善本，几案精严，庋置清雅"[①]。收藏家袁珏题写给翼庵先生的寿联是："万卷琳琅昨者汲古阁；一船书画今之英光堂。"朱家溍先生曾写过一篇《我家的藏书》，谈旧时藏书家中的书香本为事实，宋元刊本、明代精刻、康雍乾武英殿版、道咸年间许珊林刻书、苏州诗局、扬州诗局、楝亭家刻本、抄本书等有书香；而平装铅印书、影印书、晚清金陵书局、崇文书局等都无书香。1976 年，这些古籍全部捐献给社科院，朱家溍只保留了一份他于 1973 年毛

---

① 朱家溍：《我家的藏书》，姜德明编《书香集》，中外文化出版公司 1990 年版，第306 页。

笔手录四册八卷的《萧山朱氏六唐人斋藏书录》，没有了藏书，看看目录以存个念想。

（四）20 世纪 90 年代以来

住房：蜗居于十几平方米的小屋。

事业：仍然去上班，恢复传统戏剧。

收藏：三次捐献：1994 年，将 26 件珍贵书画捐献给浙江省博物馆。

20 世纪 80 年代以来，朱家的子女越来越多，而朱家溍先生仅有两间半的小房间了。此时这座昔日的僧格林沁王府，这个昔日的书香世家，家中几无现代化设施，12 寸小电视机，蜂窝煤炉子，马口铁烟囱，铝制的水吊子（水壶），用 11 块钱加 0.1 工业券买的折叠椅……蜗居于几间小房之中，家猫野猫随意出入。单位给过他住房，他没有要。

他曾为历史影视剧做顾问，但因拍摄作品歪曲历史而十分不满，遂不再做此类工作。除了故宫、中央文史馆和民革中央组织的活动，很少参与社会上文物鉴定，从不参加商业活动。除了微薄的稿费，他不收车马费。

直至 83 岁，朱家溍还骑着 1946 年大力神牌自行车游走于后海。1994 年，他将 26 件珍贵书画再次捐献给浙江省博物馆。"他居室的一槽冰梅纹碧纱橱横楣上有一斋额，是许姬传先生写的'宝襄斋'，对面山墙门挂着启元白兄（启功）写的'蜗居'。"[1]，他说"聚是一乐，散亦是一乐"，用其子女的话说，"他把自己的心供得高高的"[2]。

晚年时，朱夫人病重，却不寻求找单位想办法报销。而他 2003 年

---

① 王世襄：《故宫退食录》序，《故宫退食录》（上），紫禁城出版社 2009 年版，"序言"第 1 页。

② 孙若茜：《朱家溍："他自己把他的心供得高高的"》，《三联生活周刊》2014 年第 21 期。

去世时，存款只有几千元。

他的一生都很高贵。

三　从平房到楼房：传统伦理的变迁

20 世纪八九十年代开始，北京开始大规模地拆迁，很多四合院被打着"危房改造"的旗号变成楼房。生活场域空间的变化，不仅改变了人的生活方式，更改变了人的伦理观念。

四合院体现的是中国传统的礼教，正房住父母，客厅和书房，东西厢房住子女，倒座房住下人。一座三进的院子，雇一个厨子和一个老妈儿就够了。厨子要伺候过宅门儿的，老妈儿要找笨的、实在的，能跟一辈子。而作为楼房，大家庭是无法在一起居住，现代家居雇佣下人的成本太高，室内难以按照传统的中式布局，街坊邻居之间也互不认识。我们不可能再过大家族的生活。家庭从四世同堂，到五口之家、三口之家、丁克家庭，甚至单身"贵族"。更导致的是分家时兵戎相见，传统伦理丧失殆尽。

中国人的分家，过去依照伦理听长辈，现在是法制社会听法律。很多人没有现代法制意识，没有从伦理观念过渡到法制观念。北京过去的习俗，多是最小的儿子和父母一起过，给父母养老送终。分家时是儿子们一起听父母的安排。女儿按照嫁妆和其子女抚养费的方式（过去但凡生了儿子、儿子上学等，娘家人都会给钱）继承财产，出嫁后不再分家产，也不必为父母养老送终。按照法律平均分配，使得多少人在父母过世之后回来打财产官司。当下的不动产分配更为复杂，房子原是在父母的名下，过世后若没有过户，就由某子女继续居住；若过户到某子女名下，该子女就按市价给其他子女分钱。可面对拆迁和房价的暴涨使得该子女给不起钱，只好把祖宅卖掉。中国人安土重迁不搬家，祖宅不能拆卖，拆迁加卖房是旧时家败人亡的象征，更是中国伦理的一次破坏。拆迁之后，不论给多少补偿，胡同中人都已无法回迁，都要搬到遥远的郊区，离开世代居住的生活场。

从独生子女政策到开放二孩政策，"80 后""90"后等成为独生子女，传统家庭的人口无法良性循环。生育、养老的成本成为人生的重大负担，熟悉的故乡渐渐变得陌生。德国思想家瓦尔特·本雅明在《发达资本主义时代的抒情诗人》中说："人不得不使自己适应一个新的、陌生的环境。在大城市尤其如此。西美尔巧妙地道出了其中的内涵。他说：'看得到而听不到的人比听得到而看不到的人更不安，这里包含着大城市社会学特有的东西。大城市的人际关系明显地表现在眼的活动大大超越耳的活动，公共交通手段是主要原因。在汽车、火车、电车得到发展的十九世纪以前，人们是不能相视数十分钟，甚至数小时而不攀谈的'。西美尔认为，这种新的环境令人不愉快。"①

虽然北京风大，平房比楼房易脏，容易落土、吵闹、不够私密，但从前你煮好了饺子，必然先端给街坊邻居。现在不知道街坊邻居是谁，也不知道人家是否爱吃饺子。人们各玩手机而不与对面的人交流，胡同也没有了街坊邻居，少了人与人之间的亲热感。

楼房是现代化的标志，公共小区是现代化的产物，现代化都市不需要城里的府邸和王宫，只需要城里的公寓和郊外的别墅。中国人的居住方式是居于山水自然当中，即人要有庭院，是房子包着院子，自然归人所有；而国外的 house，是院子包着房子。人必须有院子，才有自己的一方天地。北京不是一个适合建设成国际化大都市的地方，没有一座现代化大都市中心有大片水域——三海（北海、中海、南海），一座最为辉煌的宫殿——紫禁城，和一座身兼中国历史重负的巨石——景山。若建成现代化都市要拆掉故宫，填平北海，推平景山。民国时曾有人主张过卖掉故宫，"文化大革命"时也曾要把故宫拆掉。我们看建设于1858—1873 年的纽约中央公园是准现代化的公园，体现着美国人的现代理念；而 1902 年重新修复的颐和园，虽质量尺寸有所缩减，但它仍是古老中国的回光返照。

---

① ［德］瓦尔特·本雅明：《发达资本主义时代的抒情诗人》，张旭东、魏文生译，生活·读书·新知三联书店 1989 年版，第 55 页。

四 "后士大夫"时代：把自己的心
供得高高儿的

他把自己的心供得高高儿的。

——朱家溍先生子女

　　若说老上海是 1949 年以后没有的，那么老北京是 1911 年以后没有的。

　　朱家溍先生单位给分了楼房，但他坚持昔日王府中的"蜗居"，并不放弃过去的生活方式。胡同中人生活在巨大的悖论中，楼房好还是平房好？见仁见智吧。

　　居住方式的改变了传统伦理，而儒家思想与传统礼教的丧失，导致了如《红楼梦》中那样士大夫阶层的消失。朱家在北京并非孤证，几乎每条大胡同中都有这样的几户人家，这些家庭互相通婚，大家圈套圈都是亲戚，形成了读书人网状的群落。这张网传承了中国文化。在原始资本积累的社会，北京"忠厚传家久，诗书继世长"的诗书传家，变成了攫取财富、"励志成功"的流氓义气。任何一座城市都有本地人作为高阶层的人，而北京的高阶层多是外来移民。北京的楼越盖越高，但文化却越来越 low。

　　回看朱家溍先生的一生，再来看北京城百年以来的生活史。北京这一百年是一部败家史。在外人看来，物质上朱家是越来越贫乏，很多人家像朱家这般爸爸比儿子过得好，爷爷比爸爸过得好。但朱家人不一定这样看。晚年的朱家溍先生身陷蜗居，但他仍然有尊严地活着。

　　铁打的北京城，流水的各路政权。北京的居住生活，几乎没有因为太多的政权更迭而受影响。有钱人接着有钱，穷人接茬儿还穷。社会在变，而北京人的生活不变。民国是乱世不是大一统，而北京人不知世界是乱离还是大一统，因为北京有了城墙，使得北京人在时代不稳定中，尚求得自己的一番小确幸。胡适说"容忍比自由更重要"，由此能总结出两点：一、很能容忍，二、强撑派头。北京人最看重的是玩儿、乐，以及由玩儿带来的品质生活。同样，这座古城、这四通八达的胡同、这甲第连天四合院，都给人以充足的游乐。

没有谁像北京人这般留恋自己的家园，不论徜徉于整座城市的大街小巷，还是在蜗居中苦中作乐，北京人安土重迁，宁在二环内搭小厨房，也不在郊区住别墅——当然，卖了平房也不一定住得起别墅。北京并不是最宜居的地方，也并不是最好的地方，而是令人最舍不得的地方。

现代变迁、城市记忆与文化乡愁

——以林海音的中篇小说《城南旧事》、散文集《两地》为考察中心

张　凡[*]

摘要： 林海音小说创作风格平实自然，情节起落有致，叙事有条不紊。作家记忆中的北平是发生在 20 世纪二三十年代的民国时期，这段记忆可谓作家生命中最为刻骨铭心的，也是她一生中最无法忘怀的生命乡愁。作家以童年的眼光去叙写民国时期北平的现代变迁，伴随着社会文化形态的改变，必然经历了一场由"旧"到"新"的交替状态。处于"新""旧"交替情态下的故都北平，传统的历史痕迹与浑厚的文化底蕴相互碰撞与切合，外在形式的变化真实可见，内在深蕴的改变也是亦步亦趋。

关键词： 文化乡愁；民国时期；现代变迁

　　人生阅历丰富、享誉世界华语文坛的著名女作家林海音，早年在北平从事记者职业，后去台湾曾任《国语日报》编辑、《联合日报》副刊主编、《文星杂志》编辑、《纯文学》月刊主编[①]。自 20 世纪五十年代初，林海音踏上文学之路至今，已有 60 多个年头，她对世界华语文坛的贡献及其深远的影响力可谓有目共睹。以中篇小说《城南旧事》为

---

　　* 张凡，安徽舒城人，北京大学文学博士，石河子大学文学艺术学院硕士生导师，主要从事中国当代文学研究及教学。
　　① 王晋民：《台湾当代文学》，广西人民出版社 1986 年版，第 87—88 页。

代表的个人创作，虽饱经沧桑，却历久弥新，也因细腻柔婉的艺术美质而越发的珠圆玉润。在由《惠安馆传奇》《我们看海去》《兰姨娘》《驴打滚儿》及《爸爸的花儿落了　我也不再是小孩子》五个短篇连缀而成的《城南旧事》中，作家以小女孩英子纯真稚气而又充满好奇的眼睛描绘了记忆中的北平——这座故都和这城里庞杂多样的风物人情，满眼温情成了林海音叙写民国时期老北平的情感底色。我们不难发现，儿童视角下的北平世界被蒙上一层浓烈的怀旧基调，小说中那些发生在北平胡同、四合院里的人人事事，传递出作家对童年时期北平生活的回望与缅怀。林海音祖上原居台湾，自幼随父母迁居北平；她虽一生辗转多地，但无论身居何处，北平都是她魂牵梦绕的"故乡"，诚如傅光明在评价林海音的文学世界时所说，"这里才是英子的第二故乡！她在北平住了二十六年，童年，少女，直到成为妇人，最美好的生命都在这里度过，像树生了根一样，快乐与悲哀，欢笑和哭泣，所有的情感都倾注在了这座古城"。① 作为"第二故乡"的古城北平，对林海音的成长而言意义非凡，她一生中最刻骨铭心的生命记忆都曾发生在这里。从《城南旧事》等小说中，我们不难发现，作家记忆中的"这座古城"正是民国时期的北平，而这时的北平城尚处于"旧"与"新"、传统与现代、古典与摩登犬牙交错的"混沌"之中，在很大程度上，这种"混沌"呈现的正是民国时期北平这座古城现代变迁的诸多切面与自在形态。林海音对北平的记忆无疑是伴随北平这座城市的现代变迁而来，这中间饱含着文化乡愁的因子，极具鲜明的传统意蕴。从某种意义上说，任何城市的现代变迁向来不会一蹴而就，北平也不例外。若从时间维度去回望民国时期北平的现代变迁历程，自然形成了一种动态的、渐进的对照视野，这里不仅有感官视觉上的差异冲突，也有生活惯性上的亦步亦趋，更有社会秩序的循序渐进。显而易见，在《城南旧事》《两地》及《在胡同里长大》等多个文本中，林海音试图营造极富温情、难舍难离的故乡北平，字里行间不时地闪现出新旧交错且极具现代性悖论的城市景观。

---

① 　林海音：《晓云》，浙江文艺出版社 1997 年版，第 380 页。

一 北平记忆

可以说，处在社会变迁之中的城市始终弥漫着一股传统与现代跌宕起伏的混杂气息，旧事新物杂糅交错，不禁让身处其间的人们产生或怀疑或笃定的复杂情感。从某种意义上看，一座城市一旦进入现代化轨道，其日新月异令人目不暇接，各种品位与情绪不断地发生着改变。换句话说，城市可谓是一个极富动态的区域，没有一块土壤像城市这般承载着这么多或深或浅又程度相异的各类变化。加拿大建筑学者简·雅各布斯女士就曾说："无论是老城市的衰败还是新近的非都市都市化的衰落，从经济上或社会上说，都不是不可避免的。……我们的经济和社会中没有哪个部分像城市一样曾被这样有目的地加以控制，以准确地达到我们正达到的状况。"① 就民国时期的北平而言，从"旧"到"新"的现代文化变迁极富动态的美感，新旧杂糅足见故都北平的丰富与庞杂。而这里的变迁是个渐变而缓慢的演进过程，它需要经历一个新旧交替、消亡与新生此消彼长的混沌阶段，也如林海音自己所言"多少年后，城南游艺园改建了屠宰场，城南的繁华早已随着首都的南迁而没落了，偶然从那里经过，便不胜今昔之感"。② 这种"今昔之感"伴着一种视觉感知上的区别状态，其间的差异与冲突映现了一幕独特而深情的北平印象。

西汉刘向在《说苑·政理》中有言："夫耳闻之，不如目见之。"按这个理，人们习惯用亲眼所见来对一座城市的状态作评价或下结论。而一座城市在被人们感知的过程中，最直接、最形象的便是视觉上前后的差异以及眼前的"新""旧"之变。不言而喻，进入新旧相间状态下的城市有如一曲撕碎古老、迎合崭新的现代混响，处于这种复杂情态下的城市带给人们的往往是一副极为冗杂的表情，林海音对20世纪二三

---

① ［加拿大］简·雅各布斯：《美国大城市的死与生》，金衡山译，译林出版社2006年版，第5页。

② 林海音著，傅光明、童仁编：《城南旧影：林海音自传》，江苏文艺出版社2000年版，第321页。

十年代北平的记忆就是如此。"我的生活兴趣极广泛，也极平凡。我喜欢热闹，怕寂寞，从小就爱往人群里钻。"① 这种"生活兴趣"最有可能让作家很早就踏遍北平的大街小巷、许多胡同以及四合院等，由此便把一幅孩子眼中的北平景象呈现在世人面前，并伴着一股浓浓的北平味道，从而使她对北平这副庞杂的城市面孔有了更直观的印象与体验。从某种意义上看，这些印象来自多种感官上的刺激与差异，有视觉的，有听觉的，而这些感同身受的生命体验对林海音来说是刻骨铭心的，即便在离开北平的多年以后，当她见到一张崭新的北平全图时，"整个晚上，我们凭着一种地图都在说北平"。"细细看着每条街，每条胡同，回忆是无法记出详细年月的，常常会由一条小胡同、一个不相干的感触，把思路牵回到自己的童年，想起我的住室、我的小床、我的玩具和伴侣。"② 把北平"新"与"旧"以最直观的方式呈现出来，关于故都的陈旧感与新鲜感一并被人们的意识所聚焦起来，一种往返于"新"与"旧"两个世界的穿越感油然而生。

那些散落在文本角落里的各类"新"与"旧"举目可见，传统神韵和现代派头夹杂在一起的混合气味弥漫在北平现代变迁之中，那样突兀，那样鲜明，令人惊艳不已。极具旧时代感的"当铺"与富有现代气息的"银行"一并出现在北平街道的两旁，秀贞说小桂子他爹是把大怀表在当铺里"当"了才筹到回南方老家的路费，而宋妈带小英子去哈德门找她小丫头时是在西交民巷的"中国银行"门口的石阶上歇息的。陈旧的"煤油灯"与崭亮的"电灯"同时出现在北平人的日常生活之中：父亲是在煤油灯底下教小英子描红的，而全家搬到新帘子胡同时就用上了电灯。小英子和母亲在买一些女红用的东西时，传统与"摩登"之分明显，"花汉冲在女学生的眼里，是嫌老派了些，我们是到绒线胡同的瑞玉兴去买。瑞玉兴是西南城出名的绒线店，三间门面的楼，它的东西摩登些"。③ 同样在北平人的日常娱乐中，传统京剧戏与

---

① 林海音著，傅光明、童仁编：《城南旧影：林海音自传》，江苏文艺出版社2000年版，第319页。

② 林海音：《在胡同里长大》，江苏文艺出版社2011年版，第23页。

③ 林海音：《两地》，北京出版社1988年版，第5页。

现代文明戏一起亮相城南游艺场，"大戏场里是雪艳琴的《梅玉配》，文明戏场里是张笑影的《锯碗丁》，大鼓书场里是梳辫子的女人唱大鼓"。① 再看，打花鼓与新式情歌成了妞儿与小英子相互取乐的由头，"妞儿和我玩的时候，嘴里常常哼哼唧唧的，那天一高兴，她竟扭起来了，她扭呀扭呀比来比去，嘴里唱着：'开哀开门嗯嗯儿，碰见张秀才哀哀……'"，而小英子却只好支支吾吾地用客家话念唱起来，"想来么事想心肝，紧想心肝紧不安！我想心肝心肝想，正是心肝想心肝……"② 傍晚时分的虎坊桥大街与白天完全是两样景象，对街新开了一家洋货店，门口坐满了晚饭后乘凉的大人与小孩，他们总喜欢围着一个装了大喇叭的话匣子听"百代公司特请谭鑫培老板唱洪羊洞"，极富现代意味的音响公司出版的是旧时名角的传统戏剧。这些从视觉上、听觉上所感触到的北平的"新"与"旧"貌似只是表象上的不同，其内在则是由现代社会、时代潮流向前发展起推波助澜的作用。

二　现代变迁

处于动态演进中的北平，那些"新"样式和"旧"模样彼此相间，它们在激发人们新奇感的同时，也让人们有了一种历史的厚重感；可以说民国时期的北平正是在这种新奇感与厚重感相互杂糅、彼此叠加的语境中走进人们的关注视野。那些北平旧日鲜活的社会存在被染上了作家林海音内心那股深沉的怀旧情绪，一种怀旧感包围着北平世界。一般意义而言，事物外在的丰富表象往往与其深刻的内在难舍难分，这种相互纠缠的关系在一座城市的现代变迁中体现得尤为突出。对任何一个新事物而言，不论其成分、性质如何多变与复杂，总让人们对其自然发生有着与沿承下来的传统习得相类似的想象，而这些也被作家之笔描绘得极富审美意味和艺术张力。对故都北平而言，那随处可以被感知到的、能带给人们无穷想象的北平生活，在一种惯性下迈着舒缓的步伐，亦步亦

---

① 林海音：《城南旧事》，花城出版社 1983 年版，第 100 页。
② 同上书，第 27 页。

趋。当北平这座城被拉入历史洪流之后，社会秩序上的循序渐进也能透出这座城市的一种气度与胸怀。

林海音曾在《〈城南旧事〉代序》一文中说到与她生活在北平时期关系较为密切的那些人和事，"为了回忆童年，使之永恒，我何不写些故事……但写着它们的时候，人物却不断地涌现在我的眼前，斜着嘴笑的兰姨娘，骑着小驴回老家的宋妈，不理我们小孩子的德先叔叔，椿树胡同的疯女人，井边的小伴侣，藏在草堆里的小偷儿"。① 曾经与她生命息息相关的这些人与事，是她有关北平记忆中最无法淡忘的情感主体，"写些记忆深刻的人物和故事，有的有趣，有的感人，却着实地把那时代的生活形态如北平的大街小巷、日常用物、城墙骆驼、富连成学戏的孩子、捡煤核的、换洋火的、横胡同、井窝子……都在无意中写入我的小说"。② 这些人与事宛如闪现在北平文化背景下的精灵，它们的鲜活与质感体现出作家笔下故都北平具有的深蕴与灵气。从某种层面上来说，一座城市的现代变迁不仅有城市建筑等这些外在形式上的变化，同时也给生活在这座城市中的人们带来生活理念上的更新，人们固有的生活惯性被缓慢的城市变迁渐渐消融下去，北平的现代变迁也体现在民国时期北平人生活惯性上的亦步亦趋。对此，林海音是再熟悉不过了，从小就喜欢找新鲜找刺激的她，在偌大的城南游艺园里，自得地领略到北平社会的众生相，"台上锣鼓喧天，上场门和下场门都站满了不相干的人，饮场的，检场的，打煤气灯的，换广告的，在演员中穿来穿去。台下则是烟雾弥漫，扔手巾把儿的，要茶钱的，卖玉兰花的，飞茶壶的，怪声叫好的，呼儿唤女的，乱成一片"。③ 这番"台上""台下"的不同分工尽显了北平人日常生活的种种形态。

当然，这种生活惯性上由旧至新同样体现在更多的日常生活场景中。黄板牙儿是用打火石打亮了火吧嗒吧嗒地抽他的旱烟袋，而宋妈却正数着几包红头洋火，"打火石"与"洋火"并用既是北平人在故都现

① 林海音著，傅光明、童仁编：《城南旧影：林海音自传》，江苏文艺出版社2000年版，第322页。
② 同上书，第329页。
③ 林海音：《两地》，北京出版社1988年版，第26页。

代变迁中生活惯性方面的自然呈现，也是北平人穿梭于"新"与"旧"两种城市形态的现代进行时。妞儿的养父母正是怀揣着"碧云霞"这一现代明星梦的期望，才会狠心逼迫身体单薄的妞儿苦练"吊嗓子"，甚至不惜痛打妞儿。同时，在北平人的常规饮食中，有传统"特产"与工业品"汽水"之间的多样选择。在打糖锣的挑子上有酸枣面儿、印花人儿、山楂片和珠串子等，当小英子去空草地帮方德成们捡球时，方德成们已经跑到打糖锣的挑子前仰着脖子在喝那"三大枚"一瓶的汽水了。北平人的日常出行也具有更多的选择，马车、洋车、自行车并行在北平的街道上。爸爸雇来一辆马车把小英子从医院接回家，小英子是借助远处开过来的一辆洋车的车灯目送秀贞母女消失在黑暗的雨夜里，而美丽的韩老师在操场上学骑车在小英子看来是一种极赶时髦的事情。即便是和家人抱着热栗子、水果逛街，从西单向宣武门步行时，当"身后响起了当当的电车声，五路车快到宣武门的终点了"。① 旧时的生活习惯正在被北平现代变迁的浪潮所洗礼，有的就慢慢成了民国时期的城市记忆，而新的生活方式也在旧有的生活惯性消失之前日益明显起来。

"作家是非常独特的个性化群体，他们以描写虚构生活而著称，但却与他人一样无法逃离城市生活，在他们的城市理念中交织着理性与感性。"② 就作家与城市的关系来说，二者之间复杂的情愫经他们用极富灵性的文字，不同于寻常人们的想象表达出来。他们借此表达对与之相关的城市的认知与体悟，而这里明显带有一种个人化的、由衷的精神指向和情感寄托。拿作家林海音来说，她对北平这座城市有着充沛而丰富的情感，"我漫写北平，是因为多么想念她，写一写我对那地方的情感，情感发泄在格子稿纸上，苦思的心情就会好些"。③ 作家的这份深切情感，并没有简单地因为生存其中、汲其能量而盲目地欣赏北平，更没有无端地因远离喧哗、追求宁静而唾弃北平。同样，对于城市这样一个有

① 林海音：《两地》，北京出版社 1988 年版，第 2 页。
② 闵学勤：《感知与意象：城市理念与形象研究》，东南大学出版社 2007 年版，第 8 页。
③ 林海音著，傅光明、童仁编：《城南旧影：林海音自传》，江苏文艺出版社 2000 年版，第 16 页。

容乃大、博古通今的生命空间而言，阅读它、感悟它、书写它需要一种由表及里的自我化心境，需要一种循序渐进的嵌入式发现。通常来说，一座城市的现代变迁是这座城市社会、历史发展进程的综合表现，其基点是现实的、物质的，与之紧密契合精神层面，也就是社会秩序上的渐进发展也体现在这个进程中。

都与惠安会馆发生着联系、彼此是同乡、又身处同一时代的陈家二老爷与思康却经历了两种不同的教育制度，陈家二老爷上京考举人，经历的是晚清时代科举教育，思康来京上新式学校，接受的是民国时期现代教育，受新、旧不同教育制度的两代人同时出现在北平的城市变迁过程中，"想当年，陈家二老爷上京来考举，还带着个小催伺候笔墨呢！二老爷中了举，在北京做官，就把这间会馆大翻修了一回，到如今，穷学生上京来念书，都是找着二老爷说话。二老爷说，思康是他们乡里的苦学生，能念出书来，要我们把堆煤的这两间小屋收拾了给他住……爹又问他在哪家学堂，他说在北京大学，喝！我爹又说了，这道不近，沙滩儿去了！可是个好学堂呀！"[1] 当小英子因冷热不均而发烧发抖时，她妈妈让宋妈去趟山本大夫家，而宋妈却要到菜市口西鹤年堂家去买点小药，这里传统药堂与有着现代医学背景的山本大夫一并出现，再现了北平人对生病就医方面观念的互异。德先叔与兰姨娘，一个是新青年，一个是姨太太，他们所接受的教育层次差别较大，因而在阅读书籍方面存在"新""旧"之别，自从七月十五逛完莲花灯之后，德先叔让小英子给正在看《二度梅》的兰姨娘送上了"易卜生戏剧集《傀儡家庭》"。再者，以新式学校制度的戏曲学校与传统戏班子富连成的旧式教育相比，"等到以新式学校制度的戏曲学校出现以后，富连成虽仍以旧式教育出名，但有些地方也不能不改进了。戏曲学校用大汽车接送学生到戏院以后，富连成的排队步行也就不复再见"。[2] 新式戏曲学校的建立推动了传统戏班子教育方式的改良，它们彼此并置在同一文本里，是一种极富时代感与历史感的交替与糅合。

---

① 林海音：《城南旧事》，花城出版社 1983 年版，第 42 页。
② 林海音：《两地》，北京出版社 1988 年版，第 15 页。

三 城市意象

城市有如建筑一般，具备一种空间的架构，只是尺度比单一建筑更巨大，需要用足够长的时间过程去感知。从构成形态上来讲，城市是个极为庞杂而包容的复合体。"虽然在不同的历史环境、不同的地理区域、不同的文化背景下，不同的城市主体对城市的感知千差万别，但城市的厚重、现代、凝聚和深邃，使之成为地球上最具魅力的居住、人文和社会空间。"① 一座城市，不论景象多么平凡，都可以给人带来欢乐；一座城市，若是出现在一个人的生命记忆里，除却已有的不了情之外，更多的是关于这座城市的"城"与"物"记忆的并置与呈现，这使得这座城市由此获得了一种情感上的重新再生。这座城，那些物，久经岁月沧桑，散落在城市边边角角的城市意象逐渐凝聚成一种传统，一种文化。美国建筑学家凯文·林奇曾写道，"似乎任何一个城市，都存在一个由许多人意象复合而成的公众意象，或者说是一系列的公共意象，其中每一个都反映了相当一些市民的意象"② 可以说，林海音的文本中到处散落着老胡同、民用建筑与地方特产等不同的城市意象，这些被记忆勾勒出来，并置于林海音文学世界里的意象群尽情展现北平固有的胡同文化、建筑文化及饮食文化。富有表意色彩的街道布局与民房的室内布置，也彰显了北平人关于民用建筑的审美品位与美学追求。

故都北平的历史沉淀与现代变迁带给人们一种浑厚之貌和古朴之美，那些坐落在北平怀抱中的所有的自然、人物景观在被人观察过、惊叹过和描绘过之后，对北平的城市审美认知才会出现并被重视起来。就历史发展而言，北平的现代变迁是自然而然的渐进进程，它的街道、胡同、建筑和民用设施都伴随时代的不同而千变万化，尤其是处在新旧交替状态中的民国时期的北平。那些古城风物寄托了林海音对旧居北平时

---

① 闵学勤：《感知与意象：城市理念与形象研究》，东南大学出版社 2007 年版，第 28 页。

② ［美］凯文·林奇：《城市意象》，方益萍、何晓军译，华夏出版社 2006 年版，第 35 页。

期的回忆和怀念，故都北平也因其独特的文化特质而分外显得庄严厚重。就林海音的写作来说，主要有两个重点：其一便是对"两地"（北平和台湾）生活的描绘，而这里更多的是写其在北平老胡同里的生活情景，对于她这样自小在胡同里长大的人来说，正如她在欣赏喜乐的六十多幅画北平的彩色图片时，不由得"就回到椿树上二条、新帘子胡同、西交民巷、梁家园、南柳巷和永光寺街这些我住过的胡同里去——在北平的二十六年里，从五岁到三十一岁，我只住过两次大街，那就是虎坊桥大街和南长街。在北平一年四季的生活，在胡同里穿出穿进的"。① 林海音记忆中北平世界任何一处细节都匠心独运，尤其那无数个老胡同，犹如一个个珍珠镶嵌在这座古老的城市之中，它们是这座城市精心雕琢的标识符，立体再现出故都北平的一派风景及细节之美，也像无数个老人一般见证了北平这座城市历经千年、风霜雪雨的历史进程。不论"城南旧事"还是"两地"诉说，那些发生在胡同里的家长里短、闲人琐事、是是非非是作家写作的重点，有"冬夜的胡同里，可以听见几种叫卖声，卖半空儿花生的，卖萝卜赛梨的，卖炸豆腐开锅的"，也有"黄昏里的胡同风光，我记忆最深刻的是卖晚香玉的"。② 由老胡同主导的故都北平街道布局风格别样，让置身其间的人们不禁产生无限的空间想象。《城南旧事》里的魏染胡同，秀贞和"我"说起上学的事，"她说过将来要我跟小桂子一块去上学，小桂子也要上厂甸小学。她又告诉我从厂甸小学回家，顺着玻璃厂直到厂西门，看见鹿犄角胡同雷万春的玻璃窗里那对大鹿犄角，一拐进椿树胡同就到家了"。③ 这是疯子秀贞想象中小桂子与小英子放学回家的路径。"妈妈说，新帘子胡同象一把汤匙，我们家就住在靠近汤匙的底儿上，正是舀汤喝时碰到嘴唇的地方"。④ 这些关于胡同的建筑特点，林海音也记忆犹新。

老胡同的现世存在只是北平这座城市重要内容的一部分，其间拥有更多的是那些不断被人们记起的、曾经给人印象深刻的民用建筑和特色

① 林海音：《在胡同里长大》，江苏文艺出版社 2011 年版，第 53 页。
② 同上书，第 53—54 页。
③ 林海音：《城南旧事》，花城出版社 1983 年版，第 36 页。
④ 同上书，第 71 页。

食品，从而把北平人的衣食住行较为多面地呈现在大家眼前。对虎坊桥的回忆总会和儿时观看"出红差"联系起来，"虎坊桥在北京政府时代，是一条通往最繁华区的街道，无论到前门，到城南游艺园，到八大胡同，到天桥……都要经过这里。……尤其到了要'出红差'的日子，老早，街上就涌到各处来看'热闹'的人。出红差就是要把犯人押到天桥那一带去枪毙"。① 同在林海音的小说里，既有近在咫尺的椿树胡同的井窝子，也有远在骡马市的佛照楼；有关于妞儿亲生父母的"齐化门"想象，也有供人娱乐的城南游艺园和上夜戏的广和楼；有居家买菜的广安市场、买衣料的"瑞蚨祥"，还有可读书的京印花书馆大楼；有"三贝子"花园畅观楼的哈哈镜，也有西交民巷的中国银行、东交民巷的正金银行，以及哈德门大街的美国同仁医院，而这些真实存在展现的是故都北平更为厚重的历史感。"童年在北平的那段生活，多半住在城之南——旧日京华的所在地。……我们住过的椿树胡同，新帘子胡同，虎坊桥，梁家园，尽是城南风光。"② 旧时代北平的城南，居住的大多数是来自社会底层的人，至于这一点可从小说所描述的一些关于北平民房的室内布置略见一斑。和小英子家相比，疯子秀贞的房间，"屋里可不像我家里那么亮，玻璃窗小得很，临窗一个大炕，炕中间摆了一张矮桌，上面堆着活计和针线盒子"。③ 房子的狭小局促，展现的是居家人不宽敞的心境以及并不宽松的经济条件。在小跨院里，"只有这么两间小房，门一推吱扭扭的一串尖响……外屋里，整整齐齐的摆着书桌，椅子，书架，上面满是灰土……走进屋里去，房间更小一点，只摆了一张床，一个茶几。床上有一口皮箱……"④ 眼前景象带给人们的是关于"城之南"这一底层社会的某种想象。此外，作家对北平特色食品的回忆更是举不胜举，有骡马市的佛照楼的八珍梅，虎坊桥大街的切糕；有西交民巷的中国银行门口的驴打滚儿，也有鸭梨炖冰糖；有酸枣面儿、

① 林海音：《两地》，北京出版社1988年版，第79页。
② 林海音著，傅光明、童仁编：《城南旧影：林海音自传》，江苏文艺出版社2000年版，第324页。
③ 林海音：《城南旧事》，花城出版社1983年版，第18页。
④ 同上书，第23页。

山楂片、大沙果，也有"小有天"的冬菜包子和乡下的大花生、大醉枣、挂落枣。对于一座城市的记忆与回味，离不了散落其间的那些柴米油盐酱醋茶的"五味杂陈"。

四 民俗风情

一座城市的文化积累，衬托的是这座城市的底蕴与气度；而一座城市的文化氛围则源于这座城市坊间的那些民俗民谣以及市民的日常用语，它们是城市文化的另一副面孔。可以说，一座城市的民俗民谣以及市民的日常用语是这座城市特有的"城市味道"。林海音作品的故事背景多发生在故都北平，从某种意义上来说，她的文本是关于古城北平丰富传统文化的历史再现，既有建筑学意义上的有力展现，更有着民俗学、语言学等多个层面的阐释可能性，而这种可能性就孕育在一个个独特的民间艺术之中。作为城市中的主体生命，可以随时触摸、感知城市里或明或暗的所有，不论你是听是看，或是用心灵去体悟，所有的感觉在城市都有释放的空间。那些散落在故都北平的民俗民谣和"京味话"更把北平这座城市深厚的传统文化底蕴体现得淋漓尽致，并且从中看出北平人日常生活中的那些睿智、偶尔狡黠的另一面。

对年少时美好时光的追忆从某种层面上看，便是对北平时期民俗民谣以及日常用语的细节重现；由于这些零星的民间因子的存在，最终汇聚成一张关于林氏乡愁的文化大面孔。作家正是通过对浓厚地方风味民俗民谣的展现以及传统的文化礼仪，映现出民国时期北平的世面街巷。通常而言，民俗指的是日常生活中某些精神想象，它们的存在向人们展示了这座城市既有精神的某些向度。疯子秀贞房间里墙上的那张年画，"画的是一个白胖大娃娃，没有穿衣服，手里捧着大元宝，骑在一条大大的红鱼上"。① 关于这张年画的含义及意义是多重的，既有"年年有余（鱼）"、招财进宝的美好寓意，但当其贴在秀贞的房间里则又多了一重意义，它凝聚了疯子秀贞心中对"小桂子"存有的想象与期待，

---

① 林海音：《城南旧事》，花城出版社 1983 年版，第 18 页。

也有痛失孩子的沉重记忆。到了七月十五，兰姨娘给"我"做西瓜灯一起去逛莲花灯会，"行人道上挤满了提灯和逛灯的人，我的西瓜灯很新鲜，很引人注意"。① 逛灯会在中国民间是一种较为普遍的文化娱乐活动，有为人祈福的意思。和秀贞母女雨夜离别之后便昏睡了十天，当"我"醒来时听到妈妈和宋妈说道，"这在俺们乡下，就叫中了邪气了。我刚又去前门关帝庙烧了股香，你瞧，这包香灰，我带回来了，回头给她灌下去，好了您再上关帝庙给烧香还个愿去"。② 从这个层面出发，有些民俗是复杂的，看起来有些迷信的意味，但其寓意是向善的，当秀贞母女在雨夜出走死于非命之后，"我"的家就准备从椿树胡同搬到新帘子胡同，只听宋妈说道，"'搬了家比什么都强。''我说您都不听嘛！我说惠安馆房高墙高，咱们得在门口挂一个八卦镜照着它，你们都不信'"。③ 再者，民间民俗也有展示一些人们生活的技巧，彰显的是民间的智慧与释然。蚕屎有明眼的功效，因而秀贞就把蚕屎一粒粒装进一个铁罐里，"她已经留了许多，预备装成一个小枕头，给思康三叔用。因为他每天看书眼睛得保养"。④ 宋妈也有几分道理，"宋妈在门道喂妹妹吃粥，她头上的簪子插着薄荷叶，太阳穴贴着小红萝卜皮，因为她在闹头痛的毛病"。⑤ 最让人感动的是秀贞和"我"一起染指甲的环节，"墙根底下有几盆花，秀贞指给我看，'这是薄荷叶，这是指甲草。'她摘下来了几朵指甲草上的红花，放在一个小磁碟里，我们就到房口儿台阶上坐下来。她用一块冰糖在轻轻的捣那红花。……'傻丫头，你就知道吃。这是白矾，哪儿来的冰糖呀！你就看着吧。'她把红花朵捣烂了，要我伸出手来，又从头上拿下一根卡子，挑起那烂玩意儿，堆在我的指甲上，一个个堆了后，叫我张着手不要碰掉，她说等它们干了，我的手指甲就变红了"。⑥ 原生态的方式让人们更加贴近一种自然的状态。

---

① 林海音：《城南旧事》，花城出版社1983年版，第109页。
② 同上书，第64页。
③ 同上书，第65页。
④ 同上书，第36页。
⑤ 同上书，第73页。
⑥ 同上书，第40页。

　　来自民间的智慧不限于民俗，还有北平时期坊间流行的、富于地域色彩的民谣，独具情调与风格，表现了强烈的地域气质与文化色彩。林海音文本中的民谣是丰富的，有妈妈哄孩子的，为了哄生病的"我"，妈妈低声唱她的歌，"天乌乌，要落雨，老公仔举锄头顺水路，顺着鲫仔鱼要娶某，龟举灯，鳖打鼓……"她又唱，"……喂阉鸡，阉鸡饲大只，刽给英子吃，英子吃不够，去后尾门仔眯眯哭！"① 而"长亭外，古道边，芳草碧连天，问君此去几时来，来时莫徘徊。……"表达的是一种离别时淡淡的忧伤，"我"在不知不觉中抵制这种情绪，如同"我曾经有过一个朋友，人家说她是疯子，我却是喜欢她。现在这个人，人家又会管他叫什么呢？我很怕离别，将来会像那次离别疯子那样的和他离别吗？"② 有表达人的心情的，宋妈在给小栓子写完家信之后，心里的不安随之而去，"宋妈高兴得抱起燕燕，放在她的膝盖上。膝盖上颠呀颠呀的，她唱起她的歌，'鸡蛋鸡蛋壳——壳儿，里头坐个哥——哥儿，哥哥出来卖菜，里头坐个奶——奶，奶奶出来烧香，里头坐个姑——娘，姑娘出来点灯，烧了鼻子眼睛！'她唱着，用手扳住燕燕的小手指，指着鼻子和眼睛，燕燕笑得咯咯的。宋妈又唱那快板儿的：'槐树槐，槐树槐，槐树底下搭戏台，人家姑娘都来到，就差我就的姑娘还没来；说着说着就来了，骑着驴，打着伞，光着屁股挽着髻……'"③ 带有北平时期人们特有的说话方式及情感表达也能体现北平这座城市的独特韵味，北平人见面打招呼无论哪方面都是很有讲究的，"吃了吗？您"，"老北京"人之间不论熟悉不熟悉，见了面都喜欢说这句客套话，说起来京味十足；"小南蛮子儿！"从秀贞的妈妈嘴里说出来，一下子把"我"这个外乡人的底色暴露无遗，从中可看出秀贞的妈妈由衷的地域优越感。可以说，在多个文本中类似的例子举不胜举，它们总是能把北平展现得足够有滋有味。

---

① 林海音：《城南旧事》，花城出版社1983年版，第68页。
② 同上书，第90页。
③ 同上书，第126页。

在林海音以古城北平为背景的诸多文本中，或借助童年小英子的眼睛或通过成人的回忆和怀想来体认老北京的现代变迁的过程以及这座城市里的人与事、与物，她以独特的写实视角将民国时期北平的现代变迁立体地呈现出来，"作者用朴实的传统的写实主义的手法，描写旧中国北京各阶层的生活和北京的风俗习惯与风景名胜，作品富有浓厚的民族色彩"。① 对北平这座城市的眷恋之情源自林海音在北平的生活，从 20世纪 20 年代初至 40 年代末，差不多整整三十个年头，她一生中最美好时光就是在老北京度过的，那股刻骨铭心的文化乡愁萦绕在林海音的脑海中，"不能忘怀的北平！那里我住的太久了，像树生了根一样。童年、少女和妇人，一生的一半生命都在那里度过。快乐与悲哀，欢笑与哭泣，那个古城曾倾泻我所有的感情，春来秋往，我是如何熟悉那里的季节啊！"② 简练温静的文字将林海音典雅而柔美的真情淋漓尽致地呈现在读者面前，其间可领略到北平现代变迁的一幕幕情景，以及那些关于北平人喜与乐、悲与苦的乡愁民情风俗景观画面，而这正是林海音"永远的乡愁"。

---

① 王晋民：《台湾当代文学》，广西人民出版社 1986 年版，第 89 页。
② 林海音：《在胡同里长大》，江苏文艺出版社 2011 年版，第 30 页。

空间的纠葛

——民国西安开元寺及周边娼妓问题的探析

杨　博[*]

摘要： 从晚清至民国以降，随着现代城市空间的发展，其所折射的是一整套以西方科学与文明为参照体的知识体系，现代知识体系的建立影响着民国现代城市空间的伸缩、管理乃至国族观念与城市娱乐空间的冲突。因此，本文以民国西安市中心附近的开元寺为案例，进行现代化视角的分析，展现不同空间在此造成的纠葛。内容分为：一、随着民国西安市建立了以启迪民智为目的的公共空间，作为传统"迷信"空间的开元寺受到贬抑。二、随着现代卫生观念的兴起，娼妓所代表的"疾病""危险"自然受到现代城市空间的排斥，因而出现了集中管理的要求，将娼妓控制在一定范围之内。三、国家民族空间想象与娱乐空间的冲突。本文讨论的重点是民国西安随着现代化发展，不同空间之间的冲突与纠葛。

关键词： 现代城市空间；规训；想象；冲突

对于民国城市空间与城市空间治理研究是一个较新的领域，近年来陈蕴茜教授从空间重组、知识体系生产等方面对南京城市空间进行了一系列研究。而对民国西安城市空间的研究以任云英《近代西安城市空间结构演变研究（1840—1949）》为代表，对与城市空间结构相关的各要素及其作用进行了综合分析和研究，揭示了西安城市空间结构的近代化

---

* 杨博，就职于长安大学，主要研究方向为区域史与区域文学。

过程，探究了西安作为内陆城市其城市空间结构近代化的演变及其机理。刘宁也从现代文学的角度进行了研究，但是，作为民国内陆城市西安的城市空间存在着传统与现代的多重交织，还有许多值得探索的区域。因此，本文在以上研究的基础上，从城市空间发展与城市空间治理，以及男性游客空间对女性空间的排斥这三个角度，对民国西安开元寺及周边娼妓问题进行探析，借以深化对民国西安城市史的研究。

一 "迷信""落后"空间的贬抑——
开元寺之衰落

"正如帕塔·查特吉、杜赞奇及其他学者所言，19 世纪和 20 世纪，民族—国家这一奇特构想具有重要权威性，几乎成为大规模政治组织唯一合法的形式，同时也成为社会想象的基本核心。此外，在中国和其他殖民地半殖民地国家，'西方'帝国主义统治的惨痛经历大大推动了当地的国家建构及民族—国家意识的灌输。"① 因此，1906 年端方在海外考察后，当年 8 月向清政府上呈《奏为敬陈各国导民善法恳恩次第兴办以开民智而卫民生折》，建议中国学习国外，设立图书馆、博物馆、公园，作为启迪民智的公共机构。受这种思想的影响，在民国建立前后，公园被大力提倡，一些知识分子认为中国民众生活习惯不够文明健康，需要加以引导和改进，因而进一步倡导公园的建设。并试图以此来引导民众生活。黄以仁在《公园考》中认为，"语不云乎，一国之花，都市也。都市之花，公园也。惟公园为都市之花，故伦敦、柏林、巴黎、维也纳、纽约、东京、暨他诸都会，莫不设有公园"，通过对西方公园的介绍，说明公园通过环境的美化，可以提高市民的素质，"匪特于国民卫生与娱乐有益，且于国民教育上，乃至风致上，有弘大影响焉"，"至若国中都会，无一完全公园，非特方诸东西列强，大有逊色，其于国民卫生上及

---

① [美] 柯必德：《天堂与现代性之间——建设苏州（1895—1937）》，何方昱译，上海辞书出版社 2014 年版，第 21 页。

娱乐上，亦太不加之意哉"。① 通过以上设计者的初衷来看，建立理想的"民族—国家"空间，是设计者所要达到的目的。而在西安现代公共空间拓展的历史发展中，西安地方政府也先后建立了革命公园、莲湖公园等现代公共空间，借以启迪民智。

这种"开民智""卫生"观念下的现代公共空间意识，凸显了传统空间的"迷信"与"落后"。随着1927年南京国民政府的建立，这种现代空间得以用政府的行政命令实施与拓展，国民政府采取了一系列破除"迷信"景观的政策。如《政厅呈报办理查禁迷信机关情形由民政厅令各县县长奉令查禁各地民众对于五道庙及土地庙之焚香拜祷各种迷信等因仰遵照由》②。因此，传统宗教建筑被视为"迷信"的承载物而受到取缔或贬抑。如1936年11月《陇海铁路调查报告》（中国国民党陇海铁路特别党部编）将庙宇和庙产从风景名胜中单独另立，并对民间信仰的行为视为"迷信"。"本路沿线人民之迷信以信仰神佛为最多，沿线各地大小庙宇无处无之，甚至于大树小蛇田间巨石狐火河岳俱以为有神寓其间，建立庙宇。"③

受现代思潮的影响，西安地方政府往往将庙宇等建筑拆毁或挪作他用，1927年，为修建革命公园的建筑，将清代太白庙拆毁，1941年，为了在西安王曲修建黄埔军校第七分校，将长安县的城隍庙拆毁。

作为传统建筑之一的西安开元寺，不仅被视为"迷信"的附着物，而不受保护，周围成为妓女的聚集地。④

开元寺为长安古刹之一，在东大街西端，钟楼东首，建于唐开元元年，故名。寺内有唐瓊公道行碑，元华严世界海图，原藏有宋版全藏经三千余册，为国内孤本。于民国初年移入省立图书馆保存，现今殿宇毁废，仅遗中殿一部分，环寺改建民房，成为妓院，为西安上等娼妓之居所。

著名作家张恨水在他的《西游小记》中记载：

---

① 黄以仁：《公园考》，《东方杂志》第9卷。
② 《河北省政府公报》1930年第596期。
③ 中国国民党陇海铁路特别党部编：《陇海铁路调查报告》，1936年，第178页。
④ 王望：《新西安》，中华书局1940年版，第40页。

"这寺在东大街路南，大门对着街上，门里是片广场，广场正面是庙，两旁是环形的人家门户，猛然一看，不过一般中产以下的住房而已，可是里面藏了不少的奥妙。在那大门上，有块开元寺的石额，下面有块木板横额，正正端端，写了古物商场四字。按理说起来，这开元寺是唐朝开元年间的建筑品，历代都增修过，说这里是古物商场，当然可以邀初次来西的人相信。但是看官到西安，千万别见人就问开元寺在哪里？或者说我要进开元寺去。因为那两旁人家不是古物，乃是东方来的娼妓，稍微有身份的人，是不敢踏进这古物商场一步的……"①

作为传统文化空间的衰败是民国社会的普遍现象，传统空间被视为"迷信"的承载体而受到贬抑，乃至忽视。以道教建筑为例，西安城内的传统道教宗教建筑原有多处，但到了 20 世纪二三年代，除八仙庵、东岳庙等著名建筑存在以外，其他建筑与空间均逐渐淡出人们的视野，在导游等书刊中消失殆尽。"几乎所有的对于现代化目标的追求，都是以贬抑中国传统而张扬西方理念的逻辑展开的。"② 这种论断虽有绝对之嫌，但也说明了当时的历史状况。

二 对"危险的空间"的管理——民国西安妓女管理问题

"一个世纪以来，人们对娼妓业有着各种不同的理解。有的认为它提供了城市所特有的愉悦，有的说这是充满寡廉鲜耻、工于心计的贪婪之辈的行当，有的将它看成道德败坏、容易染病上身的场所，还有的认为这标志着国家的衰落。"③

而从公共卫生角度出发，"预防疾病""延长生命""发达天然的健康与能力""维持环境之卫生""防治疫病之传染"是其多方面的内容，

---

① 张恨水：《西游小记七》，《旅行杂志》1935 年第 3 号。
② 李文健：《记忆与想象：近代媒体的都市叙事》，南开大学出版社 2015 年版，第 94 页。
③ ［美］贺萧：《危险的愉悦：20 世纪上海的娼妓问题与现代性》，韩敏中、盛宁译，江苏人民出版社 2003 年版，第 4 页。

而最终的结果是，"使人人均得美满之安乐"。①

正是出于这种理想的"国民身体"塑造的逻辑，妓女所代表的"疾病""危险"必然受到约束和管理。这种直接作用于现代个体"身体"，发挥出了对现代个体的身体既驯化又生成的双重功效，架构起现代"身体政治"的运行逻辑。

妓女问题与管理的由来

对于中国的现代城市而言，妓女问题与管理最早发生在上海，工部局发布《妓院领照章程》，对上海租界内的妓女进行管理。

1920年12月上海公共租界工部局颁布《妓院领照章程》，以求逐步禁娼，该章程规定②：

1. 一家妓院，不可转移又一家。

2. 领照者即开设妓院之人，彼当负责，依法经营。

3. 未经工部局之准可，院主不可分租或抛弃其所经营之妓院。

4. 执照之号数牌子，应置妓院当路显明处，始终不可任其污毁，而执照则悬诸院内。

5. 上差巡捕及卫生处与捐税处人，得随时入院查验。

6. 院中妓女姓名、年岁、国籍，应一一在执照空白处填写，如有更动，宜即报告河南路捕房总巡。

7. 院内不许卖易于醉人之酒。

8. 院内不许有不正当行为或赌博。

9. 院内不许吸鸦片，如有吸烟人入院，应由领照人报告捕房。

10. 院内不许使用吗啡，或不正当之药物。

11. 妓女不许在道路或公共处所或在院门首与窗口招徕游人。

12. 工部局随同执照所发之附告中有云："妓女不可强其所不愿而留院中应客，或有疾病应为之医治，不可忽略。"上述之布告，应置院内显明处，始终不可使文字模糊。

---

① 周默希：《"公共卫生"之解说》，《大公报·市政周刊》1929年5月11日。
② 邵雍：《中圈近代妓女史》，上海人民出版社2005年版，第185—186页。

13. 院内应注重卫生，应照卫生处所定法则。

14. 不可给任何酬劳于工部局人员。

15. 如有违背上列任何一款，其处罚为取消或吊回执照，或将保证金之全部或一分充公。

而随着现代公共卫生知识的传播，以防备妓女传播性病的法则也从沿海的上海传入西安。兹举例如下：

陕西省会公安局医疗所妓女检验简章①

第1条　本所为保持娼妓健康算防花柳病传染而谋公蒙卫生起见特由本所执行检验及治疗事宜

第2条　本所所长承局长之命兼理妓女检验一切事宜

第3条　医务主任承所长之命兼理妓女检验及治疗事宜

第4条　本所医官及职员承所长之命受医务主任之指挥分别兼理妓女检查事宜

第5条　凡在本市营业之妓女均须受本所之检验

第6条　受验之妓女遇有停业或迁移时须向本所声明迁移者说明迁移地址否则一经查出即按章处罚

第7条　新来本市之妓女应先分别向警捐所声请登记经本所第一次检查无病后始准营业否则按章处罚之

第8条　妓女于登记检验时应照半身二寸相片听不到交本所二张以便粘贴藉资对照

第9条　每一妓女每月须受检验一次不得讬故不到违者第一次头等妓女罚洋四元二等罚洋两元三等罚洋壹元第二次加倍第三次勒令歇业遇有前项情事发生时由所长呈报本局转饬第三科执行之该受罚妓女仍须补验

第10条　头二三等全数妓女应于每月十五号以前检验及治疗完毕分全数妓女为二组或三组分别检验于每组应行检验之前二日

①　王荫樵编：《西京游览指南》，大公报西安分馆1936年版，第160页。

由本所发检验通知书注明日期时间交由乐户经理人分别通知各娼寮以使各妓女依时来所挂号受验

第 11 条　受验之妓女如验明无病者当时发给健康证准其照常营业其有花柳病者发给该妓女应受治疗证照章来所治疗（治疗日期临时通知不得违抗一面呈报本局暂令停止留客或营业待治愈后由本所发给证明书方准复业

第 12 条　检验日期自每月"第一礼拜"一起至礼拜止治疗自第二礼拜一起至礼拜止此后即派环境卫生稽查员稽查之其无检验证或应受治疗未而来所治疗者则按章处罚之

第 13 条　验明患花柳病或其他足以传染等症者之妓女不遵令停业或停止留客而仍暗中营业者头等妓女罚洋十元二等罚洋五元三等罚洋两元并将协同隐饰之乐户加倍处罚

第 14 条　每次检验后由所详细列表呈报本局查核备案

第 15 条　本所执行检验如人员不敷分配时所长得呈请第四科派员辅助之

第 16 条　检验及治疗等费之规定

一检验费　头等壹元二等七角三等四角

二医药费　梅毒及淋病注射药费洋头等每针四元二等每针三元五角三等每针三元横痃开刀麻药费洋每次二元外用药膏每两洋三角洗涤费头等四角二等三角三等二角换药费每次洋两角

第 17 条　本简章如有未尽事宜得随时修改之

第 18 条　本简章自呈请局长核准公布之日施行

这一章程的中心是"公共卫生"的理念，出于"保持娼妓健康""防花柳病"等传染病的防疫需要，对妓女身体的一种"规训"。

但这条规则并未收到实际的效果，性病等疾病依然呈上升趋势，从 1943 年至 1948 年的有关统计资料可知，娼妓从业者中性病患者呈逐年上升的趋势（见表 1）。从 1947 年 8 月到 1948 年 6 月不足一年的时间中，仅西安各医院、卫生所收治的梅毒、淋病和其他性病患者，就多达 2498 人，占全市患病人数的 24.5%（见表 2）。众多

妓院的存在与性病的大为盛行，反映了当时社会性病的泛滥情况：[1]

表1

时间	检验人数	患性病人数	患性病人数所占比例	资料来源
1943 年 7—9 月	2889	335	11.6%	《陕西省政府工作报告》（1943 年 7—9 月，第 53 页）
1944 年 7—9 月	3189	402	12.6%	《陕西省政府工作报告》（1944 年 7—9 月，第 65 页）

表2

时间	检验人数	患性病人数	患性病人数所占比例	资料来源
1946 年 7—9 月	3979	601	15.1%	《西安市参议会一届三次大会会刊》（1946 年 12 月，第 65 页）
1947 年 8 月—1948 年 6 月	10203	2498	24.5%	《西安市政府统计报告》（1948 年 7 月 31 日，第 65、69 页）

因此，可以看出，西安市政府希望将妓女集中管理，建构"卫生"的城市空间的努力显然是失败的。

三 民族文化故乡与污浊之地的冲突：国族想象空间对商业空间的排斥

1932 年，随着西安被确立为陪都，其发展伴随着"国家民族"空间与"商业"空间的发展，但这两种空间在开元寺的具体问题上产生了矛盾。

西安作为陪都的建设首先是一个政治问题，伴随着各界人士对"国家民族"空间发展的想象。随着民族危机的加剧，国民政府的建设重心

---

① 吴宏岐：《民国时期西安经济社会发展的阶段性特征》，《历史环境文明演进：2004 年历史地理国际学术研讨会论文集》，商务印书馆 2005 年版，第 326—327 页。

向西北转移，国府要员纷纷对此发表言论。戴季陶认为：西北开发"实在关系我们国民革命的前途"。① 张继也说：西北开发刻不容缓，如果我们不早动手开发，"则恐有代吾人而开发之者"。② 财政部长宋子文指出："西北建设，不是一个地方问题，是整个国家的问题"，"西北建设，是我中华民国的生命线"。③ 游客即使在游览西安时，其对西安的体认也蕴含着时代的政治背景。"其余各处所存古迹，多于牛毛，任踏一砖，即疑为秦；偶拾一瓦，又疑为汉。人谓长安灰尘，皆五千年故物，信然耶？余等居西安三日，昼则观光，夜则闻歌。夫游西北即等于还故乡，西北者，中华民族文化发源地，人未有不思故乡者，况久飘零异域之游子乎！近年以来，西北教育建设皆有显著之进境，朝野上下咸知吾民族有发祥地可珍，余以为'开发西北'之口号，不如易为'光大故乡'之为愈也！别矣！此古典之故乡，此令人怀慕无已时之古长安！"④ 这种将西安视为民族文化故乡的承载地是对国家民族复兴的一种向往，而西安作为"民族文化的故乡"承载了这样的空间想象。

西安作为陪都的发展伴随着经济的发展，"在1932年，即日本侵华战争爆发后之次年，西安一度被国民政府定作'陪都'，再加上沿海工商业为躲避战火纷纷内迁，从而使这一时期西安的城市建设、工商业、交通运输等都得到了不同程度的发展，呈现出近代以来前所未有的繁荣"。⑤

新型公共空间"在对人们产生视觉冲击的同时，要求人们遵守公共空间的规则，由此衍生出公共意识、法律规范与卫生知识"。⑥ 随着城市的发展，西安市及西安人的现代意识也得到发展，"过去因交通阻隔，物质文明及文化教育远落于沿海各省之后，故一般习惯，趋重保守，故

---

① 秦孝仪主编：《革命文献》第88辑，《西北建设》（一），台湾：中华印刷厂1981年版，第20页。

② 同上书，第91页。

③ 同上书，第103页。

④ 易君左：《西安述胜》，《上海青年》1937年第4期。

⑤ 朱士光、吴宏岐主编：《西安的历史变迁与发展》，西安出版社2003年版，第476页。

⑥ 陈蕴茜：《城市空间重构与现代知识体系的生产——以清末民国南京城为中心的考察》，《学术月刊》2008年第12期。

依旧风，仍以重儒轻商，重农轻工，近因交通日渐发达，而沿海及中部和各省人士，来西北经营工厂商者亦频繁，西京地居省会，为全省政治、经济、文化之中心，一切已趋进步，大有日新月异之概。尤以工商业之宅电政府改善协助，城市与农村金融之疏通调济，本地经商者亦日多矣……近年来东南各省之商贾，因受欧美商业之洗礼，经营颇为得法，亦颇势力。因各方面日趋繁荣进步，长安故城，已成一新式都市"。① 在现代都市想象中，城市应该是现代的，有着宽广的街道和雄伟高大的建筑物，因此西安市当局对城市中心点钟楼的四周街道进行了拓宽，使其"成一新式都市"。而开元寺的妓女作为"危险"的景观，距离西安城市中心标志性建筑钟楼距离过近，显然影响了城市形象，因此受到了民国游客的诟病。城市的面貌是由道路、边界、区域、节点、标志物这五大要素来决定的，② 而开元寺"污染"了城市中心的标志物"钟楼"，严重影响了民国西安的城市形象，因而受到了游客的批评。

"钟楼之东有开元寺……而四周为娼寮所据，诚有玷名胜也。"③ 甚至有的游客由于担心"污浊"放弃了对开元寺的游览。"久旱的关中，天气晴畅，我同止欺乘人力车由招待所出发，经东大街，本想入开元寺观唐代遗物，因寺的四周为娼妓所居，止欺畏污浊，未果入。"④ 还有的游客干脆替开元寺大呼"倒霉"。"开元寺在长安是古迹之一，现在却成了妓女的大本营，以一寺院而遍围着妓女，寺而有灵，当大感到倒霉不止。"⑤

寻其原因，是因为现代城市景观以"整洁""现代"为特征，而妓女隐含的"危险""污浊"形象与现代城市形象不符，也与现代城市卫生观念发生冲突。无独有偶，这种将妓女视为"危险"的象征，并试图将其逐出城市中心的行为在巴黎也发生过。

---

① 曹弃疾、王蕼：《西京要览》，扫荡报办事 1945 年版，第 3 页。
② ［美］凯文·林奇：《城市意象》，方益萍、何晓军译，华夏出版社 2001 年版，第 2 页。
③ 庄泽宣：《陇蜀之游》，上海中华书局 1937 年版，第 14—15 页。
④ 王济远：《西安一日游》，《东方杂志》1937 年第 9 号。
⑤ 李辉英：《东北人在长安》，《申报周刊》1936 年第 50 期。

此外，这种将女性身体视为"堕落"的象征物也受到空间女性主义批评家的注意。纽约街头一座著名的雕塑"市民美德"（civilvirtue），是一件基本全裸的男性雕像，"由一位目光严厉的具有大男子气魄的高大男性构成美德。他的肩上扛着一把剑。脚下踩着两个象征堕落和谎言的女性人物，被他脚边的海洋动物围绕着"。设计者声称，他所表现的是管理这座城市的男性。试图通过这尊雕像表明管理这座城市的男人是诚实的，并且在掌握法律方面是强有力的，面对诱惑能够保持尊严和高贵的思想。年轻象征着单纯和理想主义，剑喻为执法的威严。

空间女性主义批评家认为，虽然雕塑家试图用这座塑像来表达市民道德、正义、公理、秩序和平等的理念，但是由于这尊雕像突出地表现了男性的性别特征，发达的肌肉和强健的体魄。这种用强化身体语言的方式所述说的话语，使人们不得不去意识到这尊雕像的性别提示，性别文化的内涵被彰显出来，使男性成为"市民道德"楷模的化身和组成部分，而女性作为这座雕像的组成部分，是被踩在"美德"脚下的"堕落"和"谎言"，是邪恶势力的化身。多罗丽丝·海顿指出这雕像是对女性极大的侮辱，雕塑家让男性的脚踩在俯卧的女性的头上是对女性形象的贬低。她通过此类城市日常生活形态的解读，发现女性生活在城市空间的边缘。①

而社会分工一直将性别关系定义为：男性在"公共领域"，而女性在"私人领域"。将性别分工和性别角色定位于"公共的男人"（public man）和"私密的女人"（private woman）。现代城市所必需的"移动"和"观看"的条件，在女性那里是无法实现的。在一个父权社会中，丈夫占据公共空间而妻子占据私密空间的界限是不能混淆的，她们如若重复"闲逛者"的行为，通常被赋予不道德的联想并遭受世人的白眼，毕竟良家妇女是绝对不会以这样的方式占据和使用城市地理空间的。正是因为妓女玷污或者占据了城市中心位置，取代了闲逛者的位置而遭到贬斥，这种试图将女性驱逐出城市中心空间是因为妓女更是这一空间的

① 黄继刚：《空间的迷误与反思：爱德华·索雅的空间思想研究》，武汉大学出版社2016年版，第161页。

玷污者。空间蕴含的性别等级，城市中心是男性游荡者的尊严和象征，而妓女需要被安排在城市的边缘地带。因此，在城市中心位置自然排斥作为妓女活动地的开元寺的出现，而在中华人民共和国成立后，由于现代经济发展的需要而将开元寺彻底拆除，其蕴含的现代逻辑是一致的，因为现代的西安市中心不能也不需要这样的"玷污者"。

结　论

文化总是附着在一定的物质空间中，而对一切物质空间的控制从根本上讲是对在这个空间中活动的人的控制。"现代社会的历史意识无可争辩地为民族国家所支配。"[1] 正是受民族—国家意识的支配，民国西安市政府对西安城市空间的改造和南京、苏州等城市的现代化改造一样，都是以形塑理想的"国家民族"空间为旨归，而背后的现代知识体系发挥了重要作用，正如民国十七年（1928）九月内政部公布的《名胜古迹古物保存条例》在强调"保存"之前，发布了《废除卜巫星相巫现堪舆办法》，其背后彰显的是现代知识的逻辑顺序。因此，改造发展现代空间的同时采取了压缩传统建筑与空间的方式，导致了开元寺的衰落。此外，民国西安市政府对空间中的人也进行着改造，希望通过集中管理来规训妇女的身体，使之能符合"建设庄严璀璨之古城"的要求。而男性游客对古城的想象，不仅是对新的城市形象的想象，也是对新国家空间的想象，出于这样的目的，也对开元寺周边的"妓女"采取了驱逐的态度。因此，从现代意义上来说，民国西安城市空间的发展是以现代意识的发展作为背景的，这为城市空间的发展打上了"现代化"的烙印。

---

① ［美］杜赞奇：《从民族国家拯救历史：民族主义话语与中国现代史研究》，江苏人民出版社 2008 年版，第 1 页。

论郁达夫小说中的日本大正时期
都市文化浸染

李晓晗[*]

摘要：中国现代文学的激变与跨越，"留学"是一个不可忽视的重要因素。从郁达夫的作品及生平中，我们可以强烈地感受到日本文化对其深刻的影响，同时郁达夫的小说作品，也成为中国读者了解日本大正年代城市文化的途径之一。此时兴盛于日本的民主主义思想和人道主义思想浸染在郁达夫、创造社及其他"五四"旅日作家的作品中，在这种文化的浸染之下，也形成了"五四"时期以郁达夫为代表的创造社作家们那种激进、辛辣的批判精神。

关键词：郁达夫；创造社；大正时期；都市文化

一 20世纪初留学热潮下的旅日者

中国现代文学的激变与跨越，"留学"是一个不可忽视的重要因素。19世纪末20世纪初大规模的"人才输出"，不仅为中国现代文学带回了新文化、新思想，现代文学的重要载体文学社团也在留学生中诞生，其中最为典型的当属由赴日留学生组成的创造社。

日本留学热潮形成于20世纪初，一方面由于日本地理上距离中国近，另一方面由于日本译介完备，与中文属同语系的日语又相对易懂，

---

* 李晓晗，黑龙江大学文学院中国现当代文学专业研究生，研究方向为中国新诗与现代文学思潮。

日本成为"性价比"相对较高的求学选择。一大批没落地主及城市小资产阶级子弟选择赴日求学。由于日本学制等原因,赴日留学生普遍年龄较小、留学时间较长。这些留学生正值由懵懂走向成熟、由少年走向青年的转变时期,也是现代心理学所界定的"儿童期"的末尾。这一时期的经历与体验往往对人的思想性格产生极为深刻的影响。

作为旅日作家的代表,郁达夫作品经常以大正时期的日本都市为舞台而展开,这与郁达夫漫长的旅日经历密不可分。1913 年 10 月,在富阳家中自学的郁达夫随兄嫂远渡日本求学。抵达东京后,郁达夫决心要在短期内精通日语,为谋求经济独立,又选择了考取日本官费留学生(根据当时的中日协定,日本有五所学校可以招收官费的中国留学生)。郁达夫对求知的要求极其严苛,自 11 月开始,每天白天补习中学知识,晚上又进夜校学习日语,经常通宵达旦地钻研。在次年 7 月考取东京第一高等学校,但在入学前,兄长郁曼陀接到回国指令,年少的郁达夫便独自搬进宿舍,进入高等预科班。此时郁达夫虽孜孜不倦地饱读诗书,结识了郭沫若这样的好友,但弱国子民在日本处处受到歧视的处境也让他心中苦不堪言。此前郁达夫因为疲劳过度,已经严重损害了健康,这样的精神重压为日后的神经疾病埋下了隐患。1915 年 9 月,郁达夫终于无法忍受东京的生活处境,怀着苦闷与失望去了名古屋,远离都市生活的他变得越发孤僻,选择寄心于自然,退守自己的心灵家园。这样忧郁的情结终于在 1916 年春天一度发展成了刺激性神经衰弱症。在这样身心俱损的处境下,郁达夫却在文坛崭露头角,发表于《新爱知新闻》的旧体诗,让他博得了不少日本读者的赞赏。1920 年后,郁达夫开始与大量日本作家接触,在小说上也逐渐发挥出巨大的创造力。直到 1922 年,郁达夫取得东京帝国大学经济学科的学士学位,郭沫若等人又希望他回到上海主持创造社的工作,他便放弃了文学部继续深造的机会,结束了长达 10 年的日本留学生活。

而同一时代下的旅日者们,对日本文化的态度大不相同。郁达夫并未像周作人那样在异域文化中找到归属感,对于日本他怀着爱与憎、亲近与排斥的复杂情感。郁达夫一面被日本优秀的国民性、独特的文化与自然风光所深深吸引,正如小田岳夫在评价郁达夫的《沉沦》时曾说:

"然而，郁达夫对于日本及日本人是否仅仅只抱着这样的感情呢？笔者不以为然。相反，大正时代的日本——那灿烂的文化空气，平和的气氛，含义深广的大自然，少女的温柔娇美等，恐怕都使得他感到有着难以抗拒的魅力吧……"① 郁达夫在 1922 年所作的《归航》中，也表达了离开日本时"不忍诀别"的心情。郁达夫对长崎尤为热爱，1935 年所作的《海上》一文中写道"嗣后每次回国经过长崎心里总要跳跃半天，仿佛是见到了初恋的情人，或重翻到了几十年前写过的情书。长崎现在虽则已经衰落了，但在我的回忆里，它却总保有着那种活泼天真，象处女似的清丽的印象"。而另一面，郁达夫又时时刻刻地感受着弱国子民的悲哀，这也是其前期的自叙传小说的主要基调。《归航》中，郁达夫在表达留恋后，仍决然地书写了憎恶仇恨的心情："日本呀日本，我去了。我死了也不再回到你这里来了。但是我受了故国社会的压迫，不得不自杀的时候，最后浮上我的脑子里来的，怕就是你这岛国哩。"

从郁达夫的作品及生平中，我们可以强烈地感受到日本文化对其深刻的影响，同时郁达夫的小说作品，也成为中国读者了解日本大正年代城市文化的途径之一。

二　郁达夫小说中的日本都市人国民性体现

（一）软弱优柔与自我诘难

日本现代城市文化中，"耻感"是最体现于日常生活中的一部分。"耻感文化"下的软弱优柔的性格，最明显的特点即过分在乎别人的看法，甚至影响到自身的行为。《沉沦》中这种对他人目光的过分敏感在主人公身上有明显的体现，小说第二节描写主人公在学校的经历时，有这样一段文字"有时候到学校里去，他每觉得众人都在那里凝视他的样子。他避来避去想避他的同学，然而无论到了什么地方，他的同学的眼光，总好像怀了恶意，射在他的背脊上面"。主人公的行为也确实被这

---

① 许宪国：《郁达夫对日本文化和日本国民性的认识》，《湖南工业大学学报》（社会科学版）2012 年第 4 期。

种敏感所禁锢，"舌根好像被千钧的巨石锤住一样"①，变得越发软弱而惧怕同人交往了。

同前文中提到的"耻感文化"下的性格更为相似的是，主人公在承受他人目光带来的伤痛和耻辱后，显然生出"洗刷罪名"的义务感，甚至变成复仇的悲愤，"他们都是日本人，他们都是我的仇敌，我总有一天来复仇，我总要复他们的仇"。

但这种复仇心理终究是由内心的软弱和耻辱感所生发的，必然会转向对自我的诘难和怨恨，主人公很快又自嘲道"他们都是日本人，他们对你当然是没有同情的，因为你想得到他们的同情，所以你怨他们，这岂不是你自家的错误么？"可见他确实产生了这样的心理，讲罪责全部归咎于自己，后文也几乎一直在自我惩罚。

主人公自我诘难的情绪在小说的结局达到最高点，"不知是什么道理，他忽想跳入海里去死了"。此处作者竟也承认他寻死的想法是有"道理"所在的，那么是什么"道理"使主人公的溺亡成为合理的呢？小说中更多地表达出弱国子民在异国悲惨境遇下的悲剧，但笔者认为这里的死符合了洗刷耻感的"情理"，仍有自我惩罚的因素，在选择死亡时甚至对自己的影子都产生了罪责感。"可怜你这清影，跟了我二十一年，如今这大海就是你的葬身地了。我的身子，虽然被人家欺辱，我可不该累你也瘦弱到这步田地的。影子呀影子，你饶了我罢！"②

（二）孤僻自我与寻求归属

日本在高度发展的现代经济下，以"会社"为核心的集团主义精神高涨。《日本文学史序说》的作者加藤周一先生认为，"在日本，超越集体的价值绝不会占统治地位"。③《沉沦》中也体现着明显的集团主义下孤僻与寻求归属的双面性格。一开篇，郁达夫便表达了对"内"与"外"的敏感。"他的早熟的性情，竟把他挤到与世人绝不相容的境地，

---

① 郁达夫：《沉沦》，《郁达夫文集》，花城出版社1982年版，第22页。
② 同上书，第52页。
③ 参见加藤周一《日本文学史序说》，外语教学与研究出版社2011年版。

世人与他的中间介在的那一道屏障，愈筑愈高了。"这里"中间介在的那一道屏障"，正是他将自己的本心看作"内"，其余皆为"外"的孤僻性格。而后又希望寄情于"终古常新的苍空皎日、盛夏的微风、初秋的清气"，慰藉自己只有自然才是"朋友、慈母、情人"，自己便"不必再到世上去与那些轻薄的男女共处去，就在这大自然的怀里，这纯朴的乡间终老了"。①

而主人公并没有在这自然中找到真的慰藉，很快又"觉得自家可怜起来，好像有万千哀怨，横亘在胸中，一口说不出来的样子"。于是在小说第二节，主人公的日记中便写道："知识我也不要，名誉我也不要，我只要一个安慰我体谅我的'心'。一副白热的心肠！从这一副心肠里生出来的同情！"

在小说的第五节，也有主人公与中国同学交往的描写："有时候和朋友讲得投机，他就任了一时的热意，把他的内外的生活都对朋友讲了出来，然而到了归途，他又自悔失言，心里的责备，反倒比不去访友的时候，更加厉害。"

由此，便可体会到主人公的孤僻也并非与生俱来，而是在寻求心灵的归属时处处碰壁的结果，使得主人公的性格中存在孤僻自我和寻求归属的矛盾。

（三）"感官"追求与悲剧情怀

现代日本文化中对"感官世界"的追求是令人惊异的。贝尼迪克特在《菊与刀》第九章《人的感官世界》中写道："像日本这种极端要求回报义务和自我约束的道德准则，似乎坚决认为身体的欲望是人内心产生的罪恶，这也是古代佛教恪守的教义，但日本的道德准则却对感官享乐那样宽容。"② 在日本对感官享乐的宽容最明显地表现在三方面，一方面是对家庭责任和人的感官绝对区分，男人光顾艺伎或妓女是公开且合情合理的，另一方面表现为对同性恋行为的喜好，此外还有对酗酒的

---

① 参见郁达夫《沉沦》，《郁达夫文集》，花城出版社 1982 年版。
② 参见本尼迪克特《菊与刀》，中国画报出版社 2011 年版。

允许。

爱情同样被日本人认为是一种"感官"情趣，而在出现爱情描写的文学作品中，这种感官情趣往往不是那么合情合理、无所禁忌的。日本文化中虽不存在对性享乐的禁忌，可对"感官世界"的追求非但没有给日本人带来彻底的快乐和自由，反而使其陷入困境，增加了更加浓重的悲观主义色彩。

《沉沦》中的色欲描写是一直被人所争议的部分，但如果了解日本文化中道德准则对于感官享乐的宽容，便不难理解为什么郁达夫会选择用大段的情欲描写来表达小说更深层的意蕴。小说中主人公对肉欲的追求是不加掩饰的，尤其体现在对"窥浴"和"野合"的两段描写。主人公在窥视旅馆家女儿沐浴时，似乎并没有犹豫心理。"他起初以为看一看就可以走的，然而到了一看之后，他竟同被钉子钉住一样，动也不能动了。"在对偷听情侣野合的描写中，主人公"同偷了食的野狗一样，就惊心吊胆的把身子屈倒去听了""他那双尖着的耳朵，却一言半语也不愿意遗漏，用了全副精神在那里听着。"① 而这样对感官的描写中透露着更大的虚无感和悲剧情怀，在听到人说"总有妓女在那里的"之后，"他的精神就抖擞起来，好像是一桶冷水浇上身来的样子"。但对肉欲的追求给他带来了更大的困境。"可怜他那同兔儿似的小胆，同猿猴似的淫心，竟把他陷到一个大大的难境里去了"。

从日本文化和日本性格的角度看《沉沦》，一方面可看出郁达夫骨子里的日本性格对其写作带来的影响，另一方面也更容易理解为什么郁达夫小说成为"五四"时期独树一帜的异端存在。

三 民主主义思想与白桦派思想的传播

旅日作家以自己的生活环境为背景创作具有日本城市文化特色的小说，其中除受到日本国民性和传统文化的影响，其所生活年代当时的社会主流思想和文艺思想都会在作品中有所体现。大正时期日本都市的思

---

① 郁达夫：《沉沦》，《郁达夫文集》，花城出版社1982年版，第44页。

想主流是民主主义思潮和白桦派的思想。

民主主义思潮的兴盛源于大正民主主义运动。大正民主主义运动指大正年间要求民主主义改革的各种思想潮流和实际活动。以1913年民众要求"打破阀族，拥护宪政"的护宪倒阁运动为发端。为这场运动提供理论支撑的是部达吉的"天皇机关说"和吉野作造的"民本主义"说。吉野作造的"民本主义"说是大正民主主义思潮最重要的一个部分，它对国家提出了两种要求：国家政权运用的最终目的应是为了一般民众，国家政权运用的最终决定应尊重一般民众的意向。因此当权者即政府在行使主权时必须将一般民众的利益摆在第一位，以民为本，这与以国家主权在于民为基调的民主主义是有差别的。实际上吉野作造的"民本主义"与以天皇为中心的君主制度并不违背，但吉野作造始终坚持尊重民意、由民意支配政策制定的原则，并且对明治时期的国家中心主义进行了严厉的抨击。他指出国家中心主义强大了国家，却埋没了"个人"的个性，使"个人"变得极其渺小。因此，他呼吁提高国民的素质，发扬国民的个性，由国民的意志来改革政治。这与新文化运动时期在中国城市所盛行的以及各大"五四"文学社团所推行的改革思想在本质上是不谋而合的。

另一个主要思想潮流是由白桦派作家提出的人道主义思想。白桦派的人道主义思想主要来源于俄国托尔斯泰的作品。但他们所立足的人道主义，并非止步于人的生存和温饱问题，而追求的是高扬人的个性，是个人通过自己的能力来实现人类的意志、宇宙的意志的一种新精神。白桦派作家不光在理论上大力提倡他们的主张，并身体力行地去实践。武者小路实笃曾在九州日向创办自给自足的"新村"，有岛武郎则解放了自家农场的奴隶，这都是大正时期相当有名的文人事件。他们的人道主义虽然看起来是一种过于盲目乐观积极的理想主义，但却代表了大正时期文人的文化品格。诚然，这种文化品格是建立在相对优厚的物质生活条件和稳固的社会地位之上的，对于生活在战乱中的中国文人来说，这种理想很难拥有生存的土壤。但白桦派作为日本大正时期的文学主流，中国旅日作家大量阅读了他们的作品。白桦派关于人、人的个性、人与人类的关系的思想，引发了中国文人的思考。

　　此时兴盛于日本的民主主义思想和人道主义思想浸染在郁达夫、创造社及其他"五四"旅日作家的作品中，集中体现为对"人的文学"的发现。郁达夫曾在回顾"五四"新文化运动时，认为其最大的成功，"第一要算'个人'的发现，以前的人，是为君而存在，为道而存在，为父母而存在，现在的人才晓得为自我而存在了"。

　　对于生活在中国新旧社会夹缝中的"五四"作家来说，接触以民主思潮和白桦派思想为主流，吸取了各种西方现代思想精髓的大正时期都市文化，给他们的人生经历和写作都带来了巨大的冲击。充斥着民主与自由的日本大正都市文化，诱导了他们去发现自己作为一个个体生命的存在，从而追寻一个人的价值和意义，这对于来自封建保守地域，仍然为新旧夹缝的社会环境所苦恼的年轻人来说无疑是打开了一扇天窗，他们可以在开放民主的都市社会中自由呼吸，这一方面给他们的精神素养带来了很大的好处，另一方面也激发了他们文学创作的想象空间。同样，在这种文化的浸染之下，也形成了"五四"时期以郁达夫为代表的创造社作家们那种激进而辛辣的批判精神。

第三篇

记忆、塑造和认同

——清杭州《城西古迹考》《柳营谣》解读

李桔松*

摘要： 城市记忆是一种人和城市互动后的文化遗迹，可以是物质存在，抑或是精神留存。这个过程随着时间的推移不断累积变化，最终形成具有差异性的城市文化，更为重要的是留存城市文化的文本还表现出一种文化认同心理。记录与书写清代杭州城西演变历史的《城西古迹考》及《柳营谣》就是城市记忆以及文化认同的典型范例，而生活在其中的城市新居民，对所居住空间的历史和环境的认同，是融入新的社区的关键。而且人都有被接纳的渴望，无论表现在口头文字抑或是思想内心。

关键词：《城西古迹考》；《柳营谣》；城市记忆

一 引子

中国古代的城市书写中，就留存了地方城市发展演变的生动实例，既包括街道坊巷、名人故居，还有生活在其中人们的奇闻逸事，人在城市中留痕成为城市空间的有机组成部分。而且这个过程随着时间的推移不断累积变化，最终形成具有差异性的城市文化，更为重要的是留存城市文化的文本还表现出一种文化认同心理。记录与书写清代杭州城西演变历史的《城西古迹考》及《柳营谣》就是城市记忆以及文化认同的

* 李桔松，文学博士，北京教育学院讲师。

典型范例。

杭州旗营从顺治二年（1645）首设，至1912年结束戍守开始拆除，存在267年。有关杭州旗营的记述首推清张大昌《杭州八旗驻防营志略》记载最为完备，但其关于杭州旗营太平天国起义前坊巷的记述多引自《城西古迹考》。由于城西旗营本是军事驻防，所以闲杂人等禁止涉足。"终清之世，驻防旗人居焉，锁匙壕堑，视同禁苑。"① 咸丰初年，才由杭州旗营士人廷玉写成《城西古迹考》八卷，对旗营内河梁坊巷及文化遗迹进行了访查梳理。但此书当时并未刊刻出版，只以手稿形式存世。② 现在书稿已佚。所幸光绪时期张大昌所撰《杭州八旗驻防营志略》、丁丙所编《武林坊巷志》以及王廷鼎所纂《杭防营志》大量摘引了此书内容，可从中窥见此书的一鳞半爪。

创作于光绪十五年（1889）《柳营谣》则是采用"竹枝词"的体式，诗意地回忆并记述了旗营中的历史与风物。《柳营谣》现存光绪时期刻本，民国三十一年（1942）徐一士以《杭州旗营掌故》为名点校铅印此书，在当时流行一时。

从《城西古迹考》到《柳营谣》，廷玉和三多用不同的叙事方式完成了对旗营历史的书写。杭州旗营焚毁前的史迹多有赖于廷玉《城西古迹考》的记述而得以留存，而《柳营谣》成为清末民初文人士子中流传最广的有关杭州旗营历史的文本。二书以杭州城西驻防旗营为书写对象，时间上前后递续，横跨清代道、咸、同、光时期，不仅挖掘出杭州城西的文化内涵，并重新塑造了杭州驻防旗营作为杭州"城中城"的文化形象，更重要的是把杭州城西和驻防旗营在文化层面上完美契合。杭州驻防旗营文人也通过对旗营历史变迁的书写以及文化身份的塑造，与杭州城和杭州文士形成了身份上的认同。所以两书及所描述的杭州驻防旗营足以作为考察城市记忆以及所牵涉的文化认同的

---

① 蒋幸庵：《杭州驻防旗营考》跋，《两浙史事丛考》，浙江古籍出版社1988年版，第325页。

② 廷玉，生卒年不详，字蕴之，号澐岩，巴尔达氏，满洲镶黄旗人。因居石湖桥，故晚年自称石湖翁。廪贡生。廷玉嗜书好古，湖山佳处，登涉殆遍。兼绘事，寸缣尺幅人皆宝之。有《沧雪斋诗稿》、《湖山补遗录》二卷、《城西古迹考》八卷，均佚。

典范样本。

二　旗营文化内涵的挖掘和塑造

杭州驻防旗营从顺治发展到咸丰，一直没有史志传世。文秀在《城西古迹考》序言中说："我满营二百余年来，惜未有传志，即有家乘、遗编，大率随意抛弃，故流传者鲜。"① 廷玉作为旗营内文化名宿，主动承担起搜访、保存旗营文化的重任。

廷玉完成《城西古迹考》时已届七十七岁高龄。在自序中，廷玉详细说明了此书编纂成书的过程：

> 予童年好闻父老谈古典，而不知何谓古也。后入塾读书，始知凡历千百年之事迹，谓之古也。意以城西一带，既驻为营，其中岂无古迹？如有之，其必晰载群书，寻绎甚考，故益穷究简篇而探赜索隐，远绍旁搜，随所见闻，综而纪之矣。弱冠娴习武备及暇于书不辍。嘉庆庚午有故友雪香许敬言、石桥施绍武寻觅营中古迹，拟汇一书。传因雪香久寓于兹，意相讨论耳。乃答云：吾友已询访迨遍，考载未备，久成数帙，只亏一篑之功。问者于是止焉。道光间蔡木龛与锁吟竹知予是集，谆谆寄言，可订成书，足传列朝之文献掌故。予以遗逸殊多，恐有所漏，且姑待证之。吴康甫尝，日月逝矣，岁不我与。而徐问蘧、吴秋畦犹劝勤付梓，予以未尽善也。咸丰癸丑镜泉罗君偕汪剑秋闻知相访，下顾寒庐，共相谈古事迹，娓娓不倦，予未敢出视其稿。继而纳庵上人同铁樵汪君亦为下顾，予揣管窥蠡测，何敢质诸大雅才家？如不以此稿为虚诞，俟汇成时候，请以就正补遗，则五十余年求益之怀可适。②

① 参见文秀《城西古迹考序》，张大昌《杭州八旗驻防营志略》卷20，《近代中国史料丛编》第63辑，文海出版社1971年版。
② 廷玉：《城西古迹考序》，张大昌《杭州八旗驻防营志略》卷20，《近代中国史料丛编》第63辑，文海出版社1971年版，第263页。

　　此书虽是由廷玉独自编纂完成，但在序言中他详细回顾了此书撰写过程中与杭州文士交流的情形，成为嘉道时期杭旗营文士和城内汉族文人交流的缩影。书中所提诸人皆是当时杭州城内名士：施绍武，初名绍培，字树之，号石樵，又号石桥，杭州钱塘人，嘉庆九年举人。性孝友，笃古义。[①] 蔡木龛，名焜，钱塘人。居于武林门内之斜桥河下，身为鹾务司会计，而往来皆文士。[②] 锁成，字彦韶，号吟竹，浙江钱塘人。诸生。有《吟竹山房诗》。少年时曾跟随舅父马履泰参加潜园诗社。其亦究心当地史志，嘉庆二十四年（1819）锁成借得《南宋古迹考》抄本，考订并重录净本。[③] 之后又有徐问蘧、吴秋畦劝廷玉刊刻出版其书。徐问蘧，名橡，杭州钱塘人，收藏金石甚富。工篆刻，为浙中名手。[④] 吴秋畦，即吴重光，字秋伊、秋畦。杭州钱塘人。善摹印，早年与同乡先辈陈鸿寿、陈豫钟等人游。[⑤] 汪剑秋，为汪铖（1794—1855），字式金，号剑秋。钱塘人。工词。著有《四书说略》《五经说略》。[⑥] 汪铁樵，即汪士骧（？—1861），字铁樵，钱塘人。袭世职，授杭州营千总。咸丰辛酉（1861）杭城陷全家殉难，《两浙忠义录》有传。他擅诗，工篆隶，晚年作小楷尤精，曾校《万卷堂艺文记》一卷。[⑦]

　　与廷玉往来者，如前期的锁成，早年即参加潜园诗社，与众杭州耆旧相唱和。后期如汪铖，出身钱塘汪氏家族，同时是东轩吟社成员[⑧]，廷玉可以说是嘉道时期杭州城文士交游结社活动发展的见证人之一。他

　　① 施绍武生平参见浙江省通志馆编，浙江省地方志编纂委员会整理《重修浙江通志稿》第 5 册《著述考》，方志出版社 2010 年版，第 3312 页。

　　② 梁绍壬著，庄葳点校：《两般秋雨盦随笔》，上海古籍出版社 1982 年版，第 192 页。

　　③ 锁成生平参见钱钟联主编《清诗纪事　嘉庆朝卷》，江苏古籍出版社 1989 年版，第 9102 页。

　　④ 臧励和等：《中国人名大辞典》，上海书店出版社 1980 年版，第 792 页。

　　⑤ 《简明篆刻辞典》，上海书画出版社 2004 年版，第 116 页。

　　⑥ 南京图书馆编：《中国近现代人物像传》，上海古籍出版社 2011 年版，第 490 页。

　　⑦ 其生平见国家图书馆古籍馆编《中国古代地方人物传记汇编》71《浙江忠义录》，北京燕山出版社 2008 年版，第 22 页。中国文史出版社编《二十五史》卷 15《清史稿（下）》，中国文史出版社 2003 年版，第 2430 页。

　　⑧ 徐雁平教授在《花萼与芸香：钱塘汪氏振绮堂诗人群》中对杭州汪氏家族的文学发展有详细论述，《清代世家与文学传承》，生活·读书·新知三联书店 2012 年版。

自己不仅亲身参与到文人交往活动中，同时在大家的砥砺下写出《城西古迹考》一书。在广泛和杭州士人交流的过程中，注定了这本描写杭州旗营文化地理的著作不可能脱离杭州城而独立存在。（这恰和杭州旗营"城中城"的地理布局相反）这一点首先体现在此书的名字上。

现在可见的史料中引用此书名为《城西古迹考》，但在三多编辑廷玉的人物小传中记载此书曾用名《武林城西古迹考》。此书不管是"武林城西"或者是简化为"城西"，都是想强调杭州旗营从地理空间角度本就是杭州城市当中的一部分。从书名上就可以看出廷玉撰写此书的宗旨就是强调杭州旗营对杭州历史在空间地理上的继承关系。

"武林城西"指杭州城西部一带，原本是杭州城内繁华富庶的地区，清初八旗官兵强行圈占了城西自钱塘门至涌金门的民宅作为营地。原有居民被迫扶老携幼，迁往城外，但是仍需为被占房屋输粮纳税二十年之久①，造成了当地极大的社会矛盾。后旗营筑墙将自我同杭州城居民相隔离，但是旗民摩擦仍旧不时出现。② 如乾隆十八年（1753），杭州就发生驻防兵丁七达儿等与民人翁岐周等互殴一案。乾隆皇帝竟亲自下召过问，且上谕中认为此乃风俗颓坏，需严惩以儆效尤。廷玉为书定名《城西古迹考》，即有意弥合杭旗营同杭州城已有的心理区隔，同时也同杭州城整体相呼应。这种呼应不仅是地理空间的包含关系，还有空间对应关系。清代浙西词派集大成的厉鹗曾有《东城杂记》传世，书中内容"为考里中旧闻遗事，舆记所不及者八十五条，厘为上下二卷。大抵略于古而详于今"。③ 廷玉的著作不仅内容上与之相类，且地域上也与之相对。由此，廷玉的著作不仅是对位于杭州城西旗营文化遗迹的稽考，更是杭州城史地文化的接续。

《城西古迹考》在叙述中特别注意历史的更替联系。如记神堂巷当中有慧济庵为："元至正甲子，牧牛孝公建，元末毁，明洪武间僧宗恺

---

① 《康熙仁和县志》，张大昌《杭州八旗驻防营志略》卷17。

② 有关杭旗营旗人和杭州汉民的冲突可参见赖慧敏《从杭州满城看清代的满汉关系》，《两岸发展史研究》2008年第5期。文章从政治、经济、社会三层面讨论杭州旗民冲突问题。

③ 永瑢、纪昀主编，周仁等整理：《四库全书总目提要》，海南出版社1999年版，第390页。

重建。"颇家弄中有宋三将军庙，"亦称三忠祠，又称旌忠祠。其神为高永能、景思谊、程博。宋元丰间，统军银川，战死，庙食于和尚原。南渡后建"。草芝巷的蒙古八旗协领署，"相传为宋枢密韩世忠故第，古屋数间，犹指为宋筑。其仪门侧墙砖尚存，所镌'尚贤'二字"。①如此描述在书中比比皆是。现实历史的留存加之历史的勾连，很容易让人忘记杭州旗营城中城的空间布局，使旗营在时间上和杭州城市的历史发展保持了同步和一致性。

但这还不是廷玉撰写此书的全部意义，通过对旗营历史地理的追考，接续出的是当下旗营的发展。所以书中的笔墨更多地放在了清代中期旗营的布局和建设上。如记将军署西园：

> 在署内，奇石林立，树木古秀，皆南宋旧物。桥亭池榭皆足燕赏。登楼凭眺，则湖山晴雨，浓淡多宜，花竹蔚然，鱼鸟翔泳。乾隆五十年将军宝琳蓄鹤鹿其中，以为点缀。嘉庆六年，将军普福临池别构数楹，阶掩芰荷，背植丛筱，拟以夏月于此课士，及落成已内擢。二十三年将军萨秉阿修复之，以演武校射。艾草藉苔，设立箭鹄。沿墙徧栽杨柳，睿池引泉，杂莳红白藕花。道光二十五年，将军特依顺重事修葺，造曲廊密室，补植花木，堆砌山石。幕中徐香舲撰记勒石。二十七年，将军奕湘辟畦莳菊。秋色满园，极一时觞咏之盛。②

先叙述园中的花木叠石多可追溯南宋，可见此园历史传承。重要的是，廷玉以诗意的笔法，按时代顺序，描述出西园变迁的历史。每一次的修葺，作者都用诗化的语言抓取西园的景物特色，引人入胜。西园成为驻防旗营将军衙署的后花园后，经过历代将军的营建，风光更加秀丽。不仅如此，廷玉在文后还附有与此有关的诗词二首，文化气息扑面而来。

---

① 廷玉：《城西古迹考》，转引自张大昌《杭州八旗驻防营志略》，马协弟主编《杭州八旗驻防营志略　绥远旗志　京口八旗志　福州驻防志（附琴江志）》，辽宁大学出版社 1994 年版，第 280、277、179 页。

② 同上书，第 176 页。

此外，廷玉书中还侧重于"阐扬前贤之勋绩文章，并近代名流硕望"①，廷玉在跋中解释他书中搜集当时旗营文彦时说：

> 古今一辙也。日月如转轮，俯今即古，古由今也。是集所述，收辑先朝之遗事，而与近代之人文可志者，附载篇章。……兹所载见闻及者，堪以媲美前徽，足征后世。如昔人之事迹不纪于书，则久之无传，故并述之耳。②

廷玉有"以书存人"之想，所以书中记载了诸多杭州旗营内的文人雅士和他们的诗文篇章。如记载廷揆居住大花园巷，好莳花草，尤种秋菊，每至秋日观花者络绎不绝，留题满壁。居颇家弄的赵惟德，喜好盆景，访其庭院蔚然如游深山。其人善画龙，工草书。又记"文元圃，名庆，居义方巷之北，幼读书入泮，后从武，至四品。好题咏，而深于国书。福尚衣使者、特依参赞相继延以教读。院有假山，花木方竹丛生，中葺一亭，以董蔗林所书'得月亭'三字额之"。③ 虽对人物并非史传式的书写，但足以窥杭州旗营内文化发展之貌，补史之不足。

廷玉《城西古迹考》的撰写无疑是他文化自觉的一个过程，正如其自己所言有一颗好古之心。而这个好古之心即是在汉文化学习过程中所形成的一种对于自身历史的叩问和关注。由于旗营内寺院、坊巷、河梁，皆从杭州旗营建营起有之，而后旗营又根据八旗布局乃拆补改建成行辕等。廷玉虽然明知旗营乃为城中之城，空间上与杭州隔断，但仍旧在时空上和杭州保持了呼应。不仅如此，廷玉所侧重表现的也是旗营内众人文化性的一面：他们栽花修竹、吟风弄月，汉族文人的雅好他们不仅具备，甚至达到精通的程度。这从一个侧面说明杭州旗营不仅在历史、地理上同杭州保持了一致，同样在文化精神层面也从未和杭州厚重

---

① 廷玉：《城西古迹考》，转引自张大昌《杭州八旗驻防营志略》，马协弟主编《杭州八旗驻防营志略 绥远旗志 京口八旗志 福州驻防志（附琴江志）》，辽宁大学出版社1994年版，第176页。

② 同上书，第176页。

③ 丁丙：《武林坊巷志》第8册，浙江人民出版社1990年版，第527页。

的文化离断。

在廷玉的笔下，他用文化传承的模式重新叙述和构建了旗营的历史地理。旗营中从草木到建筑都留存着前代的影子，哪怕湮没荒草的残垣断壁，也有传说故事让这些遗迹具有了让人悼古的纪念性。原本是以武力震慑江南的军营，在廷玉的笔下则成为可以让人流连感兴的文化场所。这部书在记述历史的同时，兼具文化地图导览的功用，廷玉自序中记：

> 乙卯秋，镜泉假予所绘之图，相携周览凭吊于城西西北一带，慨叹于夕阳芳草间，其莅宫梵院、名贤流寓之所，或颓垣败址，犹能指视。则此日之消残，不胜兴感也！越日，铁樵复假所述未竣之初稿携归，录一副墨，谓俾广见闻，何诸君嗜好相同如斯之极？

可见当时此书也确实成了文人雅士的"旗营旅游指南"。杭州旗营在廷玉的笔下脱下了神秘的外衣，变得亲近而感性，它被纳入杭州的历史发展时空中，成为杭州城历史的一部分。这不仅仅是杭州旗营在杭州城中的地理归属，更是廷玉内心身份归属的外在投射。

三　旗营历史文化的接续和重塑

廷玉的《城西古迹考》完成后不久，杭州城遭太平军的重创，杭州旗营也成为焦土。同治三年（1864）杭州旗营重建，百废待兴。焚毁前的旗营状况对于杭州旗营士人已经非常陌生，其光辉的过去仅留存在残缺不全的文字中，而且随时可能成为空白，旗营历史掌故亟待后人记录传承。杭州旗营后学三多①在接受其师王廷鼎委托搜集有关杭旗营历

---

① 三多（1871—1941），号六桥，晚年又号鹿樵，钟木依氏，蒙古正白旗人，杭州驻防。17岁时，三多承袭三等轻车都尉，历任浙江杭州知府、浙江武备学堂总办、洋务局总办、北京大学堂提调、民政部参议、归化城副都统、库伦办事大臣。民国后任盛京副都统、金州副都统、华工事务局总裁、铨叙局局长。南京政府成立，任东北边防军司令长官公署咨议。伪满洲国时去伪新京（长春），溥仪赐宅以居，出任伪满电信电话株式会社副总裁。有《可园诗抄》《可园诗抄外集》《粉云庵词》等作品。

史资料的过程中，本着存史的目的，于光绪十五年（1889）完成了《柳营谣》的创作。民国徐一士在复印此书时说：

> 己丑（光绪十五年）有《柳营谣》之作，用竹枝体，述杭营诸事，共诗一百首，附注以为说明。时犹髫年（约十四五龄），所造已斐然可观。既见诗才夙慧，尤足考有清一代杭州驻防旗营之史迹。①

肯定了此书对杭州八旗驻防旗营历史的补阙之功。

三多搜集旗营历史有着别人不能相比的优势。三多家族几代均为杭州驻防。三多的叔祖隆广平，讳隆铿，杭旗营协领，在杭州"辛酉难"时殉职，三多是由承袭三等轻车都尉世职。其父有连，字鋆溪，以功历官至记名副都统，掌右习官防协领，统带八旗步兵营最久。三多不仅是杭州旗营辛酉之难后少有的八旗子弟的遗存，且是勋贵之后。其祖父裕贵，同瑞常、贵成等都为姻亲关系。所以三多借由家族人脉，得以结识诸多旗营故旧，如与京城原杭州驻防瑞常后裔丛桂、承禧邮件往来②，对旗营旧事咨询考订。他自己在序中记叙写书缘起和过程：

> 吾营建自顺治五年，迄今二百四十余载，其坊巷、桥梁、古迹、寺院之废兴更改者，既为杭郡志乘所略，而其职官、衙署、科名、兵额一切规制，又无记载以传其盛。自经兵燹，陵谷变迁，老成凋谢，欲求故实，更无堪问。夫方隅片壤，尚有小志剩语，纪其文献，吾营八旗，实备蒙满大族，皇恩优渥，创制显荣，其间勋名志节，代不乏人，倘无一编半册，识其大略，隶斯营者非特无以述祖德，且何以答君恩乎？童于何知，生又恨晚，窃不忍其淹没无传，以迄于今，每为流留轶事，采访遗文，凡有关于风俗掌故者，

---

① 徐一士：《一士类稿》，辽宁教育出版社1997年版，第181页。
② 丛桂，字古香，号兆丹，蒙古镶红旗人。瑞常孙。荣浚，字心川，蒙古镶蓝旗人。光绪三十年（1904）进士，发湖北，补天门县知县。操行不苟。后为荆州驻防，辛亥革命后，以死自誓，革命党来攻，被杀。

辄笔之，积岁余方百事，即成七绝百首，名曰《柳营谣》。①

这本书写作目的就是"以诗存史"。与其他旗营文献相比，《柳营谣》最突出的特点是避开了传统的史笔手法，而是采用"竹枝词"的体式，诗意地回忆并记述了旗营中的历史与风物。"竹枝词"本取法民歌，宋代以来，开始逐渐成为咏风记俗的专用诗体。三多沿袭了这一传统，用诗性的语言给读者带来了生动感人的阅读体验。

"竹枝词"毕竟字数有限，为填补诗中不能尽道的历史故实，三多皆用自注的形式补写于诗后，与诗句前后参照。这就为《柳营谣》原有的浪漫主义色彩加入了现实主义的元素，两相对照，相得益彰，既填补了以诗记史的缺陷，又缓解了单纯历史叙事的干涩平淡。如：

> 真珠曲阜水安桥，红白莲花共五条。更有鳌山兼兔岭，至今何处问渔樵。（真珠桥在真珠河上，曲阜桥在军将施水二桥之间，西岸跨街，小永安、红莲花、白莲花三桥并在梅青院东，今俱废。鳌山头在清湖桥南新开弄，兔儿岭在坍牌楼，今罕有知者。）

《柳营谣》采用诗的方式来记录杭州旗营历史的另一个原因可能是历史资料的缺乏。诗不仅字数少，还可以很大程度上给人想象空间。自序中也提到，他并没有见到有关旗营的历史资料，甚至残本的《城西古迹考》也无缘得见。其诗有云："竹牒可能重我授，并将古迹证城西。（太夫子廷沄岩先生为吾营耆儒，著作甚富，有《城西古迹考》诗文等书，乱后多所失。）"书中所写的都是依靠自己重新搜集资料并且采访遗老而得。在其自注中就可以看到他参考了《宋史》《癸辛杂识》《夷坚志》《雪庄渔唱》《西湖百咏》《随隐漫录》《樊榭山房集》《咸淳临安志》《康熙仁和志》《杨诚斋集》《啸亭杂录》等文献。他将普通的衰草寒烟，废弃的颓墙老井重新从历史的尘埃中挖掘出来，诗化的语言有效地填补史料不足所导致的模糊性，反而增加了杭州旗营经过战火后

---

① 三多：《柳营谣》，清光绪刻本。后文所引皆出自此书，不再另注。

的沧桑巨变之感。

从题目上看，三多诗意地将诗集起名为"柳营"，可谓一语双关。一方面，三多借用历史上周亚夫的历史典故，以纪律严明、军容整齐的"细柳营"自比，以彰显杭州驻防旗营的性质，同时也隐含着对旗营军事素质的夸赞。另一方面，也是对旗营的如实记录。书中记光绪元年（1875）八旗官兵曾捐栽杨柳于河岸："修筑东西两岸堤，争输鹤俸覆香泥。""柳营"的名称不仅形象描述了旗营的地理位置，而且赋予了旗营一种诗意的美感。

《柳营谣》从内容上大致可以分成四个部分，首先是记述杭州旗营的建制以及辉煌历史，描述了主要的督署官衙，后介绍了旗营内的文化遗迹，再是将营内文士一一历数，最后是旗营内的风俗民情。与《城西古迹考》相比，此书其实更加侧重于对当下旗营风物的书写，实质上是对前书的一种接续。如前举西园，三多写：

> 树石参差水环竹，倚园新作雅游还。御书楼上凭阑眺，西背湖平北面山。（军署向有西园，去年长乐初将军重葺，易名倚园，御书楼在园正东。）

三多以现实的角度记录了西园的变迁。由于他并没有亲见过旗营之前的面貌，所以笔墨大多还是放在了今日旗营之情景。诗中仅能提及一些历史的过往，并在自注中留下一些历史的蛛丝马迹，供读者唏嘘凭吊。所以细看之下，《柳营谣》其实还是光绪时期旗营历史的记录，它跨时空地接续廷玉的思想轨迹，书写了旗营属于自己的历史。

三多之所以会萌发写《柳营谣》的动机，其序中并未直言。其师王廷鼎的序言中反而说得更加明了：

> 忆杭城自顺治五年始设满蒙八旗防营，迄今垂丽六十年。其中规模创制，文物声名，彪炳可风者殆不胜数，而记载阙如。中丁粤难一营燔焉。克复后合官与兵仅存四十余人，余悉调自荆、青、闽、蜀、乍浦诸营，以复旧规。非特文献荡尽，即其坊巷风情，大

非昔比。六桥惜其典则云亡，深抱数典忘祖之虑，爰为广询老成，穷搜故实，一名一物，莫不笔以载之。①

　　杭旗营难后重建，规模制度已然大不如前。三多在《柳营谣》中也提到重建后的杭州旗营兵额分别从乍浦、福州、荆州、德州、青州、四川六处调补而来。杭州驻防旧人善能在诗中感叹"城郭依然耆旧亡，怆怀谁是鲁灵光"（《感旧》）②。俞樾也在序言中说："入其城者，但见衙署之鼎新，廛舍之草创，欲问其故事而遗老尽矣。"③ 所以驻防旗营内除了旧有的规制需要恢复，更重要是的文化的重建，或者说是原有的杭州旗营文化的接续。三多的《柳营谣》所做的就是旗营内文化承续的工作。在结尾的诗作中，他写道：

　　　　声明文物合推今，精绝诗书绘与琴。莫笑管弦闻比户，武城自古有知音。（吾营以诗传者，赫藕香方伯有《白花馆遗稿》，外王父乙垣公有《铸庐诗草》，舅祖文吟香公有《亦芳草堂诗稿》，善雨人寺丞有《自芳斋诗稿》，贵镜泉观察有《灵石山房诗草》。以书名者，善寺丞之行书，固画臣姻伯之楷书，杏襄侯姻丈之隶书。以画名者，祥瑞亭协戎之马，家大人之山水、牡丹，乔云、织云两夫人之花卉。工琴者，盛恺庭观察、外舅文济川公、家六叔保子云公、柏研香、杏襄侯姻文，皆精绝灵妙，远近言琴者莫不以吾营为领袖。）

　　这首诗不仅简要绘制了杭州旗营内文化发展的脉络，而且包含着三多作为旗营八旗子弟的骄傲。诗中直接宣称杭州旗营在将近二百年的发展中，现在才是旗营文化发展的高峰。三多所说并非虚言，经历过咸丰战火后的旗营文化凋敝，直到光绪时期才有所恢复。诗中历数的众旗营

---

① 王廷鼎：《柳营谣》序，清光绪刻本。
② 丁申、丁丙：《国朝杭郡诗三辑》，清光绪十九年（1893）刻本。
③ 俞樾：《柳营谣》序，清光绪刻本。

文士，到同光时期还在世者寥寥，其实这段话是旗营文化黄金时期的最好概括。三多此书的深层目的在这首诗中也显露无遗：通过对前代文化遗产的追溯，对当下旗营的描绘，三多打造了一个文武并重、既具有历史感又兼有文化气息的旗营形象。正如钟敬文先生说："中国古代的民族文献有一个特点，就是从回忆的角度来记录民俗……从主观上讲它们表达了作者的文人情思；从客观上讲，它们又传达了在社会历史急剧变动的时期，人们对安定的民俗生活的回忆和眷恋，以及通过叙述民俗社会所抒发的对理想社会模式的想象。"① 三多的《柳营谣》正是对旗营过去辉煌时光的挽歌，同时也是内心当中对旗营理想生活模式的想象和重造。三多想通过这些朗朗上口的小诗让人们重新认识杭州旗营，他的写作对象不仅是新的旗营子弟，更是面向广大的杭州文士基层。

四　城市文化的叠合和身份认同

杭州驻防八旗士人与杭州士子交往的过程中，已经清晰地认识到旗、汉的不同。廷玉的《城西古迹考》到三多的《柳营谣》，其实是杭州旗营士人书写自我，建构自我，并希望通过撰写史志、重塑形象的方式融入杭州当地士林，获得肯定的努力。

在杭州文士，乃至江南士人的眼中，满族就是杭州文化的破坏者。陈寅恪先生曾引汪然明写给周靖公的尺牍：

> 人多以湖游怯见月，诮虎林人。其实不然。三十年前虎林王谢子弟多好夜游看花，选妓征歌，集于六桥。一树桃花一角灯，风来生动，如烛龙欲飞。较秦淮五日灯船，尤为旷丽。沧桑后，且变为饮马之池。昼游者尚多猬缩，欲不早归不得矣。

分析说"盖清兵入关，驻防杭州，西湖胜地亦变而为满军戎马之区，迄今三百年，犹存'旗下'之名。然明身值此际，举明末启祯与

---

① 钟敬文：《建立中国民俗学派》，黑龙江教育出版社 1999 年版，第 15—16 页。

清初顺治两时代之湖舫嬉游相比论，其盛衰兴亡之感，自较他人为独深。吁！可哀也已。"① 这种易代的感慨盘踞汉族士林心头，难以挥去。也由于这种原因，才诞生了如张岱《西湖梦寻》，尤侗《六桥泣柳记》等作品。

清初的江南士人是难以从这种情绪中脱离出来的，但随着社会的安定，汉族士人也渐渐在新的社会中找寻到自己的人生定位。梅尔清在分析清初扬州文化时就发现，不管是八旗抑或是汉族文人，政治上的倾向并不妨碍他们个人之间和文学上的友谊，明遗民和效忠清廷的文人以及八旗士人们经常往来，以风景名胜为背景，分享着现实的价值观和时代的社会地位。② 这句话所反映的情况在杭州城一样适用。如前文所说，《城西古迹考》是廷玉在存古之心的驱使下，同时在杭州文人好友不断的催促中写成的。三多《柳营谣》也是在其师王廷鼎启发下完成。另外，现存两种杭州旗营史书都是由俞樾的杭州籍门生写就。可见杭州当地的文人士子已然开始接受杭州旗营的存在并且和旗营中的八旗士人保持密切的联系。

可对于廷玉而言，他知道自己的八旗身份并不具有文化上的优势。所以他对旗营进行考索和记录的过程，其实反映出的是廷玉试图沟通古今，寻找身份存在的心理状态。这种自我身份的确定和寻找，在三多撰写《柳营谣》的过程中也同样存在。

在廷玉的书中，不可避免涉及明清易代所带来的文化创痛。但廷玉以不带感情色彩的客观化描述来处理这种容易带来历史想象的片段，由此淡化今昔变异所带来的历史伤痛感，取而代之的是桑田之变引发的慨古幽情。旗营士人文秀为此书所写的序言中说这部书读来让人有"遇天宝宫人，重谈轶事"的慨叹③，即是廷玉此书想达到的艺术效果。

易代伤悲实质上是政治身份改变所带来的情感冲击，而桑田之变的感慨则抒发的是对时间流逝的悲哀。从廷玉到三多的书写，虽然采用的

---

① 陈寅恪：《柳如是别传》，生活·读书·新知三联书店2001年版，第385页。
② 梅尔清：《清初扬州文化》，朱修春译，复旦大学出版社2004年版，第6页。
③ 文秀：《城西古迹考》序。

叙述文体不同，但观察视角是一致的，即，旗营所处的杭州城西一地在相对时间内却是变化的。廷玉的自跋中这样说："古今一辙也，日月如转轮，俯今即古，古由今也。"① 在这种叙述语境下，明清易代、江山更替所引发的政治身份紧张被消解，代之以阅读者对时光流转的哀叹。由此，武林城西到杭州旗营的空间地理名称的概念转换顺理成章。廷玉通过历史发展的前后一致性得出文人雅士在历史中的继承照应关系：

> 是集所述，收辑先朝之遗事，而与近代之人文可志者，附载篇章。……兹所载见闻及者，堪以媲美前徽，足征后世。如昔人之事迹不纪于书，则久之无传，故并述之耳。②

从文化继承和发展的角度看，廷玉认为杭州驻防八旗士人足可以比肩前贤，由此，驻防士人的民族身份在文化面前得到充分消解。看似一本旅游指南的《城西古迹考》其实就是为杭州驻防旗营存在的合理性以及与杭州城的关系找到了一个绝妙的平衡：既尊重了杭州旗营独立于杭州城的客观事实，又将旗营历史和杭州城发展变迁相同步。双成在此书序言中就指出：

> 岂仅以祠宇府弟，创建兴衰，河梁古井，开浚修治，以传其始末哉？既求志而负志，不行不达，则引古证今，寄托于毫端楮尾耳。③

看似廷玉以一个客观角度描写旗营中风物的历史变迁，实则是要将杭州旗营和杭州城西的历史紧密地联系在一起，现存的文化遗迹仅是联通古今的媒介。他一方面保存旗营内的文化故实，同时把旗营内的文化发展与杭州城的历史相联缀，借梳理旗营内地理历史的机会，打通旗营

---

① 廷玉：《城西古迹考》自序。
② 同上。
③ 双成：《城西古迹考》序，清光绪刻本。

与杭州城的文脉传承关系，将自己的民族身份自然融入杭州城发展的历史中。廷玉试图通过此书告诉杭州士人，虽有旗汉之别，但他们同样是杭州文化的继承者。这种心态，照应着清帝从各角度论证清朝政权合法性的心理，目的就是希望自己的异族身份被杭州文士所代表的主流文化群体所接纳和承认。

《柳营谣》不仅有上述《城西古迹考》所想完成的证明自我身份和存在的功能，更有在旗营内部形成文化传承和增强内部凝聚力的使命。

光绪时杭州的满汉关系并非如杭旗营文人文集中所显现的一般团结和睦。旗民冲突问题在杭州与旗营之间一直存在。如在光绪三年（1877）十月，杭州驻防兵三人在杭州城内强买以致杀人的恶性事件。《柳营谣》就是要再一次建立旗营与杭州之间的联系，尤其是文化联系。所以三多在书中用四分之一的篇幅探寻了旗营历史文化遗迹如林和靖、范成大、朱淑真故宅，苏小小墓等，又用四分之一的篇幅记载了当时众多旗营中的文人雅士，三多用诗总结说"声名文物合推今，精绝诗书画与琴"。三多通过再一次挖掘旗营文化，希望可以重塑杭州旗营焚毁前的文化图景。书中所记录的景物、故事虽已是陈迹，经过太平天国的战火后更加难觅踪迹，但通过三多的叙述，这些残垣断壁都带有了符号意义，成为文化记忆中的一部分。俞樾在此书序言中说：

> 上纪乾隆中高庙南巡之盛，下逮咸丰间瑞忠壮、杰果毅两公死事之烈，而凡杜仙之坟，凤氏、凰氏之井，句曲外史之庐，临水夫人之庙，以至九月演炮，春分松鞍，云鬟月鬓，湘公府之闺装，留月宾花，荣部郎之吟馆，事无巨细，一经点染，皆诗料也，即皆故事也，可以传矣。……余春秋佳日，必至西湖，由钱塘门入城。必取道满营，如得此一编，于舆中读之，望将军之大树，观故家之乔木，其可慨然而赋乎。①

所以汪利平认为此书通过保存地方历史而表现出明确的杭州地方身

---

① 俞樾：《柳营谣》序。

份认同①。这当然是三多此书所想达到的目的之一。

　　但全书还有二分之一的篇幅他留给了当下旗营的规制和风俗，这是他特意在旗营焚毁后对之前旗营文化的接续。细读之下，三多这部分内容多是对其生活时代旗营规制和文化的留存，如农历五月十三日庆贺关帝爷生辰；年节时营内"荆州圆子福州饺"的混搭；立春之时互赠红绿豆和粉蒸糕之礼俗；春分前后为马放血，名曰"桃花血"之惯例；秋日斗蟋蟀之热烈；冬日出猎的豪壮等。三多通过对旗营内文化传统的描述，表达了对自我民族身份认同。这些四处调来的八旗驻防官兵在读《柳营谣》的过程中，不仅可以了解旗营发展变化的历史，更重要的是通过此书可以建立杭州旗营内的身份认同。

　　《城西古迹考》和《柳营谣》在历史中前后递进，将杭州旗营真正纳入杭州城市的地理空间中。这不单单是由于驻军杭州时间久远的原因，更是身份认同观念在八旗士人和杭州士人精神领域的具体表现。作者在二书中大力挖掘杭州旗营所在的杭州城西的历史，将杭州旗营描述成不仅是继承了杭州城西深厚的人文历史，而且成为新时期兼具保卫杭州和文士频出的"文化旗营"。二书明确传达出杭州旗营八旗士人试图建立一种新的社会身份：既是效忠于清朝皇帝的家臣，同时又是杭州旗营的一分子，且是杭州地方社会重要的组成部分。

　　虽然廷玉《城西古迹考》的佚失确为可惜，但正如其自言："遥遥文武，犹望辀轩，聊备采风者之去取焉。"② 丁丙对《城西古迹考》的引用，张大昌、王廷鼎对旗营历史的撰写，都让廷玉的著作改变形态流传下来，这说明他的记述得到了广大汉族文士的认同和认可，这是廷玉最大的成功。更不用说清末三多《柳营谣》的广泛传播对杭州旗营产生的文化影响。三多在光绪三十二年（1906）被任命为杭州知府，俞樾得知后即作诗云："顿使俞楼增色泽，门生门下有龚黄。"③ 俞樾在诗中也感叹作为杭州人的三多竟然成为杭州知府，历史少有。在俞樾的眼

_____

　　① 汪利平：《杭州旗人和他们的邻居：一个清代城市中民族关系的个案》，《中国社会科学》2007 年第 6 期。

　　② 廷玉：《城西古迹考序》，转引自张大昌《杭州八旗驻防营志略》卷 20。

　　③ 俞樾：《春在堂诗编》丙编，清光绪十五年（1890）刻春在堂全书本。

中，此时的杭旗营和杭州城，其界限则更加模糊和淡化了，杭州旗营人已经成为杭州人的一部分。廷玉和三多在文字上的努力都说明：作为陌生城市的新居民，对所居住空间的历史和环境的认同，是融入新的社区的关键。而且人都有被接纳的渴望，无论表现在口头文字抑或是思想中心。

《金瓶梅》创作的地理背景
"北京说"述论

许振东*

摘要：《金瓶梅》创作的地理主背景有临清说，徐、淮、扬说，绍兴说等多种，而"北京说"是出现最早，历时最长，且影响较大的一种。吴晗先生较早提出作品"很多描叙都是以北京做背景的"；吴晓铃考证出《金瓶梅》里出现的清河县城郊地名可在北京城里找到的市坊、府邸、衙署、寺观的名目多达五十六处之多；新一代学者丁朗主要从作品的饮食、街巷府观名称、风习、方言口语、故事内容及流传等众多方面，更为细致深入地论证说明作品与北京的密切关系，令《金瓶梅》创作背景北京说有了更为坚实的根基。此外，从《金瓶梅》问世最早传播的四则材料，也可说明作品创作背景在北京地区的极大可能性。

关键词：金瓶梅；北京说；创作地理背景；吴晓铃

产生于明代中叶的《金瓶梅》，是中国现存第一部文人独立创作的白话长篇小说。本书创作的地理背景在哪里？这是与《金瓶梅》的作者是谁、作品的主旨为何等重要问题紧紧纠结在一起的重要金学公案。此问题的最终澄清与解决，对准确考定《金瓶梅》的作者和理解作品，具有重要的作用。《金瓶梅》创作的地理背景"北京说"出现最早，相关材料丰富，非常值得重视。

---

* 许振东，河北固安人，文学博士，廊坊师范学院文学院教授，主要从事明清文学与京畿学研究。

一

《金瓶梅》所叙述的主体故事发生在清河县，在今河北省邢台市境内。但是，很少有学者把《金瓶梅》创作的地理主背景视为清河，而是对之给予很大质疑，并提出不同的创作地理背景之说。其中，"北京说"是出现最早、历时最长且影响较大的一种。吴晗是现代《金瓶梅》研究的重要奠基人，他虽没有以很大篇幅专论《金瓶梅》创作的地理背景，但亦有所谈及。已故著名学者张远芬曾在他的名作《〈金瓶梅〉作者新证》一书中就曾提道："《金瓶梅》中运用了大量的峄县方言、北京方言和华北方言。吴晗先生还说，作者异常熟悉北京的风物人情，很多描叙都是以北京做背景的。"① 此或许可视为《金瓶梅》地理背景"北京说"的源头。大约同一时期，署名为涩斋者曾在《〈金瓶梅词话〉里的戏剧史料》一文中说：

> 《金瓶梅》一书中的中心地方是清河，但从该书中所描写的看来，决不能认为作者所暗示的也是清河。清河不过是一小县，那里能那样繁华？那里能有南瓦北瓦？那里能有教坊？一个小县，有多少官员，那里能养得起玉皇庙那样的大庙？凡此种种，皆可以证明书中所谓清河一定另有所指，大概不是南京即是北京。②

此处，作者明确表示"书中所谓清河一定另有所指"，并提出了北京即可能为其一的猜测。

20世纪40年代前后，著名学者刘文典曾提出《金瓶梅》是北京作

---

① 张远芬：《〈金瓶梅〉作者新证》，齐鲁书社1983年版，第100页。查《〈清明上河图〉与〈金瓶梅〉的故事及其衍变》（《清华周刊》1931年第4—5期），《清明上河图与〈金瓶梅〉的故事及其衍变补记》（《清华周刊》1932年第9—10期），《〈金瓶梅〉的著作时代及其社会背景》（《文学季刊》1934年第1期）均未见，不知其说出自何处。

② 周钧韬：《金瓶梅资料续编1919—1949》，北京大学出版社1991年版，第131页，原载《剧学月刊》1934年第9期。

家写的，并发现"北京正阳门内的兵部洼"和北京郊区特产"伏地苹果"两个例证，给后人以很大启发。著名学者吴晓铃自 20 世纪 30 年代起即开始俗文学的研究，具有多方面的建树。他对《金瓶梅》地理背景问题的关注和研究亦很早，是《金瓶梅》地理背景"北京说"的重要奠基者与开创人。他曾在回忆于西南联大工作的旧事时说：

> 有一次，叔雅（刘文典的字）先生谈起那部直到今天还没有彻底平反的冤假错案，未予以恢复名誉的第一部由作家创作的长篇小说《金瓶梅》。他说"《金瓶梅》是明代中叶的一个北京作家写的"。他所举出的证据，我还记得两条：一个是小说里提到北京正阳门内的兵部洼。一个是小说里把北京郊区出产的特殊"伏地苹果"叫做"虎拉宾"。按：兵部洼见《金瓶梅词话》本第三十三回里西门庆的女婿陈经济唱的小曲〔银钱名山坡羊〕。虎拉宾亦见同一回陈经济唱的小曲〔果子花儿名山坡羊〕。叔雅先生并不知道我一直在暗地里考定《金瓶梅》的作者到底是谁，当然他更不会想到那一席话会给我多么大的启发。我还是主张《金瓶梅》的作者是山东省人，并非北京人，因为那两个小曲是作者引用当时的"流行歌曲"，不属于他的创作范围；然而能够证明作者是十分了解北京的，这就不啻提供了一个极为重要的探索作者的线索。①

虽然对《金瓶梅》作者持有不同看法，而文内所提到的例证后来却为吴晓铃及不少持地理背景"北京说"的人所重视和引证。

著名学者朱星被称作 1979 年后中国大陆《金瓶梅》研究的"启明星"，②他研究的主要功绩在通过翔实材料重提《金瓶梅》作者为王世贞说；同时，其对该书地理背景的问题亦有所发微。如论及《金瓶梅》所描写的风俗，他指出书中的第十五、四十二回专写元夕正月十五日放

---

① 吴晓铃：《话说那年》，中国友谊出版社 1998 年版，第 58 页。
② 吴敢：《20 世纪〈金瓶梅〉研究的回顾与思考》，《徐州师范大学学报》2001 年第2 期。

烟火和放灯，其"热闹场面很象旧日的北京灯市和天桥景色"。① 此说明，朱星先生认为作品所写与北京还是有着很大的关联性的。

较为明确地认定《金瓶梅》创作的地理背景在北京，且给予充分论析的是著名学者吴晓铃先生。1982 年初，吴晓铃在美国印第安纳大学东亚语言文化系的讲演中指出《金瓶梅》与北京的诸多相关之处，如书中出现的 49 个街道名称都是北京地名，书中出现北京风俗和食品、北京俗谚，作者熟知北京衙署制度等。② 其后不久，又撰《〈金瓶梅〉产生的社会背景及其艺术特点》一文具体阐述：

> 作者熟知北京。作者在故事里面写的是临清，写的是清河。清河是一个很小的城。这个城不是像传统的城市规划，是四方的，而是个椭圆的。由于北面靠着运河，所以它只有三个城门。很怪，这么一个小城。但是，我们看作者写的清河，和实际的清河完全不一样了。我认为它写清河是用北京做背景的。在小说里面所写这个清河，那不得了。写清河的胡同，从大街到小巷，能够在北京查出地址的，我们力所能及查到的就有四十九个。而这不是根据今天的北京，而是根据嘉靖间的北京。随便举几个小例子吧。猪市街在南城，出南门到猪市街了。我们今天北京正阳门外、前门外有猪市口。这个还可以说是雷同。那么，兵部洼怎么讲啊？在清河一个小县城能够有兵部吗？这只能在京城有。北京前门西大街供电局对面就是兵部洼。兵部当初在那个地方，那地方比较低，所以叫兵部洼。兵马司是什么呀？就是拱卫京城的部队。王城兵马司，在北京南城，清河是不可能有的。③

1989 年 1 月，吴晓铃又于《中外文学》第 2 期刊发《〈金瓶梅词话〉里的清河即以嘉靖时期的北京为模型初探》一文，进一步提出：

---

① 朱星：《金瓶梅考证》，百花文艺出版社 1980 年版，第 114 页。
② 史铁良：《20 世纪〈金瓶梅〉作者研究概述》上，《株洲教育学院学报（综合版）》1998 年第 3 期。
③ 吴晓铃：《吴晓铃集》第一卷，河北教育出版社 2006 年版，第 200 页。

"我从《金瓶梅词话》的内容籀绎出来探求作者的线索之一是：作者十分熟谙北京，从而举证他笔下的西门庆和在他周围的形形色色的人们活动的清河县城实际上是拿明代嘉靖年间（1522—1566），更具体地说，拿嘉靖八年己丑（1529）到二十二年癸卯（1543）间的北京城池作为模式和背景的。"他以明代嘉靖年间张爵撰写的《京师五城坊巷胡同集》和《金瓶梅词话》里出现的清河县城郊地名相互对照，统计出能在北京城里找到的市坊、府邸、衙署、寺观的名目增加到五十六处之多，以为这是个不同寻常的现象，它说明作者对于北京的地理环境了如指掌。对于这五十六处坊邸署观的名称，文内都给予了一一列出，并分四部分进行具体的举例分析，最终得出结论说："拿这个真正的清河县面貌对照一下《金瓶梅词话》里描述的清河县景况，其差数之大是无法计算的。说它实际是作者写的北京城当然不言而喻。"①

二

承继"北京说"，并对之给予进一步发展的是新一代学者丁朗。他曾在《明清小说研究》1994年第2期发表《〈金瓶梅〉作者在北京考》一文，认为"大量证据证明，《金瓶梅》的作者的生活基础在北京而不在山东，或主要不在山东。不论他祖籍何处，生于哪方，当他在创作这部长篇时，不包括第五十三回至五十七回，他的视点与视角却基本上没有离开北京"。②他注意到，小小清河县，给人以太监成堆的印象，有管皇庄的薛公公，管砖厂的刘公公，北边徐公公，里、外马房太监等；清河县的皇亲至少有五家，《京师五城坊巷胡同集》里提到的皇亲宅第也只有五处，其中四处在皇城周围，只有一处在内城的北城；认为"本司三院这个专有名词，是北京所特有的，就像美国参众两院是华盛顿特有的一样。它具体指的是教坊司（位于东城黄华坊，即今北

---

① 吴晓铃：《〈金瓶梅词话〉里的清河即以嘉靖时期的北京为模型初探》，《中外文学》1989年第2期。

② 丁朗：《〈金瓶梅〉作者在北京考》，《明清小说研究》1994年第2期。

京东城的本司胡同）及其所辖的东院（位于教坊司左近）、南院（位于东城南部的明时坊）和西院（位于西城中部的咸宜坊）这三个高等乐户的聚集区"。① 另外，他发现《金瓶梅》中不少俏皮话儿，不但和北京城有关，甚至是北京城所独有的，如"随你跳上白塔，我也没有""你在兵部洼儿里元宝儿家欢娱过夜""冷铺里舍冰""王府门前磕了头，俺们不吃这井里水了！"等。此外，他还归纳出书中地名与嘉靖时北京之地名相同，其他条位也基本相符者达四十六处之多。因此，他得出的最重要的两点结论为："1.《金瓶梅》作者的生活经验主要是从北京取得的。他应当是一个长期（少说也该有二十年左右吧）生活于北京的人。""2.《金瓶梅》作者主要生活于京城东部的大兴县辖境内。"②

1996 年 11 月，丁朗将自己的研究成果汇集为《〈金瓶梅〉与北京》一书出版，主要从作品的饮食、街巷府观名称、风习、方言口语、故事内容及流传等众多方面，更为细致深入地论证说明作品与北京的密切关系，令《金瓶梅》创作背景北京说的观点有了更为坚实的根基。

21 世纪以来，持《金瓶梅》创作背景北京说观点的仍有学者在。如霍现俊于 2004 年在《中国文学研究》第 4 期发表《〈金瓶梅词话〉地理背景考》一文，以为"《金瓶梅词话》表面上写的是'山东省清河县'，其实作者采用的是借代的修辞手法，暗指明代的都城北京。从《金瓶梅》中涉及的街巷、寺庙庵观和其他一些专有名称与三部北京'方志'比较来看，即可得到完全的证实，特别是《词话》的第九十回，作者明白直露地告知写的就是北京"。③ 文内作者以《析津志辑佚》《京师五城坊巷胡同集》《京师坊巷志稿》三部方志来证实小说中的"清河"就是北京，具有一定的说服力。

与北京说联系较密，还有人提出持"河北说"。如王强《小议〈金瓶梅〉的作者是河北籍人》一文，认为《金瓶梅》的故事发生地清河

① 丁朗：《〈金瓶梅〉作者在北京考》，《明清小说研究》1994 年第 2 期。
② 同上。
③ 霍现俊：《〈金瓶梅词话〉地理背景考》，《中国文学研究》2004 年第 4 期。

当时属河北，而《水浒》中的相关故事发生地为山东阳谷，《金瓶梅》作者作这一改变，是他"谙熟河北方言所致"，也是他选择熟稔的地域以作背景的必然逻辑。①

三

文学地理学家曾大兴指出："文学家的地理分布有两种状态，一种是静态分布，一种是动态分布。静态分布即其出生、成长之地的分布，也就是籍贯的分布；动态分布即其流寓、迁徙之地的分布，也就是客居之地的分布。"② 文学家的流动性比较大，一个文学家流动迁徙到一个新的地方，自然会在一定程度上受到新的地理环境的影响，自然会对新的所见、所闻、所感，做出自己的理解、判断或者反应，并把这一切表现在自己的作品当中。③《金瓶梅》的作者及创作情况，应当也是如此。

《金瓶梅》创作的地理背景，除去北京说，还有临清说，徐、淮、扬说，绍兴说等多种。之所以产生如此的状况，首先，因为《金瓶梅》的作者至今仍是个谜，被疑为作者的人选已近七十个，是古代其他任何作品所不能比的，较著名的如王世贞、李开先、李渔、屠隆、贾三近、李贽、徐渭等。每一位作家都会有一个属于其自身的生活与成长的经历或背景，每一位作家说的提出，大多都会相应产生一种创作地理背景之说。因此，对于《金瓶梅》的创作地理背景的讨论也注定是十分复杂的。在作者到底为谁的问题解决之前，创作地理背景之说，很难结束众说纷纭的局面。

其次，人是社会最为活跃的因素，古代社会的文人尤其如此。除去籍贯所在地的地理背景，作家流寓、迁徙之地的地理背景也需重视并考虑。朱星、吴晓铃先生的"北京说"，正是超越了籍贯地而从迁徙地的

---

① 王强：《小议〈金瓶梅〉的作者是河北籍人》，《复旦学报》1986年第1期。
② 曾大兴：《那些出产文学的地方——文学家的静态分布与动态分布》，《博览群书》2016年第8期。
③ 同上。

层面提出的。如朱星先生指出："北宋时都城在开封，但到明代，开封已很荒凉，所以写西门庆两次到开封拜寿，实际是写的北京景色（吴晗先生说的）。而北京是王世贞熟地，从小就随父王忬做京官，寓北京的"。① 吴晓铃先生在《金瓶梅》地理背景的观点中，也始终没有否定李开先是山东人的基本事实，而是更关注其在北京居住与做官的这段经历，主要去分析书中出现的地名、风俗、食品等方面和作者的关联。这就更有利于《金瓶梅》创作地理背景的探讨。

最后，不容忽视的是，作为一部文学作品，《金瓶梅》是在《水浒传》第二十三回到第二十六回所提供的故事框架下进行想象与虚构而形成的，很可能是多种现实地理环境的组合或错置。对这样的现象，陈诏在《〈金瓶梅〉故事地点考》一文指出：《金瓶梅》的作者在很多地方像是信口开河，没有一个正确的时空概念。例如，沧州，北宋时属河北东路，明属直隶省，而《金瓶梅》第二回却说"山东沧州"；仙游，明显是福建的一个县，而第二十九回却说"浙江仙游"；匡庐，即庐山，谁都知道在江西，而第三十六回却说"滁州匡庐"，等等，这到底是作者缺乏最起码的地理知识，还是故意弄得荒诞不经，是一个值得研究的问题。他认为一个成熟的作家在创作小说时只能采取"杂取种种"的典型化的手法，譬如写一个城市，它必然有北京的成分，也有其他城市的成分。如果我们只从一个视角去观察，去探求，去论定，就不可避免地要犯以偏概全的错误。② 在创作地理背景的讨论中，有不少学者以饮食、风俗、语言等特色来推断作者或创作的地理背景，不能说没有一定的道理，但也不能绝对化。如以饮食为例，中国台湾学者魏子云先生就曾指出：小说要写暴发户西门庆家和当时官场的奢侈腐化，他们所享用的食物当然是各地的奇珍异产。以金华酒为例证明小说的作者是金华人，这样的论证看起来很有道理，实际上完全不对头。当时金华酒经钱塘江、大运河直达山东和北京，运输很方便。如果说西门庆宴会上经常出现的竟是本地酒，那只能显示一个土财主的阔绰，不是本书作者的意

---

① 朱星：《〈金瓶梅〉的作者究竟是谁》，《社会科学战线》1979 年第 3 期。
② 陈诏：《〈金瓶梅〉故事地点考》，《徐州师范学院学报》1987 年第 2 期。

图。至于升斗小民，《金瓶梅》写的就都是地道的北方食品。如第七回的黄米面枣儿糕、艾窝窝，第八回的角儿，第五十回的驴肉，第五十七回的火烧、波波、馒头等。①

对于《金瓶梅》创作的地理背景，亦有人持综合的说法。如著名学者徐朔方即指出："《金瓶梅》以清河县为它的地理背景，它在当时最繁荣的内河港口临清的影响下，为商人而兼官僚地主的西门庆提供活动舞台，而它的方位却在黄河以南，离开临清还有一段不短的距离，大大超过实际上的七十里。真实的清河县—临清—梁山泊附近的某地，阳谷的邻县，三者合一才是小说中的清河县，强调三者之一，而忽视其他两者，都不能正确地理解《金瓶梅》的地理背景。"②王汝梅先生也认为："《金瓶梅》故事是以运河沿岸临清等商业都会为地理背景，又概括了北京的市民生活场景。作者把故事发生地设置在南北交通大动脉运河沿岸，设置在儒家文化发祥地区。"③马征先生说："《金瓶梅》故事有一个开阔的地理背景，这个背景集运河沿岸城市风貌之大成，而临清则是这个背景的轴心"。④其文内也体现出明显综合的倾向。

综合诸种说法，笔者认为《金瓶梅》创作的地理背景在北京或其附近的可能性较大。除去持此说的诸家提到书中有很多的太监、御医、马官等，和不少的饮食、风俗、街巷名称、语言等相类之处甚多外，笔者认为《金瓶梅》的最初流传地也需重视。我们不妨再罗列一下《金瓶梅》问世最早传播的四则材料：

> 1. 一月前，石篑见过，剧谭五日。已乃放舟五湖，观七十二峰绝胜处，游竟复返衙斋，摩霄极地，无所不谈，病魔为之少却，独恨坐无思白兄耳。《金瓶梅》从何得来？伏枕略观，云霞满纸，

---

① 徐朔方：《〈金瓶梅〉的成书以及对它的评价》，徐朔方《金瓶梅论集》，人民文学出版社1986年版，第136页。

② 徐朔方：《〈金瓶梅〉的地理背景》，《文学遗产》1991年第2期。

③ 王汝梅：《王汝梅解读金瓶梅》，时代文艺出版社2007年版，第256页。

④ 马征：《〈金瓶梅〉之谜》，中国国际广播电视出版社2006年版，第41页。

胜于枚生《七发》多矣。后段在何处？抄竟当于何处倒换？幸一的示。①

2. 今春谢胖来，念仁兄不置，胖落寞甚，而酒肉量不减。持数刺谒贵人，皆不纳，此时想已南。仁兄近况何似？《金瓶梅》料已成诵，何久不见还也？弟山中差乐，今不得已，亦当出，不知佳晤何时？葡萄社光景，便已八年，欢场数人，如云逐海风，倏尔天末，亦有化为异物者，可感也！②

3. （万历四十二年，1614）往晤董太史思白，共说诸小说之佳者。思白曰："近有一小说，名《金瓶梅》，极佳。"予私识之。后从中郎真州，见此书之半，大约模写儿女情态俱备，乃从《水浒传》潘金莲演出一支。所云"金"者，即金莲也；"瓶"者，李瓶儿也；"梅"者，春梅婢也。旧时京师，有一西门千户，延一绍兴老儒于家。老儒无事，逐日记其家淫荡风月之事，以西门庆影其主人，以诸婢影其诸姬。琐碎中有无限烟波，亦非慧人不能。③

4. 袁中郎《觞政》以《金瓶梅》配《水浒》为外典，余恨未得见。丙午（1606年）遇中郎京都，问曾有金帙否？曰：弟睹数卷，甚奇快，今唯麻城刘延白承禧家有全本，盖从其妻家徐文贞录得者。又三年，小修上公车，已携有其书，因与借抄挈归。吴友冯犹龙见之惊喜，怂恿书坊以重价购刻。④

此四则材料，透露出《金瓶梅》创作及问世后的流传均在京师。材料1，显示袁宏道首次见到的《金瓶梅》，是好友石篑（陶望龄的号）从京师董思白（其昌）处带来的，时间是1596年；材料2，袁宏道写

① 袁宏道：《与董思白书》，《袁中郎全集》卷一尺牍，据民国23年时代图书公司印《有不为斋丛书》本。
② 袁宏道：《与谢在杭书》，《袁中郎全集》卷一尺牍，据民国23年时代图书公司印《有不为斋丛书》本。
③ 袁中道：《游居柿录》卷九，袁中道《珂雪斋集》下，钱伯城校，上海古籍出版社1989年版，第1315页。
④ 沈德符：《野获编》第二十五卷《金瓶梅》，1959年中华书局印《元明史料笔记丛刊》本。

信催谢在杭还《金瓶梅》，其借阅时当在万历二十六年（1598）至万历三十年（1602），即袁宏道于京成立葡萄社之时，其时，该书正在京城热传；材料3，袁中郎与董思白当于京师中谈《金瓶梅》的流传，且说到"旧时京师，有一西门千户，延一绍兴老儒于家。老儒无事，逐日记其家淫荡风月之事……"这正是"绍兴老儒"于京创作的证据，其创作的地理背景自然脱离不开北京。材料4，是沈德符与袁宏道于京城相遇，仍在谈论《金瓶梅》，其中所谈抄录的"妻家徐文贞"之邸大概也在京师。文贞为徐阶谥号，他曾在嘉靖四十一年五月至隆庆二年七月（1562—1568）任当朝首辅大学士，万历十一年（1583）始卒，书抄录时可能未搬离出京。后文又说袁中道三年后进京，已携有《金瓶梅》。总之，这四则材料说明，《金瓶梅》被创作于京师的可能性较大，如此必然会更多以北京为地理背景。

综上所述，《金瓶梅》创作的地理背景研究是一个讨论热烈、观点多样的领域。其相关的探索和争论至今未绝，已长达近百年，所涉及的地域覆盖了南方和北方。这与原著作者的未知及作品内容的丰富密切相关，也和研究者的关注角度与立足点有关。在作者是谁的问题解决之前，讨论《金瓶梅》创作地理背景的正确途径只有尽可能地接近作品内容与创作及传播的本初状态。

望里烟芜认汉唐

——以旧体诗词为载体的 1926 年西安围城历史记忆

张子璇[*]

摘要：1926 年的西安围城之役是国民革命史上举足轻重的战役，除了传统意义上的历史文献记载外，旧体诗词成为围城事件中重要的历史记忆承载方式。这一时期的旧体诗词，带有"诗史"传统、自觉述史意识以及记忆的"历史镜像"等特性，围城中与旧体诗词有关的文艺活动，以及解围后诗人的"返乡"与纪念现象，都说明此时期旧体诗词对历史记忆书写的独特性。

关键词：西安围城；旧体诗词；历史记忆；《学衡》

一　引言："藉传中国此日之真景"

1926 年（民国十五年）是中国近代史上波澜壮阔的一年。该年 7 月，以蒋介石为总司令的国民革命军在广州誓师北伐，而北方国民军在北伐未开始前，便已受到了直奉两系军阀的刁难。时任国民军杨虎城部第六旅旅长冯钦哉回忆时局道："同时势不并立之直奉两系，又复联合以共倾国民军。一面派兵于江浙福建诸省，以阻广东政府北伐之师；一面使镇嵩军十余万众来陕入寇，以破坏革命之势力，而阻其援助北伐，

---

* 张子璇，南京师范大学文学院古典文献学本科在读，主要研究方向为明清晚近诗词及旧体译诗。

遂造成长安八月之围。"①

镇嵩军当时受河南军阀刘镇华操控，1926 年年初时因截击国民二军岳维峻部及援应岳部的陕西军务督办李虎臣等，势力与野心日益膨胀，刘镇华遂率军入陕。攻占潼关、渭南、临潼等地后，于 4 月初抵西安灞桥镇，开始了长达八个月对西安城的围攻，史称"西安围城"。在李虎臣、杨虎城的领导与冯玉祥的援助下，最终于 11 月 27 日解围，"数十万之军民重见天日矣"②。

西安围城事件在国民革命史上的重要意义昭然若揭，冯玉祥本人在西安解围后八年的纪念大会上有《坚守西安的意义和围城以后的状况》的发言，就深刻阐述了坚守西安于国民革命全局举足轻重的意义。胜利是无庸置疑的，但守城的代价也是悲壮的，时人描述下的西安城真可谓是满目疮痍，除过刀枪兵燹外，断粮的阴霾亦时常困扰，"城中存粮有限，解围尚属无期，饿殍载途，居民无不濒危于悲境"，③ 一派凄凉图景。

正是基于以上原因，西安围城的历史更值得被记忆与传承。在西方的史学传统中，"把历史学视为记忆的一种形式，是为了抵抗时间之流的磨蚀，以书写的方式帮助人们把值得记住的事情保留下来"，④ 对中国的史学传统而言亦然，刘知幾在《史通》外篇论及史官建置时，便对如何有效留存历史记忆有所探讨，所谓"何者而称不朽乎？盖书名竹帛而已"⑤。当然，历史记忆的载体是多样的，暂且不论口述、民俗、戏曲等，即便是"书名竹帛"本身，在西安围城的具体历史语境下也有不同种类，诸如档案、日记、新闻、讲演稿、纪事录、回忆录等。与这些历

---

① 冯钦哉：《坚守西安纪略》，西安绥靖公署参谋处编印《坚守西安胜利八周年纪念特刊》，西安绥靖公署参谋处 1934 年版，《纪事》编第 1 页。

② 同上书，《纪事》编第 5 页。

③ 黄成光：《西安围城记·第三章 绝粮之恐慌》，中共西安市委党史研究室编《坚守西安》，中共西安市委党史研究室 1993 年版，第 292 页。

④ 彭刚：《历史记忆与历史书写——史学理论视野下的"记忆的转向"》，《史学史研究》2014 年第 2 期。

⑤ （唐）刘知幾撰，（清）浦起龙释：《史通通释》下册，上海古籍出版社 1978 年版，第 303 页。

史文献同时存在的，还有文学作品的生成，虽然历史文献与文学作品由于本身性质而存在史料价值上的差异，但就历史记忆而言，应当尽可能地一视同仁，文学作品于历史记忆的留存有其独特的内涵和展现方式。

作为历史记忆载体中易被忽略的文学作品，发掘、探讨其文本也便是对某一历史事件的记忆类型、内涵的拓宽与尝试溯源可能性的增多。西安围城时期的文学作品，经过搜集和分析后，会发现存在一种对大多数人而言"出乎意料"的文体，成为这一时期历史记忆的重要载体之一，这种文体便是旧体诗词。

西安围城时期，旧体诗词的创作者涉及面极广，其得以留存的文本也较多。不论是杨虎城、于右任等左右时局的政治人物，还是胡步川、吴芳吉、胡文豹等执教西安而被困于城中的学人，抑或是吴宓、刘永济等身在外地却关心西安围城局势的学人，均有诗词留存，也不乏唱和、雅集等活动；而诗词作品的文本，则存留在报刊、别集、资料汇编、方志等载体中。以资料汇编为例，多多少少都会收录一些围城时期的旧体诗词，特别是《坚守西安》一书中，对所录文献进行分类时，便有"诗铭碑诔"类，由此可以管窥旧体诗词在此时期历史文献中不可忽视的意义；而1992年陕西人民出版社出版的刘迈编注的《西安围城诗注》，则是对西安围城时期的诗词作品较为系统的一次整理，由于是选集性质，难免有遗漏之处，但其参考价值是值得肯定的。笔者在前人文献整理的基础上，加以搜集和阅读有关文献，试从多个角度研究西安围城时期的旧体诗词。

吴宓在为《学衡》第59期所刊《西安围城诗录》作序时评价极高，"香山乐府，杜陵诗史，实近之矣"，并且他认为刊布这些诗词可以"藉传中国此日之真景，而树立诗之根本二义焉"。在他的观念中，"温柔敦厚"和"忧患"是诗的根本二义，有温柔敦厚之人而未生忧患之时，有忧患之时而未生温柔敦厚之人，都是可叹的。吴宓借杜甫、但丁、郎迦南（Longinus）、皮日休、韦庄等人的事例，阐明只有"时与人合，二者兼备"时，才能有望出现佳篇。①

---

① 吴宓：《西安围城诗序》，《学衡》1926年总第59期。

"国家不幸诗家幸",而西安围城则是当时语境下"国家不幸"的缩影。以吴芳吉、胡步川、胡文豹①为代表的与围城有关的诗人,又多赋性温柔敦厚之辈,因此吴宓不禁发出"于以知中国诗尚未亡,而诗之前途大可为也"的感慨。时至今日,面对这些被寄予"藉传中国此日之真景"厚望的诗歌,便为触摸与构建更全面的、细致的、有温情的历史记忆提供了可能。

二 自觉述史意识下的历史记忆书写

由中国传统诗歌的特质决定,其抒情性的比例往往高于叙事性,所以在现代史学的史料选择中,传统诗歌史料价值较小。但在诗学传统中,"诗史"则具备"纪实、实事、真、当"等特点。②

不妨先由围城时期的诗歌体例、形式等表征方面入手,可以轻易觉察到的一个显著现象便是"组诗"大量存在。例如匡厚生《长安围城纪事诗百首》,宋联奎《秦围杂咏二十首》《居围城中,每食辄有乏蔬之叹,戏作自嘲(四首)》,范紫东《苍鹅纪事诗——丙寅浩劫存稿(三十五首)》,王瑱吉《丙寅围城纪事诗(八首)》,金和暄《丙寅年西安围城竹枝词二十首并序》,于右任《中吕·醉高歌·追忆陕西靖国军及围城之役诸事,凄然成咏十首》,张尚谦《感慨词(三十首)》等;再如吴芳吉《围城(三首)》《百战(五首)》《湘居诗十六首》,胡文豹《续秦中吟(十首)》《三十六岁生日(六首)》,胡步川《寄食李师家十首》《初冬之夜大雨西风,翌日尤甚,继之以雪,想灾民之未饿死者亦将冻死,感怀纪事,事凡三首》《丙寅十月二十日,长安解围,喜不自胜,连日出游四郊十里内外,足迹均及之,凡所见即杂录入囊中,共得绝句二十二首,亦不复诠次也》,吴宓《西征杂诗(一百零五

---

① 《学衡》第59期《文苑·文录》第6—9页刊吴宓《西安围城诗注》序,《文苑·诗录一》第1—20页刊吴芳吉诗,《文苑·诗录二》第1—23页刊胡文豹诗,《文苑·诗录三》第1—17页刊胡步川诗词,《文苑·西征杂诗》第1—16页刊吴宓诗。因下文对此四人作品引量较大,特于此注明文献来源,下文不再赘述。

② 参见张晖《中国诗史传统》,生活·读书·新知三联书店2012年版,第181页。

首）》，以及党晴梵《感怀（十六首）》等。

单看诗题就表达了强烈的诉说倾向，特别是部分诗题，甚至将缘由、感受、始末等因素包容在内。围城时期如此大量的组诗存在，说明诗人们不约而同地产生了自觉的述史意识，并尽可能大容量地存留历史信息，试图以一己视角尽力构建较为全景化的记忆，进行庄重的记忆书写。在自觉述史的同时，其实也在参与发生新的"历史称谓"。"西安围城""围城之役""丙寅围城""丙寅浩劫"等称谓，便是如此。这种书写，带有较浓厚的纪事色彩，部分作品的诗题中甚至标明"纪事诗"。中国传统的纪事组诗中，以绝句居多，例如清代厉鹗等人同撰的《南宋杂事诗》。因绝句篇幅有限，所承载的信息量亦有限，所以往往通过自注的方式，或旁征博引，或叙说本事，以达到述史证史、扩充信息承载量的效果。

围城时期的组诗亦然，体例上以绝句、律诗为主，自注的形式亦随行可见。以匡厚生的《长安围城纪事诗百首》其四为例：

> 阛阓无声昼掩门，凄凉真令客销魂。
> 可知柳絮飞时节，歌管楼台日夜喧。①

勾勒围城前后西安街景的变化，深沉恳切，诗后附有自注，将所见、所感勾画甚清，可与诗的文本互证：

> 予等进城为四月十七日，时城中已一律闭门，凄凉不堪。回忆三月初，灯火万家，表现长安城繁华殷实，有历代名都气象者，判若霄壤。②

在信息量扩充的同时，诗歌本身的叙事性也在增加。上文提及的自

---

① 匡厚生：《长安围城纪事诗》，刘迈编注《西安围城诗注》，陕西人民出版社1992年版，第40页。

② 同上。

注、互证等，非唯见于组诗，而是广泛应用于围城时期的诗词创作，甚至可以说形成惯例，兹再举两例。吴芳吉的《呈李桐轩太夫子》一诗中，诗题下注"长安围城已二月，弹雨枪林，饥荒瘟疫，催促人命，危坐斗室，怀往思来，得二十九韵奉呈"交代缘由，除此之外，每当诗句涉及具体事件时，亦一一注明。他的另外一首作品《礮声叹》中，诗序亦有详细的纪事和感怀：

> 长安被围，已逾半载，小民生命财产，早同刍狗。近复禁难民出城，只可坐以待毙。窃怪守兵断绝粮弹，已成强弩之末。而攻者更无精神，可见非守者能，实攻者之不能。而攻守久相持以贼民，至无遗类而后已。岂攻守者尽非人类乎？不然，何残忍乃尔。

诗句"苟全残息返围城，哀求得入者什一"后有"出城较易，入城甚难"的注语，"昨日喜眉尖"后则有"时重九后三日"的注语，补充说明的信息，都有助于历史记忆得到更全面、真切的书写。从上述的诗题自注中，可看出作者不仅对攻城方心存不满，对守城军队的意见也有所保留。

匡厚生的《黄犊车》有诗句云："接轸十里春光奢，城门逻卒当道遮。呼门不纳恶声加，人面羞晕生朝霞。"即是对守城逻卒态度的不满，但该诗中也不乏对守城方立场的肯定，如"匈奴未灭难为家"句，以匈奴比刘镇华，即是以汉比李、杨守军；这种多重情绪叠加产生的复杂、矛盾的情感，实为西安围城中普通人更贴近真实的态度。[1] 因此围城作品中，亦不乏怨刺之作，吴芳吉《百战》其三云："送茶送饭责无穷，爱国爱民语最工。南亩衰翁缧绁里，东郊少妇战壕中。"金和暄《丙寅年西安围城竹枝词》其四云："民饥不怕怕兵横，军队无粮有变生。搜得麦粳十万石，居然足衣又足兵。"[2] 其谴责的方向，以城中守

---

[1] 参见刘迈编注《西安围城诗注》，刘迈编注《西安围城诗录》，陕西人民出版社1992年版，第94页。

[2] 陕西省地方志办公室编纂：《历代咏陕诗词曲集成 近现代部分》下册，三秦出版社2007年版，第71页。

军征粮、征役为主，甚至以"萑苻"相讥，① 党晴梵亦有《搜粮兵》《索富户》《索粮吏》诸作，所揭之事相类。今西安革命公园革命亭有一联云，"生也千古死也千古，功满三秦怨满三秦"，即是蒙浚僧代杨虎城所拟，说明守城方对围城期间诸事有较客观的认知。② 但围城中人力、物力有限，因此守军的此类行为也是可以理解的，瑕不掩瑜；吴芳吉在《陌上桑》《月牙城》等诗中多多少少都体现了这种矛盾心态，而更多的时人心中则达成了对守城方功过的和解。

另外，在围城诗中，以乐府歌行为主的古体诗亦屡见不鲜，占有较大比例，胡步川《渭南李生行》、胡文豹《责落弹》、吴芳吉《长安野老行》等均属此类作品。乐府诗有着较强的叙事传统，也经常承担着自觉述史的任务。以杜甫为例，其被"称为'诗史'的诗大部分为乐府诗"。③ 围城时期，诗人们也传承了乐府诗的传统并有所开拓，其中自然有沿袭乐府旧题的作品，如胡文豹《陌上桑》《续秦中吟（十首）》《战城南》，即沿袭了汉乐府《陌上桑》《战城南》以及白居易《秦中吟（十首）》。虽用旧题，但内容、结构却与原作各有差别，《陌上桑》一诗，以桑与蚕为引，描述了西安围城时期粮食匮乏、军队征粮下百姓生活的惨状，"蚕也食桑吐丝白，人也食桑色变黄"，语言直白却触目惊心。

白居易的《秦中吟》由十组五言古诗构成，讽喻了元和年间秦中怪相，而胡文豹的《续秦中吟》，沿袭了白居易的叙事传统和讽喻模式，但却使用了杂言的形式，首句多反复，分别以"月牙城""长安县""点红灯""挖城壕""派饭""洋车夫""难民谣""智女行""老妇哭""姑恶篇"为题，从不同视角叙说并展现了围城时期的众生相。其中塑造出的人物形象亦颇具特色，反映出的社会问题亦颇具代表性。其六《洋车夫》一首，即反映了围城时期避难者足不出户，故车夫出现职业危机，以及河南籍的洋车夫，因地域歧视而受到不公待遇，"人心

---

① 吴芳吉：《壮岁诗》云："不闻政令夸民主，翻新匪道尚萑苻。萑苻此土尤猖獗，当中两虎声赫赫。恃城死守足凤威，二十万人非所恻。"

② 参见贾自新编撰《杨虎城年谱》，中国文史出版社 2013 年版，第 70 页。

③ 参见吴振华《唐代乐府诗简述》，吴相洲主编《乐府学》第十二辑，社会科学文献出版社 2015 年版，第 270 页。

原自划鸿沟"等现象。《战城南》则两句一换韵,将围城战况之惨烈,通过简单的方位切换与事实陈述展现出:

> 前日战城南,流丸满塔钻。昨日战城北,妪死枕席侧。今日战城东,火云映酒红(弹落东大街酒店中)。何日城西战,屈指色先变。

三 记忆的历史镜像与"围城中之文艺"

德国哲学家本雅明在《历史哲学论纲》中说:"历史是一个结构的主体,但这个结构并不存在于雷同、空泛的时间中,而是坐落在被此时此刻的存在所充满的时间里。在罗伯斯庇尔看来,古罗马是一个被现在的时间所充满的过去。它唤回罗马的方式就像时尚唤回旧日的风范。时尚对时事有一种鉴别力,无论在哪儿它都能在旧日的灌木丛中激动风骚。"①

与罗马类似,西安是一座有着悠久历史的城市,也堆积了深厚且众多的历史记忆。围城时期,人们便极易将时事与历史关联,从而触发历史记忆,在类比中产生新的历史记忆。而新的历史记忆往往可以通过对旧历史记忆的试读、重构而得到充分展现,并带有特定的情感色彩,如镜像下一般,故笔者称之为"历史镜像"。

围城的大时局,最易使人联想到的便是唐代"安史之乱"。吴芳吉在《百战》其一中云:

> 百战西京半亩田,田间昨日有人烟。而今寥落重回首,又是开元天宝年。

而在《百战》其二中,则直以安禄山、董卓喻当世军阀,所谓

---

① [德] 汉娜·阿伦特编:《启迪:本雅明文选(修订译本)》,张旭东等译,生活·读书·新知三联书店 2012 年版,第 273 页。

"禄山董卓都经见，安得图形与友知"。即便是戊辰年（1928），吴芳吉在江津黑石山为母校聚奎书院编纂校史时，回忆起西安围城之事，仍惊魂未定地写道"我亦深宵比翼飞，飞向长安啄大屋"。① 杜甫《哀王孙》诗描述安史之乱长安城陷的状况时云："长安城头头白乌，夜飞延秋门上呼。又向人家啄大屋，屋底达官走避胡。"吴芳吉便是以飘摇慌乱的头白乌喻己，以安史之乱喻时。吴宓《西征杂诗》中亦有"想象繁华天宝年，骊峰高处接青天"（其四十七）、"易世谁修风俗史，开元旧侣已无多"（其七十七）的诗句。此类诗句，一方面是在慨叹时局；另一方面也不乏对繁盛往昔的追忆，感知时空变迁带来的恍然与沉重，以及历史与现实相似时产生的荒谬与焦灼。

既然产生了"安史之乱"的时局联想，对守城、攻城双方主帅的类比与联想便极易与"安史之乱"产生关联了。除了以安史之辈喻刘镇华军之外，诗人们在对杨虎城、李虎臣进行书写时，也极易与张巡、许远等平叛重臣关联，当然这也和西安围城与睢阳之围的相似性有关。如匡厚生《长安围城纪事诗》其七十八记李虎臣杀名马饷士卒事，即与睢阳之围时张巡杀妾作类比；② 范紫东《苍鹅纪事诗》其七中直以张、许相喻："不信张巡映许远，长安竟似石头城。"③ 除"安史之乱"的典故群外，诗人们对攻、守城方的记忆与书写中，也会出现其他的历史意象，如以干将莫邪、范仲淹韩琦喻守杨、李，兹不一一举证，我们可以通过对历史意象的试读，来触摸作为当事人记忆与态度的"历史镜像"。另外值得一提的是，此种关联也不乏诙谐、反讽等元素，如匡厚生《长安围城纪事诗》其六云："前度刘郎重入秦，烟花三月正浓春。"④ 刘镇华曾任陕西省省长、督军等职，布政无方，此度入秦攻掠亦不得人心，诗人反用刘禹锡《再游玄都观》典，颇为辛辣。

在《学衡》杂志第 59 期刊前插页中有一张插图，名为"西京游踪

① 吴芳吉：《白屋诗选》，四川人民出版社 1982 年版，第 240 页。
② 参见刘迈编注《西安围城诗注》，陕西人民出版社 1992 年版，第 62 页。
③ 刘迈编注：《西安围城诗注》，陕西人民出版社 1992 年版，第 114 页。
④ 同上书，第 14 页。

图草"，图下有字云"西安围城中之文艺"。① 该图为张谳作稿，胡步川绘图，吴芳吉写字而成，后胡文豹有诗题咏之；展现了古都西安及其周边诸如骊山、昆明池、樊川、大明宫等历代名胜古迹。图成于民国十五年初夏，此际胡步川等人正处西北大学授课，困于围城之中，并非一一到访，绘图之事仅供凭吊而已，却也算得上是一种通过记忆、联想对围城苦闷的精神排解，可谓"坐对城南尺五天，想象开元全盛年"。然而在解围后（抑或围城前、围城中尚属守城军控制的地域内），诗人们的确寻访了诸多古迹，并有诗纪之；如吴芳吉《咸阳毕原瞻拜周陵纪游》《过唐东内大明宫故址》《东关故沉香亭下看牡丹》，胡步川《登未央宫故址》《游樊川谒杜甫祠》《骊山元宵》，于右任《西安城围启后再至药王山》等。这些带有周秦汉唐历史记忆的古迹，在诗人的笔下又呈现出了新的、对当下时事的态度与记忆，产生了新的"历史镜像"。

纪游诗的情感构成虽复杂多样，但吊古伤今之感却几乎在此类诗中共存。《咸阳毕原瞻拜周陵纪游》一诗共八解，厚重之至；先喟叹"王道不昌"，再分述文王、周公、成王、武王之陵，继而两度效仿孔子咏叹"周之德，可谓至德兮"，诗中"旦其未果""哀今人之多戾兮"等句，似在讽喻战局。历史记忆与现实环境的反差往往能触碰到诗人敏感的心灵，给予人以慌乱而焦灼的情感体验，"花落花开遭几劫，自怜自媚到于今"（《东关故沉香亭下看牡丹》）与李白笔下"解释春风无限恨，沉香亭北倚栏杆"的巨大落差，也令人生怜，眼前虽见牡丹，内心所念却是"函关战阻家书渺，斜谷围屠万户瘆"。处于历史镜像的观照下，即便是解围的喜悦也难以冲淡沉重，劫后仍难以释怀兵火刀枪的梦魇；于右任"三秦战垒民间满，袖手无聊泣晚风（《西安城围启后再至药王山》）"②，胡步川"龙首原头荒白草，长安今在草中间（《登未央宫故址》其一）""秦越关山无限长，兵戈满眼老他乡（《骊山元宵》其一）""而今劫后凄凉境，阅尽沧桑似不知（《骊山元宵》其三）"等诗句便是如此。

---

① 张谳等：《西京游踪图草》，《学衡》1926 年总第 56 期。
② 于右任著，刘永平编：《于右任诗集》，团结出版社 1996 年版，第 193 页。

这种记忆、联想不仅限于西安城，也涉及与西安存在相似度、可比性的城市，例如南京。胡步川有《金陵好》词一组，题下注"长安围城忆金陵旧游"；寄调《忆江南》，凡二十二首，每两首为一组，歌咏了南京的名胜、史地。其词涉及铁锁沉江、芝兰玉树等历史掌故，也包括对雨花台、夫子庙、玄武湖、燕子矶、莫愁湖、台城、秦淮河、栖霞山等名胜古迹的回忆，于金陵美景的描绘极尽手段，试摘取一组：

> 金陵好，六月莫愁湖。碧柳千丝荫楼阁，清香十里放芙蕖。临水乐游鱼。闲远眺，满目绿平芜。淮水风帆出芦苇，钟山云影幻虚无。扫叶一楼孤。

前十组的风格及叙述方式皆与之类似，俨然一幅南京风物图，刻画工巧已足心驰神往。至于第十一组，转忆西安围城事，寥寥几笔，轮廓全出，颇具表现力。其对比感极强，使沉浸在南京风物中的读者感受到猛烈的冲突；同为古都却遭遇各异，着实令人惋叹：

> 金陵好，那得慰长安。火热水深悲曷丧，残山剩水隐含酸。故国尽摧残。和议事，怕成壁上观。重礮声稀千目疾，飞机响处万人欢。攻守两无端。

围城中与旧诗有关之文艺形式多样，兹再举数例。

著述。书法家党晴梵在围城中著有《论书》绝句百首，检点、品评历朝书法名品，并有注语附在绝句后，辨章考镜。序曰："比者埋照青门，闲居无俚，因取商周鼎彝，秦汉碑碣，古籀篆隶文字，以及晋魏唐宋明清正楷行草墨拓真迹，时抚摹之。"而究其出发心态，亦排解苦闷、于密集的故纸堆中寻求安矜，他说"今春徂秋，四郊多垒，日处烽烟中，益郁郁寡欢，握管之外，复事吟哦，成《论书》绝句百首"，可见一斑。①

---

① 参见党晴梵《党晴梵诗文集》下册，陕西人民教育出版社 2007 年版，第 188 页。

唱和、雅集、联句。尤以胡文豹、胡步川、吴芳吉三人为显，如吴芳吉有《立秋》诗赠胡步川，胡步川遂次韵答之，二人诗皆谓围城惨状，可视为相互倾吐。胡文豹有《寄吴碧柳》诗，叙忆诸事，欲与吴芳吉订交。吴芳吉遂有《答胡仲侯》诗，序云："围城中有寄诗来，问吾猜得其为谁者。意必雨僧诗中之胡仲侯君（文豹）也。赋此猜答。"胡吴二君，此前"未尝一面觌"，但都曾因吴宓而得知对方；在"干涸"的围城中结识"今雨"，且以诗为谜、猜答唱和，颇见意趣。丙寅年端午节时，林天乐、田兆丰、穆世清、胡步川、郭至公、赵文、吴芳吉、方秉信、昝元勋、王书林、潘镇、刘文锦等人在西北大学雅集联句，成七言柏梁体诗，在"炮火围城夏日长"的境遇下，也不失品赏"石榴缀缨垂绣裳"的雅趣。① 围城时期亦有部分在外地的诗人挂念西安局势，并寄诗与城内诗人，时在长沙的刘永济便作有《鹧鸪天·哀碧柳秦中》及《鹧鸪天·再寄碧柳西安围城（二首）》。兹录《鹧鸪天·哀碧柳秦中》一词：

> 望里烟芜认汉唐，寒蓬离黍更微茫。剩簪五色江郎笔，来访千秋杜老乡。
>
> 诗思苦，酒怀长。不成沉醉转悲凉。浊泾清渭悠悠尽，终古荒城对夕阳。②

一个值得关注的现象是，每逢重要时令，诗人们大多有创作活动。如杨虎城《丙寅重阳远眺》；匡厚生《丙寅七夕》《中秋对月》《九月九日》；胡步川《立冬书感呈碧柳兄》《丙寅除夜》《腊八感怀》《骊山元宵》；吴芳吉《立秋》；党晴梵《中秋》《围城九日友人惠兰花》等。本雅明说"节日是回忆的日子"，③ 煎熬的围城中，时间流速是相对缓慢的，度日如年之感辄生；因此重要时令于围城中的诗人而言，非惟记

---

① 林天乐等：《端午联句》，《学衡》1926 年总第 59 期。
② 刘永济：《诵帚词集；云巢诗存：附年谱、传略》，中华书局 2010 年版，第 29 页。
③ ［德］汉娜·阿伦特编：《启迪：本雅明文选（修订译本）》，张旭东等译，生活·读书·新知三联书店 2012 年版，第 274 页。

时之效或简单的传统含义，更多是在回忆的同时作为排遣苦闷、诉说情愫的由头，所咏大多亦是围城战事。但显而易见的是，尽管"围城中之文艺"形式多样，围城困扰下的焦虑、忧愁等主题仍是难以消解的，笼罩不散。

四　返乡与纪念：解围后的记忆留存

党晴梵，本籍渭南合阳，围城期间协助杨虎城策划战事，其《西安围城记》云："西安被围这一历史事实，发生于民国十五年，自春徂冬，历时八月之久——农历三月初五日合围，至十月二十四日围解。"①他写于围城期间的《待庐变风集》，较为精确地记录了每一首诗的创作时间，可谓庄重、谨慎。解围当日，即有《围解》一诗：

> 昨日犹忧一饭难，今朝生气满长安。援军叱咤城边战，余子仓皇壁上观。幸我诗书尘劫剩，喜他妻女泪痕干。故园尽有田庐好，归去逍遥天地宽。②

解围的喜悦溢于言表，除此之外，党晴梵的第二反应便是返乡。顺理成章，《待庐变风集》中最后一首诗便是返乡途中所写的《渭南道中》。考察解围后的作品时，会发现不少诗人选择以"返乡"作为对围城事件叙说的终结或综述。因诗人的籍贯不同，"返乡"这一现象在不同语境下亦有不同的文化含义。

第一类返乡，与党晴梵相似，被困于围城之中，而故乡在围城之外。吴芳吉，本籍江津（时属四川，今属重庆），《西安围城诗录一》中最后一组诗名曰《归途》，《吴芳吉年谱》载："（1927年2月）26日，抵达北京，作诗《归途》、《秦晋间纪行》纪此行。在北京期间，

---

① 党晴梵：《党晴梵诗文集》下册，陕西人民教育出版社2007年版，第229页。
② 同上书，第228页。

暂居按院胡同吴宓住处。因长江沿岸局势混乱，等待时机南下归乡。"①解围后，吴芳吉随吴宓绕道北京后归乡，《归途》一诗正作于此时。诗凡九组，叙说内容庞杂，情绪复杂充沛，既有对秦中风物的留恋、对围城中西安民众艰辛生活感同身受的同情，亦有对秦中友人、西北大学师生的思念。但诗中最深沉的记忆还是围城战的残酷与惊魂未定、对军阀征战而蒸黎食其恶果的认知："鲜卑羯羌尔何知，敢夺天功安希拟""兴灭一年十易主，如丝民命不胜残。敢告西来守土者，不为周秦之王霸，应似宇文赫连与苻坚"，以魏晋南北朝时北方少数民族政权相喻，判断依据为民众遭祸，体现了吴芳吉的人本立场。

　　第二类返乡，则主要因故乡在围城之役波及地区，战局未解便无法归还。《西征杂诗》便作于此种状况之下，吴宓本籍陕西泾阳，曾居西安，围城时在清华授课，解围后取道山西回秦。诗叙曰："民国十六年一月，予由京赴西安，留住十日，旋即回京。时西安二百三十五日之长围甫解，予为省父，兼迎碧柳（吴芳吉君）外出。取道山西，往返共约四旬。行途及在西安之所闻见，辄以诗纪之。"围城事件触动了吴宓的乡心，"一别故乡十七年"，况且众多亲朋好友均陷于围城战局中，民国十六年一月二日，吴宓接到吴芳吉的书信，"决即归省"。吴宓的这组诗共由一百〇五首七律构成，诗后多见注语，述明作诗时间、缘由等，用以"分寄亲友，用代函札"，他本人也说此组诗"篇中无一字无来历"，可谓纪实。诗中所记视角丰富、涵盖甚广，有秦晋间所见风土人情、怀念亲友与往事，亦有战后寥落情景；尤其旅途将近秦中时，诗人的情绪层层深入，颇有"近乡情更怯"之感。诗人来去行踪与故乡的合离，在诗中则表现为微妙的情感合离，多层记忆随之逐渐唤醒并重组，并伴随着新的见闻而产生新的记忆。试摘录第五十四首：

　　　　廿载游踪到海涯，重临如梦感年华。未移庭树犹前景，最乐长安是我家。课诵辛勤伴夜读，择邻往复载晨车。朗温李密陈情表，侍养无缘涕泪加。（注曰："过陈家巷及东举院巷旧居，昔年宅门

① 王峰：《吴芳吉年谱》，中国社会科学出版社2016年版，第217页。

联云'长安最乐，且住为佳'。"）

纵观 20 世纪旧体诗词的发展轨迹，经常能够寻觅到重大社会历史事件照射到旧体诗词上的投影，而这种投影往往是饱含浓重而多样的历史记忆的。如庚子国变时王鹏运、朱祖谋、刘福姚、宋育仁等词人困居北京，吟咏唱和《庚子秋词》，历来有"词史"之誉；再如抗战期间的 1940 年，处于沦陷区的北京，以郭则沄为首的延秋词社，通过《换巢鸾凤》这一词牌咏故宫鹦鹉，来寄托深挚的故国之悲和政治隐喻。① 可以说明的是，旧体诗词于重大社会历史事件的记忆留存有其独特的承载力，而西安围城这一历史事件，正是这种承载力的集中显现，借此亦可证实旧体诗词的生命力在 20 世纪依旧是无法泯灭的。

① 关于延秋词社及《换巢鸾凤》事件，参见袁一丹《别有所指的故国之悲——延秋词社〈换巢鸾凤〉考释》，《中国诗歌研究》第十辑，社会科学文献出版社 2014 年版。

《林兰香》中的北京民俗文化研究[*]

郭　羽　李小贝^{**}

摘要：《林兰香》是一部上承《金瓶梅》下启《石头记》的人情小说，对明清时期北京城中的民俗文化有着充分、细腻的描绘。本文主要从婚姻嫁娶、丧葬礼仪、节日宴饮、民间信仰和娱乐活动五个方面对《林兰香》中的北京民俗文化进行研究，并且通过这些民俗文化，察看研究其映射出的人生百态。

关键词：《林兰香》；北京；民俗文化

北京作为元明清三朝的都城，各个民族的文化都在此交融、渗透，形成了独特的北京民俗文化。《林兰香》这部小说映射了很多北京地区的民俗文化，全书描写的是明代勋旧家族耿家百余年盛衰荣枯的经历，这些故事就发生在北京。例如在第三回"茅御史摘奸成案，林夫人相婿结婚"中，康夫人介绍林尚书家之女时道明其家在西四牌楼，后两家想互相探看对方儿女时，木妈妈又道明两家祖辈的坟地皆在西直门的门头村往西之处。第八回"全司礼奏赦梦卿，茅指挥媒说宣爱"中，宣家打听前来求聘的茅大刚之品行事迹，一家丁说其自祖辈起便定居于地安门处的东土儿胡同里。第十七回"三公子大闹勾阑，二秀才浪游灯市"

---

* 本文系北京市属高校高水平教师队伍建设支持计划项目（项目编号：CIT&TCD201804065）；北京联合大学人才强校优选计划项目（项目编号：BPHR2017DS05）；北京市高水平人才培养交叉计划—实培计划毕业设计项目阶段性成果。

** 郭羽，北京联合大学师范学院学生，现为北京景山学校大兴实验学校教师。李小贝，北京联合大学师范学院副教授。

中，耿朗给林云屏看春节的拜单，于东华门、国祥胡同、鼓楼街、西四牌楼以及四牌楼等处，共计四十多家，其余西直门外、朝阳门外数十处，均是春节期间要去拜见的人家。这些小说中的地点细节描写，都是北京城的真实地名，至今仍存，均能证明小说中的故事发生在北京。

本文主要对《林兰香》中的婚姻嫁娶、丧葬礼仪、节日宴饮、民间信仰和娱乐活动五类民俗文化进行梳理和分析。

一　婚姻嫁娶

自古以来，人们对婚礼异常重视，在《礼记·昏义》中记载道："昏礼者，将合二姓之好，上以事宗庙，而下以继后世也，故君子重之。是以昏礼纳采，问名，纳吉，纳征，请期，皆主人筵几于庙，而拜迎于门外。入，揖让而升，听命于庙，所以敬慎重正昏礼也……敬慎重正而后亲之，礼之大体，而所以成男女之别而立夫妇之义也。男女有别而后夫妇有义，夫妇有义而后父子有亲，父子有亲而后君臣有正。故曰：昏礼者，礼之本也。"① 故而结婚成家被古人看作是头等大事，在《林兰香》第三回"茅御史摘奸成案，林夫人相婿结婚"中，细致地描述了结婚成家的曲折过程。耿朗自小就结姻燕梦卿，后因燕家出事梦卿自愿为官奴以代父罪而婚约破，耿朗见过梦卿后茶饭懒餐恹恹病起，康夫人焦急地为儿子媒妁并用，家中一内使搭线至林尚书家，因为林家一佣人与其为亲戚，二人相熟，为此互相传话做媒，两家喜结良缘。

刚开始康夫人先体察了林家家风，闻其家在西四牌楼，绝好的一个家风。然后又看林小姐为人，因其大耿朗一岁，做媒的内使急忙言说好话"女大两，黄金长。女大三，抱金砖"。康夫人又命乔妈妈与林家通信，翌日乔妈妈又来传话说明林家之意，想借着新冬各家祭扫坟墓之时先看看耿朗，两家商定，择日祭扫顺路相看。两家都情愿，林家去送了喜信，康夫人大喜，又令人去问名次、取庚帖，还令管家叶氏暗暗看了林家小姐如何，择日纳采娶亲。

---

① 陈澔：《礼记》，上海古籍出版社 2016 年版，第 672 页。

小说对明清时期婚姻嫁娶礼节习俗之描写，可谓是细致且生活化。对于明朝时期现今可考察到的，彼时北京人定亲需得"合礼"，即算男女双方年龄是否相生相助，如第三回"茅御史摘奸成案，林夫人相婿结婚"中就有：

> 花夫人道："既都情愿，何不令人去送喜信？"林夫人仍令木妈妈望鼓楼街来。康夫人得信大喜，一连又令几次人去问名次，取庚帖，后又令管家婆叶氏去暗看云屏。①

所谓"庚帖"即一个写明姓名、祖宗三代、籍贯、生辰八字等信息的帖子，男方和女方各持一个，互相交换此帖。然后择一谷旦派人至女方家中"相视"，如果女方和男方在身份、相貌、年龄等方面皆是"望衡对宇"，便留下一件礼物，如簪花、巾帕、戒指一类的，小说中便是派管家婆叶氏前去林家看林云屏。

《林兰香》中也展示了婚姻嫁娶民俗中的"通媒"环节，即男方选好中意的人家请媒人去求聘，去时每次带一瓶酒为礼。一般要去三次才能知道结果如何，所以俗语有言："成不成，酒三瓶。"小说第十二回"老鳏夫妄思继娶，瞎婆子滥引联婚"中，季三思看上平彩云，东方巽为其介绍村南头善媒说的瞎婆古氏，三思便去寻这古氏告其媒说之事。

> 东方巽道："老兄既已心许，明日遣媒来说可也。"三思道："正有此意，奈无其人耳。"东方巽道："这有何难？贵村南边长夜里瞎婆古氏，专一走动人家，善于媒说。小弟二房下三房下俱是烦他说来。老兄只顾烦他便妥。"三思称谢，于是拉东方巽到家。东方巽苦辞，将润笔送给三思进城而去。三思回家，寻着瞎婆，告以媒说之事。瞎婆笑道："你这老相公老不正道，儿大女大，还求甚婚？况且笑乃人之常事，莫不笑老相公的人，都是要嫁老相公的不成？"三思听说，心甚不平，取出润笔，全数赏给瞎婆。瞎婆一时

---

① 随缘下士：《林兰香》，春风文艺出版社1985年版，第20页。

贪赚财物，随口应承。①

在小说第八回"全司礼奏赦梦卿，茅指挥媒说宣爱"中，茅大刚亦请媒人去宣家说媒，因此不难看出媒人在旧时是个很重要的角色。

小定，是女家同意议婚，男家的主妇上门前去看容貌、问名，女家需出阁的那名女子会以装一袋烟为名头，以此出来见面，称"装烟礼"，如果男方的主妇满意，便以如意、钗钏等作为定礼，便是"小定"。该主妇亦可将钗钏等饰物给该女子戴于发间，称作"插戴礼"。第十四回，康夫人便是见平彩云要嫁与耿朗，甚为欢喜，于是令云屏、梦卿、爱娘和香儿各拔金钗一支作为定礼。

> 水安人此时怕人传扬，只得将错就错，便向康夫人商议。康夫人却甚欢喜，一面令人唤耿朗来见岳母，一面令云屏、梦卿、爱娘、香儿各拔金钗一支，权作定礼。水安人见耿朗年少英华，耿朗见过彩云容貌，彼此岂有不相投之理？乃定于三月十六日行聘，四月初一日迎娶。②

《林兰香》这部小说不仅为我们展示了清代北京的大部分婚礼程序，也为我们描述了个别人家的"特殊"婚礼。如任香儿为救父辗转嫁入耿家为妾，起初只是以丫鬟之名服侍耿朗，后因耿家发现其实为任财主之女，方为其正名娶入耿家。还有其中第十四回"激义侠一夫独往，适心意三女同归"，平彩云阴差阳错被放于箱子中，后来被耿朗妻妾发现送回娘家，彩云自缢不成，合夫人借机言耿家之好，救她的几个耿家妻妾亦是官宦世家的小姐，身家清白、有地位，又言耿朗被算作有五妻之喜，现在是天命佳缘结识耿家，嫁与耿家不会辱没了彩云。水安人无法，亦怕人传扬出去，同意了合夫人之言，就这样嫁了彩云。届时康夫人一面令耿朗见过岳母，一面令几个妻妾每人各拔金钗一支当作定

---

① 随缘下士：《林兰香》，春风文艺出版社1985年版，第91页。
② 同上书，第110页。

礼，平彩云的婚事就这样草草定下了。

此二女均未有媒人说媒，各有各的隐情而嫁入耿家，这种"特殊"婚礼却很贴近生活原貌。

二　丧葬礼仪

俗语有云："人死为重，死者为大，入土为安。"《礼记》中亦有《问丧》《奔丧》《服问》《间传》《三年问》《丧服四制》《丧服大记》和《丧服小记》诸篇，由此可观，自古以来人们对丧葬礼仪的重视。

在小说第六回"耿存忠痛哭燕玉，任自立急呈香儿"中：

> 郑夫人与二子一女哭泣，以礼殡葬。依时门生故吏，近友远亲，闻讣而至者甚众。倏忽间已到虞祭之期，郑夫人同胞弟郑文领着子女来坟上祭扫。方才事毕，忽见一乘快轿引十数人飞奔而来。先有一人到门首告说："俺是通政司耿大人家家人，俺家老爷因颁诏到汉王处，不知燕大人病故，今日特来祭奠。"管家禀知郑夫人，夫人令子知、子慧出迎。耿怀下轿，看见他兄弟两个，便含着泪道："我因奉使在外，不闻令尊凶信。昨日回家，方知弃我而逝，可悲可悲！"于是走至墓前，从人设下祭礼，宣读祭文。[1]

耿怀与燕玉乃是官场同僚，因关系要好且两家子女自小结为姻亲，故而如此。而第十八回"中和日助款良朋，寒食节怜伤孝女"里，老夫人率众人于耿朗父亲祭日前去祭扫，唯有梦卿淡妆素服、祭扫痛哭，反观香儿和彩云，俱是凝妆情服，老夫人不悦，香儿却言："人已早死，又未见面，行那虚礼何用？况我们又不是仕宦人家，那有应时应景衣服？难道预先作下寡妇衣裳备用不成？"彩云亦辩解道："我们本无素色衣服，二则也未想到必须穿素。老夫人之不言，那就是老夫人体谅。

---

[1]　随缘下士：《林兰香》，春风文艺出版社 1985 年版，第 41 页。

只是大娘若早说一声，我们也好借换。"① 第三十八回 "孟元帅力荐良臣，康诰命痛思淑女"中，耿忻病逝，众人前来吊祭，不巧此时梦卿亦去世，在伯父的孝堂中，香儿和彩云完全没有一丝一毫的悲伤之色，每有错误之行为，云屏和爱娘多次规劝亦熟视无睹，康夫人见此再三训导亦无果。郑夫人因思念女儿梦卿卧病未起，遣两子前来助丧。到了耿忻出殡后，孟征又上一遗表，天子览奏大惊，诏封邯郸公加太保。此处从细节上为我们展示了明末清初的北京丧葬之礼，一直至今，亲人逝去我们也都是要有亲朋前去吊丧，着素服有哀泣之容的。

之后的第四十回 "老司礼祭设一坛，众仆人哭分三奠"和第四十二回、第四十三回、第四十九回等都从细节处为我们描述了耿忻和梦卿去世后众人为其哀悼祭扫，上周年坟和服丧，以及此后每逢清明与其忌日均要众人前去拜祭。

且有些人家办丧事会请僧人来为逝者做佛事，小说第五十一回中亦有描述，香儿玉殒后耿朗去扫墓，距二人坟上五里左右有一寺院，正门上有一副对联标榜道义之深，悟性之高，左边墙上还有一黄纸榜文，大意是说善男信女们若相信院内老僧之经法，愿乐欲闻，以此为实，其福德不可思量。耿朗遂又起意为四娘做佛事，众人劝谏，因耿家祖传不用僧道，且通政使、太仆卿、泗国公、合夫人、荆夫人、康夫人六次大丧均未用过，香儿不过一介妾侍于礼不合，方才作罢。

因为根据佛教的说法，除却恶贯满盈之人即刻下阴世，极大善功之人即刻升天之外，一般之人不能立刻转生，而是成为 "中有身"，又叫 "中阴身"，即在辞世后至投胎前的途中的一种形态，其维持的时间为七个七期，在此时段中等候投胎的机缘。遂人与世长辞后的四十九天内，眷属若能为其作佛事，则能助其有个好机缘，若为逝者可转世于更好之处，可以逝者生前的财物拯济饥寒交迫之人、施济供奉佛教等善事，言明此番作为是为某逝者而为之。若是过了七七后再做佛事，亦有好处，但只是增加逝者之福分。故而民间百姓一般选择在停灵时做佛事，希冀逝者可以托生在一个更好的人家。

---

① 随缘下士：《林兰香》，春风文艺出版社 1985 年版，第 140 页。

以上为小说中明确出现的丧葬礼俗文化，此外在明代北京人的丧葬礼俗还有很多，如：发丧一般为期三日，门前要挂上桑牌，上写明死者寿命年月，请阴阳先生推算"煞神"所在之日，举家出门回避，称作"躲煞"。下葬三日后要到坟上祭奠，被称作"暖墓"。

到了清代，满族人将其旧俗与汉族丧葬礼俗融合，形成演变出一套复杂的丧葬礼节。人死后要先停尸，为死者穿寿衣。穿好寿衣后便是"换床"，即将死者头西脚东仰卧放于灵床上，因满族人习俗以"西"为贵，遂停尸于西屋地面中央。灵床前摆碗米饭，上插三根秫秸棍，称作"倒头饭"和"打狗棍"。脚下点灯，停尸多久要亮多久，忌讳中途灯灭，称作"长明灯"。然后便是哭丧，接着是开殃榜，随后是入殓，即将尸体放入棺内。再之后是接三，即死者死后三天为接三，设灵堂、搭丧棚，棚内设经台，是僧道诵经之地，门外设鼓乐。孝子号啕痛哭沿街呼号，将纸糊车马于附近焚烧。晚上僧道放焰口，孝子跪灵举哀，僧道诵经。此后的五天至七天出殡，当日清晨，灵柩出门，孝子跪摔丧盆，起殡。最后是暖墓，即下葬之日起往后三日，亡者之亲人前往祭奠。此后逢三七、五七、七七均需前往祭奠，守丧时间为百天。

三　节日宴饮

中国人对于传统节日有一种情怀，每逢节日和一些喜庆的事情，必定设宴席摆美酒食珍馐。一般常过的传统节日有：元宵节、春节、端午节、七夕节、中元节和重阳节等。这些节日亦不是随便过过的，都有讲头，小说就从诸多细节反映出明清时期是如何欢度佳节的。

在中国，一年之始在春节之后，小说在第十七回"三公子大闹勾阑，二秀才浪游灯市"中描述了人们家家处处放爆竹、贴春联，耿家商议拜单决定串门之事。

是时不觉腊尽春回，又是宣德五年正月元日。家家爆竹，处处春联，掩霭风光，倏忽非旧。寻常巷陌，焕然一新。耿朗家童仆则衣冠齐楚，婢妾则珠翠缤纷。瓜子皮，荔枝皮，纵横匝地。纸爆气，松叶气，氤氲弥天。耿朗五更入朝，散后先到耿忻家，拜过家庙并伯父伯母。次则回家，与康夫人行礼。后则去拜叔父叔母及诸亲友。是日林云屏、燕梦卿、宣爱娘、平彩云、任香儿五人，齐齐整整拜过康夫人，然后彼此对拜。晚间耿朗方回，俱在正楼下用毕晚餐。云屏问及本日拜望人家数目，耿朗令取拜单来看。①

春节之后便是上元佳节，在第十七回和第十八回、第四十三回以及第五十一回中描述了耿家众人沽酒、赏灯猜灯谜、放爆竹、吃汤圆以及仆童打太平鼓、侍女抓子儿寻乐等欢度上元佳节的情形：

正是金吾不禁夜，天下太平时。三人或沽酒，或买茶，或猜灯谜，或听清唱……正在打成一团，不期又有几个少年扶醉而来，却是张大张、王尊王，与举人茹月桂，进士邹日杏，会来东华门灯市看灯，一路上吃茶酒，放爆竹，引逗年少子弟，挨挤年青妇女，在灯市中走够十数个来回……再说是日日落后，大门小户，曲院回廊，无不悬设花灯。外而仆童打太平鼓，唱踏灯词，点爆竹，放空钟。内而侍女弹口琴，抓子儿，猜灯谜，请姑娘，各寻其乐。中堂上肆筵设席，银烛炜煌。康夫人居中，其余列座，命金莺、玉燕、白鹿、青猿四人，吹弹起来。坐了更余，康夫人回后，耿朗分赐众仆人汤元酒果。又在东一所九畹轩大张灯火，命采芣、采菽、采苓、红雨、渚霞五人，淡妆雅服，妙舞清歌。是夜耿朗尽兴方止……当下众侍女又放了几筒花，耿朗嫌放得不好，另教人新装了十二筒，自家亲放一筒金色花，然后依次俱亲身点放。云屏放一筒大牡丹，爱娘放一筒大木香，香儿放一筒落地桃，彩云放一筒落地梅，末后春畹放一筒大兰花，俱是小口。耿朗又放一筒金线钩银蛾，云屏又放一筒金海棠，爱娘又放一筒洞口梨花，香儿又放一筒撒珍珠，彩云又放一筒三春柳，末后春畹又放一筒一丈兰，俱是大

---

① 随缘下士：《林兰香》，春风文艺出版社1985年版，第129页。

口。真乃奇非人力，巧夺天工。侍女仆妇，无不欢喜。①

小说第二十二回和第四十一回中展示了端午节的部分习俗。耿家众人贴云符、插艾叶、饮雄黄和菖蒲酒、浴兰、食粽子。第四十一回"遇蛊毒萧推彩艾，觅邪术观唆童蒙"描述了田春畹抱着顺哥前往宣爱娘等耿朗之妻妾房内，几位妻妾给顺哥的鼻孔耳窍上插雄黄以避瘟气，将一串驱瘟紫金百宝香珠挂在顺哥胸前，将一个艾虎拴在顺哥的帏涎带上，给顺哥做的大红罗衫，上面系着长命缕并彩帛做就的五毒及葱蒜玉瓜扁豆之类，可见端午节众多习俗。

> 这日正值五月端阳，时当插艾节及浴兰，处处包菰，家家挂索。顺哥身穿彩衣，臂系灵符。先是春畹抱到爱娘房里，爱娘在顺哥的鼻孔耳窍上插些雄黄，以避瘟气。然后自己又抱到云屏房里，云屏将一串驱瘟紫金百宝香珠挂在顺哥胸前，随即同爱娘抱到康夫人上房，康夫人看着要笑了一回，顺哥歪着身子要往外去，旁边采艾便接在怀内道："咱看四娘、五娘去来！"后面采萧跟着，到得香儿房里。顺哥看着香儿，咿咿唔唔，笑声不已。香儿接过手去，脸对脸儿亲了几个嘴，因说道："作娘的无什么给你，有个艾虎儿，给你耍耍罢！"因将一个绝精的艾虎拴在顺哥的帏涎带上。复又抱在一张八仙桌子上戏耍。桌上盘内，恰有两个蒲叶叠成连蒂方胜粽子，被顺哥抓在手内，用嘴不住咂咶。香儿笑向彩艾道："这都春姨娘将此子养坏，看见食物，如此嘴馋。然这是冷货，给他吃不得，由他拿去作耍罢。"因又架着顺哥的手，说道："你拿这粽子去与你二娘看，他是个巧人，看叠的好不好？"说毕，便将顺哥递给采艾。采艾接来，采萧一边引斗着出了西一所，又去看彩云。彩云早给顺哥做的大红罗衫，上面系着长命缕并彩帛做就的五毒及葱蒜玉瓜扁豆之类，忙取来与顺哥穿好，戏耍一回。顺哥又要往外去，采艾即从西厢抱到东厢。采萧随定，在晚翠亭、午梦亭、晚香

---

① 随缘下士：《林兰香》，春风文艺出版社1985年版，第131、132、137、33页。

亭各处闲走一周。然后过假山，又到九皋亭看菖蒲。①

以上习俗均为保平安、解灾祸，因为端午在古人心目中是毒日、恶日，遂有此种种习俗。

七夕节，在传承的过程中因关联了牛郎织女的故事，故成为爱情佳节的标志，因为旧时女子的命运一般注定多为嫁与夫家、相夫教子，遂女性希望自己能像织女一样勤劳能干，以此觅得良人。第二十五回"金匮伤胎倾彩艾，玉池炼汞蛊童观"中描述了七夕佳节林云屏与众姜侍梧桐树下陈瓜果、祭天孙、点九华灯，用七孔针乞巧等习俗。

> 这日正值七月七夕，银河玉露，天上佳期。皂月珠星，人间良夜。云屏、梦卿、爱娘、香儿、彩云在正楼梧桐树下陈瓜果，祭天孙，点起九华灯，用七孔针乞巧。②

而在民间的风俗远不止如此，人们穿针乞巧，后演变为投针验巧，是明清时期盛行的七夕风俗。小说第三十回、第三十七回、第四十二回、第五十五回和第五十八回中，还描述了耿家众人饮茱萸酒菊酒、食花糕、赏菊和行酒令等重阳节习俗。

> 云屏、爱娘接去过重阳佳节，爱娘笑道："四十八，养个母癞瓜。今日的花糕菊酒，恰好改作汤饼会了。"云屏当真的教侍女取了各色菊酒，各色花糕，与一切肴馔，在百花台与爱娘、春畹赏菊。只见依栏绕砌，或栽盆内，或种畦间，换却东篱淡泊，作成金谷风流。真是酒美花香，人正在金翠团里。饮酒中间，爱娘取了白菊一朵，插在春畹的鬓边，道："白菊可以延年益寿，六娘虽是半边人，却有了孙孙，就戴枝素花，谅亦无妨。"③

---

① 随缘下士：《林兰香》，春风文艺出版社 1985 年版，第 315 页。
② 同上书，第 192 页。
③ 同上书，第 447 页。

果然见效，到中元节便大有起色。耿颐耿颢一班小儿们，虽是蒿子灯，荷叶灯，依旧戏耍，然却不及往年的闹热。①

以上是小说中出现过的中国传统节日，有些是细致的描写，有些是简单提及。虽然像端午节拴五色线、佩长命缕等习俗现今已式微，但小说却为我们证实了它们曾经的确真切地存在过。

四　民间信仰

《林兰香》中所展示的民间信仰表现出受佛教、道教的影响较深，人们普遍信奉因果报应、命运轮回，就如小说中第四回和第五回所描述，任财主店铺失火被以"天子驾崩，人心慌乱，万一奸凶乘势，岂不有关大事？"② 为由抓去要从重治罪，众人言此事是其平时一味刻薄的报应，而任财主家店铺失火时，林夫人处也险些失火，木妈妈言此是一福压百祸。而小说第一回便写明一老人行至耿家门首，言其家宅方位不好，恐主内助失人，又言"不妨，但可惜正房改作厢房也！"③ 暗昭日后林云屏为耿朗正妻却不主事，实际主事之人为本应作正妻却因变故作二娘的燕梦卿。第五回燕梦卿作一绝句自比，"闻说江南并雪开，萧闱何幸一枝来。却怜柔素与奴似，些子春光占帝台"。④ 此诗意言，自己虽为女儿身，但巾帼同样可以不让须眉。后神思困倦入梦，梦醒后自解恐自己被庭入宫，此梦实际上暗示梦卿日后愿代父罪入宫为官奴之举。还有第七回"思旧侣爱娘题壁，和新诗梦姐遗簪"中，耿朗在自家坟前祭扫完毕路过燕家坟前又去祭拜，巧遇宣爱娘和燕梦卿作对诗，无意捡到梦卿于墙作诗之簪，此之奇逢，遂有了日后之佳话与口舌。且第三十一回，耿朗梦见自己被狱帝处罪，旁人说可留其一命将来安定一方将功补过，后几妻妾俱在，梦卿愿替夫死，死前还问耿朗"多疑郎，亦知

---

① 随缘下士：《林兰香》，春风文艺出版社 1985 年版，第 412 页。
② 同上书，第 34 页。
③ 同上书，第 4 页。
④ 同上书，第 36 页。

梦卿有今日乎？"皆暗示了耿朗因多疑排拒梦卿，后梦卿为耿朗牺牲以及耿朗日后要安定一方的命运。

　　这一夜耿朗梦被两个校尉拿至一官府，在廊下候审。不多时，有官坐堂，其冠裳护卫一如狱帝模样。阶下许多人犯，皆原告也。狱帝问耿朗欲令抵罪，耿朗叩头乞免。旁一人道："留他还有用处，将来安定一方，立功补罪亦可。"狱帝怒道："怨气已重，如何解得？"旁又一人道："耿朗有妻五人，令人追至，有愿替夫死者，则怨可解，而亦可望将来拯救之功矣。"狱帝方觉少霁。耿朗方自念："公侯门第，一人有罪，而令幼女少妇出头露面，岂不可耻？"正愧悔间，而云屏、梦卿、爱娘、香儿、彩云五人已到。殿上问道："汝夫有罪，谁肯替死？"言未毕，梦卿应声而出。殿上命推出斩之，耿朗亦送出府门。梦卿回头道："多疑郎，亦知梦卿有今日乎？"既而刑行刀举，而金光四射，雷霆大发，赤血喷来，豁然惊醒。①

　　第三十五回"季子章转战三关，燕梦卿重惊旧兆"梦卿复梦一处山明月秀、美不胜收之景，其中的树木、萱草、浮萍和兰花突然因各种原因而衰败，一声响后众生不复，遂勘破人生。第三十七回，耿朗梦见自己遇险，梦卿前来相助后身亡，春畹继而接替。此为揭示日后梦卿亡故，春畹将接替其在家中之事。第四十八回，田春畹改正受封，荆、合二夫人言是商议过继是别人都不肯，独春畹怜棠夫人孤单老病肯出继，此是其好报。第六十四回耿顺至有"遇顺而化"之祠做梦见其生母燕梦卿及养母田春畹等人，受其训诫勘破人生。以上种种，皆因果循环与命运安排。

　　再者便是鬼神的信仰。在明清时期社会普遍流传动物灵怪的信仰。一般最多的要属狐魅，《朝野佥载》记载道："唐初以来，百姓多事狐神，房中祭祀以乞恩。食饮与人同之，事者非一主。当时有谚曰：'无

---

① 随缘下士：《林兰香》，春风文艺出版社1985年版，第243页。

狐魅，不成村。'"狐魅在人们心中越来越世俗化。《万历野获编》记载，京城狐魅独盛，越往南越少过江则更少。民间传闻是因其秉性不能渡江，而京师狐精之盛是由于京师没有厕所，妇女的月经撒在地上，狐狸偷吃后便可成千年狐妖，可有无穷幻化。在清代，狐狸多被视为狐仙，蒲松龄在《聊斋志异》中众多的人狐相恋正是民间信仰的一种艺术呈现。第三十一回"居别院香儿擅宠，理家私平氏希权"便写明耿朗于九畹轩偷窥，见轩内一女子挽家常鬒髻着素服，步履轻捷，就近一看发现是梦卿，耿朗大惊其倏然不见，香儿进谗言说九畹轩有狐媚作祟。耿朗遂令宿秀住东一所伺察梦卿，回来不是说其闲坐便是假睡，又说其在屋内没有摆放他物，只供奉了一尊教春畹绣的佛像，且二娘不礼拜只是经常闭目对坐。香儿又进谗言说之前九畹轩的鬼物可能是梦卿坐破天门阳神出现。

> 再说耿朗，自偷看梦卿之后，日日令宿秀往东一所伺察梦卿，即至宿秀回来，不是说二娘闲坐，就是说二娘假睡。又说二娘教春大姐绣了一尊佛像，供在屋里，却无烛台花瓶，只有一个小铜香炉，烧些碎黄白香块，二娘又不礼拜，常常的闭目对坐。彩云道："这正是长斋绣佛前了。"香儿道："前者九畹轩的鬼物，安知不是二娘坐破天门，阳神出现也。"此是香儿、彩云擅宠希权最得意的时节，故顺口说出这不顺理言语。①

亦有神灵之信仰。第六十一回，耿家失火，梦卿所遗之物俱被焚毁，就连铁之母的宝剑和金之精的金簪亦无迹可循。有人说是因为林云屏等五人锦心绣口，有泄露鬼神之机，遂被烧毁无遗，此为造化忌才。亦有人说是因为五人皆为丽人，他人看之难免轻薄指摘，此番烧毁，是造化爱才。

> 至于楼上的木匣、锦套、手卷、册页，俱全无踪影。耿顺惟有

---

① 随缘下士：《林兰香》，春风文艺出版社1985年版，第243页。

自恨自怨，望空落泪而已。因想五位夫人的诗集及众人的歌诗并诗扇小影，原是纸物，自不消说。那琴亦是朽木，亦不奈烧。就是指骨头发，一经烈火，自然无余，惟宝剑是铁之母，金簪是金之精，岂无形迹可寻，又教家丁细细检看。众家丁直将楼基翻转过来，亦不见有滴珠余沥，耿顺亦只好罢手。有人说，林、燕、宣、任、平五个人，灵心巧性，出口成章，未必不泄鬼神之机，此一烧乃造化忌才之意。有人说，五个人有如此容貌，必有十分情思。零膏冷翠，难免轻薄的指摘。此一烧，又是造化爱才之心。又有人说，丹棘、青裳一《颂》，性澜、情圃二《歌》，想来不及五个人的诗集，反得流传世上，可见好物不坚牢了。①

　　还有巫蛊信仰。第九回"话病源胡医荐友，弄幻术叶道摄魂"胡念庵做法术使茅大刚见丽人。第十回"平彩云因思致梦，茅大刚为色伤生"描述道，叶道士作法于梦卿、宣爱娘不成，只因二人浩然正气、一身凤仪，邪祟不侵，遂又引出一位佳人——平彩云。正所谓"一身正气，邪祟不侵"。第三十二回、第三十三回和第三十六回，耿朗病重药石无医，燕梦卿为救夫，断小指作药给耿朗服用，竟起死回生。梦卿为出征远方的耿朗亲自以自己之头发制作一副贴身软甲，此软甲得以护耿朗性命。旧时有传闻，亲人以身体发肤入药可治病。第三十六回，季狸为破敌军三姑之邪法，多备狗血秽物。传闻黑狗血和黑驴蹄子可辟邪，厕所内之污秽之物，亦可辟邪。第四十一回和第四十五回，童观用三寸大桃木人写上春畹之生年八字，再用其用过之衣饰，一并埋在所住门槛之下众人践踏，不出百日其自死。且春畹发现埋有耿朗、梦卿之年庚的木人，系出自童氏之手。

　　　因同春畹带了青裳到厕内周围细看一回，不见有甚破绽。及至看到洗净桶的沟边有一块砖，觉得高些，用脚去蹴，又不活动，象是原砌上的。但沟内沟外，俱是油灰砌就，铁屑培干，惟有此一块

①　随缘下士：《林兰香》，春风文艺出版社1985年版，第472页。

灰色松浅，看其形状，虽有一两年之久，终不似别者的顺眼。青裳用鹰嘴小锄方掘起，砖下又有一片瓦，将瓦掀翻，又一层浮土，捧出浮土，早现出一个二寸大小的木匣。青裳不知好歹，一时手软，不敢去取。春畹急忙拾起，打开一看，内有两个木人，一男一女，背向背立着。男人身上，写耿朗年庚，女人身上，写梦卿年庚。春畹看毕，手足俱颤，面目更色。①

旧时人们相信做人偶写上他人名字和八字，此物便是那人，与其自有联系，用针扎人偶的哪个部位，那人的相同部位自会出问题。明清时期巫蛊信仰范围颇广，北京民俗崇佛信巫，京城百姓多信。小说中的描写也反映了当时人们对巫蛊的盲目依赖信奉。

五　娱乐活动

在繁杂的工作、生活中，日常休闲娱乐是民众不可或缺的生活一环。明清时期人们休闲时间增加，尤其是贵族阶层，娱乐活动方式丰富多样，民间娱乐风俗空前活跃。

小说中描述的明清时期流行的娱乐活动有：

抓子儿。《帝京景物略》中记载道："手五丸，且掷且拾且承，曰抓子儿。"② 一般多为女孩子玩耍，明代北京人抓子儿的材料是用橡木和银砾制作而成，以轻捷为胜。至今，北京孩子小时候亦玩耍此游戏，一般多用小石子来玩，"其数用五，列置床第，指捻掷空，或承以掌心，或承以掌背，或夹以指缝，五子腾起错落，在空者，在手者，在床者，变幻迷离，百端其势。啭喉细呕，以唱其手法，声之缓急，随手之势。偶有错落，则停指以让他人。"③

打髀石，俗称"玩羊拐"，取羊膝盖的轮骨，骨轮四面两端，凹曰

---

①　随缘下士：《林兰香》，春风文艺出版社1985年版，第349页。

②　刘侗、于奕正：《帝京景物略（卷2）》，北京古籍出版社1983年版，第66页。

③　丁世良、赵放主编：《中国地方志资料汇编（华北卷）》，书目文献出版社1989年版，第376页。

真，凸曰诡，勾曰骚，轮曰背。明人的具体玩法已不可知，但从小说第三十回耿家几丫鬟掷羊轮骨的情形中可大致了解。

> 是时四人掷羊轮骨决胜负以为酒令。采萧一连掷了四个"诡"，是输家。青裳一连掷了四个"骚"，丹棘一连掷了四个"背"，俱是不输不赢。末后春畹赶了来，一连掷了四个"真"，是赢家。爱娘道："终是畹娘处处胜人，但这是小儿玩耍之法，你们何不取骰子来，每人一掷，输了罚酒。"当下五人便掷起骰子来。采萧掷了个"快活三"，自输两杯。采艾掷了个"咬牙四"，自输两杯。青裳掷了个"川七儿"，丹棘掷了个"五供养"，各输一杯。末后春畹掷了"四个四"，爱娘道，好个将军挂印满堂红，大家各饮一杯。耍笑间已交四鼓，寒钟响滞，冻析声希，淅飒飒风音戛树，扑苏苏雪片鸣窗。①

放空钟，即今日的抖空竹。旧时的空钟是将木中间掏空旁边开口，以沥青染色，放在地上如仰钟。以绳勒其柄，绳之两端各有一两尺长的小竹棍，游戏者双手各持一竹棍上下提拉抖动，空钟疾转发声如钟轰鸣。清代北京的庙会中常会出现空竹表演。

> 再说是日日落后，大门小户，曲院回廊，无不悬设花灯。外而仆童打太平鼓，唱踏灯词，点爆竹，放空钟。②

踢毽子，即用铜钱作为底座，上面插些羽毛，人们用脚踢起。明朝时期在杨柳落尽时踢毽子，清朝时期京城元宵节杂戏中会踢毽子，有专门踢毽子的人，均技艺高超。在《帝京岁时纪胜》中记载道："手舞足蹈，不少停息，若首若面，若背若胸，团转相击，随其高下，动合机

---

① 随缘下士：《林兰香》，春风文艺出版社 1985 年版，第 236 页。
② 同上书，第 137 页。

宜，不致坠落，亦博戏中之绝技矣。"① 小说第五十五回"不用流连思往事，且将风雅继当年"中，云屏叫爱娘想个有趣的娱乐活动来玩，爱娘遂提起这一娱乐活动："将雪白活鸡毛儿用绒绳捆在大厚钱眼上，用脚踢起，随身乱转，亦有好些名色，名叫踢毽子。"②

围棋，明清时期流行于社会上的棋艺游戏。《五杂俎》中有言："古今之戏，流传最久远者，莫如围棋，其迷惑人不亚酒色，木野狐之名不虚矣。以为难，则村童俗士皆精造其玄妙；以为易，则有聪明才辩之人，累世究之而不能精者。"③ 由此可观当时民间围棋娱乐活动的深度影响。小说第四十二回"彩云借物取新欢，瞒照观容添旧恨"中，耿朗与爱娘对坐围棋消闲，终以爱娘赢了三子收盘。

> 初更之后，万籁无声，细茗一瓯，名香半炷，两个人对坐围棋，耿朗用偷过阴平势，爱娘用夜夺昆仑势，临收局爱娘却赢了三子。耿朗笑着随口念两句道："赚得郎君迷靥辅，笑揎红袖打双关。"④

骨牌，又名宣和牌，近代称作牌九。最初的制作材料本是牙，称作牙牌，明朝时改为骨制，便称作骨牌。明朝和清朝初期时极其流行。骨牌有32扇，共227点，符合星辰布列。天牌24点，象征天之二十四节气；地牌4点，象征东南西北四方；人牌16点，象征人之仁义礼智、恻隐羞恶、辞让是非；和牌8点，象征太和元气流行于八节间，牌名亦各有其含义。明朝时期的玩法在《五杂俎》中有记："对者十二为正牌，不对者八为杂牌，三色成牌，两牌成而后出色以相赛。"⑤ 后又衍伸发展为"斗天九"。《清稗类钞》中亦有记载：天牌重六，地牌重么，人牌重四，和牌么三，配以三六或四五各九点为天九，三五和二六各八

---

① 潘荣升：《帝京岁时记》，北京古籍出版社1981年版，第11页。
② 随缘下士：《林兰香》，春风文艺出版社1985年版，第426页。
③ 谢肇制：《五杂俎（卷6）》，上海书店出版社2001年版，第117页。
④ 随缘下士：《林兰香》，春风文艺出版社1985年版，第325页。
⑤ 谢肇制：《五杂俎（卷6）》，上海书店出版社2001年版，第120页。

点为地八，三四和二五各七点为人七，么四和二三各五点为和五，么二和二四为至尊。① 该牌的玩法即，游戏者四人，每人均分各得八页，一具骨牌共计三十二页，以大击小。牌分为文武二类，各不相统，故而擅长者能有一场精彩的博弈。文武牌的去留，需得谨慎考虑。小说第五十四回和第六十回，耿朗、云屏、爱娘和彩云四人，便以摸宣和牌耍子打发闲时，坐更的妇女四人，亦以此打发时间。由此亦可观骨牌在明末清初时流行的广度与众人对其的喜爱程度。

> 有那坐更妇女摸宣和牌耍子，四个人言定各探取三张，成一牌名者，便为赢家。自子至丑，或输或赢，各自不一。末后一次，一个道："我是正马军。"一个道："我是七星剑。"一个道："我是将军挂印。"一个道："我是剑行十道。"都是赢家。②

此外，亦有为人妻妾者各自消闲的方式，例如：闲聊、赏花饮酒、作诗以娱情。小说第四回"三夫人前厅论婿，二小姐密室谈情"中便详细描写了爱娘和云屏互相闲谈的内容，二人以"玉树""玉山"互相称谓打趣。第十一回，梦卿与爱娘闲谈眼前美景，后邀爱娘花厅对坐饮茶，聊以消闲。第十三回"任香儿被底谗言，宣爱娘花间丽句"描写了爱娘独自无趣以梦卿《春闺》一诗的"齐、西、蹊、低、啼"五字原韵作诗打发时间。第十六回"聆游歌良朋劝友，宴夜饮淑女规夫"记述了耿朗赏花饮酒，春畹一旁行酒之事。第二十三回"宣爱娘赌诗博趣，燕梦卿书扇留疑"描写了耿朗的五位妻妾聚众立题目作诗以闲情，几位丫鬟唱词以谢三娘作诗之劳，以及众人合作一首诗，梦卿记录之事。第五十回"三女观容赋悼亡，众鬟斗物征留爱"，云屏、爱娘和彩云分别作诗一首以悼念梦卿。

做女红、习诗文、自创游戏以度日。小说第二十回，香儿每日来梦卿处学习诗文、临帖、讨论古今故事。第二十回"聪慧姿一姝独擅，风

---

① 徐珂：《清稗类钞（第10册）》，中华书局1986年版，第4904页。
② 随缘下士：《林兰香》，春风文艺出版社1985年版，第463页。

流事五美同欢"，云屏等五位耿朗的妻妾聚在一起看见众丫鬟打闹玩耍，由爱娘出主意让她们配对彼此相扑，众丫鬟遂组队彼此相扑，几妻妾观看之。第二十六回，爱娘用一条长丝拴住两只蝴蝶玩耍。第四十四回，春畹做女红以消闲。第四十六回，云屏每日料理内务，爱娘助之；彩云每日玩花鸟、弄琴书；春畹每日抚育顺哥和幼女、督课女红。第五十五回"不用流连思往事，且将风雅继当年"，爱娘又出主意将锦缎做成小球儿用手拍，以拍小球儿的数量多者为胜，名为拍绣球；将丝织类的锦帛剪成蝴蝶模样，拴在马尾或铜丝上，以扇扑之，栩栩如生，名为扑蝴蝶；亦有抢气球的，名为抢行头；还有踢毽子。众人觉其有趣，均加入以消闲。

以上皆是勋旧家庭之消闲方式，女子赋闲无事，或附庸风雅吟诗作画以自乐，或以锦缎、绫绢等贵重之物做玩物聊以自娱。这些娱乐活动是人们长期以来形成发展出的一套娱乐休闲模式，或修身养性、或强健体魄、或益智怡情，又应时应景。但对像《林兰香》中的这些女子一样有才情的人而言，却终究是养在深闺"人未识"。

《林兰香》为我们展现了明末清初时期北京的部分民俗文化，给予我们更多珍贵的研究材料。其婚姻嫁娶方面，较为全面地展现了明末清初的北京城之婚嫁习俗礼仪；丧葬礼仪方面，记录了在明清两朝更迭这一过渡时期葬礼之习俗；节日宴饮方面，亦是体现了那一过渡时期人们过节之形式习俗；民间信仰方面，呈现出旧时的封建迷信；娱乐活动方面，映现了旧时人们娱乐的方式方法，尤其小说中还出现了打髀石这一游戏的一段记录，前人打髀石的玩法现今已是无从可考的，小说中对此游戏的一段记录更是异常珍贵。无论是以上方面所反映出的明末清初时期的民俗文化情况，还是透过这些民俗文化，所为我们展现的旧时女性之悲哀和勋旧家族没落的必然性，都是值得我们细细考量和研究的。

诗龛继美，从此都门添韵[*]
——来秀及其《望江南词》初考

王若舟[**]

摘要： 清代各少数民族亦是人才辈出，蒙古伍尧氏来秀即是其中较为出色的一位。百余年来，咏北京一地风土之诗词可称大观，而填《望江南》词牌且成篇幅者颇罕。《望江南词》以其圆转之笔、旖旎之思，为读者展现了一幅道咸时期北京城曼妙的生活画卷，是古代有关北京的宝贵文化遗产。本文通过对来秀生平、来秀所著《望江南词》文本和评注的考释，揭示晚清文人是如何表现北京地方风物的。

关键词： 清人别集；来秀；《望江南词》

一 来秀其人

有清一代，传统学术文化达到鼎盛，各少数民族亦是人才辈出。蒙古伍尧氏来秀即是其中较为出色的一位。

来秀（1819—?）字子俊，又作紫莜，号鉴吾。伍尧氏，隶蒙古正黄旗。道光二十四年（1844）顺天乡试举人，道光三十年（1850）进士。官山东曹州府知府，升盐运使。《济宁直隶州续志》载有咸丰三

---

* 本文为北京市社会科学基金青年项目"清代北京八旗士人文学书写与文化认同研究"阶段性成果（项目编号：18WXC011）。

** 王若舟，北京人。2010年毕业于北京联合大学师范学院中文系，现为国家图书馆出版社编辑。

年，来秀任济宁州牧时抵抗太平军之事迹①。

来秀祖父是清代著名文学家、历史学家法式善（1753—1813）。可谓"家学渊源、书香门第"，这也使其自幼便接受到系统的汉文化训练。来秀妻妙莲保出身于内务府满族镶黄旗完颜氏家族，为《鸿雪因缘图记》作者麟庆（1791—1846）长女，著有诗集《赐绮阁诗草》，编辑完成《国朝闺秀正始续集》十卷。近年李淑岩则根据《清代硃卷集成》所载相关信息，对来秀家世问题作出过考证②。

麟庆曾在《鸿雪因缘图记》之《诗龛叙姻》中述两家交往曰："诗龛……原在十刹海旁小西涯斋中，今移旧鼓楼街书室。余长婿来秀字子俊居之。子俊为时帆孙，桂一山子。一山与余世好，惜早逝。壬寅，余以长女归子俊，兹迎谒于通州，始得见。"③ 由此亦可知来秀当日所住即在什刹海旁旧鼓楼街附近。

早期相关文献如《清史稿·艺文志》未著录来秀的创作，震钧《八旗人著述存目》载有《扫叶亭诗集》，然今未见。恩华《八旗艺文编目》则仅著录《扫叶亭咏史诗》四卷。此书有同治十二年（1873）刻本，现藏国家图书馆，为咏史诗歌专集。此本后附《扫叶亭花木杂咏》一卷。此外所知即《望江南词》。米彦青则从福葆森辑《国朝正雅集》内检得来秀诗作若干，非咏史之作④。

另可值得一说的是来秀生卒年问题。近年有关来氏生平问题，多言其生年不详（如《清人别集总目》《清人诗文集总目提要》等），《清代人物生卒年表》等始利用《清代硃卷集成》检出其生年为嘉庆二十四年（1819）。然而清代入仕文人官年与实年不符的情况较多，故只可作为参考。

而对于其人之卒年，《清人别集总目》《清代人物生卒年表》等则

---

① 潘守廉修，袁绍昂纂：《济宁直隶州续志》卷十，民国十六年（1927）铅印本。

② 李淑岩：《法式善生平若干问题考论》，《古籍整理研究学刊》2013年第4期。

③ （清）麟庆著，汪春泉绘图：《鸿雪因缘图记》第三集，北京古籍出版社1984年影印本。

④ 米彦青：《唐诗对清中期蒙古族汉诗创作的影响》，王友胜主编《中国文学传播与接受研究》，岳麓书社2013年版，第402页。

言利用民国壬戌（1922）刊刻章锡光《偶遗山集》，得出来秀因辛亥革命（1911）而死的结论。此大谬。清季有来秀者二人，其一即蒙古正黄旗来秀，后有满洲镶蓝旗来秀。《偶遗山集》中谓："来公讳秀，某旂（旗）人，以进士部郎官，福建汀州府知府。"① 章锡光所云之来秀，字乐三，聂格里氏，满洲镶蓝旗人。初为翻译生，考取刑部笔帖式，充军机章京。光绪三十三年，出任福建汀州知府。辛亥革命起义后殉清。

笔者检《中国第一历史档案馆藏清代官员履历档案全编》，发现光绪三十二年（1906）上奏履历有满洲镶蓝旗来秀，"现年三十八岁"，据此大体推断此人生年为同治七年（1868）前后。而这位满洲镶蓝旗来秀"光绪十三年考取方略馆译汉官"② 时，伍尧氏来秀早已步入仕途多年。笔者检民国时吴庆坻《辛亥殉难记》中亦找到证据坐实：该书卷一文职传有《来知府传》，开篇即言"君讳来秀，字乐三，满洲镶蓝旗人。翻译生员……福建汀州府知府。"③

综上可知，卒于1911年之来秀，非《望江南词》作者伍尧氏来秀。其人卒年因现有资料有限，仍不能得出准确答案。

二　来秀的《望江南词》

清代及民国时期，咏北京一地风土之诗词可称大观，而填"望江南"词牌且成篇幅者颇罕。所知唯樊增祥《望江南·忆都门夏景寄竹延兄妹》十六阕及来秀《望江南词》而已（民国时另有寿森《望江南词》百首，据石继昌先生介绍，乃"所见所闻清宫轶事"④ 之作）。来秀此作向来不彰，1937年，李家瑞编《北平风俗类征》（以下简称《类征》）出版。据笔者统计，此书引录《望江南词》共计十六阕，据书末

① （清）章锡光：《偶山遗集》卷一，民国十一年（1922）会稽章氏琴鹤轩刻本。
② 秦国经主编：《中国第一历史档案馆藏清代官员履历档案全编》第七册，华东师范大学出版社1997年影印本，第548页。
③ 吴庆坻撰，金梁增订：《辛亥殉难记》，民国24年（1935）铅印本，第55页。
④ 石继昌：《〈望江南词〉忆清宫》，《春明旧事》，北京出版社1996年版，第201—204页。

《征引书书目》所载，乃李氏自某"钞本"移录。而此后凡言京华风物而引《望江南词》者，皆不出《类征》所选；抗战时期林葆恒编《词综补遗》，收录来秀《望江南词》五首，篇目与《类征》不完全重合。此外除个别首转抄于有关北京史地一类图书之外，未见专门集录考释者。

此书清末以来目录皆不见著录，近年《清人别集总目》《清人诗文集总目提要》虽均将来秀列入条目，然亦不见《望江南词》。今日所见唯《中国古籍总目》著录，国家图书馆、上海图书馆两家有藏此书之"清刻本"①。《类征》所谓"钞本"情况，今则不明。

国家图书馆所藏来秀《望江南词》共计三本（本文分别以甲乙丙代称，不分先后），均为清末所刻。词作末署名"伍尧来秀子俊甫稿"。对比三本之文字内容、版印情况，可知三者为同一版本。首尾均钤"国立北平图书馆珍藏"印，据此可知民国时期即已入藏。

甲本词末署名后钤"子俊倚声""诗龛继美"印，末页钤"臣本布衣""砺堂藏书"印。

乙本封面篆书刷印题签"望江南词"，疑为原签。词末署名后钤"庚戌来秀""世掌丝纶"印。

丙本封面已残存楷书题签"望江南词"，右下钤"□而有□"印。书前钤"富察恩丰席臣藏书"印，词末署名后钤"世掌丝纶"（与乙本非同一印所钤）、"中翰来秀"印。可知此本曾为《八旗丛书》辑者富察恩丰所藏。

综合三本所见来秀私印，笔者推测，此清末刻《望江南词》系子俊自印并分赠友朋同好者，故传世罕见。

《望江南词》收词作四十阕，专咏都门景物。此书不分卷，但来秀将其区别为两部分。开篇为"风土人情"二十二阕，其次为"钓游旧迹"十八阕，每阕皆以"都门好"三字起句。后十八阕句中间有小字双行注。"风土人情"涵盖京都其时年节习俗、衣食游乐、梨园曲艺诸

---

① 中国古籍总目编纂委员会编：《中国古籍总目 集部》第七册，中华书局、上海古籍出版社2012年版，第3386页。

种。"钓游旧迹"涵盖都门景物、友朋文会等内容，可见来秀之交游甚广。

词后附刻乙丑（同治四年，1865）新秋李宗泰、汤铉、宫本昂跋语，及叏恩煦、赵惟琨题句七绝各三首。而据李宗泰跋可推断《望江南词》"清末刻本"之出版不早于同治四年（1865）年末。

三　《望江南词》全文整理及旁释*

（一）风土人情

都门好，园馆闹元宵。菊部登场歌锦瑟，兰台胜会聚云韶。人老一枝萧。

《类征》之"上元闹元宵"条①仅引此例；另见《词综补遗》卷十七②。
此阕言京师正月十五闹元宵之热闹场景。

都门好，厂店万编书。晋帖唐诗秦古镜，隋珠汉鼎宋瓷炉。巨眼辨韩苏。

《类征》之"古玩"条（页552）引；另见《词综补遗》卷十七（页633）。
此阕言厂甸正月开市游逛之热闹情景。"厂店"即厂甸。因厂甸属旧京琉璃厂，故展卖颇多古董书籍。

都门好，食品十分精。鹿尾羊羔夸北味，鱼松蟹面胜南京。煎

---

* 原书中双行小字以括号"（）"括起，随正文一并释文。涉及相关风物掌故者，征引相关文字，必要时小作考订，力求言简意赅。原书所附诸人跋语暂未录。
① 李家瑞编，李诚、董洁整理：《北平风俗类征》，北京出版社2010年版，第49页。
② 林葆恒辑，张璋整理：《词综补遗》，上海古籍出版社2005年版，第633页。

炒问东兴。

《类征》之"鹿尾"条（页300）引；另见《词综补遗》卷十七（页634），"京"误作"烹"。

"东兴"应为饭店名。而今日仍在营业的老字号东兴楼，创业于清光绪二十八年（1902），故应非一家。

都门好，茶馆客分棚。破睡灵芽清味永，润肠雪乳嫩香凝。饭后品《茶经》。

《类征》之"茶馆"条（页635）引。

此阕言京师茶事。其中"客分棚"或据茶馆之不同种类而言。按金受申先生的说法，旧京茶馆可分大茶馆、书茶馆、野茶馆、清茶馆及茶酒馆五种，其中大茶馆又可细分[1]。

都门好，佳点贵翻毛，冰麝香团荷叶饼，灵犀乳作茯苓糕。制造膳房高。

《类征》之"点心"条（页322）引。

此阕言京师点心之佳。"翻毛"或指王世襄先生所言旧时北京饽饽铺所做之翻毛大小八件[2]。此外还有翻毛月饼，据赵珩先生所言始创于道光中年的瑞芳斋翻毛月饼，乃"京式月饼中最佳者"，且"不止卖中秋一季"[3]。所谓"冰麝香""灵犀乳"则是借喻点心之精细可贵。"膳房"即指御膳房所制点心，然而绝非当时寻常百姓可尝及。

都门好，东庙异珍铺。黄玉钿花衔翡翠，碧霞珠串嵌珊瑚。鉴

---

[1] 金受申：《老北京的生活》，北京出版社1989年版，第157页。
[2] 王世襄：《锦灰堆》，生活·读书·新知三联书店1999年版，第719页。
[3] 赵珩：《老饕漫笔 近五十年饮馔摭忆》，生活·读书·新知三联书店2012年增订版，第123页。

　　赏识精粗。

　　"东庙"即旧京隆福寺之代称，此乃对应"西庙"之护国寺而言。隆福寺庙市于旧历每月"逢九、十日，聚市于东四牌楼隆福寺。珠玉云屯，锦绣山积，华衣丽服，修短随人合度，珍奇玩器，至有人所未睹者。"①

　　　　都门好，饭馆说余芳。米粉肉香温苦露，木樨羹好换新汤。四面水云凉。

　　《类征》之"宴集之所"条（页482）引。
　　旧京鸡蛋谓"木樨"。樊增祥《望江南 其十》："都门好，食料极清佳。香透木樨黄玉栗，淡烹紫菜水晶虾。邻酒尽堪赊。"② 据《鸿雪因缘图记》第三集上册《诗龛叙姻》所录吴锡麒《诗龛图》题诗有"一般无住水云中"③ 句，或推测此阕"四面"句即言什刹海附近临水饭馆之环境。具体待考。

　　　　都门好，口技擅禽鸣。锦舌澜翻江海水，伶牙慧谱凤鸾声。也算老雕虫。

　　《类征》之"口技"条（页515）引。
　　此阕言京师善口技者之高超。关于京师口技的记载，明沈德符、明末清初林嗣环等人的记载较为著名④。

---

① （清）柴桑等撰：《旧京遗事 旧京琐记 燕京杂记》，北京古籍出版社1986年版，第120页。
② （清）樊增祥：《樊樊山诗集》，上海古籍出版社2004年版，第1351页。
③ （清）麟庆著，汪春泉绘图：《鸿雪因缘图记》第三集，北京古籍出版社1984年影印本。
④ 见《万历野获编》卷二十四"李近楼"条及《虞初新志》所载《秋声诗自序》。

都门好，女曲更魂销。小妹灵机推皓月，元儿绝技弄琼萧。强半好风骚。

《类征》之"女曲"条（页549）仅引此例。
此阕言旧京女曲佳音风流。具体所言待考。

都门好，杂耍亦销愁。海鹤先编金叶子，香狸乱舞玉搔头。打采睹风流。

《类征》之"杂耍"条（页538）引，"睹"误为"赌"；另见《汉语大词典》"打采"条例证亦转引自《类征》，来源误为"魏元旷《都门琐记·〈望江南〉词》"[1]，实乃魏氏转引来秀此作。
"海鹤"两句皆借喻杂耍动作精彩纷呈。

都门好，歌舞萃京华。玉貌洁于蓬岛雪，红妆妒煞海棠花。久客不思家。

《类征》之"歌舞"条（页549）仅引此例。
"玉貌"两句借喻舞者面容装扮之美艳。

都门好，闺阃打鞦韆。窄袖手摇蝴蝶影，短襟足破鹭鸶烟。云际耸香肩。

《类征》"鞦韆"条（页549）仅引此例。
"鞦韆"即秋千。

都门好，针黹巧思成。刺绣荷包云烂熳，穿珠葵扇雪玲珑。妙手夺天工。

---

[1] 《汉语大词典》第五卷，汉语大词典出版社1993年版，第317页。

《词综补遗》卷十七（页634）引。

　　都门好，八角鼓声敲。柳老诙谐原娇娇，昆生词曲本超超。风趣近南朝。

《类征》之"八角鼓"条（页547）引。
此阕概言京师之主要戏曲曲艺，包括八角鼓、述评书、昆曲。"柳老"即柳敬亭。

　　都门好，店是估衣忙。棚下雪萦银鼠袖，街头风暖紫貂裳。富贵帝王乡。

"银鼠袖"，崇彝《道咸以来朝野杂记》所谓京师"衣冠定制，寒暑更换，皆有次序。由隆冬貂衣起，……再换银鼠（作者小字注：银鼠真者色微黄，奇贵)"。①
"紫貂裳"，崇彝有谓"貂皮以脊为贵，本色有银针者尤佳。普通皆略染紫色"。②

　　都门好，蟋蟀斗瓷盆。燕雀头颅微异种，琵琶羽翼贵兼金。篱豆一灯深。

"燕雀""琵琶"或其时蟋蟀某种类别称。
旧京秋虫，养于家中，可听可斗，其乐尤在"斗蟋蟀"。"篱豆"句，或言时维秋月③。

　　都门好，笼鸟俨笙簧。反舌无声鸣翡翠，画眉入调睡鸳鸯。神

---

① （清）崇彝：《道咸以来朝野杂记》，北京古籍出版社1982年版，第31页。
② 同上。
③ 南宋翁森《四时读书乐》组诗有"篱豆花开蟋蟀鸣"句。

品雪衣娘。

养鸟亦是旧京日常重要消遣娱乐。

都门好，瓮洞九龙斋。冰雪涤肠香味满，醍醐灌顶署氛开。两
腋冷风催。

《类征》之"酸梅汤"条（页318）引。

此阕言京都夏季特有冰饮酸梅汤。崇彝《道咸以来朝野杂记》云京
师酸梅汤"向以琉璃厂信远斋，……及前门大街九龙斋（早年在前门
瓮城东门之内）最负盛名"。[①] 故此阕有"瓮洞九龙斋"之说，惜乎此
后信远斋后来居上。

都门好，鞾店内兴隆。莫谓元冠游日下，须看朱履步云中。时
样纳夔龙。

《类征》"鞾"条（页363）仅引此例，"看"误为"望"。
"鞾"即靴。

都门好，簉室娶吴乔。弱比蜻蜓莲瓣窄，艳于螟蜮杏腮娇。香
梦海门潮。

"簉室"即妾室。此阕比喻京城女性之美，颇得前人艳调之趣。

都门好，秋色满长堤。湖畔渐收新熟稻，园边初摘压枝梨。人
影画桥西。

《词综补遗》卷十七（页634）引，"枝"误作"珠"，"画"误作

"尽"。

此阕描绘秋季昆明湖长堤之田园景象。民国时瞿宣颖《燕都览古诗话》有用长堤诗，有"水田犹自响官蛙"句，其自注云湖上长堤"水田活活，群蛙乱鸣，真田家之乐也"。①

> 都门好，海甸泛轻。扶醉客游春柳岸，浣衣人语夕阳桥。一朵妙峰遥。

《类征》"海甸泛舟"条（页549）仅引此例。

海甸即今天北京之海淀。纳兰性德有"断续浣纱人语"②句，陈鹏年有"群峰带水镜中遥"③句，颇类子俊此阕词境。"妙峰"即妙峰山，紧邻香山，清代妙峰山香会颇盛。

（二）钓游旧迹

> 都门好，湖影荡昆明。远浦荷花千万朵，断桥渔火两三星。人卧水心亭。

此阕谓昆明湖荡舟，并言周边田园风光。

> 都门好，重九酌陶然。高讌彭城思往代，狂歌葱岭正韶年。把酒日衔山。

此阕专指作者重阳日陶然亭之雅集。陶然亭甚高，颇宜远眺。"高讌"即"高宴"。"彭城"句应出自苏轼于彭城（今山东彭城市）作

---

① 瞿宣颖：《燕都览古诗话》，辽宁教育出版社1998年版，第68页。
② （清）纳兰性德：《明月棹孤舟·海淀》，《饮水词笺校》，辽宁教育出版社2001年版，第395页。
③ （清）陈鹏年：《海甸遇雨杂咏和刘损斋先生元韵四首》其三，《陈鹏年集》，岳麓书社2013年版，第115页。

《满江红　东武会流杯亭》,正切登高酬唱抒怀之词境。有清一代,著名文士有关陶然亭宴集惆怅之诗文不知凡几,及至民国游陶然亭作酬唱诗赋者亦多。

清末富察敦崇《燕京岁时记》有言:"(京师)每届九月九日,则都人士提壶携榼,出郭登高。南则在天宁寺、陶然亭、龙爪槐等处……赋诗饮酒,烤肉分糕,洵一时之快事也。"①

> 都门好,三醉可园霞。竹影松烟红薜荔,水亭月榭碧蒹葭。幽梦到芦花。

此阕言作者醉游京西可园之场景。崇华岩孝廉别墅,名可园。"可园"为今北京动物园之前身之一,先后又称环溪别墅、继园、三贝子花园等。

顾太清道光二十六年丙午(1846)有《南乡子　上巳前一日同屏山云林云姜游可园　园为宗室崇文别墅》词:"郊外按鸣驺,行过城西二里沟。老树长藤交映处,临流。隐约王孙别墅楼。花坞曲通舟,细水平堤绿更柔。开到海棠春正好,悠悠,人在湖山画里游。"② 二里沟在今阜成门西北,紧邻北京动物园。

"崇华岩"或即清宗室崇文,然生平事迹颇罕。崇文为文进士,嘉庆十八年癸酉六月廿九日丑时生。道光十一年辛卯科文举人,十三年癸巳恩科中式文进士③。明清时常以孝廉为举人的别称,故来秀谓崇文有"孝廉"之称,故与来秀所言"崇华岩孝廉"颇相吻合。

今东城区帽儿胡同亦有一座可园,为光绪年间大学士文煜宅第,建于咸丰十一年(1861),内亦有园林。

---

① (清)潘荣陛、富察敦崇:《帝京岁时纪胜　燕京岁时记》,北京古籍出版社1981年版,第79—80页。

② (清)顾太清撰,金启孮、金适校笺:《顾太清集校笺》,中华书局2012年版,第383页。

③ 参见杨春俏《〈爱新觉罗宗谱〉宗室科举史实补正》,《唐山师范学院学报》2013年第1期。

都门好，桝子井颐园。五亩菰芦横钓艇，一窗松月柱茅轩。凉夜脱嚣烦。

"桝"应为"栉"字之误。

颐园为道光年间都护诚端别业。麟庆《鸿雪因缘图记》载："（丰台三官庙）右为颐园，临万泉寺，诚树堂都护（名端，满洲，生员）别墅。"① 另道光间郭沛霖《日知堂笔记》载有道光二十八年（1848）一次游园经历："戊申六月初七日，钟伯平（启峋）召饮于（城）南西门外成（诚）家颐园。……其园周围仅二里，而溪湖亭榭位置颇宜。碧树翳霄，绿苇成海，杂花映日，芙蕖出波，板桥夕阳。画舫秋色，侪侣携手，且行且歌，盖城南第一佳处也。"② 今丰台区仍有桝子井地名，且北靠万泉寺故址。与麟庆《鸿雪因缘图记》所说方位吻合。

"成都护"即成端，生平仅知麟庆所言片语。其他无考。

都门好，极乐海棠开。红雨滴成新院落，绛霞烘出旧楼台。杨柳好风来。

此阕言极乐寺海棠。极乐寺位于海淀区长河东岸，今北京动物园北。明成化年间（1465—1487）所建。今残存于紫御嘉园小区内，已翻修。极乐寺海棠称于清代，屡见于前人记述。陈康祺《郎潜纪闻》云："都门花事，以极乐寺之海棠（大十围者，有八九十本），……为最胜。春秋佳日，挈植携宾，游骑不绝于道。"③《越缦堂日记》亦记之。然该寺海棠至民国已尽④。

---

① （清）麟庆著，汪春泉绘图：《鸿雪因缘图记》第三集，北京古籍出版社1984年影印本。

② （清）郭沛霖：《日知堂笔记》，转引自贾珺《北京私家园林志》，清华大学出版社2009年版，第525页。

③ （清）陈康祺：《郎潜纪闻初笔二笔三笔》，中华书局1990年版，第258页。

④ （清）李慈铭：《越缦堂日记》，转引自汤用彬等编著《旧都文物略》，北京古籍出版社2000年版。

都门好，姚相筑天灵。菊圃黄花寒夕照，枫林红叶响空庭。僧榻约同听。

"灵"应为"宁"字之误。

天宁寺今在广安门外。清代设花圃，菊花名于京师。崇彝《道咸以来朝野杂记》云："天宁寺，在广安门外（即彰义门），石路之北，北魏古刹。其塔为隋代建。又有开皇经幢二，今恐无存。昔年寺中设花肆，尤以桂花、秋菊为有名。同、光间，为士夫招伶人宴饮之所，故越缦堂日记每每言及。"①

"姚相"似应指姚广孝。姚广孝（1335—1418）幼名天禧，字斯道，明苏州长洲（今江苏苏州）人。十四岁出家，十八岁剃度为僧，法名道衍。洪武中以高僧从燕王至北平（今北京）。建文初年，力促燕王起兵"靖难"，参与策划军事。明成祖即位，论功第一，授僧录司左善世、太子少师，复姓赐名，受命辅导太子、太孙。民间传说姚广孝随明成祖入京后，不要爵位封号，退隐京西古佛寺。天宁寺西北角，曾有一处院落，名为宗师府，据说即为姚广孝所居之所云云。更有传说所谓刘伯温、姚广孝合作建立明北京城之说。② 而史书载姚广孝入京后所居为庆寿寺，③ 遑论"筑天灵（宁）"之说？可见此作"姚相"一句为来秀据当时民间传说而写，从侧面亦可作为研究北京民间传说的参考。

都门好，双塔玉泉山。站垒孤存牢虎洞，残蒿影入黑龙潭。兴废感循环。

此阕统览香山地区景物数处。双塔即玉泉山静明园玉峰塔、妙高塔。昔日静明园十六景中"玉泉塔影"即为其一。民国时玉泉山边曾

---

① （清）崇彝：《道咸以来朝野杂记》，北京古籍出版社 1982 年版，第 26 页。
② 参见王文宝编《北京风物传说故事选》，福建人民出版社 1983 年版，第 1—6 页。
③ 参见（清）张廷玉等撰《明史》卷一四五《姚广孝传》，中华书局 1974 年版。

建立一汽水公司，亦"以双塔为商标"①；站垒或即碉楼，如今香山地区仍有若干遗存，北京植物园内曹雪芹纪念馆周围就有数座；黑龙潭，在今海淀区画眉山北麓、冷泉村北，仍有残存遗迹。

都门好，二闸泛渔船。浦口草深凫雁乱，矶头水浅鹭鸶眠。一棹夕阳烟。

《类征》之"二闸泛舟"条（页532）引。

此阕言京都郊外二闸泛舟之景。二闸本名庆丰闸，乃因其为通惠河七闸口中的第二个，故俗称之。《藤阴杂记》所谓"故二闸泛舟，都人目为胜游之一"。② 麟庆在《鸿雪因缘图记》《二闸修禊》亦述其曲径野趣③。及至清末，二闸这一当年清幽之地，遂一变为"庙会式的游逛去处"，热闹场景在百本张钞本子弟书《逛二闸》中有着生动描写④。

都门好，卧佛寺中游。密雨飞泉喷宝塔，斜阳晚磬打僧楼。何日买归舟。

卧佛寺乃西山名刹，今在北京植物园内。

都门好，北海耸瀛台。玉蝀乘舟游夜月，金鳌把钓响春雷。杰阁势崔巍。

此阕统写泛舟游玩北海之情形。北海、中海间有金鳌玉蝀桥。有人认为来秀错将北海之极乐世界、万佛楼归至南海瀛台⑤，其实这是不谙

① 徐珂编纂：《老北京实用指南》下册，社会科学文献出版社2017年版，第5页。
② （清）戴璐：《藤阴杂记》，北京古籍出版社1982年版，第103页。
③ （清）麟庆著，汪春泉绘图：《鸿雪因缘图记》第一集，北京古籍出版社1984年影印本。
④ 百本张钞本子弟书《逛二闸》，转引自李家瑞编《北平风俗类征》，北京出版社2010年版，第548页。
⑤ 《四库学大辞典》，第2938页。

三海沿革所造成的误解。明成祖后，万寿山（今北海琼岛塔山）及明代扩建的南台（今南海瀛台）湖泊统称为"西苑"，及至清代始有西苑三海之分①。故子俊所言实延续明之称谓，或可旁见在道光年间，仍有人将三海统称为西苑。

都门好，半亩宴中秋。天上长风磨古镜，人间假石城层楼。旧迹笠翁留。

半亩园为旧京内城名园，今在美术馆后街黄米胡同，故址仍存。震钧《天咫偶闻》卷三记载："完颜氏半亩园，在弓弦胡同内牛排子胡同，国初为李笠翁所创，贾胶侯中丞居之。后改为会馆，又改为戏园。道光初，麟见亭河帅得之，大力改葺，其名遂著。纯以结构曲折，铺陈古雅见长，富丽而有书卷气，故不易得。"此园道光时期情形，麟庆本人亦在《鸿雪因缘图记》之《半亩营园》有所绘图及述略②。按来秀为麟庆女婿，两家为世交。

都门好，什刹海扬波。帆影远招垂钓客，河风凉送采莲歌。秋色景山多（景山即明之后山，有流水音、望湖楼、春藕斋诸胜）。

此阕言什刹海、景山之景。考景山未有流水音、望湖楼、春藕斋诸景物，而今中南海有"流水音"一景；"春藕斋"，《日下旧闻考》《三海见闻志》等书记载均作"春耦斋"，在中海勤政殿旁；而望湖楼则渺不知在何处。可知三者均来秀误记。清季什刹海遍种荷花、菱角、芡实等物，盛夏捞出即以"冰碗"售于湖畔，故有"采莲歌"之说。

都门好，灵鹫会棋枰（约胜客斋同年作手谈会）。僧院子敲凉

---

① （清）高士奇：《金鳌退食笔记》卷上，《金鳌退食笔记 明宫史》，北京古籍出版社1982年版，第106页。

② （清）麟庆著，汪春泉绘图：《鸿雪因缘图记》第三集，北京古籍出版社1984年影印本。

月白，佛楼花落夜灯青。一鹤唳华亭。

灵鹫庵为北京内城北部古刹，明时即已建立，乾隆年间重修，为西山大觉寺下院，在今旧鼓楼大街玉阁胡同。今仍有部分遗迹残存①。来秀祖父法式善时因距灵鹫庵极近，故诗集中有数首关于此庵者。如《屡以积食成疾　晚饭后同西续之黄门步至灵鹫菴听黄门弹琴》"风雨来无多，游人撼落花"句②、《灵鹫庵元旦》"六十匆匆过，春生道院凉"③诸句，均与子俊之作间接呼应。

胜客斋即胜保（？—1863）苏完瓜尔佳氏，满洲镶白旗人。清末将领。道光二十年（1840）举人。历任光禄寺卿、内阁学士。咸丰三年（1853）在鄂、皖、苏等地与太平军作战。后授钦差大臣，率军围堵太平天国北伐军，屡败，被讥为"败保"。"一鹤"句典出南朝宋刘义庆《世说新语·尤悔》载陆平原临刑一叹事。

都门好，兑老古良医（黄兑楣年伯精于岐黄）。丹竈香浓仙药熟，青囊春暖病人知。季子亦精奇（乃弟村屋观察亦通脉理）。

"竈"即"灶"。黄兑楣（1781—？）号兑楣山人。贵筑（今贵州贵阳）人。清医家。少多病，嗜医学。长而幕游南北，尝集医学著作，加以研习，后出以应诊，多获良效。道光十二年（1832）将生平所领会者辑为《寿身小补》九卷；村屋观察，暂无考。

都门好，心鉴五星精（余与心鉴为莫逆交）。吞易虞翻神祠彻，高才郭璞论纵横。雏凤擅清声（哲嗣已领乡荐）。

"心鉴"即庄心鉴（生卒年不详），字其渊，号镜湖。浙江嘉善人。

① ［法］吕敏主编：《北京内城寺庙碑刻志　第2卷》，国家图书馆出版社2011年版，第533页。
② （清）法式善：《法式善诗文集》，人民文学出版社2015年版，第913页。
③ 同上书，第938页。

清医家。道光十五年（1835）亚魁。早失怙，安贫苦学，晚年精医，时摘医要，成《秘旨真传》，未见传世。后选授浙江武义教谕，未赴任卒；虞翻，字仲翔。三国经学家。精《易学》，受家传西汉今文孟氏《易》，将八卦与天干、五行、方位相配合，推断象数。后事吴孙策、孙权，曾任富春长；郭璞为东晋思想家，博学多才，官著作佐郎，后为王敦记室参军，精天文卜筮之术。来秀将"莫逆交"庄心鉴的才学与虞、郭二人相并论，称誉不可谓不厚。

> 都门好，文会聚神州。唐代诗人怀贾岛（谓贾敬之孝廉），汉廷太尉重杨彪（谓杨简侯方伯）。回首怅前游。

"唐代"一句，似出自唐马戴《洛中寒夜姚侍御宅怀贾岛》诗；"汉廷"一句典出曹丕禅汉欲拜杨彪典故[1]；贾敬之，其人暂无考；杨能格（生卒年不详）字简侯，号季良，汉军正红旗人。道光十六年（1836）进士，选庶吉士，授翰林院编修。咸丰三年（1853）任苏松太道道员，后任江宁（今南京）布政使，工书法。

> 都门好，扫叶（亭名）煮嘉肴。处士刘伶推酒圣（谓刘仲云布衣），旧臣来敏亦诗豪。同踏月轮高。

此阕言众人在其扫叶亭宴集赋诗场景。"扫叶"即扫叶亭，来秀所居之所也。

刘伶为魏晋时期名士，"竹林七贤"之一，其人好饮酒，后人有"醉侠"之誉；刘仲云，其人暂无考；来敏为三国时期蜀汉官员。《三国志·蜀书》有来敏传，谓其人"涉猎书籍，善《左氏春秋》，尤精于《仓》《雅》训诂，好是正文字"。而来敏之姓与来秀同，故笔者推测此处为来秀以来敏之文采风流自比。

---

① 参见《三国志·陈思王传》及《后汉书》本传。

都门好，日下雁成行。一第修文虚桂籍（伯兄子经庚子秋捷揭晓前一日长逝），十年磨剑牢沙场（仲兄子佩由孝廉改官游击，殁于陕西军营）。风雨忆联床。

此阕言来秀兄弟情谊。然子经、子佩二人暂无考。

四 余论

对于清中期蒙古族文学家来秀所作的《望江南词》，正如李宗泰跋所言："俚事以俏语出之，游戏之笔，亦何绮丽乃尔！若钓游旧迹，更一往情深矣。"汤铉亦如此评价："以圆转之笔运旖旎之思，绘景绘情，悉臻绝妙。"如此评价，可谓确当。想必今人读过，会有惆怅都门旧游之慨。

综上可知，来秀《望江南词》所言北京地方风物，颇有可观。其根据当时所见所闻而作，具有较高的文学性和艺术性，不仅使今人够领略道咸时期北京风土景观，还可借以考证相关史地人物掌故，丰富我们对于北京城的历史想象与文化记忆。

编 后 记

　　此为第三届城市文学论坛会议论文的结集。自 2014 年起至今，北京联合大学师范学院中文系已经举办了三届城市文学论坛，前两届的会议论文已经结集为《中外文学中的都市想象》，由首都师范大学出版社于 2017 年出版。第三届城市文学论坛，我们有幸邀请到了全国 60 余位对城市文学感兴趣的专家、学者与会，会议开得十分热烈，大家对这个话题热情度之高，是我们所始料未及的。

　　文变染乎世情。在北京召开城市文学论坛的初衷，是始于在中国经济腾飞、城市化进程加速推进的大背景下中国的文学书写所发生的巨大变化。乡村书写式微，城市书写越来越成为主流。尤其是进入新时代以来，城市发展日新月异，乡村日渐凋零，城与乡之间的差异从来没有像今天这样巨大。在这三千年未有之大变局之下，在习惯了书写乡村，有着悠久的乡村书写传统的中国文学，如何书写城市，是摆在我们面前的一个重要的问题。

　　收入本书的一些论文，从历史与现实的角度，对这个问题做了部分回应。这些论文涉及的城市有北京、上海、香港、天津、西安、武汉、杭州等，既有文学的，也涉及社会学、历史学、建筑学等学科。从时间跨度上看，既有古代城市文学的研究，更多的是对现当代城市文学的研究。就研究方式来说，既是文学研究，也是文化研究，可以说是一种"以城市为方法"的文学/文化研究方式，打破了原来以文学文本为研究中心的文学研究范式。城市文学这一新的研究空间的打开，使原来以时间为维度的静态的文学研究，扩展为以空间为维度的动态的具有延展性的文学与文化综合研究。

100多年来，随着民族国家的觉醒，北京这座城市成为许多文人的魂牵梦萦之地。如梁实秋、林语堂、林海音等作家对北京的书写。为什么只有北京，而不是其他城市最能代表中国形象？沈庆利教授的《以北京想象中国——论林语堂的北京书写》一文，指出林语堂在横跨中西的跨文化处境中，精心塑造了一个艺术化、唯美化和梦幻化的"老北京"形象，这既是"跨文化翻译"的典型产物，也是作家本人"文化中国"情怀的集中呈现，更是将北京作为民族国家的投射地，作为安置漂泊无依的灵魂的栖居地。林语堂对北京的文化体认，反映了"五四"一代自由派知识分子对于中国的想象，这一想象至今天仍有较强的现实意义。

徐刚的《雾霾隐喻，或构形城市的方法——〈王城如海〉的北京叙述》关注当下的城市现代性的本质特征。徐则臣的长篇小说《王城如海》将故事笼罩在一片雾霾之中，而且雾霾之于小说，不仅在于自然背景的营造，更在于获取一种隐喻意义。小说也正是通过雾霾的隐喻来构形城市的意义，从而将北京"制作"成"一部可读的作品"。不仅探讨北京城市空间的复杂面貌，更在现实与记忆的纠结缠斗中剖析北京乃至中国城市的现代性本质。

而侯磊的《历乱之都：近百年北京书香阶层的居住变迁——援引朱家溍先生为例》关注在时代变迁中北京居所的变迁，侯磊以青年作家特有的敏锐，通过考察朱家溍居所的变化，在时代沧桑巨变中勾勒了北京人住所的百年变迁，其中不乏对北京城市建设的揶揄与慨叹。

有别于以上对北京这座帝都的探讨，对西安的分析更能看清现代城市空间发展变化背后的知识谱系。杨博的《空间的纠葛——民国西安开元寺及周边娼妓问题的探析》一文以西安为例，通过对民国西安开元寺及周边娼妓问题的探析，指出从晚清至民国以降，随着中国现代城市空间的发展，其所折射的是一整套以西方科学与文明为参照体的知识体系。正是受民族国家意识的支配，民国西安市政府对西安城市空间的改造和南京、苏州等城市的现代化改造一样，都是以形塑理想的"国家民族"空间为旨归，而背后的现代知识体系发挥了重要作用。这种知识考古学式的剖析，拓展了城市文学研究的空间。

在这个具有魔幻色彩的"时空压缩"时代，对文学意味着什么？诗歌如何在城市空间中延展自己？冯雷的《空间地理视域下的新世纪诗歌》则从"空间—地理"的视角切入新世纪诗歌，诗歌的地理空间在深圳、广州、北京等地游移，批评视域的转换给人以耳目一新的感受。由于交通工具、通信手段的变革以及由此造成"时空压缩"深刻地改变了人们的审美感受，新世纪诗歌在空间视域下呈现出新的美学风貌。

在资本无处不在的全球化时代，在政治与经济的双重宰制下，城市青年如何寻找失落的主体性？艾翔的《困在城里的人——徐则臣、甫跃辉、章元的城市书写》，通过徐则臣、甫跃辉、章元三位北京、上海、天津的作家各自的城市书写，观察现代化、城市化、国际化浪潮中城市青年不同的生存状态。艾翔以青年批评家特有的锐气，指出在去历史化、去政治化的浪潮中再造城市"青年"的主体这个并不轻松的话题："再造青年，可以在城市书写处建立观察点，小资书写可以冲出一条血路，以期撼动城市意识形态的坚固统治，谋求一条个体的主体建构之路，而不是滑落为大对体下脆弱敏感的'自我'，从而脱离西方话语霸权建设属于我们自己的城市发展和城市书写模式。"

在城与乡的鸿沟越来越扩大，资本作为一种新的超级意识形态实现了对人的全方位控制的今天，我们如何在词语中安置农民工群体？罗雅琳的《"进城"问题与当代农民工的三种写法》，触及了如何摆脱资本主义文化逻辑、客观且正当地讲述"农民工进城"这个话题。作者敏锐地意识到，梁鸿、黄灯等学者所揭示的凋敝、衰败的农村，其真实性是可疑的，毋宁说这只是知识分子的乡愁式表述，是知识分子对农民的精英式的想象，而只有抛弃这种"乡愁"的视角，才能将中国农村社会的变迁不是看成"伤逝"，而是看成可能的机遇。

也许，中国历史上从来没有一个时期，像今天这样狂热地追求物质，拥抱物质。也从来没有一个时期如今天这样，物欲对我们正常人性的扭曲是如此之大。在如此大规模的城市化运动中，如何安置现代人漂泊的灵魂？如何拯救这些受困于高楼大厦的万物的灵长？自《诗经》开始，我们一直与植物、动物对话，与四季对谈，而今天，我们所面临的风景，已经变为林立的大楼和无垠的混凝土。城市已经构成了我们表达的底色，甚至是生命的底色。后工业社会、5G 时代对我们的文学意味着什么？也许，我们习惯了歌咏农业文明，还没有从迅猛发展的后工业社会带给我们的震惊中回过神来，时代行进的速度快得超出了我们的想象，一切都像是坐在呼啸前行的高铁上。而正是这种风驰电掣的速度，让我们重新思考文学应该怎样表述城市，毕竟城市才是我们最后的家园。

王德领

2019 年 7 月 20 日于北京西城富国